실화장편노인소설

맹교수의
사랑방이야기

국립중앙도서관 출판시도서목록(CIP)

맹교수의 사랑방 이야기 : 지대용 지음. -- 서울 : 한누리미디어, 2009
  p. ;   cm

ISBN 978-89-7969-348-5 03810 : ₩12000

한국 현대 소설[韓國現代小說]

813.6-KDC4
895.735-DDC21   CIP2009002140

장편실화 노인소설

맹교수의 사랑방이야기

지대용 지음

한누리미디어

'장편실화 노인소설' 이라 이름 붙였지만 이 작품《맹교수의 사랑방 이야기》는 필자가 노인회
원으로 가입하고 '사랑방'에 드나들면서 보고 듣고 생각한 것을 소재로 노인들의 삶을 소개하는
16편의 긴 수필이라고 볼 수 있다.
　특별한 주인공이나 사건도 없이 그저 담담하게 쓴 것이어서 소설 이론에서 말하는 플롯에도 구
애되지 않고 깊은 감동이나 흥미도 고려되지 않은 소박한 만필 정도로 이해하고 읽어주면 고마
울 뿐…….

목차

맹교수의
사랑방이야기

1
안면도 소풍

　맹교수는 '꽃지해수욕장' 의 황홀한 낙조를 그리며 잠자리에서 일어났다.

　'편안히 잠자는 섬' 안면도로 소풍을 떠나는 것이었다. 회원들은 멋스럽게 보이는 대형 관광차에 모두 승차하고 있었다.

　김여사가 혼자 앉아 있었다. 맹교수는 반가웠다. 그의 인상에도 호감이 갔지만 노래 솜씨에 반한 처지였다.

　그가 언젠가 회관에서 부른 '고향초' 와 '덕수궁 돌담 길' 은 정말로 일품이었다. 직업적인 가수도 그렇게 잘 부르기는 어려울 것 같았다. 그의 여동생은 맹교수가 알고 있는 수필가요 소설가이다.

　"아이고 반갑습니다. 얼마나 보고 싶었는지."

　"하하하하……."

　"날마다 아파트 앞에 가서 기다려도 보이지 않더니……."

　옆에서 듣고 있던 할머니가 한 마디 끼어들었다.

　"저기 앉아 있는 애인은 어떡하고?"

　"하루는 25동 앞에 가서 기다리고 하루는 22동 앞에 가서 기다렸지요."

"하하하하."

"거짓말도 잘 하네."

"하하하하. 거짓말하는 데 돈드나요?"

"하하하하."

"옆에 앉아도 되지요?"

맹교수는 대답도 떨어지기 전에 앉았다. 그리고 왜 노인회에 가입하지 않느냐고 하였더니 날마다 가는 곳이 있고 집에서도 바쁘다고 한다.

할머니들은 대개 집에서 며느리들을 돕고 손자손녀들을 돌보는 분들이 많다. 그리고 노인복지관이나 주민자치센터로 가서 취미활동을 하기도 한다.

그러나 특별히 노인회에 가입하지 못할 사정이 없는 경우에도 어떤 노인들은 마음 속으로 자신이 노인이라는 데 동의하지 않는다.

'내가 왜 노인이야? 나는 노인으로 인정되는 것이 싫어. 더구나 동네 노인회관에 나가기는 정말 싫어. 내가 왜 할아버지야? 손자가 중학교 고등학교 대학엘 다녀도 할아버지로 인정되기는 싫단 말야. 나에게 노인회에 가입하란 말은 두 번 다시 하지 마. 기분 나빠. 내가 겨우 노인회관에나 나가는 초라한 존재인 줄 알아? 내가 누군데. 왕년엔 그래도 과장님이니 국장님이니 사장님이니 하는 직함을 가지고 존칭을 받으며 지낸 사람인데. 당신이나 나가. 나는 안 나간단 말야.'

그들은 은근히 소외감이나 고독감을 느끼면서도 남 앞에서는 그것을 감추려고 한다. 그것이 자존심을 지키는 것이라고 생각한다.

휴게소에서 잠시 쉬었다가 차가 출발하려는 순간에 뒷자리에 앉았던 장여사가 맹교수 자리를 차지하고 말았다.

"홍. 내 자리에 앉으셨네. 나를 쫓아낼 작정인가요?"

"그래요. 고만 뒤로 가이소. 물도 가져 가시고."

"하하. 할 수 없죠. 잘못한 것도 없는데 마구 쫓아내시네."

"쫓아내긴 누가 쫓아냈다고 그래요?"

"안 쫓아냈으면 다시 기어들어가도 괜찮아요?"

"하하하."

웃으면서 서해대교를 건너 남으로 남으로 달렸다. 아산만에 이르자 회장이 마이크를 잡고 청일전쟁에 관하여 해설하였다.

1894년, 청나라 군사 1,200명을 일본군이 아산만에서 격파하였다는 것이다.

북쪽은 경기도 평택시, 남쪽은 충청남도 아산시란다. 멀지 않은 곳에 김좌진장군 생가, 윤봉길의사 사당, 남연군 묘소, 해미읍성, 추사고택, 수덕사 등이 있고 온천도 여러 곳에 있다고 한다.

회장은 충남 청양군 출신으로 지방에서 공무원 생활을 시작하여 계장 과장 국장을 거치면서 지역사회를 위하여 봉사한 경력이 있어서 지역문화를 많이 알고 견문이 넓은 편이다.

이윽고 안면도에 이르니 해송이 군락을 이루고 아름다운 풍광을 보여준다. 회장이 다시 마이크를 잡았다.

"여러분, 우리는 지금 연육교를 건너고 있습니다. 연육교는 말 그대로 육지를 연결하는 다리입니다. 본디는 육지로 이어져 있었는데 배가 지나다니기 위하여 땅을 파내고 바다로 만든 것입니다. 옛날에 곡식을 실어나르는 배가 안면도 밖으로 다니다가 풍랑을 만나 침몰하는 사고가 발생하였기 때문에 안전한 뱃길을 만들기 위하여 이런 공사를 한 것입니다. 그 때는 오늘날처럼 좋은 장비가 없이 공사를 하였으니 얼마나 많은 인력이 들었겠어요? 대단히 큰 공사였을 겝니다. 이제 곧 간월도(看月島)라는 곳으로 가서 간월암(看月庵)을 보게 됩니다. 간월암은 달을 보는 암자라는 뜻을 가지고 있는데 무학대사(無學大師)가 그 곳에서 달을 보고 도를 깨쳤다고 합니다. 밀물이 들어올 때는 섬이지만 썰물일 때는 걸어서 5분도 안 걸리는 가까운 섬입니다. 간월도에서 바라보이는 바다는 천수만(淺水灣)인데 호수처럼 보이기도 하고 큰 강처럼 보이기도 합니다. 한 번 간월암에서 바다를 바라보면서 달구경을 하면 좋겠지요?"

"그런데 안면도라는 뜻이 무언가요? 안면도에서 잠을 자면 잠이 잘 오는가요?"

"글자의 뜻으로는 편안히 잠잔다는 것이지만 안면도에서 잠을 자면 누구나 잠이 잘 오는지는 모르겠네요."

"왜 하필이면 안면도라는 이름이 붙었는지 까닭이 있을 것 아닌가요?"

"'범조수지언식'(凡鳥獸之偃息)이라는 말이 있는 것을 보면 옛날부터 새와 짐승들이 많이 서식할 수 있는 자연환경이 조성되어 있다는 뜻인 것 같습니다."

"나는 불면증이 심한 편인데 안면도에 와서 살던지 아니면 며칠 동안이라도 쉬었으면 좋겠네요."

"그렇지요. 여기서 며칠만 쉬어도 모두 시인이 된다는 말이 있습니다."

"시를 직접 쓰지는 않더라도 아름다운 풍경을 감상만 하더라도 시인이 되거나 마찬가지겠지요."

"그런데 경치도 좋지만 어리굴젓이 유명하다는 말도 있던데요."

"그렇습니다. 간월도의 바닷가에서 바위에 붙어 있는 굴을 따서 젓을 담근 것이 '간월도어리굴젓'인데 널검지(물날개)가 발달되어서 양념 맛이 잘 난다고 합니다. 대개 가을부터 이듬해 봄까지 굴을 따는데 굴을 많이 모여들게 하기 위하여 음력 정월 대보름날 '굴부르기

축제'를 벌이기도 한답니다. 흔히 해안지방에서 풍어제(豊漁祭)를 올리듯이 굴이 많이 번식되기를 기원하는 민간풍속입니다. 서산 어리굴젓 중에서도 간월도어리굴젓이 제일이고 임금님 수라상에 올랐다고 하니 한 번 사가지고 가서 맛보시면 좋을 것입니다."

"회장님은 어리굴젓 선전원 같네요."

"오늘부터 간월도어리굴젓 선전원으로 취직했습니다. 둘이 먹다가 하나가 죽어도 모른답니다. 정말 맛있습니다. 굴은 9월부터 3월까지 6개월간에 먹는 것이 좋다고 합니다. 영어로는 'R'자가 들어가는 달입니다. 굴은 고단백질이면서도 고혈압을 유발하지 않으며 여러 가지로 건강에 좋다고 합니다. 굴은 참굴, 굴조개라고도 부르며 한자로는 모려(牡蠣), 또는 석화(石花)라고 합니다. 우리나라에서는 선사시대의 조개무덤에서도 출토되고 서해안과 남해안에서 생산되고, 자웅동체이지만 생식기에는 암수가 뚜렷하며 웅성(雄性)이 강하였다가 다시 자성(雌性)이 강해지는 교대성이 있습니다. 굴이 알을 깔리면 물위를 떠돌아다니다가 20일쯤 지나서 바위에 늘어 붙는답니다."

"굴은 무엇을 먹고 삽니까?"

"바닷물에 떠 있는 플랑크톤인데 입수공(入水孔)이라는 곳으로 바닷물과 함께 들이마셔 가지고 아가미에서 여과하여 먹는다고 합니다."

"그렇군요. 회장님은 정말 아는 것도 많으십니다."

"이젠 더는 모르니까 자세한 것은 백과사전이나 인터넷을 이용하면 잘 알 수 있습니다. 부디 많이 사가지고 가세요. 그래야 나도 월급을 많이 받을 것 아닙니까? 하하하."

"그런데 지난 연말에 유조선에서 기름이 유출되어 바다가 오염되었다는 곳은 어디인가요? 안면도는 오염되지 않았던가요?"

"그 곳은 태안(泰安)인데 여기서 먼 곳입니다. 여기도 아마 기름덩

어리가 조금이라도 밀려 왔는지는 모르겠습니다. 이제 곧 간월도에 도착하니까 잠깐 보시고 선창횟집으로 갑시다."

간월도는 회장이 안내한 대로였다.

일행은 간월암을 둘러보고 더러는 불당 앞에서 합장하고 기도를 올리고 헌금하기도 하였다. 뜰에는 200년이나 묵은 사철나무가 비치 파라솔처럼 서 있다.

무학대사는 이태조(이성계)의 꿈을 해몽하고 조선왕조의 도읍지를 정하였으며 이태조와 농담을 한 것이 유명하지 않은가. 이태조는 주연(酒宴) 석상에서 농담을 나누기로 약속하고 무학대사를 가리켜 돼지처럼 보인다고 하자 무학대사는 이태조를 가리켜 부처님으로 보인다고 했단다. 농담을 하자고 하였는데 어찌하여 농담을 하지 않느냐고 이태조가 따지자 '돼지의 눈에는 돼지로만 보이고 부처님의 눈에는 부처님으로만 보인다' 고 하였단다. 참으로 멋지고 대단한 농담이다. 이태조를 돼지라고 하였으니 아무리 농담이라도 목숨이 왔다 갔다 할 만한 대사건이었다.

오정이 되어 '선창횟집' 을 찾으니 바로 옆에 바다가 보여 시원하였다. 주소는 태안군 안면읍 승언리 1992-5 안면도 밧개해수욕장내이고 대표는 김종범이다. www.wooilsin.com 한글도메인 : 선창수산/ 선창호. 홀이 넓고 음식이 깔끔하고 바다가 보여 좋았다.

맹교수는 소주를 몇 잔이나 비우고 바닷가를 거닐었다. 조개비를 하나 주웠다가 버리고 다시 주웠다.

얼마든지 거닐고 싶은 모래밭이다. 무수히 널려 있는 조개비들의 사연이 궁금하기도 하다. 어떻게 태어나서 어떻게 살다가 어떻게 껍질만 남기고, 물결에 쓸려 다니는지……

꽃지해수욕장에는 아담한 시비가 서 있었다.

안면도에서

지은경

일상에 지친 영혼들이
생명의 숨소리 찾아왔네
꽃지해수욕장에서
파도의 열망을 바라보며
소나무 숲을 거닐며
사람들의 생각 깊고 넓어지네
나무와 돌과 물은
세상에 살아도 물들지 않듯
변하지 않는 것은 자연과 사랑
붉은 노을 꽃피워 사물에 스며드니
세상은 더 없이 아름답네
너와 내가 하나 되는 바다에 안기어
용서와 화해를 배우네
하늘 가까이 다가가네

(2008. 6. 22. 안면도 소나무 여행에서)

지은경은 문학잡지 『월간 신문예』 대표이고, 명지대학교에서 문학 박사 학위를 받았단다.

바다는 너와 나를 편가르지 않는다. 거대한 조류와 만경창파로 너와 나를 모두 합하여 하나로 만든다. 그리고 개천물이나 강물이나 모두 사양하지 않고 받아들인다. 그래서 바다는 크고 넓고 깊고 영원하다. 바다는 인간의 위대한 스승이다. 스승을 스승으로 알지 못하고 알아도 받들지 않는 곳에 인간의 불행이 짙어진다.

주변에는 방포포구와 내파수도와 외파수도가 있고 자연휴양림이 있다. 2002년도 국제꽃박람회가 열렸던 곳이다. 전국에서 낙조로 가장 유명한 할미바위와 할아비바위가 있다.

지금으로부터 약 1,200년 전, 신라 흥덕왕 4년(838), 장보고가 청해진(완도)과 견승포(안면도 방포)와 장산곶을 기지로 삼고 있을 때 기지사령관 '승언' 이 출정하였다가 돌아오지 못하자 그의 부인 '미도'라는 여인이 기다리다 지쳐 죽어서 할미바위가 되었다. 그 후 홀연히 폭풍우와 천둥번개가 일더니 할아비바위가 나타났다. 부부는 살아서나 죽어서나 떨어질 수 없는 사이다. 그래서 부부암의 전설은 오늘도 살아 있다.

낙조! 낙조는 최후를 연상케 한다. 장엄한 것인가, 비통한 것인가. 태양에도 최후가 있을까. 억겁이라는 시간이 억겁이나 흐른 후에는? 태양에는 일몰이 있고 일출이 있다. 일몰은 일출을 가져오고 일출은 일몰을 가져온다. 인간도 그럴까? 죽음 다음은 삶이고 삶 다음은 죽음일까?

낙조는 과연 높은 곳에서 낮은 곳으로 떨어지는 것인가. 우주에도 높은 곳이 있고 낮은 곳이 있을까? 만일 있다면 바닷가의 모래알만도 못한 인간의 척도에 따라 있을 뿐이겠지.

버스가 덕산온천을 향하여 달리고 있었다. 그러나 한 시간 반이나 멀리 돌아야 하고 목욕시간을 합치면 네 시간 반 이상이나 소요되기 때문에 온천을 포기하고 적당한 관광지를 경유하여 귀로에 오르는 것이 좋겠다는 의견이 나왔다.

회장은 마이크를 들고 의견을 모았으나 적극적인 발언이 없자 김수미할머니가 홀로 나서서 '한 번 가자고 했으면 그만이지 왜 이랬다 저랬다 하느냐' 고 온천행을 강력히 주장하였다. 남자들은 술을 많이 마셔서 욕탕 안에 들어가는 것도 마땅치 않은 형편이었다. 현장에 도착해 보니 목욕탕 입장료금도 탕마다 각각이었다. 남자들 절반은 입장하지 않고 밖에서 서성이다가 버스에 올랐다.

온천에는 '지구유' (地球乳)라는 기념비가 서 있었다. 충남 예산군 덕산면 사동리. 1918년에 처음으로 온천이 개발되고 1947년에는 지하 180미터까지 발굴하였으며 1984년에는 충남문화재자료 제190호로 지정되고 기념비가 세워졌다. 2000년 현재 수온 45도의 알카리성 단순방사능천이 하루에 1,500톤 가량이 솟아 오른다. 근육통치료에 효과가 있고 음용수로도 쓰인다.

맹교수는 머리만 감고 탕 안에는 완전히 들어가지 못하였다. 술도 마셨지만 너무나 뜨거웠다. 종종 목욕탕에서 쓰러지는 노인들이 있다고 한다.

해가 지고 버스는 성남을 향하여 달리기 시작하였다. 노래가 흘러 나왔다. 할머니들은 하나씩 일어나 몸을 흔들기 시작하였다. 어느새 복도가 꽉 차버리고 말았다. 남자들도 일어나서 춤을 추라고 성화다.

드디어 맹교수 손이 끌려 나갔다. 주로 발뒤꿈치가 상하로 흔들리고 어깨가 들썩이고 손이 가슴 높이로 흔들리는 동작이 반복되는데, 더러는 마주보고 더러는 홀로 서서 즐기는 것이었다. 도로교통법에도 허용되지 않을 것으로 보이지만 운전기사는 노래를 보내며 분위기를 조장하고 있다. 너무 조용하면 기사가 졸게 되고 교통사고의 원인이 된단다.

맹교수가 어느 할머니의 손을 잡으면 말썽이 일어났다.

"애인은 어떡하라고?"

"애인이 하나 둘인가요, 뭐?"

"그럼 애인이 수두룩하단 말이오?"

"그럼요. 진짜도 있고 가짜도 있고."

"그럼 어느 것이 진짜요?"

"지금 내가 붙들고 있는 처녀가."

"처녀?"

"처녀. 내가 총각이니까."

"허허허허, 웃기네 정말."

맹교수는 숨이 가쁘고 전신이 더워지고 땀이 흘렀다. 슬그머니 제 자리로 돌아갔다. 할머니들은 몸을 흔드는 것이 예사이고 즐거운 것이었다.

화면에서 아슬아슬한 미니팬츠를 입은 처녀들이 춤추는 광경을 보면서 미소를 머금고 즐긴다.

"보기 좋으세요?"

"그럼요. 보기 좋지요."

젊어서 자신이 해보지 못한 것을 손녀 같은 아이들이 하는 것이 보기 좋은 모양이다. 시기나 질투를 느끼는 것이 아니라 오히려 대리만족을 느끼는 것 같다.

술잔이 오가고 안주가 오갔다. 안주는 박선생이 특별히 주문하여 마련한 돼지머리고기와 어떤 할머니가 준비한 땅콩과 오징어였다.

"동갑내가 날 모른 척하네요."

"무얼 모른 척해요?"

"안주도 안 주고."

"아까 주었잖아? 나한테 누님이라고만 해."

"내가 한 시간 빠른데."

"누님이 있으면 좋잖아? 잘 얻어 먹고."

"하하하. 누님이거나 동생이거나 나하고는 특별하잖아요?"

"무엇이 특별해?"

"……하하하."

따지고 보면 맹교수는 아무하고도 특별한 관계가 없었다. 이름도 잘 모르는 처지이고 고향이 어디인지 어떻게 살아왔는지도 모른다. 다만 책을 주워다가 노인회관에 보관하면서 점점 낯이 익고 책 때문에 회원으로 가입하고, '회칙'을 만들어 통과시키고 남자 회원들을 몇 사람 가입하도록 권유하고 할머니들이 시끄럽게 운영하던 노인회를 할아버지들이 조용하게 운영하도록 뒤에서 협력한 것뿐이다.

회관에 나가기만 하면 무조건하고 인사하고 몸이 불편한 할머니에게는 특별히 손과 어깨를 만져 드리고 위로하며, 할머니들이 노래를 부르도록 노래방 기구를 조작해 드리고 이따금 옛날 이야기를 해드리는 것밖에는 특별한 것이 없다. 그리고 월례회가 열리는 날이나 회원들이 이따금 초청하는 점심식사에 참여하면서 낯을 익힌 것이 전부이다.

그런데 동갑내기라고 특별한 관계라는 것은 따지고 보면 말도 안 되는 소리다. 맹교수는 실수한 것을 묻으려고 '하하하' 하고 멋적게 웃고 말았다. 자기보다 12년이나 연상이고 최고령이신 할머니에게는 일부러 누님이라는 호칭을 쓰지 않는다. 그러면서도 노래도 함께 부르고 가까이 하다 보니 남들이 '애인'이라고 하며 웃는다.

맹교수는 그에게 '당신은 결코 늙지 않았다'는 무언의 메시지를 드리는 것이다.

남에게 자신을 가리켜 늙었다고 스스로 말하는 사람들도 체면치레로 자신을 낮추어 말하는 것이지 속으로는 '늙었다'는 말보다 듣기 싫은 말이 없단다.

늙었다는 말은 존경스럽고 유능하다는 말로 쓰이는 것이 아니라 미래도 없고 능력도 없고 쓸모도 없고 이제 곧 저 세상으로 갈 사람이라는 말로 쓰이는 것이다. 스스로는 늙었다는 사실을 인정하면서도 남이 나에게 늙었다고 말하면 서운하고 화가 나는 것이다.

맹교수는 그 동안 노인회관에 나가면서 실없는 소리도 자주 하고 실수한 일도 있는 것 같았다. 혀는 내 발등을 찍는 도끼와 같은 것인데.

버스에서는 노래가 그치지 않고 흘러 나왔다. 맹교수가 들어 본 노래들이었다.

〈꿈이여 다시 한 번〉

　　　　　　　　作詞 : 조남시　作曲 : 이인권　노래 : 현인

1. 꿈이여 다시 한 번 백합꽃 그늘 속에
　　그리움 여울지어 하늘에 속삭이니
　　일곱 빛깔 무지개가 목메어 우네
　　꿈이여 다시 한 번 내 가슴에 오너라

2. 꿈이여 다시 한 번 사랑의 가시밭을
　　봄 여름 가을 겨울 눈물로 다듬어서
　　다시 만날 그 날까지 기도드리네
　　꿈이여 다시 한 번 내 가슴에 오너라

〈하얀 모래의 꿈〉

　　　　　　　　作詞 : 채인철　作曲 : 변혁　노래 : 조용필

바다 물결 따라 하얀 모래 위에
정든 발자욱을 눈물로 더듬었네

영원히 변치 말자던 그 때 그 사람도
파도소리에 밀려 멀리 사라지고
바다물결 따라 하얀 모래 위에
정든 발자욱을 눈물로 더듬었네

〈민들레 홀씨 되어〉

작사 작곡 : 김정신   노래 : 박미경

1. 달빛 부서지는 강뚝에 홀로 앉아 있네
   소리없이 흐르는 저 강물을 바라보며
   가슴을 에이며 밀려오는 그리움 그리움
   우리는 들길에 홀로 핀 이름 모를 꽃을 보면서
   외로운 맘을 달래며 손에 손을 잡고 걸었지
   산등성이의 해질 녘은 너무나 아름다웠지
   그 님의 두 눈 속에는 눈물이 가득 고였지
   어느새 내 마음 민들레 홀씨 되어
   강바람 타고 훠얼훨 네 곁으로 간다

2. 산등성이의 해질녘은 너무나 아름다웠지
   그 님의 두 눈 속에는 눈물이 가득 고였지
   어느새 내 마음 민들레 홀씨 되어
   강바람 타고 훠얼훨 네 곁으로 간다
   산등성이의 해 질 녘은 너무나 아름다웠지
   그 님의 두 눈속에는 눈물이 가득 고였지
   어느새 내 마음 민들레 홀씨 되어
   강바람 타고 훠얼훨 네 곁으로 간다

어느새 내 마음 민들레 홀씨 되어
강바람 타고 휘얼휠 네 곁으로 간다

〈그저 바라볼 수만 있어도〉

　　　　　　　　　작사 작곡 노래 : 유익종

이 밤 한 마디 말없이 슬픔을 잊고저
멀어진 그대의 눈빛을 그저 잊고저
작은 그리움이 다가와 두 눈을 감을 때
가슴을 스치는 것이 무엇인지 모르오
그저 바라볼 수만 있어도 좋은 사람
그리워 떠오르면 가슴만 아픈 사람
우리 헤어짐은 멀어도 마음에 남아서
창문 흔들리는 소리에 돌아보는 마음

〈가을편지〉

　　　　　　　　　노래 : 최양숙

가을엔 편지를 하겠어요
누구라도 그대가 되어 받아주세요
낙엽이 쌓이는 날
외로운 여자가 아름다워요

가을엔 편지를 하겠어요
누구라도 그대가 되어 받아주세요
낙엽이 흩어진 날

헤매이는 여자가 아름다워요

가을엔 편지를 하겠어요
모든 것을 헤매인 마음 보내드려요
낙엽이 사라진 날
헤매인 여자가 아름다워요

버스가 신갈인터체인지에 들어서자 노래와 춤은 끝나고 조용해졌
다. 봉사회장이 '건강웃음' 을 시키고, 부녀회장이 인사말을 전하고
나서 노인회장이 인사말을 하였다.
　운전기사에게 감사의 박수를 치는 것으로 인사도 끝나고 하차준비
로 들어갔다.
　이제 명년 3월에나 다시 한 번 소풍을 가자고 입을 모았다.
　노래의 여운이 옷소매를 휘어잡았다.

2
윤례회

맹교수는 스스로 노인회에 가입하였다. 노인회에서 많은 이웃을 만나고 사귀는 것이 즐거웠다.

회원들 가운데는 세상에서 흔히 말하는 특권층이나 목에 힘이 들어간 사람들이 거의 없다. 정부의 행정관서나 중요한 특수 기관이나 회사에서 봉직하거나 교육계에서 봉직하고 정년 퇴임한 분들이 있지만 목에 힘을 주지 않는다.

할머니들도 마찬가지로 내로라하는 남편들을 내조하고 자식들도 출세시킨 분들이 많지만 이제는 남편과 사별하고 고개에 힘을 주지 않는다. 맹교수가 60년 전에 시골에서 보던 할머니들이나 크게 다를 바가 없다.

회원들 중에는 머리가 하얗게 세고 건강이 좋지 않은 분들이 있다. 어떤 할머니는 골다공증으로 골절상을 몇 번이나 당하고 겨우 지팡이에 의지하여 간신히 걷는가 하면 어떤 분은 방바닥에 앉기가 어려운 분도 있고 관절이 아파서 거의 활동하지 못하는 분도 있다. 자식들과 손자녀들과 함께 사는 분도 있지만 독거노인도 있다.

어떤 분은 현금을 은행에 많이 예탁해 놓고 마음대로 쓰는 분이 있는가 하면 어떤 분은 전혀 여유가 없는 분도 있다. 그러나 그런 티가 잘 나타나지 않는다.

그럴 수도 있고 저럴 수도 있는 것이 우리의 삶이라는 것을 모두 알고 있다. 인생철학의 체험을 통하여 인의예지(仁義禮智)와 희노애구애오욕(喜怒哀懼愛惡慾)을 모두 달통한 도사(道士)들이다. 군인으로 치면 산전수전 육전 해전을 모두 겪은 노병들이다.

노인회에는 인정이 넘친다. 서로 돌아가면서 점심을 내는 수가 자주 있고 월례회가 열리는 날은 으레 회식이 있다. 회식에서는 반드시 소주가 곁들여지고 할머니들도 한 잔씩 기울여보는 분들이 많다. 회식 후에는 회관에 모여서 옛날 이야기도 하고 노래도 부른다. 노래가 한창 진행되면 할머니들이 율동으로 분위기를 조성하기도 한다.

맹교수가 노인회에 가입하기까지는 하나의 과정을 거쳐야 했다.

아파트에서는 매주 월요일마다 쓰레기를 수거한다. 맹교수의 눈에 자주 보이는 쓰레기는 주로 볼박스와 신문과 책들이다. 책 속에는 비디오 테입이나 녹음 테입이 자주 끼어 있다.

맹교수는 버려지는 책들이 너무나 아까워서 몇 권씩 집어들고 노인회관으로 가져갔다. 그러나 할머니들은 맹교수의 행동을 잘 받아들이려고 하지 않았다.

"책은 왜 가져와요?"

"할머니들 보시라고요."

"필요없어요. 안 봐요."

"어린이들이나 엄마들이 볼 만한 책들인데요."

"오지도 않아요. 필요없어요."

"그럼 남자들이 볼 겁니다."

"남자들은 코빼기도 안 보이는데 어떤 남자들이 본다고 그래요?"

"제가 보겠습니다."

"맹교수 혼자 와서 볼 거요? 회원도 아니잖아요?"

"회원으로 가입하겠습니다."

"혼자라도요?"

"나 말고도 가입할 사람들이 있습니다."

할머니들은 맹교수의 행동을 도무지 이해할 수 없는 모양이었다. 그까짓 책들, 버려도 좋으니까 버리는 것을 주워 오다니. 필요하면 제 집으로 가져가던지 하지, 왜 하필이면 노인회관으로 가져오느냐는 태도였다.

할머니들만 그런 것이 아니었다. 경비실에 근무하는 경비원 아저씨들도 이상한 눈초리로 바라보는 것이었다. 책 좀 몇 권 가져가겠다고 양해를 구하면 대꾸도 안 하고 쏘아보는 수가 많았다. 그리고 흩어 놓지도 않는데 책이 흩어진다고 볼멘소리를 하는 수도 있었다.

맹교수에게는 형제보다도 가까운 이웃사촌 김교장이 있다.

김교장은 일찍이 대학을 졸업하고 중등학교에서 윤리와 역사를 가르치다가 교감을 거쳐 교장으로 퇴직하였다. 그는 중등학교 운영위원과 청소년선도위원으로 지역사회에 봉사하고 거리에서 발견되는 쓰레기를 주워서 버리는 것이 중요한 일과였다. '여여당' 이라는 아호와 같이 그는 언제나 변함없이 모든 사람에게 따뜻한 인정을 느끼게 하였다.

그러던 어느 날 모란시장에 가서 어깨 띠를 하나 제작하였다. 새하얀 바탕에 '부정부패척결', '부정부패가 나라를 망친다' 라는 구호를 쓴 어깨띠를 두르고 지하철 분당선에 올랐다. 복정역 수서역을 거쳐 도곡역에서 3호선으로 환승하여 구파발역까지 가는 동안에 이 칸 저 칸으로 왔다갔다 하면서 승객들의 눈치를 살폈다.

아무도 반가운 모습을 보이는 사람이 없었다.

배도 고프고 다리가 아프고 피로하였다. 그래서 빈자리에 앉으려다가 중심을 잃게 되어 옆 사람을 건드리고 말았다.

"아이고, 미안합니다. 다리가 아파서……."

"……부정부패방지운동 하시는 겁니까?"

"예, 그렇습니다."

"그런 거 한다고 부정부패가 없어집니까?"

"글쎄요. 효과는 미지수지요."

"그런 줄 알면서 왜 하시는 거지요? 교회에 다니시나요?"

"아니오."

"남들이 이상한 사람으로 볼걸요. 그런 소리 안 들으셨어요?"

"……."

김교장은 집으로 돌아가 어깨띠를 풀어서 탁자 위로 집어던지고 힘없이 소파 위에 주저앉았다. 그리고 단단히 마음을 다졌다. 아무리 이상한 사람으로 보이더라도 초지일관하겠다고.

그러나 이튿날 어깨띠를 찾아보니 종적이 묘연하였다. 부인이 감춘 것을 알고 언성을 높였지만 소용이 없었다.

본 일도 없다는 것이었다. 때마침 전화 벨이 울렸다. 학생선도위원회 임시회의가 있으니 오전 10시까지 나와달라는 것이었다.

김교장의 서재에는 '마하반야바라밀다심경'이 걸려 있었다. 그는 시사만평과 같은 글을 자주 써서 일간신문과 인터넷신문에 투고하여 널리 이름이 알려져 있었다.

맹교수는 그의 친절하고 개방적인 성품과 지역사회에 대한 애착과 정의감에 감동을 받는 수가 많았다. 특히 그의 불교에 대한 담론을 들으면 새삼스럽게 대학강의를 듣는 것처럼 즐거웠다.

김교장은 맹교수보다도 적극적으로 책을 모으는 데 나섰다. 국민들이 책을 읽어야 갈등이 해소되고 선진국이 된단다.

맹교수와 김교장이 어렸을 때는 아무리 읽고 싶어도 책이 없어서 읽지 못하였는데 요즘 아이들은 책이 너무 많아서 걱정이다.

시대가 많이 변하였다. 물자가 너무나 풍부해졌다. 그래서 버리면 또 살 수 있고 후배들에게 물려 줄 필요도 없게 되었나 보다.

그런데도 옛 생각만 하고 덮어놓고 아깝다고만 고집하는 그들은 확실히 시대에 뒤떨어진 늙은이들에 지나지 않았다.

두 사람은 공동주택단지를 한 바퀴 돌면서 책을 챙겼다. 할머니들의 눈총이 너무 따가울 때는 책을 주워서 초등학교에 가져다 주기도 하고 관리사무소에 가져다 주기도 하다가 드디어 새마을부녀회장에게 간곡히 부탁하여 서가를 마련하고 책을 꽂아 놓게 되었다.

그리고 김교장과 맹교수가 서류를 갖추어 노인회에 가입하고 자주 나가서 책도 보고 장기도 두고, 노래방기구를 활용하여 할머니들과 함께 노래부르는 시간을 만들었다.

입주자대표회의 회장은 이러한 과정을 알고 남자회원을 확보해 주어서 오늘에 이르게 되었다. 커다란 변화는 할머니들이 중심으로 운영하던 노인회가 할아버지들이 중심이 되어 운영하게 된 것이다.

오늘은 남자들이 중심이 되어 운영하면서 첫 번째 월례회가 열리는 날이다.

국기에 대한 경례에 이어 부회장이 '노인강령'을 낭독하였다.

우리는 사회의 어른으로서 항상 젊은이들에게 솔선수범하는 자세를 지니는 동시에 지난 날 우리가 체험한 고귀한 경험 업적 그리고 민족의 얼을 후손에게 계승할 전수자로서의 사명을 자각하며 아래 사항의 실천을 위하여 다 함께 노력한다.

(1) 우리는 가정이나 사회에서 존경받는 노인이 되도록 노력한다.

(2) 우리는 효친 경로의 윤리관과 전통적 가족제도가 유지 발전되도록 노력한다.

(3) 우리는 청소년을 선도하고 젊은 세대에 봉사하며 사회정의 구현에 앞장 선다.

총무가 '수지결산서'를 배부하고 설명하는 중이었다. 결산서는 우선 제목이 달라졌다.

종전에는 '노인정 X월 내역서'라는 제목이었다. 내역서라면 도대체 무슨 내역서인지 알 수가 없으니 '수입지출내역서'라고 해야 한다고 일러주어도 도무지 변할 줄을 몰랐었다.

"글쎄 잘 몰라서 그래요. 이것도 다른 사람이 해주는 거요."

"그 사람한테 이야기하면 되지 않나요?"

"이제 남자들이 하세요. 우리는 그런 거 모르니까."

"아, 모르긴 무얼 모른다는 거예요. 글자만 몇 자 더 넣으면 되는데……."

다달이 한 번씩 회의가 열릴 때마다 입씨름을 하곤 하였다.

맹교수 눈에 거슬리는 것은 결산서의 제목만이 아니었다. 지출내역에는 도무지 이해하기 어려운 항목들이 많아서 질문이 쏟아져 나오고 입씨름이 벌어졌다.

이제 그런 입씨름은 하지 않아도 되어서 다행이었다. 그러나 문제가 모두 해결된 것은 아니었다. 자산 내역을 보니 '부녀회통장' '동사무소통장' '일반통장'이라는 것이 보였다. 종전에 쓰던 명칭 그대로였다.

총무의 설명이 끝나자마자 맹교수는 질문해도 좋으냐고 하였다. 총무는 좋다고 하였다.

"자산내역은 분명히 노인회의 자산내역인데 예금통장은 부녀회통장과 동사무소통장이라고 되어 있으니 무슨 까닭입니까?"

"부녀회에서 매월 지원을 받는 것과 동사무소에서 3개월마다 지원을 받는 것입니다."

"그러면 그 지원 받는 돈이 지원하는 기관의 돈입니까? 지원 받는 노인회의 돈입니까?"

"물론 노인회의 돈이지요."

"돈은 노인회의 돈인데 통장은 노인회의 통장이 아니고 지원하는 기관의 통장이란 말씀이지요?"

"아니지요. 노인회의 통장이지요."

"그런데 왜 '부녀회통장' 이니 '동사무소통장' 이라고 부르나요?"

"지원해 주기 때문에. 실은 계좌번호를 써야 하는데 번호가 너무 길어서…… 종전에 쓰던 명칭을 아직 고치지 못하였습니다."

"그래서 통장에다 일련번호를 부여해서 쓰는 방법도 있을 것 같네요."

몇 사람들이 맹교수의 의견에 동의해 주었고 회장이나 총무도 수긍해 주었다.

맹교수는 다른 질문을 계속하였다.

"내 질문이 아직 끝나지 않았습니다. 사무인수인계는 완료하였습니까?"

"예, 그렇습니다."

"그러면 무엇을 인수하였는지 내용을 공개하시면 좋겠습니다."

"그리 하겠습니다."

그 동안 회장이 사무실에 가서 인계인수서를 복사해 와서 배부하였다. 내용을 보니 회계사항(회계장부) 비품 등이고 회칙, 회원명부, 공문서철, 회의록, 회비징수부, 금전출납부와 같은 것은 없었다.

"어째서 다른 장부들은 없습니까?"

"다른 장부는 없답니다."

"어째서 없는지 설명해 주시지요."

"하여간 없는 것을 어떻게 합니까?"

"전임 회장단이 책임을 지고 찾아서 인계하고 신임 회장단에서는 반드시 받아야 하지 않습니까? 전임 회장단에서는 반드시 찾아내야 합니다. 회장, 부회장, 총무, 감사가 다 있으면서 아무도 책임을 지지 않고 그저 없다고만 하면 되는 것이 아니지요. 노인회 문서가 어느 개인의 문서가 아니잖아요. 그리고 만일 노인회 「30년사」니 「50년사」를 간행하기 위하여 상급기관에서 자료를 제출하라는 공문이 오더라도 노인회 초창기부터 내려 온 모든 기록을 근거로 자료를 제출해야 하는데 지금 아무 것도 없다면 안 되는 것 아닙니까. 전임자들은 반드시 모든 자료를 찾아내야 합니다."

맹교수는 언성을 높여서 전임자들에게 책임이 있다는 것을 떠들어 대었다.

공사(公私)를 정확히 구분해야 하고 임원이 된다는 것이 얼마나 중요한 의무를 지는 것인지 깨우쳐 주는 방향으로 말하였다.

분위기는 매우 딱딱하게 되었다.

"자, 이제 점심시간이 되었으니 회의는 이상으로 마치겠습니다. 이제 다 같이 식당으로 가시지요."

회장의 폐회사로 회의는 끝났다.

회장은 천성도 온화한 데다 교양이 있어서 그런지 하고 싶은 이야기를 많이 참는 편이었다. 그리고 회장이 하고 싶은 이야기를 회원 중에서 말할 때까지 기다리는 것이었다. 회원 중에서 아무리 부당한 발언이 나와도 직접적인 반응을 피하고 다른 회원의 발언을 기다리는 작전이었다.

회의 중에 감돌던 냉랭한 분위기가 풀리기 시작하였다.

맹교수가 언성을 높여 발언한 데 대하여 통쾌하게 여기는 사람들도 있지만 불편하게 생각하는 사람들도 있는 것 같았다.

"남자들이 맡기를 잘 했어. 그래서 남자들이 있어야 돼."

"여자들이 개코나 무얼 알아? 저 똑똑한 척이나 하지. 감투나 쓰려고 하고."

"그렇지만 맹교수님처럼 그렇게 철저히 캐고 따지면 누가 일을 맡어? 수고는 수고대로 하고 욕은 욕대로 먹고."

맹교수는 별 것도 아닌 것을 좁쌀영감처럼 심하게 따진 것 같고 특히 새로 일을 맡은 총무에게 '예금통장명칭'이나 '사무인수인계'를 가지고 지적한 것이 미안하게 생각되었다.

그러나 이제는 노인회의 운영이 '회칙'에 따라 규모 있고 사무적인 질서를 유지하여 상급기관의 감사에도 아무런 문제가 없게 될 것이라고 믿어 다행으로 생각되었다.

며칠이 지났다.

심여사가 추어탕집에서 점심을 내겠다고 한다.

맹교수는 '사랑방'으로 나갔다. '사랑방'은 본디 '할아버지 방'이라는 표지판이 붙어 있었는데 맹교수가 관리사무소장에게 부탁하여 다시 만들어 붙인 할아버지들이 쓰는 방이다.

할머니방을 건너다 보니 이매역 부근에서 만났던 초로의 신사가 의자에 앉아 있었다.

맹교수는 인사를 나누고 말을 걸었다.

"교회에 계시지요?"

"그렇긴 하지만 일반 교회와는 다릅니다."

"무슨 교파시더라?"

"여호와의 증인입니다."

"아아, 그러시던가요."

"그럼 여호와의 증인을 선교하러 오셨나요?"

"글쎄요. 지나다가 들렀습니다."

"그런데 장로교파나 감리교파와 다른 점이 무엇인가요?"

"우선 사람이 죽으면 육체와 영혼이 모두 흙으로 돌아간다는 점이지요."

"그래요? 그럼 천당이니 지옥이니 하는 것도 다르겠네요."

"그렇지요. 우리는 '삼위일체설' (三位一體說)을 인정하지 않습니다."

"우리끼리만 이야기하지 말고 여러 사람들과 함께 이야기하지요."

"글쎄요."

"그래도 전도하러 오셨으면 전도를 해야지요. 내가 오기 전에 벌써 끝나셨나요."

"아직이요."

"그런데 우리는 지금 식사하러 가야 하는데 하시려면 빨리 하시지요. 마이크를 갖다 드릴까요?"

"글쎄요. 듣고 싶어하지 않는 분들도 있어서요."

그들 두 사람 중에 한 사람은 처음 보는 사람이고 젊어보였다. 얼굴이 잘 생기고 건강하게 보였으나 그 사람도 적극적으로 전도하려는 기색이 보이지 않았다. 그들과 이야기를 주고 받는 동안에 노인회장이 들어왔다.

맹교수는 인사를 건네고 두 사람에게 회장을 소개하였다. 회장의 승인도 없이 그들에게 전도를 하라고 권한 것이 마음에 걸렸다. 마침 그들은 다음에 다시 들르겠다고 하며 일어섰다.

"그러면 전화번호를 가르쳐 주시면 적당한 기회에 연락하여 대화를 나누겠습니다."

"감사합니다."

"안녕히 가십시오."

그들이 떠나고나서 김여사는 맹교수가 손에 들고 있는 전도지를 보자마자 빼앗아가지고 주방쪽으로 집어던져 버렸다. 그뿐만 아니라 맹교수의 등을 몇 번이나 때리면서 집에는 절대로 그런 것을 들고 들어가지 말라고 하였다.

맹교수는 전도지를 다시 주워서 책상 서랍에 넣었다.

"여호와의 증인이 왜 나쁜가요?"

"아이고 나쁘고 말고요. 아, 식구들 밥도 제대로 챙겨주지 않고 교회로 쫓아 나가요. 못 써요. 못 써."

"그래요? 그럼 그 사람들 앞에서 나쁜 것을 다 이야기하고 좀 따져보시지 그랬어요? 그리고 어느 교파나 열성분자들은 그런 것 아닌가요?"

"그 사람들은 유별나다는 거지요. 그리고 그 사람들이 얼마나 말을 잘 하는데."

"그래요? 말을 잘하면 그 사람들 말이 옳은 거 아닌가요? 여호와의 증인 믿어야 하겠네요."

"말만 잘 한다고 믿나 뭐? 참 멍청한 소리하시네. 멍교수님."

"그래요. 내가 멍청해서 멍교수거든요. 멍하다가 맹해졌어요."

"호호호. 하하하."

맹교수는 여호와의 증인이 성경을 많이 읽고 말을 잘 한다는 말을 들은 일이 있었고 실지로 어느 장로교인과 논쟁하는 장면을 목격하기도 하였다. 그 때 장로교인은 완전히 판정패였다.

미국에서는 여호와의 증인이 행하는 전도행위가 극렬하여 생활방해행위로 말썽이 되었다는 것을 그는 알고 있었다.

그리고 광신도(?)는 어느 종교 어느 교파에나 다 있는 것으로 알고 있었다.

이윽고 추어탕집 승용차가 왔다. 5인승이니 다섯 번은 나누어 타야 할 판이었다. 회장은 어차피 차를 가지고 가야 할 형편이니 남자들은 함께 자기의 차로 가자고 하였다.

맹교수는 추어탕집에 도착하여 박감사 옆에 앉게 되었다.

그리고 맹교수는 맛있게 술잔을 기울였다. 박감사에게도 한 잔을 권하였다. 그가 잔을 비우지 않고 바라보기만 하는 것을 보고 그 옆에 있던 주선생이 술잔을 내밀며 자기 잔에 따르라고 한다. 맹교수는 중간에서 안 된다고 제지하였다.

"주선생님, 연애하기는 틀렸네요. 자기 잔이라도 덜어서 숙녀에게 권해야 할 판인데 숙녀의 잔을 덜어서 자기에게 달라니 말입니다. 안 그래요?"

"그렇지 않지요. 술을 즐기지 않는 숙녀에게 술을 권하는 것은 큰 실례지요. '기소불욕물시어인' (己所不欲勿施於人)이라는 말을 아실 텐데. 내가 원하지 않는 일을 남에게 베풀지 말라는 공자의 말씀."

"아, 그게 공자의 말씀입니까?"

"그럼요. 《논어》 '안연편' 에도 나오고 '위령공편' 에도 나오는 말이잖아요?"

"두 군데서나 나옵니까?"

"난 그런 줄 압니다. 이제는 거의 잊어버렸지만 어려서는 송두리째 외우다시피 했었지요."

"정말 대단하십니다. 저도 《논어》를 읽어보긴 했지만 수박겉핥기로 읽어서 아무 것도 남은 것이 없습니다. 그래 '공자가 죽어야 나라가 산다' 는 학자도 있는데 2,500년 전 말씀이 지금까지도 소용이 있습니까?"

"정말로 몰라서 묻는 겁니까? 그런 소리 하는 사람은 《논어》가 무엇인지 읽어 본 일이 없거나 읽어도 전혀 그 뜻을 모르는 바보거나 고의로 왜곡하는 것이 분명합니다. 그런 소리 하는 학자는 학자가 아니라 사이비에 지나지 않아요. 요즘은 엉터리 교수도 꽤 많아요. 고전이라는 것은 아무리 시간이 흐르고 사회가 변천하더라도 그 속에 진리가 있고 지혜가 있는 법이지요. 실은 나도 어렸을 때는 읽어도 그 뜻을 잘 몰랐는데 직장에서 물러나 시간도 있어서 다시 읽어 보니 정말로 감탄할 만한 진리가 가득하다는 것을 새삼스럽게 깨달아지더군요."

"공자는 봉건시대의 사상가가 아닌가요? 지금은 자유와 평등의 민주주의 시대인데요."

"공자나 맹자나 봉건제도 밑에서 살았기 때문에 그 영향이 전혀 없는 것은 아니지만 공자는 인(仁)사상을 강조하고 맹자는 의(義)사상을 강조하였기 때문에 그들의 인의사상이 서양에도 크게 영향을 주었다는 것 아닙니까? 서양의 인권존중 사상이나 민본주의 사상이나 혁명사상이 바로 공맹사상이라는 것이지요. 서양의 계몽주의 사상가들이 모두 《논어》 《맹자》를 연구한 사람들이라는 것 잘 아시잖아요."

맹교수는 주선생의 학문적 조예에 놀라지 않을 수 없었다. 주선생의 이야기를 얼마든지 듣고 싶은 심정이었다.

"저는 잘 모르는데요. 서양사람들이 《논어》 《맹자》를 읽고 연구했다는 거지요? 그들이 어떻게 한문서적을 연구하지요?"

"벌써 수백년 전에 서양사람들이 동양으로 진출하여 서적을 가져가고 동양의 고전이 서양에서 번역되었다는 것 아닙니까? 유럽에 가서 그런 것을 연구해서 박사학위를 받고 한국에 와서 교수생활을 하는 분들이 있다고 하던데 정말 모르십니까?"

"말씀을 듣고 보니까 깨닫게 되는데요 그런 교수가 있습니다. 프랑스 같은 나라에 가서 동양의 철학이나 사상을 연구하는 학자들이 있다는 것은 잘 알고 있습니다. 그런데 요전에 사랑방에서 이야기하던 글이 무엇이었던가요?도연명(陶淵明)의 '귀거래사'였던가요?"

"그렇지요. 이산해(李山海)가 초서로 쓴 도연명의 '귀거래사'인데 도무지 읽기가 힘들더군요. 내가 모두 암기하던 거라 대강 읽을 수는 있었지만."

"이산해의 글씨가 진본인가요?"

"진본이라고 말할 수 있는지는 모르겠네요. 이산해의 초서를 탁본한 것이니까요. 그런데 어떻게 흘림이 심한지 내용을 모르는 사람은 전혀 짐작하기도 어려울 정도더라고요. 이산해는 한응인(韓應寅)과 함께 당대 최고의 초서를 남겼답니다."

"초서전문가나 읽을 수 있을 정도인가 봅니다. 처음에 '귀거래혜' (歸去來兮)로 시작되는 거지요?"

"그렇지요. 돌아가자. 전원이 황폐해지려는데 어찌 아니 돌아가랴. 지금까지는 내 마음을 육신을 위하여 일하게 하였다. 어찌 걱정하고 슬퍼하기만 할 것인가? 이미 지난 일이야 탓해도 소용없으니 앞으로나 뜻대로 해야지……. 하는 내용이지요. 결국 벼슬을 그만 두고 고향으로 돌아가 아름다운 자연을 벗하여 사는 거지요."

"그리고 또 있었지요."

"이백(李白)의 '망여산폭포'(望廬山瀑布)라는 것도 있었고 추사 김정희(秋史 金正喜) 선생이 쓴 '옥순봉'(玉筍峰)도 있었지요."

"이백의 시는 주로 자연을 읊은 것이 많습니까?"

"그렇지요. '서쪽에 있는 향로봉에 올라서/ 남쪽에 있는 폭포를 바라보니/ 물줄기가 삼백 길이나 걸려 있어/ 골짜기에 뿜어내기를 수십리라/ 물소리 천둥치듯 번쩍이며/ 은연히 흰 무지개 일어나듯 하니/ 처음에 놀라서 큰 물이 쏟아져/ 거의 구름 속에 빨려드는가 했다.' ……자 이제 그만하고 술이나 한 잔 합시다."

"사랑방에 가서 추사의 '옥순봉'도 소개해 주세요. 정말 재미 있습니다. 주선생님의 강의 때문에 자주 수작을 해야겠습니다. 정말 명강의십니다. 하하하."

"천만의 말씀을 다 하네요. 회장님이나 공선생은 얼마나 많이 아는데요. 그 분들은 진짜 학자들 같더군요. 전공도 아닌데 어떻게 그리 많이 공부를 하였는지 말입니다. 좋은 글을 많이 읽었더라고요."

주선생의 말대로 회장이나 공선생도 한학(漢學)에 조예가 깊은 것이 사실이었다. 세 사람이 한시(漢詩)를 가지고 토론하는 것을 보면 옆에서 듣는 사람들도 흥미가 진진하였다.

회장은 값나가는 병풍을 비롯하여 여러 가지 귀한 문헌들을 가지고 있는데 추사의 '세한도'(歲寒圖)가 그려져 있는 기념품을 가지고 사랑방에 나와서 회원들에게 보여주었다. 특히 '세한연후지송백지후조'(歲寒然後知松柏之後凋)라는 글귀가 마음에 든다고 하는 것을 보면 그의 군자다운 풍모와 어울리는 것 같았다. 소나무와 잣나무가 추운 겨울에도 시들지 않고 절개를 나타내는 것처럼 사람도 아무리 어렵거나 세상의 유혹을 받아도 지조를 지켜야 한다는 것이었다.

그러나 회장이 가장 좋아하는 글은 굴원(屈原)의 '어부사'(漁父詞)라고 한다. 그는 거의 완벽하게 노래를 부르듯이 암송하였다.

굴원이 기방하여 유어강담하고 행음택반할새
안색이 초췌하고 형용이 고고라
어부 견이문지왈 자 비삼려대부여아 하고로 지어사오
굴원왈 거세개탁이어늘 아독청하고 중인개취어늘 아독성이라 시이로 견방이라
어부왈 성인은 불응체어물하고 이능여세추이라
세인 개탁이어든 하이굴기니이양기파하며

중인 개취어든 하불포기조이철기리오?

하고심사고거하여 자령방위오?

굴원왈 오문지하니 신목자는 필탄관이오 신욕자는 필진의라

안능이신지찰찰로 수물지문문자호아?

영부상류하여 장어강어지복중이언정

안능이호호지백으로 이몽세속지진애호아?

어부완이이소하고 고예이거하여 내가왈

창랑지수청혜어든 가이탁오영이오

창랑지수탁혜어든 가이탁오족이로다

수거불부여언하다

굴원은 벼슬자리에서 부조리와 타협하지 않았기 때문에 추방을 당하여 멱라수(汨蘿水)에 투신하여 죽었다지 않는가.

회장은 평생을 공직자로 살면서 도연명이나 굴원 같은 사람을 머리에 그리면서 청렴하게 살고자 노력한 사람이었다.

회장도 대단하지만 공선생은 '마하반야바라밀다심경'을 줄줄 외우기도 하고 내용도 알기 쉽게 해설을 하였다. 공선생은 불교신앙에 구복(求福)적인 요소가 없는 것은 아니지만 그것은 지엽적인 것이고 근본은 대자대비(大慈大悲)의 윤리와 색즉시공 공즉시색(色卽是空 空卽是色)이라는 철학이라고 말하였다. 그리고 유식철학(唯識哲學)에도 조예가 깊어서 제7식과 제8식을 자주 말하고 특히 제8식을 최고의 경지에 있는 식(識)으로 말하면서 그 위치는 인체에서 회음(會陰)의 위치와 같다고 말하였다.

공선생은 주요 불교경전 뿐만 아니라 《벽암록》(碧巖錄)에 관해서도 많이 알고 선문답(禪問答)에도 일가견이 있었다.

맹교수의
사랑방
이야기

맹교수는 주선생에게 술을 권하고 다시 박감사에게도 잔을 들어 부딪치며 말하였다.

"아까 주선생님이 하신 말씀이 옳은 말씀이지요? 모두 박감사님을 위해서 한 말씀이니까요."

박감사는 미소를 지으며 수긍하는 눈치였다. 맹교수가 항상 술을 남기는 것을 아까워하듯 주선생도 술이 남을까 봐 달라고 한 것 같았다. 아무튼 유익한 이야기가 오간 것이 다행이었다.

주선생은 노인회 초창기에 얼마동안 출석하였으나 여러 해를 쉬다가 임원이 개선되기 며칠 전부터 나오기 시작하였기 때문에 그의 얼굴을 기억하는 사람은 적었다. 맹교수는 임시총회에서 그를 부회장으로 추천하였다. 최고령자이기 때문이다.

그러나 임원선출이 끝나고 알고 보니 그는 전입신고가 되지 않은 상태였다. 2008. 1. 1 제정된 '회칙' 제5조(회원의 자격)에는 '……적법절차를 거쳐 실지로 거주하는 65세 이상의 노인……' 이라야 회원의 자격이 있고, 임원의 자격도 당연히 회원의 자격을 갖춘 경우에만 인정되는 것이었다.

맹교수는 총회에서 임원을 개선할 때, 사전에 회원의 자격을 점검하지 않고 회의를 진행한 것이 실수였음을 깨달았으나 '관습법'을 거론하는 회원도 있어서 법적인 문제를 철저히 따지지 않고 임시의 장의 역할을 끝내고 말았다. 법적인 문제와 인화의 문제가 갈등하는 순간이었다. 마을의 공동체는 법을 초월하는 인화(人和)로 운영되는 것이 자연스러운 것이었다.

맹교수는 냉혹한 태도를 보이기가 싫었다. 새로 선출된 임원의 자격을 가지고 왈가왈부하는 것이 분위기에 어울릴 것 같지 않았기 때문이었다. 모든 문제를 철두철미하게 처리하기는 어렵고 남은 과제는 새로운 집행부에서 처리해도 무방할 것 같았다. 회칙을 적절히 개

42

정하면 되는 것이고 회칙 개정이 그다지 시급한 것도 아니었다.

어느 노인회에서는 '회칙'도 없이 운영하고 타지역으로 전출하여 떠나고 나서도 종전에 출석하던 노인회에 나와서 저축된 기금을 나누어 쓰자고 주장하기도 하고 종전의 직책을 계속하여 행사하려고 하는 바람에 시끄럽다고 한다.

'한국 사람 마이크 잡으면 놓지 않고 감투 쓰면 벗지 않는다'는 속담도 있지 않은가. 모두 사회생활에 미숙한 탓이라고 맹교수는 생각하였다.

3
대화

맹교수는 보건소에 들러 전립선비대증치료제 '짜트랄'을 처방 받고 어디로 갈까 망설였다.

차병원 앞 포장마차집을 거처 '아름다운 가게'로 가느냐, 아니면 탄천변을 산책하다가 '사랑방'으로 가느냐 망설이던 끝에 대단한 결심이라도 내린 듯 탄천변으로 들어섰다.

맹교수는 문득 매촌선생이 생각나서 휴대전화를 꺼내었다.

"매촌선생님, 안녕하세요?"

"동촌이오?"

"예, 지금 무어 하세요?"

"의사가 안정을 취하라고 해서 집에서 쉬고 있던 참이야."

"산보 안 하시겠어요?"

"탄천이나 좀 거닐까?"

"그럼 '무지개다리'로 나오시지요."

잠시 후 맹교수는 매촌선생을 만났다.

'무지개다리'는 매송초등학교와 이매중학교를 이어주는 보도교인데 무지개 모양처럼 생겨서 그들이 붙인 이름이었다. 이 다리가 생기기 전에는 매송중학교와 이매초등학교를 이어주는 '오작교' 에서 자주 만났는데 이것도 그들이 지어서 부르는 이름이었다.

맹교수는 의례적으로 매촌선생의 건강에 대한 이야기를 나누고 나서 '사랑방' 에서 오라는 전화를 받았다고 말하고 '사랑방' 을 구경하러 가자고 권하였다.

그러나 매촌선생은 응하지 않았다. 이유는 분명하지 않았다. 그는 아무나 만나기를 좋아하지 않는 성미였다.

맹교수와 함께 종지봉으로 등산을 할 때도 다른 사람이 끼어드는 것을 좋아하지 않았다. 고고하면서도 건강하고 젊게 사는 것이 매촌선생의 신조로 보였다.

'사랑방' 으로 가서 보니 할머니들은 모두 집으로 돌아가고 공선생이 유리창을 단속하는 중이었다.

공선생과 함께 '여호와의 증인' 에 관하여 이야기하다가 TV의 베이징올림픽경기를 잠깐 보고 나서 공선생과 맹교수는 '치어스' 로 발걸음을 재촉하였다.

이선생에게 전화하였으나 나오지 않겠단다.

식탁 위에는, 'CHEERS' 라는 큰 제목 밑에 잔 글씨로 'PREMIUM RES PUB' 이라고 쓰고, 다시 그 옆에는 '호텔식 요리안주와 함께 하는 생맥주전문점' 이라고 쓴 메뉴지가 식탁 위에 놓여 있었다.

형형색색으로 인쇄된 내용을 보면 치킨나쵸 14,000원, 치킨퀘사디아 15,000원, 치킨데리야끼 14,000원, 유산슬 15,000원, 웰빙무쌈 15,000원, 사천식고추잡채 15,000원, 생생진오뎅탕 12,000원, 훈제연어고구마샐러드 15,000원, 사천해물탕 13,000원, 훈제삼겹살 16,000원, 궁중떡볶이 14,000원, 을지로골뱅이 17,000원을 포함하여 꼭 20가지의 안주가 소개되어 있었고 음료수는 별개의 메뉴지에 적혀 있었다.

'CHEERS' 라는 말은 '갈채', '환호', '음식물' 등 많은 뜻이 있으나 한글로 번역한다면 무엇이 적당한 말인지 알 수가 없었다. 혹시 '진수성찬' 이라고 하면 안 될는지, 아니면 '갈채' 나 '환호' 나 '건배' 나 '만세' 같은 말이 적당할 것도 같았다.

그리고 'premium res pub' 이라는 말은 음식을 할증해 주는 목로주점이라는 뜻이니 음식 값도 저렴하다는 것으로 보였다.

그런데 여기서 맹교수가 즐기는 것은 위에서 소개한 진수성찬보다도 시원한 호프 그 자체였다. 공선생도 말하지만 호프 자체가 다른 집보다 맛있는 것 같았다.

맹교수는 이따금 혼자서도 '치어스' 를 찾아갈 때가 있었다. 출입문을 열고 들어서자마자 종업원으로 일하는 총각이나 처녀에게 집게손가락을 보여주면 즉시 호프 한 잔과 안주가 나왔다.

500cc 글라스에는 하얀 성에가 끼여 있고 입으로 가져가면 시원한 촉감이 목을 축여 주었다.

'꿀꺽 꿀꺽……'

이어서 땅콩을 씹는 맛이나 고추장에 찍어 먹는 멸치의 맛은 일품 요리였다. 여기다가 공선생처럼 좋은 대화자와 잔을 기울이며 이야기를 듣는 것은 호프의 맛을 더욱 돋워 주었다.

공선생은 대한민국 감사원과 민간 기업체에 근무한 일이 있고 법학사와 증권투자상담사자격증을 취득하였을 뿐만 아니라 한문실력이 대단하고 불교에 매우 조예가 깊어서 맹교수가 들어볼 만한 이야기를 많이 한다.

맹교수는 그의 탐구력과 능력을 인정하기 때문에 '고전강독' 시간에도 몇 번이나 발표하기를 권고하였다. 공선생은 불교의 교리나 역사에 그치지 않고 선시(禪詩)를 몇 편이나 암송하고, 유치환 백석 정호승 한용운 성철스님의 시도 암송하곤 하였다.

술맛을 좌우하는 것은 술 자체도 중요하지만 안주도 중요하다. 그러나 무엇보다도 중요한 것은 대작을 하는 상대자라고 한다. 상대자는 술을 많이 마시기 위해서 중요한 것이 아니라 대화를 나누기 위해서 중요하고 그래서 좋은 대화자를 만나면 술맛도 좋아진다.

남과 대화할 때는 상대방의 이야기를 잘 듣는 태도가 중요한데 맹교수는 상대방의 이야기를 잘 들을 줄 아는 사람보다는 들을 줄 모르는 사람을 많이 본 것 같았다.

사람들은 남이 이야기를 꺼내기가 무섭게 끼어들어 방해한다.

"며칠 전에 칭따오를 다녀왔어요."

"아, 그래요? 나는 지난 주말에 샹캉을 다녀왔는데……. 그래, 며칠 동안이나 다녀왔지요?"

"3박4일이요."

"그래요? 3박4일 동안?"

"……."

"나는 2주일 동안 다녀왔는데……."

"그런데 말이에요. 칭따오에 우리 교포가 참 많더군요."

"아, 우리 교포야 옌볜에 많지 않아요?"

"……."

"일본 오사카에 가봤어요?"

"아니요."

"오사카에는 맨 우리 교포더라고요."

"……."

"LA는 또 어떻고. 맨 우리 교포라 영어 한 마디 못 해도 되더라고요."

칭따오를 꺼낸 사람은 칭따오에서 만난 우리 교포가 사업을 하다가 실패한 이야기와 중국에 투자하는 것이 얼마나 어려운 일인지를 이야기하고 싶었는데 그것은 여지없이 뭉개져 버리고 만 것이다.

'나는 그까짓 칭따오보다 더 유명한 큰 도시를 다녀오고, 미국이나 캐나다가 문제가 아니고 온 세계를 당신보다 더 많이 여행하였는데 그 시시한 칭따오를 다녀온 것을 가지고 으시댈려고 하는 거냐? 이 잘난 인간아.' 하는 태도이다.

그래서 이야기를 꺼낸 사람은 속으로 말한다.

"그래, 나는 못난 놈이야. 너 잘 났어. 칭따오에서 들은 이야기는 사람들이 다 아는 이야기야. 내가 입을 열려고 한 것이 잘못이었어……"

칭따오를 이야기하려던 사람은 입이 꼭 다물어지고 술맛도 나지 않는다. 한 사람이 하고 싶은 이야기를 5분이고 10분이고 말한 다음에 궁금한 것을 묻는 것이 아니라 샹캉은 어떻고, LA는 어떻고, 런던은 어떻고, 파리는 어떻고 하다가 교포이야기는 어느새 사라지고 중국인으로, 미국인으로, 영국인으로, 프랑스인으로 럭비공처럼 이리저리 튀고 만다.

대화법에는 다음과 같은 몇 가지 원리가 있다고 한다.

새치기는 대화의 질서를 깨뜨린다.
지루함을 참고 들어주면 감동을 얻는다.
공치사하면 누구나 역겨워한다.
잘난 척하면 적만 많이 생긴다.
말을 독점하면 적이 많아진다.

맹교수는 첫 번째가 가장 중요한 원리라고 생각하였다.

만일 아주 위급한 상황에서 남이 제공하는 중요한 정보를 무시하고 가로막아 버리면, 능히 모면할 수도 있는 위험을 자초하는 결과가 될 수도 있다.

전쟁이나 자연재해지역에서 마지막 열차를 타기 위하여 사람들이 늘어서서 승차권을 산다고 해보자.

좌석은 몇 자리 남지 않은 형편이어서 만일 좌석권을 사지 못하면 다섯 시간이고 열 시간이고 서서 가는 입석권을 사야 하고, 입석권도 사지 못하면 커다란 물질적 손실을 초래하거나 아니면 생명의 위험을 벗어나지 못하는 경우에 어떤 사람이 함부로 새치기를 한다면 어떻게 될까.

질서는 파괴되고 사람들은 새치기하는 자를 용서하지 않을 것이다. 이런 경우, 질서의 파괴자는 여러 사람의 주먹질과 발길질에 죽어도 마땅한 것이다.

맹교수는 모처럼 고향에 갔다가 이웃집 개들에게 놀란 일이 있었다. 산책삼아서 이웃집 앞으로 지나가는데 개들이 대여섯 마리나 성난 목소리로 짖으며 쫓아 나왔다.

맹교수는 걸음을 멈추고 개들을 달래려고 애를 썼다. 개들은 낯설기만 한 그를 침입자로 보았는지 완전히 적대시하는 것 같았다. 소름이 끼칠 정도로 겁이 나는 것을 억지로 참고 주인을 불렀다.

"아줌마! 저 좀 보세요! 개 좀 불러주세요!"

맹교수가 몇 번이나 소리치자 주인이 나왔다.

"안녕하세요? 나는 맹대용인데 앞집 형님댁에 온 사람입니다. 산보하려고 나왔는데 개들 때문에 겁이 나서 꼼짝할 수가 없네요."

주인이 개들을 데리고 집으로 들어가는 바람에 겨우 숨을 돌릴 수 있었다.

고향을 떠난 지 수십 년이 되었으니 이웃집 사람들도 낯설게 되었고 개들의 공격을 받는 처지가 되었다.

맹교수는 이따금 공식회의 석상에서 남의 말을 가로채고 끼어드는 사람을 보면 시골에서 갑자기 달려들며 짖어대던 개들이 떠올랐다. 새치기로 끼어드는 사람의 목소리나 지나가는 사람을 향하여 짖어대는 개들의 울부짖음이나 차이가 없는 것 같았다.

그리고 공식 또는 비공식회의에서 새치기로 떠드는 소리를 제지하지 않는 사회자는 개를 불러들이지 않는 주인과 같이 보였다. 개는 개이기 때문에 하는 수가 없지만 사람이 개처럼 분별없이 새치기하여 남의 말을 방해하는 것은 무엇 때문일까? 그리고 개 주인은 왜 개를 불러들이지 않을까?

맹교수는 이제 고향에는 부모님도 안 계시고 동기간도 없어서 거의 갈 일이 없게 되어 개에게 당할 염려는 없어졌다. 그러나 어디에 살던지 사람들이 모이는 자리에 안 나갈 수가 없고 나가다 보면 이따금 고향의 개들을 떠올리게 하는 일이 있으니 마음이 즐거울 수가 없었다.

'제발 남의 이야기를 방해하지 말자'는 태도를 보이면 '네가 무어냐? 누굴 가르치려 하느냐? 주제넘게' 라는 반응이 나타나는 것 같았다. 그만큼 주체성(?)이 강하고 자존심(?)이 강하고 안하무인이다. 권력이나 돈 앞에서는 머리를 숙여도 질서나 지성이나 인격은 백안시하고 잔인하게 뭉개 버린다.

은퇴한 노인들은 동정의 대상이지 존경의 대상은 아니다. 젊은이들이 노인들에게 측은한 마음을 갖는 것은 강자가 약자에게 자비심을 베푸는 것이다.

그래서 노인들은 서럽다.

그래서 두고 보란다. 너희는 늙지 않는지.

'주의력결핍과잉행동장애' (ADHD)라는 정신질환이 있다고 한다.

대개 어린이들이 학교에서 수업시간에 자주 행동하는 일이기 때문에 학교교육의 문제로만 아는데 그것이 교정되지 않으면 어른이 되어서도 나타난다고 한다.

어려서 남의 이야기를 경청할 줄 모르는 아이들은 어른이 되어서도 남의 이야기를 들을 줄을 모르고 남의 이야기에 계속적으로 끼어들어 남의 이야기를 방해한다. 끼어들지 않아도 좋을 때 끼어들거나, 끼어들지 말아야 함에도 불구하고 끼어들다 보니 과잉행동이 나타나는 것이다.

한국 사람들이 토론할 줄 모른다는 소리를 듣는 것은 바로 이 때문인 경우가 많은 것 같다. 사람은 만나기만 하면 서로 대화를 나누는 것이 당연하지만 서로서로 이야기를 못하게 방해하는 것이 예사이고 불과 몇 분 가지 않아서 대화가 끊기거나, 서로 언쟁을 하거나, 찬 물을 끼얹은 것처럼 분위기가 냉랭하게 되거나, 싸운 사람들처럼 어색해진다.

이야기를 하고 싶어도 할 수가 없는 것이 한국 사람들의 대화방식이다. 라디오나 텔레비전에 출연하여 토론하는 일류 명사들의 태도도 비슷한 경우가 많다.

상대방의 이야기를 끝까지 듣지 않고 중간에서 가로채어 자기 이야기를 하거나, 상대방의 결론을 함부로 억측하여 거의 단정적으로 말해 버린다. 이리하여 상대방의 진의와는 전혀 다르게 엉뚱한 각도에서 결론을 내려 싸움이 일어난다. 말하던 사람이 자신의 주장은 그것이 아니라고 다시 해명을 하여도 '무어가 아니냐?' '변명하지 말라' 고 대들어 폭언을 퍼붓기도 한다.

글을 쓰는 데는 적어도 서론·본론·결론이 있고, 기(起) 승(承) 전(轉) 결(結)이라는 형식이 있다. 기승전결은 기구·승구·전구·결구이다. 흔히 쓰는 에세이에서는 서론·설명·논증·결론이라는 형식을 취하고 소설에서는 발단 · 전개 · 절정 · 결말이라는 구조를 활용한다.

그런데 에세이를 읽는 사람이 서두만을 읽고 나서 그 에세이의 결론을 단정해 버리거나, 소설을 읽는 사람이 발단만 읽고 나서 나머지는 멋대로 해석해 버리면 그 에세이나 소설을 읽는 것이 아니라 그 일부를 가지고 상상의 날개를 펼치는 것이고, 그 작품을 변조하거나 망가뜨리거나 폐기처분해 버리는 격이다.

상대방의 이야기를 잘 듣지 않는 이유는 상대방의 이야기를 들을 만한 이야기로 인정하지 않거나, 상대방의 인격을 무시하거나, 상대방의 이야기를 듣는 것이 창피하거나, 자존심이 상하거나, 경쟁심이나 시기심이 일어나기 때문일 것이다. 이러한 이유들은 정당하지도 않고 바람직하지도 않으며 어리석은 사람들만이 저지르는 커다란 잘못이다.

그런데 공선생은 남의 이야기를 방해하기는커녕 항상 상대방의 이야기를 듣는 데 치중한다.

왜 상대방이 칭따오를 다녀온 이야기를 꺼냈을까를 생각하고 들어주기를 계속한다. 이야기를 이어 가도록 맞장구를 친다. 상대방이 칭따오에서 보고 듣고 생각하고 겪었던 모든 것을 이야기할 수 있도록 충분한 분위기를 조성해 준다. 공선생은 어느 자리에서나 좋은 대화의 상대자가 되고 남에게 잘 어울리고 환영을 받는다.

그래서 맹교수는 공선생의 인격을 높이 평가하고 그와 함께 호프 마시는 시간이 즐겁다.

공선생은 맹교수의 이야기를 모두 듣고 나면 반드시 자신의 견해를 밝히고 또 맹교수가 듣고 싶어하는 이야기를 충분히 이야기한다.

맹교수는 그가 하고 싶은 이야기를 모두 쏟아내도록 질문을 이어간다. 공선생이 이야기를 꺼내면 맹교수는 독선생에게 강의를 듣는 기분이다.

적어도 몇 마디는 반드시 도움이 되고, 다시 기억을 더듬게 되고, 어떤 것은 아주 새롭고 신기하고 고전처럼 귀한 것을 느끼게 된다. 그래서 귀한 보물을 얻은 것처럼 흐뭇한 기분이다.

몇 번이나 거듭하여 호프를 주문하고 새로 잔을 가져 올 때마다 멸치와 땅콩이 추가되고 더러는 팝콘이 나오기도 하고 병맥주가 서비스로 나오는 수도 있다. 맹교수의 주량은 두 잔 남짓이지만 공선생의 주량은 다섯 잔 남짓이나 된다.

맹교수는 그가 술을 잘 마시고 시를 잘 암송하기 때문에 '공태백' (孔太白)이라는 별명을 지었다. 그러나 그는 너무 과분하다고 한다. 그래서 '공소백' (孔小白)이라도 족하단다. '공소백'은 겸손한 말이고 이태백(李太白)처럼 술과 시를 사랑하는 것만은 사실로 받아들여 주는 것이 다행스럽다.

노인회에서 자주 어울려서 술을 마시는 사람들은 맹교수와 공선생과 이선생이다.

그래서 세 사람이 술잔을 주고 받으면 '맹꽁이수작'이 되었다. 공선생이 '꽁선생'으로 둔갑하는 것이다. 세 사람이 이야기를 주고 받으면 '맹꽁이합창'이었다.

'맹' '꽁' '맹' '꽁'.

그들은 '여호와의 증인'에 관하여 이야기한 일이 있었다.

'여호와의 증인'은 여호와 하나님을 증거하는 사람들이라는 뜻일 게다. 그런데 그 신도가 되면 여자들이 가정사를 돌보지 않고 거기에 매달린다는 것이다.

여자들은 왜 거기에 끌려 들어가는가. 그들의 말이 그럴 듯하다는 것이다. 그들은 장로교나 감리교와 같은 교파에 비하여 매우 논리적이어서 그들의 설교를 들으면 그들의 독특한 논리에 현혹된다는 것이다.

그들의 설교는 대화로 이루어지는 것이어서 수백명에게 일방적으로 설교하는 것과는 전혀 다른 효과가 있단다.

"공선생님은 '여호와의 증인'에 대하여 어떻게 생각하세요?"

"글쎄요……."

"장로교파와 다른 점이 무엇이라지요?"

"그거야 삼위일체설을 인정하지 않는 거지요."

"그렇다면 예수는 하나님과 동격이 아니라는 건가요?"

"그렇지요. 성부 성자 성신이라는 삼자가 일체가 아니니까요."

"그러면 예수는 하나의 선지자나 선각자에 지나지 않는다는 건가요?"

"그런가 봐요."

"그리고 영혼에 관한 견해도 다르다지요?"

"사람이 죽으면 영혼은 육신과 함께 흙으로 돌아간다는 것이지요."

"그러면 부활은 없나요?"

"부활은 지상에서 이루어진다는 것 같아요."

"성경을 이해하는 데도 여러 가지 논리가 있을 수 있겠지요."

"그들의 두드러진 특징은 병역을 거부하는 것 아니겠어요?"

"그렇지요. 그런데 왜 병역을 거부하나요?"

"그야 성경에 '살인하지 말라'는 계명이 있기 때문이지요."

"그렇지요. 아주 중요한 계명이지요. 병역은 군대에 입대하고, 살인하는 훈련을 받고 여차하면 실지로 살인을 해야 하니까요. 그리고 입영하여 비전투요원으로 복무하더라도 그것이 전투요원을 돕는 것이고 간접적으로는 살인행위를 저지른다고 할 수 있으니까요."

"그래서 그들은 병역법 위반으로 처벌을 받더라도 병역을 거부한답니다."

"그렇지요. 그런데 지금은 그 집총거부자의 숫자가 많지 않아서 큰 문제는 안 될런지 모르지만 점점 숫자가 늘어나면 징병자원이 부족하게 되어 국가안보에 문제가 될런지도 모르지요. 그리고 군복무를 싫어하는 사람들이 거기에 동조할 것도 같아서 문제지요."

"그들은 국기에 대한 경례도 거부한답니다."

"그렇지요. 그것은 '우상을 섬기지 말라' 는 계명 때문이지요."

"국기가 우상이라는 것인가요? 그것은 다른 기독교인들이 제사를 지내지 않고 부모의 산소에 가서도 절하지 않는 것과도 상통하네요."

"병역 거부와 국기경례 거부는 국가안보에 관계되는 행위이니 용납할 수 없는 일이지요."

"그러나 선진국에서는 그런 것이 '양심적 병역거부' 로 인정되어 처벌을 받지 않는다는데……."

"그 대신 사회봉사활동으로 병역의무를 대체할 수 있는 제도가 있답니다."

"우리도 그렇게 하면 좋겠네요."

"그런 것은 나라마다 다를 수 있을 것 같아요. 국가안보에 아무런 지장이 없는 나라에서는 완전히 병역을 면제해 주어도 좋겠지만 국가안보에 지장이 있는 나라에서는 곤란하겠지요."

"그렇지요. 신앙의 자유도 그 시대적 상황에 따라 차이가 나타날 수밖에 없겠지요. 시간과 공간의 차이가 신앙의 자유뿐만 아니라 정치 경제 사회 교육 언론 등등 모든 분야에서 서로 다른 양상으로 나타날 수밖에요. 언론 집회 결사 단체행동 등등."

"그래서 무조건하고 선진국의 사례를 개발도상국이나 저개발국에 적용하기는 곤란한 거지요. 특히 국민의 문화적 수준이 낮거나 우리나라처럼 남북이 군사적으로 대치하고 있는 상황에서는 더욱 그렇지요."

"그래요. 그래서 정치에서도 '교도민주주의' 니 '한국적 민주주의' 라는 것이 나왔지요."

"그렇지요."

맹교수는 기독교의 윤리 가운데 십계명이 가장 비근하게 인식되었다. 우선 열 가지 가운데서 '너희 부모를 공경하라' '살인하지 말라' '간음하지 말라' '도둑질하지 말라' '이웃에게 불리한 거짓 증언을 하지 말라' '네 이웃의 재물을 탐내지 말라' 는 6가지 계명은 일상적으로 지켜야 할 기본적인 사람의 도리라고 생각하였다. 그리고 온 국민의 25%가 넘는 기독교인들이 계명을 지키고 사회의 본보기가 된다면 사회는 이상사회가 될 수 있을 것 같았다.

공선생은 국가공무원으로 여러 해 봉직하면서 얻은 경험과 그칠 줄 모르는 독서로 얻은 지식이 평형을 이루는 것 같았다.

맹교수는 노인회관에서도 그렇지만 특히 '치어스' 에서 그와 함께 이야기를 나누는 것이 즐거웠다. 공선생은 시원하게 잔을 비울 줄 안다. 맹교수가 미처 잔을 비우지 못하여도 그는 아랑곳하지 않고 잔을 비운다.

과연 '이태백' 의 제자답다. 그래서 '공태백' 이라는 이름이 안성맞춤이지만 '태태백' 이라는 별명도 어울릴 것 같았다.

하루는 노인회관 사랑방에서 여러 회원들이 간식을 하였다. 간식은 시원한 과일이나 감자나 고구마나 과자나 떡이나 홍시나 탕수육이나 소주나 막걸리였다.

그런데 한 사람이 갑자기 펜을 꺼내 들고 신문에다 몇 자 내어갈겼다. '시발노무색기' (始發奴無色旗)라고. 이윽고 보는 사람들의 입가에는 웃음이 떠올랐다. '시발노무색기' 가 매우 천한 비속어라고 생각하지만 그런대로 유래가 있다는 것이다.

맹교수가 컴퓨터로 가서 '네이버 닷컴' 을 열고 '검색' 을 클릭하였더니 대략 다음과 같은 기사가 나타났다.

　중국에서 복희씨가 천하를 다스리고 있던 시절에 황하의 발원지로 알려진 '시발현'(始發縣)이라고 부르는 곳이 있었는데 돌림병이 나서 많은 사람들이 죽어가고 있었다. 시발현에 순시하러 나간 복희씨는 돌림병을 없애기 위하여 사흘 낮 사흘 밤을 기도하였더니 태백산의 산신이 나타나서 사람들이 산신제를 올리지 않기 때문에 돌림병으로 죽게 하는 것이라며 집집마다 피를 보이지 않으면 죄를 용서하지 않겠다고 하였다. 복희씨는 집집마다 하얀 깃발에 붉은 피를 묻혀서 걸라고 지시하였더니 돌림병이 수그러들기 시작하였다. 그러나 시발현의 한 노복(奴僕)은 복희씨의 명령을 그대로 이행하지 않고 제멋대로 흰 깃발을 걸었기 때문에 산신은 대노하여 돌림병을 다시 돌게 하였다. 시발노(始發奴)가 무색기(無色旗)를 걸어서 백성들이 큰 피해를 입게 된 것이었다. 이때부터 사람들은 개뿔도 모르면서 잘 난 체하거나 남에게 피해를 끼치는 사람을 가리켜 '시발노무색기'라고 불렀다는 것이다.

　일없는 사람들이 멋대로 꾸며 놓은 이야기이고 유머러스한 농담에 속한다.
　이런 이야기가 실린 인터넷 공간을 '낙서장'이라고 한다. 낙서는 변소에 많았었다. 공중변소나 학교변소의 낙서는 얼굴을 뜨겁게 하는 그림을 그려서 마치 외설 만화처럼 보였었다.
　인터넷 '낙서장'에는 '족가지마'(足家之馬), '시벌노마'(施罰勞馬), '조온마난색기'(趙溫馬亂色氣) 등과 같은 낙서도 올려져 있다.
　더러는 음담이고 더러는 패설이고 더러는 풍자이고 더러는 해학이고 더러는 골계에 속하는 것이다.

그런데 외설 끼가 있는 이야기들은 남자들끼리만 소곤거리는 이야기들이다.

　　할머니들 앞에서는 이야기할 수가 없다. 이야기하면 할머니들을 무시하거나 예의를 모르는 행위가 되기 쉽다. 하기는 남녀노소가 한 자리에 모여서 술마시고 떠들고 농담하는 일이 다반사가 되어 버린 오늘날의 세태이고 보니 음담패설도 어느 정도 용납되는 수가 있고 점점 그 정도가 심해지고 있으니 언젠가는 모두 용납되는 시절이 올런지도 모르지만 아직은 '아직' 이다.

　　'아직' 이 남아 있어서 아직은 좋다.

　　인터넷이 보급되다 보니 별의 별 것이 다 올려져 어지러운 형편이다. 어떤 사람들은 터무니없는 말을 꾸며 올리고, 터무니없는 사진을 만들어 올려서 남을 비방하고, 명예를 떨어뜨리고, 심지어는 대중을 속이고 선동하고, 민주주의를 위협하고 체제를 흔들어 놓기도 한다.

　　어떤 시인은 입에 담을 수 없는 욕지거리를 써서 세상 사람들에게 공개한다. 그의 처와 딸이 너무 심하다고 지적하였더니 '더 지독한 욕이 없어서 못 쓴다' 고 하였단다. 욕설과 시의 경계가 무너져 내리는 순간이다.

4
6.25 이야기

노인회의 회원들은 모두가 고희를 넘기고 더러는 90에 가까운 분
들도 있다.

그래서 일제의 수탈로 고생하고 6.25로 고생한 분들이 많다. 윤선
생은 6.25 때 온 가족이 몰살 당할 뻔하였다고 당시를 회고한다.

국군이 후퇴하고 조선민주주의인민공화국 치하가 되고 보니 조서
방이라는 사람이 인민위원장이 되고 윤선생 부친은 반동지주계급으
로 붙잡혀 가서 매를 맞았다. 그들은 반동분자들(?)을 붙들어다 놓고
등과 허리와 다리를 어떻게 많이 때렸는지 윤선생 부친은 피를 흘리
며 간신히 기어서 취조실을 나왔단다.

청년들이 한창 의용군으로 끌려 가고 '무상몰수 무상분배'로 농지
개혁이 실시되었는데 어느 날 초저녁에 인민위원장이 숨을 헐떡거리
며 윤선생집으로 달려오더니, 온 식구들이 위험하니 당장 마을의 뒷
산 어느 곳으로 피신하라고 하였다.

가족들은 그의 말을 믿고 황급히 집을 빠져 나갔는데 만일의 경우
를 생각하여 뒷산과는 멀리 다른 방향으로 가서 산 속에 숨어서 가만

히 집을 바라보며 살폈더니 수상한 사람들이 집으로 모여 들어 윤선생 가족을 찾는 것이었다.

만일 피신하지 않았으면 큰일 날 뻔하였다. 때마침 낙동강전투에서 전세가 불리한 인민군이 후퇴한다는 소식을 들은 형편이라 며칠만 잘 견디면 살아날 수 있다고 생각하고 평소에 가까이 지내던 박선생네 집으로 한 밤중에 찾아가 숨어서 지내게 되었다.

바로 하루가 지나니까 인민군이 마을 근처로 난 소로로 후퇴하는 모습이 나타나고 멀리 보이는 국도에는 미군 탱크가 먼지를 일으키며 북진하는 모습이 보였다.

다시 하루가 지나자 인민공화국은 끝났다는 소리가 들려서 윤선생 가족은 모두 집으로 돌아갔다.

알고 보니 정말로 윤선생 가족과 김선생 가족은 면인민위원회에서 모두 살해하기로 결정되었는데 마을의 인민위원장이던 조서방이 그 회의에 참석하였다가 두 집 가족들을 살리기 위하여 몰래 도망쳐 나와서 사실을 알려주고 자기도 피신하였던 것이었다.

마을의 인민위원장은 배운 것이 없는 사람이지만 어떻게 그런 책임을 지게 되었는지 알 수가 없었고 그래도 윤선생과 김선생의 가족을 죽지 않도록 살려주어서 마을 사람들이 모두 칭찬하였다.

국군이 반격하여 수복된 후에 경찰관서에서 조사를 나왔으나 윤선생의 부친은 조서방을 적극적으로 옹호하여 부역행위로 처벌되지 않고 무사히 넘어갔다.

정선생은 당시 변전소에 근무하였었는데 남하하지 못하고 있다가 인민군을 맞이하게 되었다.

하루는 마을 가까운 들판에서 한참 동안 총소리가 나고 교전이 벌어지더니 총성이 멈추고 나서 난데없이 변전소로 인민군이 들어와서 정선생을 끌고 교전하던 장소로 갔다.

"당신이 방금 교전하다가 도망친 자 아니오?"

"아니오. 나는 집에만 있었소."

"그래? 도대체 당신 직업이 무어요?"

"나는 전기 일하는 사람이오."

"전기 일이면 전기 기술자란 말이오?"

"그래요. 그래서 저 변전소에 근무하고 있어요."

"정말이야? 거짓말하면 죽어!"

"정말이오. 동네 사람들이 다 알고 있어요."

"동네 사람들이 다 안다? 정말로 경찰놈은 아니갔지?"

심문을 계속하는데 한쪽에서는 하얀 바지 저고리를 입은 사람을 잡아다 무릎을 꿇어 앉혀놓고 총살하더라는 것이다.

정선생은 자기도 당할 것 같아 소름이 끼치고 심장이 두근거리는 것을 참고 정말로 자기는 전기기술자이니 살려달라고 애원하여 겨우 풀려났다.

"그 때 나는 정말 죽을 뻔했어요."

"그 사람들도 사람인데 그렇게 함부로 사람을 죽일 수가 있겠어요?"

"그래서 당해 보지 않은 사람은 몰라요. 전시에는 사람 목숨이 파리 목숨만도 못 해요. 아직도 6.25가 무언지 모르는 사람들은 '설마 사람을 죽일라고?' 하며 믿지 않지만 그건 모르는 소리오."

"그런데 6.25 때는 좌익만 사람을 죽인 게 아니라 우익도 사람을 많이 죽였다면서요?"

"그렇지요. 그러나 처음부터 전쟁을 일으킨 쪽이 잘못이지요. 김일성이 스탈린에게 허락을 받았대요. 미국 개입은 없고 3주일이면 끝난다고 모택동에게도 허락을 받고요."

"북한이 남한을 쳐들어 온 것인데 그것은 통일하려고 일으킨 전쟁이니까 나쁘다고 할 수도 없는 거 아닌가요?"

"아, 통일이야 누가 나쁘다고 하겠어요? 그러나 아무리 통일이 중요하다고 하더라도 형제를 죽여가며 통일할 수는 없지요."

"그러면 통일은 포기해야 하나요?"

"아, 통일이 더 중요하겠어요? 사람 목숨이 더 중요하겠어요? 독일 사람들처럼 총 한 발 안 쏘고 통일하는 민족도 있는데 제 형제 제 부모를 죽여가며 통일한다는 것이 얼마나 어리석고 비참한 일이겠어요? 6.25로 죽고 다친 사람이 군인과 민간인을 합하여 2백만명도 넘는다는데 얼마나 비참한 일이오? 그리고 만일 북한이 남한을 통일했다면 지금처럼 잘 살 수 있겠어요? 세계의 모든 공산주의 국가들이 모두 개혁 개방으로 시장경제를 도입하고 자유민주주의를 실시하는 것을 보아도 공산주의는 실패한 것 아닌가요? 지금 북한을 봐요. 자유는 고사하고 인민들이 굶어 죽는다지 않아요? 세계에서 가난하기로 유명한 미얀마보다도 더 가난하다고 해요."

"그래도 북한은 빈부격차도 없고 모든 것을 국가가 책임지기 때문에 인민들은 살기가 좋은 것 아닌가요?"

"빈부격차가 없다고요? 당간부들은 잘 살고 인민들은 굶어 죽는데 어떻게 그것이 빈부격차가 아니란 말이오?"

"가 보지 않아서 모르지만 그래도 북한 인민들은 불만이 없고 지도자동지에게 충성을 맹서한다던데요. 그리고 남한의 지식인들 가운데는 북한을 지지하는 사람들이 많잖은가요?"

"아마도 그 사람들에게 북한에 가서 살라고 하면 아무도 가서 살지 않을 거요. 남한 같은 풍요하고 자유로운 세상에서도 불만이 많은 사람들인데 북한에 가서 어떻게 살겠어요. 그 사람들은 진정으로 북한이 좋아서 그런 것이 아니고 남한사회의 모순을 받아들이기 어렵기 때문에 마치 친북적인 것처럼 보이는 행동을 하는 것일 겝니다."

"……."

"그런데 6.25 한국전쟁이 언제 일어난 전쟁인지 모르는 학생들이 많다고 하더군요. 학교에서 그런 것을 잘 가르치지 않는 모양이지요. 심지어는 남한이 북한으로 쳐들어간 전쟁이라고 아는 학생들도 있답니다. 그리고 북한하고 미국하고 전쟁하면 북한을 돕겠다는 사람들도 있답니다."

"북한은 우리와 같은 민족이니까 그렇겠지요."

"북침설을 주장하는 사람들은 친북좌파뿐이랍니다. 그리고 아무리 같은 민족이라도 북한은 우리를 침략하고 미국은 우리를 도와주고 지켜 준 나라인데 누가 적이고 누가 동지인지 구별이 안 된다니……."

"……그런데 어떻게 해서 반미주의자가 되는지 알 수가 없어요."

"한 때 그랬을 뿐이지요. 요즘은 거의 없을 겁니다. 우리가 중학교 다닐 때도 좌파인지 좌익인지 불온사상을 가진 학생들이 있었어요. 내가 하숙을 같이 하던 선배가 있었는데 내가 모르는 것이 있어서 묻기만 하면 선생님처럼 잘 가르쳐 주었어요. 그런데 6.25사변이 일어나서 인민공화국 치하가 되니까 그 선배가 좌익으로 활동하였는데 국군이 수복하자마자 우익한테 붙잡혀서 맞아 죽었대요. 어떻게 많이 맞았는지 뼈가 전부 부서졌다고 했어요. 그리고 그 선배의 형도 맞아 죽었는지 어떻게 해서 형제가 모두 6.25 때 죽어서 집안이 망했지요. 공부를 잘 하는 사람일수록 그런 물에 잘 드는 것인지 이상해요. 그리고 어떤 사람은 일제 때 독서회에 가담하여 징역을 살고 중국으로 피신하다가 거기서 좌익이 되었다는 소식이 있었는데 해방 후에 돌아와 질병으로 돌아가셨어요."

"……."

"일제 때부터 해방 후까지 머리 좋은 사람들이 많이 그렇게 되었다고 합니다. 그도 그럴 수밖에 없는 것이 당시는 제국주의에 대한 비판이 일어나고 공산주의는 자본주의와 제국주의를 비판하는 이론으로 무장되어 있으니까 정의감이 강한 젊은 청년들이 좌익서적을 읽으면 쉽사리 공감하게 되고 그런 단체에 가담하게 되었겠지요. 그러나 공산주의는 자본주의의 대안이 될 수 없다는 결론이 내려진 지 오래라는 거지요. 소련연방이 해체되고 개혁개방을 단행한 것을 보면 분명히 알 수 있거든요. 그런데도 아직도 사회주의를 고집하고 개혁개방을 외면하는 나라가 있는 것은 오로지 정권을 유지하려는 야욕 탓이지요. 그런 나라에서는 인민만 고생할 뿐이고 세계의 후진국이 되고 말지요. 오늘날은 어느 나라고 절대로 고립하여 발전할 수도 없고 문화생활을 할 수도 없지요. 세상은 많이도 변화했으니까요. 우리나라만 해도 1960년대까지 농업국가였지만 그 후로 점점 산업구조가 변하여 이제는 농촌인구가 겨우 6%내외에 지나지 않고 지금은 완전히 무역국이 된 것 아닙니까. 부존자원이 부족하고 인구는 많은 나라에서 기술을 개발하고 무역을 진흥하지 않고는 국민소득을 증가시킬 수 없고 무역을 하자니 개방하여 지구촌의 일원이 될 수밖에 없는 것이지요."

"……."

"경제개발은 사회주의체제와 같은 전체주의로는 실패할 수밖에 없다는 거지요. 개인의 농장에서는 소출이 향상되지만 집단농장에서는 소출이 저하한다는 것이지요. 지금 사회주의에 물든 사람들은 이런 사실을 알면서도 한 번 가졌던 신념은 버릴 수 없다는 어떤 아집에 사로잡혀 있는 것이지요. 지금 세계를 보면 노동자의 천국을 건설한다고 선전하던 사회주의국가들은 빈곤으로 치닫고, 자본가에게 착취만 당한다는 자본주의국가들의 노동자들은 복지를 누리는 형편이지요. '미제 미제' 하지만 미국만 제국주의가 아니라 자본주의국가나 사회주의국가나 모두 제 나라 이익을 위하여 혈안이기는 마찬가지지요."

"아무튼 전쟁은 하지 말아야 해요. 전쟁을 일으키는 지도자는 절대로 훌륭한 지도자라고 할 수가 없어요. 왜냐하면 힘 없고 죄 없는 사람들이 고생하고 많이 죽으니까요. 히틀러나 뭇소리니나 도쿄히테키 같은 인간들이 전쟁을 일으켜 얼마나 많은 사람이 죽고 고생하고 다쳤어요? 절대로 용서할 수 없는 전쟁범죄인들이지요."

조용히 듣기만 하던 차선생이 입을 열었다.

"하지만 국가와 민족을 위해서는 부득이하게 전쟁도 할 수밖에 없는 것 아닌가요?"

"그렇지요. 그렇긴 하지만 어디까지나 방어전이라야지 공격전은 안 되지요. 적이 쳐들어오면 물리치지 않을 수가 없지요. 방어전은 국민을 보호하기 위해서 불가피하니까요. 방어전은 전쟁을 일으키는 것이 아니지요."

"혹시 전쟁을 경험한 일이 있나요?"

"아, 6.25를 겪었지요."

"그럼, 참전을 하셨나요?"

"그런 셈이지요."

"전투도 하시고요?"

"……."

"직접 전투를 해 봐야 전쟁이 무엇인지를 알 것 같아요."

"나는 공비토벌에 참가한 일이 있는데 이루 말로는 표현하기 어려워요."

"예? 공비토벌이요?"

"언제 어디서 적이 나타날 지 모르는 거지요. 총탄에 맞아 죽는 수도 있지만 더러는 칼에 찔려 죽기도 해요."

"그래요?"

"좌익에 부역하다가 공비가 된 사람들이 더 무섭대요. 언제나 충성 심을 보여야 하기 때문에 그럴 수밖에 없다네요. 살기 위해서는 어쩔 수가 없다는 거지요."

"……."

"한 번은 공비가 산골 마을로 들어 온다는 정보를 입수하고 그 집 마당에 아군을 잠복시켰는데 예상한 대로 공비가 와서 약탈을 시작 하자 잠복한 군인이 바로 몇 발짝 앞에서 사격을 가하니까 공비가 혼 비백산하여 달아났는데 그 때 사격한 군인은 한 주일이나 밥을 먹지 못하고 앓아 누웠지요. 사람을 직접 죽인 일 때문에 충격을 받아서 그 런 거지요. 전투에 참가한다는 것은 결코 예사로운 일이 아니지요. 아 무리 군가를 부르고 마음을 단단히 먹어도 가슴이 떨리고 마음이 들 떠서 견딜 수가 없고, 그래서 술을 잔뜩 마시기도 하고 별짓을 다해 보는 거지요."

"……."

"전쟁은 하지 말아야 돼요. 죽는 사람들은 모두 불쌍한 사람들이 고. 멀쩡한 사람들이 죄없이 죽는단 말이요."

맹교수는 현역복무경험도 없고 전투경험담도 들은 바가 없어서 할 말을 잃고 듣기만 하였다.

전쟁은 너무나 잔인하고 무자비하고 사람이 해서는 아니 될 범죄 라고만 느꼈다. 서로 다른 민족끼리 하는 전쟁도 그렇거든 하물며 동 족끼리 하는 전쟁은 말해 무엇하랴.

제3자의 입장에서 보면 동족끼리 서로 죽이는 짓을 하는 사람들이 얼마나 어리석고 가련한 인간들인가.

그러나 예로부터 동족끼리도 전쟁을 해 왔고 동족끼리의 전쟁은 '통일' 이라는 명분으로 정당화한 것이 아닌가.

분열된 나라에서는 서로 서로 잘 사는 나라를 만들어 인민들이 마음대로 선택하여 살게 하면 전쟁을 하지 않고도 통일이 될 수 있을 텐데 무력으로 인민을 죽여가며 통일하는 것은 권력을 장악한 자들의 야욕이 아닌가.

지구상에는 동족끼리의 피비린 내 나는 전쟁이 수없이 벌어졌고 한민족도 그런 전쟁을 겪으면서 살아온 것이다. '북진통일'이나 '남조선해방'이나 모두 잘못된 정치적 선전이라고 비판하는 사람들이 적지 않았다.

"그런데 북한은 왜 그리 식량사정이 어려운 거지요?"

"그야 식량을 충분히 생산하지 못하는 거겠지요."

"왜 충분히 생산하지 못하나요?"

"농기계와 비료의 부족이랍니다."

"왜 그런 것이 부족한가요? 생산하면 될 텐데."

"전쟁준비에 주력하니까 그런 것 아닌가요?"

"그래 식량도 해결하지 못하면서 무슨 핵무기를 개발한다는 것인지 알 수가 없어요."

"핵무기를 가져야 미국하고 맞설 수 있다고 생각하는 것 같아요."

"미국하고 맞서다니? 가당치 않은 몽상 아닌가요? 미국은 경제적으로나 군사적으로나 세계 제일강국인데."

"미국의 경제력은 적어도 일본의 3배가 넘고, 한국의 10배가 넘고 북한의 100배도 넘을 텐데 어떻게 맞선단 말이지요? 아무리 속으로는 싫더라도 겉으로는 사이 좋게 지내고 협력을 받아야 하는 것 아닌가요? 세상에 사대주의를 좋아하는 나라는 없겠지만 백성이 잘 살고 나라가 잘 되기 위해서는 어쩔 수가 없는 것이지요. 그리고 옛날과는 달라서 국제적인 교류가 복잡하게 이루어지다 보니 사대주의라는 관념도 없어진 것 같고요."

"물론이지요. '당랑거철'(螳螂拒轍)이라는 말도 있지만 작은 나라는 큰 나라에 함부로 대하기가 어렵지요. 사이 좋게 교류하며 지내는 것이 최상책이지요. 아니꼽고 더럽다고 멀리하다 보면 손해만 나니까. 주체성과 자존심만으로 나라가 되는 것도 아니고요. 어느 글을 보니까 '의리'(義理)와 '시세'(時勢)라는 말이 있더군요. 썩은 선비(부유)도 의리는 알지만 시세는 통유(通儒)가 아니면 모른다는 거지요. 아무리 훌륭한 원칙이 있더라도 그 원칙을 언제 어디서 어떻게 적용해야 하는지를 알아야 한다는 거지요. 평화시의 원칙이 전시에는 맞지 않고, 성장의 원리와 분배의 원리가 서로 양립할 수 없는 경우가 많을 테니까요. 무엇보다도 중요한 것은 우물 안 개구리가 되지 말고 넓은 바깥 세상을 정확하게 볼 줄 알아야 하고 자신을 알고 겸손하고 사리사욕을 버리는 것이라고 생각해요. 그런데 우리나라 정치인들을 보면 거의 모두가 사리사욕에 물든 자들이 아니면 사이비 정치인으로 보입니다. 지식인은 많아도 지성인은 드물고, 부유의 목소리는 크고 통유(진유)의 목소리는 작단 말이오. 우리나라 정치인들의 극한 대립은 일그러진 이기주의와 집단주의가 착종된 상황에서 내편 네편 가르기에 정신을 팔고 국가와 국민은 안중에도 없다고 하더군요."

"신문을 보니까 북한에서는 영양실조로 배가 부풀어 오르는 '단백열량부족증' 어린이들이 발생하고, 소화장애로 고통을 받는 환자들이 많이 늘어난다고 하더군요."

"일제 때 우리도 나물로 배를 채우고 점심을 굶은 경험이 있지 않습니까? 구황식품으로 알려진 쑥을 뜯어다 쑥버무림을 해 먹다 보면 잘 넘어가지도 않고 억지로 넘겨 놓으면 변비증이 심하여 항문에서 피가 나고, 꼬챙이로 파내면 아이들이 울기도 하고, 영양실조로 배가 부풀어 오르고, 온 몸에 종기가 나고, 부황기가 일어나서 얼굴이 붓기도 했지요. 그 때는 이따금 콩깻묵 배급이 있었는데 한 톨이라도 더 가져 갈려고 서로 다투었지요. 그런데 그 때는 왜놈들에게 빼앗겨서 그랬지만 지금은 빼앗아 가는 놈들도 없는데 인민들이 굶다니……."

"북한에다 비교해 보면 남한은 너무나 잘 사는 나라지요."

"그런데도 학교에서는 남한이 아주 나쁜 나라라고 가르치는 교사들이 있다지요?"

"바로 그 사람들이 진보파에 속하는 교사들이래요."

"그 사람들은 대한민국의 건국이 잘못 되고, 친일파와 기회주의자들이 득세하고, 독재자가 지배하였다고 우리나라 현대사를 비판한다지요."

"그런 정도로 그치는 것이 아니고 미국 때문에 통일이 안 되고 남한은 미국의 식민지라고 가르친대요. 그렇게 배운 사람들이 군대로 가면 북한과 미국이 서로 전쟁할 때 북한 편을 들겠다고 한대요. 미국이 우리의 적이래요."

"그것이 사실일까요? 우리를 도와 준 미국은 우리의 적이고 우리를 침략한 북한은 우리 편이라니."

"분단국에서나 있을 수 있는 현상이겠지요. 그래서 교육이 참 중요한 거지요."

"그런데 지금 우리나라에 와서 정착한 '새터민'들이 벌써 일만 명도 훨씬 넘는다지요?"

"그렇답니다. 그런데 그 사람들이 여기서 적응하기가 쉽지 않답니다. 첫째는 취업하기가 어렵고 또 힘드는 일밖에 없고 봉급도 적답니다."

"특별히 기술을 배운 사람이 아니면 고생하기 마련이겠지요."

"목숨 걸고 넘어 온 동포들인데 어떻게든지 잘 보호해야 하는데."

"그럼요. 탈북하다가 인신매매조직에 걸려 팔려 가기도 하고 죽기도 하고 붙잡혀서 북쪽으로 송환되기도 하고 별별 일이 다 있지요. 인터넷을 보면 말로 표현할 수 없는 일이 다 있어요."

"주로 중국으로 탈출하는데 중국의 공안원들이 붙잡아서 북한으로 보내는 수가 많고 가서는 수용소로 가서 고생하다가 죽는 사람이 많다지요?"

"그렇답니다. 하지만 실지로 본 일이 없으니……."

"설마 매스컴들이 모두 거짓말을 하는 것은 아닐 테니까 어느 정도는 진실로 볼 수밖에 없겠지요."

"그런데 북한정권은 통일을 많이 떠드는데, 남한정권은 통일을 많이 떠들지 않는다네요. 남한에는 통일을 원하지 않는 사람들이 많은 것 아닌가요?"

"많이 떠든다고 반드시 더 원하는 것은 아니니까 알 수 없지요. 말로만 떠드는 전술 전략도 많으니까요."

"그런데 지금 만약 통일이 된다면 남북한 전체가 다 못 살게 된다고 걱정하는 사람들이 많아요."

"그래도 통일은 빨리 해야지요. 부자들이 세금내기 싫어서 통일하기 싫은 것 아닌가요?"

"글쎄요. 그래서 우선 북한에서 개혁 개방을 해서 국민소득이 일정한 수준에 도달한 후에 통일하는 것이 바람직하다는 거지요."

"신문을 보니 새터민의 취업률도 형편없고 소득도 남한 사람들의 3분의 2밖에 안 된다는군요. 그래도 다행스러운 것은 남한 사회에 적응하려고 노력하는 것이래요."

"그래요. 우선 자유가 있고 언젠가는 잘 살게 될지도 모른다는 희망을 가질 수 있으니까요."

"광복 후에 북한에서 월남한 동포들 중에는 미국으로 이민을 가서 성공한 사람들이 많다지요?"

"그래요. 일단 한국으로 왔다가 다시 미국에 가서 영주권이나 시민권을 얻어서 출세하고 잘 사는 사람들도 많지요. 어떤 사람은 동생이 미국에서 고급공무원이 되고, 큰 아들은 일류회사에 다니고, 며느리는 약사이고, 둘째 아들은 고등학교 교사이고 조카는 로 스쿨에 다니고……. 모두 잘 되고 있더라고요. 그리고 미국에는 62세 이상이면 충분히 먹고 살 수 있도록 국가에서 도와주니까 별로 걱정이 없답니다.”

“온 세계에서 미국으로, 미국으로 이민 가는 것을 보면 미국이 좋은 나라라는 것이 저절로 증명되는 것 아닌가요. 그리고 우수한 사람들이 온 세계에서 모여들어 일하는 나라이니 그 나라가 발전하지 않을래야 않을 수 없겠지요.”

“그런데 미국도 문제가 많고 제국주의라고 공격을 받는다지요?”

“사람들이 미국을 그렇게 비판하기도 하지만 그래도 사회주의보다는 인민들이 더 잘 산다는 것이 확실히 증명되었으니 더 할 말이 없지 뭡니까. 유럽의 열강들이나 미국이나 일본이나 모두 비슷한 자본주의국가들이고 제국주의정책을 썼지만 이제는 복지정책을 강화하고 서로서로 경제협력을 통하여 평화를 유지하고 있으니 다행한 일이지요. 사회주의국가도 자본주의국가나 다름없이 국가이익을 위하여 혈안이 되고 있으니까 따지고 보면 어느 나라나 겉으로는 국제협력이고 속으로는 제국주의겠지요.”

변선생은 1950년, 1.4후퇴 당시에 월남해 왔으니까 남한에서 생활한 지도 벌써 50년이 훨씬 넘었지만 아직도 북한 말씨가 많이 남아 있다. 고향이 황해도라고는 하지만 평안남도와 접경지대라 생활권도 그 쪽이라는 것이다.

변선생의 독특한 억양은 달라지지 않고 그대로 남아 있다. 그리고 남한의 표준어를 많이 쓰지만 아직도 이따금 북한 낱말이 튀어 나오는 수가 있다.

그런 때는 말을 하다가 말고 어물어물 얼버무리고 만다. 북한 말씨를 보이지 않으려고 일부러 애쓰지만 어쩔 수가 없다고 한다. 그는 지금도 북한 말씨가 입속에서 감돈다.

"어제날엔 지금보다 몸이 훨씬 더 나빴어요. 난 얼음보숭이나 과일 단물 같은 것은 안 먹어요. 단얼음이나 가락지빵이나 꼬부랑국수도 잘 안 먹구요. 당뇨가 있는데 다라난병이 겁나요. 단고기가 제일 맛있어요. 그렇지만 나는 몸을 까야 해요. 체중이 너무 나가요. 분당으로 이사 와서는 대미쳐 탄천에 산보하러 다녔디요."

"……."

"남한 아이들은 모두 비싼 신을 신지만 북한에서는 천신을 신고 학교에 다니는 아이들도 드물어요. 그리고 여기는 학교에서 점심을 먹지만 북한에서는 곽밥을 들고 다니지요. 날거리가 나쁜 날은 비를 맞고 다니는 아이들이 많았어요."

"……."

"위생실에 가서는 반드시 손기척을 해야 했는데 여기서는 그럴 필요가 없더군요. 위생실이 많아서요. 그리고 참 깨끗해서 좋더군요."

"……."

"우리 이웃집에 어여쁜 오목샘 에미나이가 살았어요. 중발머리도 예쁘고 볼웃음도 예쁘고……. 그런데 어머니가 후어머니였어요. 날마다 방거두매를 한대요. 밖에서 마주쳤을 때 내가 가까이 가면 물레걸음을 치며 달아나곤 했디요. 그땐 왜 물레걸음을 치는지 궁겁했는데……. 너무 수줍어서 그랬디요. 지금은 어떻게 되었는지."

"……."

"북한에는 원주필이나 연필이나 모두 품질이 나빠요. 모든 것이 형편 없었어요. 남한에는 무엇이고 일류 고급이디요."

"……."

"난 어렸을 때 다리가 그니러워서 아주 괴로웠어요. 종기도 나고요. 그런데 하루는 점심시간에 친구가 고추장을 찍어 발라 주었어요. 억이 막히는 장난이디요. 내가 일 없다고 해도 불필코 고추장을 발라야 낫는대요. 그 놈은 건승맞고, 잘 투비양청하고, 남을 잘 지르보고, 눈 딱총을 주는 놈이었어요. 꽝포도 잘 하고. 맨날 바라다니다가 발면발면 친구들 곁에 가서 귀에 대고 '꽥' 하고 소리치면 모두 깜짝 놀랐디요. 도순도순 놀 줄도 몰라요. 그 성격이 새리새리해요. 우선우선하지도 않고. 나하고는 도간도간 다뒀는데 그 놈이 나보다 훨씬 그악해서 당할 수가 없었어요. 장난하는 것 빼고는 창발성도 없고, 공부도 못하고. 잔귀가 먹은 것 같고, 잊음증도 심한 것 같고. 솔직히 말하면 함께 놀기가 열스러운 친구였디요."

"……"

"남한에는 돈 벌기에 피눈이 된 사람이 많아요. 자기절로 피타는 노력을 하는 사람도 있지만 어떻게 호박을 잡을 수 없나 하고 기웃거리는 사람들도 많은 것 같아요."

"……"

"나는 월남하여 애옥살이에 지쳐서 어망결에 군대를 자원했디요. 3년 만에 제대하고 모처럼 서울 거리에 나가 보니 다리매가 예쁜 에미나이들이 넘쳐나더군요. 서울에는 정말로 미인이 많은 것 같아요. 날총각들도 많고요. 한국에는 부화사건도 많다면서요?"

북한 말씨와 남한 말씨는 다른 것이 많아서 서로 알아듣기가 어렵다.

학자들이 모여서 똑 같은 표준어를 만들어서 쓰는 것이 좋겠다는 여론도 있지만 아직은 어려운 형편이란다.

5
탈선 공무원 이야기

　노인회장은 시청에서 국장으로 근무하다가 정년퇴직한 직업공무원이었다.

　그는 5.16혁명정부 내각사무처에서 시행하는 국가공무원임용고시에 응시하여 최고성적으로 합격하고 임용교육에서도 최고성적으로 수료하여 공직생활을 시작하였는데 현직공무원연수과정에서 다시 최고성적을 보여 특진을 하고 사무관승진시험에서도 성적이 우수하여 승승장구하였다.

　그는 가전지학(家傳之學)의 영향도 받았지만 성품이 성실하여 무슨 일에나 정성을 다하고 특히 학구열이 강하여 무엇이나 배울만한 것이라면 예사로이 보아넘기지 않고 반드시 수첩에 기록하여 몇 번이나 음미하고 탐구하는 습성이 있어서 박식하고 실력 있는 공무원으로 알려졌다.

　그의 공직생활 40여 년은 많은 경험을 쌓게 하고 실력에 못지 않게 부하를 사랑하는 공직자로 존경을 받기도 하였다.

　그런데 지방의 군청에서 행정계장으로 근무할 때 엉뚱한 사건이 일어났다.

"불이야! 불이야!"
"……."
조금 지나니 소방차의 싸이렌 소리가 요란하였다.

행정계장은 계원들에게 밖으로 나가서 정황을 살피도록 명령하고 자신도 바깥을 살펴 보았다. 바로 군청 후문 쪽에서 왁자지껄하는 소리가 들리는 듯하였다.

잠시 후에 알고 보니 화재사건이 아니라 어떤 여인이 대폿집 앞에서 남자의 드레스셔츠에 석유를 뿌리고 불 태웠다는 것이었다.

그런데 그 여인이 바로 군청 재무계에 근무하는 허주사의 부인이었다. 허주사 부인은 허주사가 선물로 받은 새 셔츠를 케이스 채 들고 가서 불태운 것이었다.

"도대체 이 셔츠, 누구한테서 받은 거요?"
"그건 왜 물어?"
"아, 알고 싶어서 묻지. 정말 얘기 안 할 거야?"
"다 알고 있다면서?"
"그래, 그 년이 왜 당신한테 이런 걸 사다 준단 말이야?"
"아, 사다 주고 싶어서 사다 주는 거 아냐?"
"왜 사다 주고 싶은 건데?"
"아, 그런 건 그 여자한테 묻지 왜 나한테 물어?"
"그래, 그 년하고 몇 번이나 잤어?"
"자긴 어디서 잤다고 그래?"
"이 인간이. 아, 숙직실까지 데려다가 갔다면서?"
"생사람 잡지 말어. 그 터무니없는 소리 좀 작작 하라우."
"벌써 소문이 다 돌았어. 새벽에 그 여자가 군청 숙직실에서 나오는 것을 본 사람들이 한 둘이 아니래. 증인을 데려와 볼까?"

"……."

"왜 말이 없어, 꿀먹은 벙어리야?"

허주사 부인은 이 사람 저 사람에게 들은 이야기를 종합하여 모든 것이 사실이라는 것을 알게 되었고, 그 셔츠는 지레짐작으로 떠들어 본 것이 적중한 것이었다. 그는 화가 치밀어 며칠 동안 밥도 제대로 먹지 못하고 고민하다가 허주사가 들고 온 셔츠를 몇 번 내동댕이치기도 하였지만 화가 풀리지 않아서 기름을 묻혀 그 술집으로 달려가서 담벼락에다 기대어 놓고 불을 질렀다.

담벼락이 콘크리트라 불이 크게 번지지는 않았지만 옆에 있는 쓰레기 더미에 불이 붙어 연기가 치솟는 것을 보고 이웃 집에서 성급히 소방서에 전화로 신고하는 바람에 소방차가 출동하는 소동이 일어난 것이었다.

다음 날 행정계장은 과장에게 불려가고 당장 사실을 확인하는 문서와 징계를 결의하는 서류를 올리라는 명령을 받았다. 징계는 파면이었다.

허주사는 행정계장의 중학교 1년 후배이고 과장은 3년 선배였다.

"과장님, 파면은 너무 심한 것 아닙니까?"

"심하긴 무어가 심해? 아, 군수영감의 얼굴에 똥칠한 놈인데."

"그래도 파면은 너무합니다."

"그런데 이 사람이 지금 무슨 소릴 하는 거야. 군수영감님하고 모두 의논한 일이야. 빨리 서류나 올려!"

행정계장은 일단 과장실을 나와서 한참이나 생각해 보았다. 허주사가 저지른 짓은 용서하기 어렵지만 도저히 그를 파면하는 서류를 작성하기는 힘들었다.

그래서 생각한 것이 '품위손상'이라는 항목을 적용하여 '견책' 처분을 내리도록 하는 것이었다. 두어 시간이나 지나서 결재서류를 들고 과장실로 들어갔다. 과장은 서류를 보더니 화를 벌컥 내었다.

"아니, 견책이라고? 누구 맘대로?"

"……."

"이거 도대체 무엇하는 짓이오? 하라는 대로 안 하고. 지금 장난하는 거요?"

과장은 서류를 가지고 책상을 힘껏 내리치며 다시 해 오라고 하였다.

"과장님, 그런데 허주사를 파면하는 것은 정말 억울합니다. 그 부인이 질투심이 강해서 일어난 일이고, 또 확실한 증거도 없잖습니까?"

"증거? 부인이 질투한 것도 하나의 증거고 허주사 자신도 묵시적으로 인정했단 말이오. 자기가 깨끗하면 왜 입을 다물고 있겠어? 그리고 지금 소문이 파다한 것을 모르고 하는 소리요? 행정계장도 사실을 다 알고 있다면서?"

"지금 과장님이 말씀하신 것들은 모두 증거능력이 없습니다. 어디까지나 소문일 뿐이니까요."

"참, 답답한 사람 다 보겠네. 아, 얼마나 얘기해야 알아듣겠나? 아니 땐 굴뚝에 연기 나겠소? 허주사를 왜 무조건하고 옹호하는 거요? 당신이 그 사람의 보호자나 무슨 변호인이라도 되는 것 같아서 그런 소릴 하는 거요?"

"보호자나 변호인이 아니라 소문은 전문(傳聞)이고, 전문은 증거능력이 없다는 것은 상식이 아닙니까?"

"당신 지금 나하고 법률논쟁을 하자는 거요? 정말 기가 막히네. 도대체 나를 무얼로 알고 하는 수작이야? 나도 그 정도는 다 알고 있어. 사실을 인정하지 않고 은폐하는 것이 공직자가 할 일이요? 공직자는 냉철해야 해요. 그렇지 않으면 자기가 말려 들어가게 돼."

"증거도 증거지만 허주사는 저의 후배이고 또 과장님의 후배이기도 한데 과장님이 보아주셔야지요."

"난 그런 후배 둔 적 없어. 허주사는 호색한이야. 감히 숙직실로 여자를 끌어들이다니. 미친 놈이 아니고는 어떻게 그런 짓을 해?"

"그런데 사람은 항상 역지사지(易地思之)할 줄을 알아야 하는 것 아닙니까?"

"정말 환장하겠네. 날 지금 교육하고 훈계하는 거야?"

"아닙니다. 과장님. 제가 허주사의 입장을 바꿔놓고 생각해 봐야 한다는 것입니다. 그 사람 지금 파면되면 당장 굶어 죽게 됩니다. 자식들도 어리고 재산도 없고요."

"아 그렇다고 공무원 기강을 무너뜨리는 행위를 묵인할 수는 없는 것 아니오? 허주사는 어디 가서 장사를 하던, 도둑질을 하던, 굶어 죽던, 당신이나 내가 관여할 바가 아니란 말이야. 나 당신이 이렇게 끈질기고 주제넘은 사람인지 정말 몰랐어."

"저는 역지사지라는 말을 버릴 수가 없습니다. 그리고 과장님도 억울한 일을 당한 경험이 있지 않습니까?"

"내가 무얼……?"

"다 잊으셨나요? 몇 년 전에 어느 다방에 자주 드나드신다고 소문이 나서 곤란한 일이 있지 않았습니까?"

"……."

과장은 할 말이 없었다. 바로 몇 년 전에 '상록수다방'을 드나들면서 송레지를 좋아한다고 소문이 났던 것을 기억하고 있었다. 그 때 자칫하면 징계를 당하거나 적어도 좌천을 당할 뻔한 아찔한 경험이 생생하였다.

자신의 약점을 지적하는 계장이 너무나 괘씸하고 화가 치밀어서 주먹으로 한 대 내지르고 싶었다. 손발이 저려오고 혈압이 오르는 것 같았다. 쓰러질 것 같았다.

하지만 꾹 참을 수밖에 없었다. 참지 않으면 계장의 입에서 또 무슨 말이 나올지 모를 일이고 도저히 계장을 제압할 자신이 없어지고 말았다. 전신에 맥이 풀리는 기분을 억지로 참고 유리창 밖을 내다보다가 화장실로 달려갔다.

마음이 착잡하였다. 평소에는 피우지 않던 담배가 생각났다. 화장실 입구에서 담배를 피우던 김서기에게 담배를 한 개피 달래서 피워물었다. 담배 연기를 들이마시자마자 재채기가 나면서 눈물이 쏟아졌다.

재빨리 세수를 하고 과장실로 가 보니 계장은 그대로 서 있었다. '지독하고 끈질긴 놈' 이라고 속으로 욕하면서 서류를 두고 가라고 하였다. 계장은 나가려다 말고 다시 돌아섰다.

그러나 무슨 말을 하려다 말고 다시 돌아서서 나갔다. 과장은 드디어 도장을 찍고 말았다.

이리하여 허주사는 '견책' 으로 끝나고 지방의 원거리 면사무소로 좌천되었다.

허주사가 부임한 면사무소에는 호랑이면장(?)이 있었다.

호랑이면장은 육군 대위로 전역하여 특채로 임용된 사람이었는데 걸핏하면 직원들의 정강이를 까버리는 버릇이 있었다. 행정계장은 호랑이면장에게 허주사를 특별히 잘 교육해 달라고 부탁하였다.

그래서 그런지 허주사는 부임하자마자 걸핏하면 젊은 호랑이면장에게 조인트를 깨였다. 허주사는 정신이 퍼뜩 들었다. 아니꼽고 창피하고 메스껍고 더러워서 사표를 쓰고 싶었지만 행정계장이 자기를 살려 준 것이 고마워서 이를 악물고 참았다.

2년을 참고 나니 고향의 면사무소로 영전되었다. 행정계장은 허주사를 끝까지 돌보아 주었다. 그러나 호랑이면장의 교육효과는 충분치 못하였다. 허주사는 공부도 하지 않고 근무도 매우 소극적이었다. 끝내 승진도 못하고 만년주사가 되고 말았다.

허주사에 이어 조무랑서기도 말썽을 일으켰다.

출근 준비에 바쁜 조무랑서기는 난데없이 전화를 받았다. 경찰서 수사과 김형사인데 잠깐 이야기할 것이 있으니 와달라는 것이었다. 무슨 일이냐고 물으니 별 것도 아니라는 태도였다.

조무랑은 정말로 아무 것도 아닐 것이라는 가벼운 마음으로 경찰서에 갔지만 간통죄로 고소를 당하였으니 간통한 사실이 있느냐는 것이었다. 조무랑은 고개를 갸우뚱거릴 뿐, 아니라고 확실히 대답하지는 못하였다.

"도대체 고소한 사람이 누군데요?"

"고자일이란 사람이오. 왜 잘 모르는 사람이오?"

"글쎄요……. 잘 모르겠는데요."

"화류동에 사는 사람인데 그 부인이 대폿집을 한답디다."

'고자일'이라는 이름은 확실치 않지만 그 대폿집 사내가 '고' 씨라는 것은 어렴풋이 떠올랐다. 그는 가슴이 두근거리며 불안해지기 시작하였다.

"증거가 있답니까?"

"아, 현장을 들켰다면서?"

"현장이라니요……?"

"현장을 들켰다는데 그래도 잡아 뗄려고 그래?"

"알겠습니다. 오늘은 출근을 해야 하니까 다음에 다시 와서 자세히 말씀드리겠습니다."

"출근? 구속영장이 떨어졌는데도."

"예?"

"며칠간 고생 좀 해야지 뭐."

"그럼, 오늘 출근을 못한다는 거요?"

"당연하지. 조사만 끝나면 석방되겠지."

"큰 일 났네. 꼭 출근해야 하는데. 그럼 전화라도 한 통 해놓아야겠네요."

조무랑은 행정계장에게 전화를 걸었다. 오늘 급한 사정이 있어서 경찰서에 와 있는데 출근하지 못하니 그리 알라고.

그는 벌써 몇 달 전, 퇴근시간이 되어 추적추적 내리기 시작하는 가을 비를 맞으며 거리를 걸었다. 우산을 미리 준비하지 못한 것은 일기예보에서 구름만 많이 낀다는 것을 들었기 때문이었다. 어디로든지 들어가 우산을 구해야 할 판인데 바로 코 앞에 '단골집' 이라는 조그만 간판이 보였다.

전에도 몇 번 들러서 대포를 마신 일이 있기 때문에 쏜살같이 달려들어갔다. 홀이라야 겨우 대 여섯 사람이나 앉을만한 공간에다 그야말로 서서 마시는 '선술집' 답게 시설이 빈약해서 그런지 손님이라고는 한 사람도 없었다.

혼자 앉아서 채소를 다듬고 있던 주모는 반가이 맞아주었다.

"어서 오셔요."

"비가 와서 들어왔는데 아무도 없네요."

"아무도 없긴요. 제가 있잖아요?"

"대포나 한 잔 주세요."

"드리고 말고요. 그런데 안주가 김치밖에 없는데."

"아, 대폿집 안주가 김치면 됐지 뭐가 더 필요해요?"

"그래도 모처럼 오셨는데."

주모는 우선 한 잔만 들라고 하며 김치에다 대포 한 잔을 내놓았다.

그러면서 무언가 안주를 장만하려고 분주하였다.

"와서 같이 해요."

"정말 안주가 없어서 큰 일 났네. 요즘 손님이 하도 없어서 신경을 안 쓰다 보니……."

"괜찮아요. 한 잔만 마시고 갈 텐데 뭐?"

"아, 참. 과일하고 인절미라도 내놓아야겠네."

"인절미? 내가 좋아하는 인절미 말이오?"

"그래요. 그런데 방에 있는 냉장고에 얼구어 놓았기 때문에 녹여야 돼요."

주모가 방으로 들어갔다. 조무랑은 대포 한 잔을 다 마시고 방안을 기웃거렸다. 방에는 냉장고와 조그만 흑백 텔레비전이 보였고 그럴 듯한 세간은 보이지 않았다.

"방으로 들어오실래요?"

"그래도 돼요?"

"아무도 없는데 뭐? 밖은 좀 썰렁해요. 들어오세요. 인절미 데워다 드릴께요."

이렇게 하여 두 사람은 대포도 마시고 인절미도 먹으면서 완전히 가까워지고 말았다.

그 후로는 며칠만큼 들러서 한 잔씩 마시면서 농담과 진담이 오고 갔다.

주모에게는 초등학교에 다니는 어린 딸, 언순이가 있었다.

언순이는 날마다 방에서 텔레비전을 보거나 숙제를 하면서 엄마가 홀에서 손님들과 이야기하는 소리를 자주 들으면서 엄마와 조무랑아저씨가 예사로운 사이가 아니라는 사실을 알게 되었다. 그리고 엄마가 전보다 화장을 많이 하고 저녁에 자주 외출하는 것도 이상하게 생각되었다. 엄마가 외출할 때는 언순이도 따라가겠다고 하였지만 곧 온다고 하면서 절대로 따라나서지 못하게 하였다.

하루는 엄마가 나가는 것을 몰래 뒤따라가 보았더니 삼거리에서 조무랑아저씨하고 택시를 타는 것이었다.

그 후로는 엄마가 나가기만 하면 몰래 따라나가 거동을 살폈다. 어떤 때는 조무랑이 와서 술을 마시고 나가면 조금 후에 엄마도 시장에 볼 일이 있다고 나가곤 하였다.

언순이는 어느 날 친구에게 이상한 소리를 들었다. 자기가 자주 가는 과외선생님 집 옆에 있는 여관에서 언순이 엄마가 나오더라는 것이었다.

"너희 엄마 여관에 일하러 다니지?"

"아니. 왜 그래?"

"그럼. 그 여관이 너희집 친척 아냐?"

"아닌데……."

"내가 남주동으로 과외공부하러 버스타고 다니는데 너의 엄마를 여관 앞에서 보았단 말야. 정말야. 요전에도, 그 먼저도. 너의 아빠도 엄마가 가는 것 알고 있잖아?"

"아빠는 강원도에 가서 회사에 다니는데……."

언순이는 집에서나 학교에서나 말이 없었다. 속으로는 온갖 잡생각을 다 해도 말은 하지 않았다. 엄마는 늘 손님들을 위하여 바쁘고 혼자서 방에 있다가 혼자서 잠들기 때문인지 말하지 않는 버릇이 생겼다.

그런데 어느 날 갑자기 아빠가 찾아왔다. 언순이만 혼자 있었다.

"엄마는?"

"몰라. 또 거기 갔겠지."

"거기가 어딘데?"

"확실히 몰라."

"글쎄 거기가 어딘데?"

"남주동 여관인가?"

"거긴 왜?"

"몰라. 내 친구가 그러는데 거기서 엄마를 보았대."

고자일은 착잡한 마음으로 무조건하고 남주동으로 달려갔다. 여관이 서너 개 있긴 하지만 문전을 기웃거리다가 대폿집으로 들어가 술을 마시며 동정을 살폈다. 그러나 밤 열한 시가 지나서 아무런 소득도 없이 발길을 돌렸다. 집에 와보니 아내는 부엌에서 일하고 있었다.

고자일은 가슴이 부글부글 끓어오르는 것을 참고 시치미를 떼었다. 그리고 술에 취하여 잠들고 말았다.

이튿날 고자일은 언순이에게 정보를 캐어내어 모든 것을 알게 되자 조무랑과 아내를 간통죄로 고소하기로 결심하고, 경찰에 근무하다가 행정서사를 하는 친구를 찾아서 고소장을 작성하여 경찰서에 접수하였다. 경우에 따라서는 언순이와 언순이 친구를 증인으로 채택할 수 있을 것 같았다.

조무랑서기는 고자일이 일을 꾸미고 있다는 사실을 모르고 태평하게 지내고 있었다. 그저 며칠 전에 고자일이 돌아왔다는 사실만 알고 있었고 며칠 후에는 다시 강원도로 간다고만 믿고 있었다.

그런데 그날 아침 갑자기 고자일이 자기를 간통죄로 고소하였다는 사실을 알고 깜짝 놀랐다.

눈 앞이 캄캄하였다.

그래서 하는 수 없이 행정계장에게 자기가 유치장에 들어간다는 사실을 알리고 도움을 청할 수밖에 없었다. 행정계장은 평소에 친형님처럼 여기고 존경하던 처지였다.

행정계장은 자기의 실력으로 공무원이 되고 서울대학교에서 간부

양성과정을 마친 유능한 공무원인 데다가 군수의 신임을 받고 장차 크게 성공할 사람으로 공인되고 있었다.

더구나 그는 사교를 잘 하고 그 집안이 부유하고 번족하여 출세한 친척이 많고 경찰계나 검찰청이나 법원이나 안 통하는 곳이 없는 마당발이었다.

조무랑서기의 전화를 받은 행정계장은 외출부에 시내출장을 달아 놓고 즉시 경찰서로 달려갔다.

수사과에 들어서자마자 안면이 있는 형사가 맞아 주었다. 조무랑을 면회하러 왔다고 하니 곧장 유치장 옆에 있는 면회실로 안내하여 주었다. 자초지종을 듣고 나서 고소인과 합의하는 수밖에 없다는 결론을 내리고 조무랑을 대신하여 고자일과 일금 5백만원에 합의하기로 하였다.

행정계장은 화류동으로 고자일을 찾아나섰다. 마침 고자일은 집에서 나와 인근 다방에 앉아 있었다.

처음에는 죽어도 합의하지 않고 두 연놈을 기어이 처벌하고 말겠다던 고자일이 거금 5백만원에 현혹되었는지 불과 한 시간만에 합의는 이루어졌다.

이튿날 행정계장은 합의서를 작성하여 경찰서로 달려가서 접수하고 그 자리에서 검찰청 제갈선 검사에게 전화를 걸어 합의사실을 알리고 즉시 고자일을 석방해 달라고 부탁하였다.

제갈선 검사는 이웃동네 출신인 데다가 그 부모들이 서로 친교하던 터이고, 중학교 후배인데 고등학교 1학년부터 서울로 유학하여 사법고시를 합격한 사람이었다. 그가 초임으로 부임하였을 때 행정계장은 진심으로 환영하고 여러 가지로 도와 준 인연이 있었다.

행정계장이 군청으로 돌아가 결재서류를 살피려는데 전화가 걸려 왔다. 제갈선 검사의 전화였다. 내일 오전 중에 조무랑을 석방하도록 조치하겠다는 것이었다.

행정계장은 다시 퇴근길에 경찰서에 들러 조무랑에게 석방되는 대로 즉시 출근하라고 명령하고 집으로 돌아갔다.

조무랑은 나흘간이나 결근하고 나서야 초췌한 모습으로 출근하였다. 갑자기 외조부의 장례로 시골 벽지에 갔다가 교통관계로 늦어졌다고 변명하고 일부러 태연한 척하였다.

그러나 거금 오백만원은 15일 내로 고자일에게 건네주어야 하기 때문에 그것이 문제였다. 우선 일반 예금통장을 모두 정리하고 저축예금통장도 정리하면 절반은 확보되고 절반은 선배가 근무하는 농협에서 대출받기로 하였다.

퇴근 후에 행정계장에게 고맙다는 인사를 올리고 저녁도 함께 하였다. 행정계장은 본디 술을 안 마시는 사람이라 조무랑도 술을 마시지 않고 집으로 돌아갔다.

조무랑의 집에서는 마누라가 머리를 동이고 누워서 일어나지도 않고 말도 하지 않았다. 불언불식투쟁으로 나가는 것이었다.

조무랑은 일단 개개 빌기로 작심하고 마음으로 시나리오를 구상하여 실천하기로 하였다.

"여보, 내가 들어왔는데 왜 일어나지도 않고 그래요?"

"……."

"어디 아파요?"

"개만도 못한 인간!"

"……."

"꼴도 보기 싫으니까 나가!"

"왜 그래? 무슨 소릴 들었소? 모두 낭설이야. 어떤 놈이 나를 모함하는 거야."

"모함 좋아 하시네. 고소를 당하고서도 저렇게 뻔뻔스런 인간이니. 정말."

"……. 모함이라니까."

"에이그, 이 못난 쪼무랭이야. 남들이 당신을 보고 모두 미친 놈이라고 해. 내가 제일 창피해서 견딜 수가 없어. 어떻게 낯을 들고 집을 나서? 그러나 저러나 천만원을 주지 않으면 고소를 취하하지 않는다는데 집을 팔아도 천만원이 못되고 어쩔 셈이야? 천상 감옥에서 몇 년 썩어야지 뭐."

"글쎄 모함이라니까. 나를 믿어 줘. 내가 언제 거짓말하는 것 봤어?"

조무랑은 무단결근 4일간이라는 이유로 징계위원회에 회부되어 근신처분을 받는 데 그쳤다. 행정계장은 파면에 해당하는 행위를 겨우 근신으로 그치게 한 자신의 처사가 잘못이라고 생각되었지만 자신도 모르게 후배들을 보호하고 옹호하는 인정에 빠지고 말았다.

조무랑은 기가 죽어서 불안한 나날을 보내다가 합의금 마감일이 박두하였다.

그런데 웬일인가. 갑자기 고자일이 사망하였다는 것이었다. 홧병으로 혈압이 올라 쓰러져 병원으로 실려 갔으나 너무 늦게 손을 쓰게 되어 회복하지 못하였다는 것이었다.

그러면 합의금은 누구에게 주어야 하는지 문제였다. 행정계장이 제갈검사에게 알아보니 합의금은 위자료인데 위자료를 받을 사람은 고소인, 고자일밖에 없다는 것이었다.

그렇다고 합의금을 아무에게도 지불하지 않는 것은 양심에 가책이 되는 일이었다. 그래서 고자일의 빈소를 찾아가서 조위금으로 내기로 하였다.

고자일의 빈소는 너무나 쓸쓸하였다. 친구로 보이는 사람 두어 사람과 친인척이 몇 사람 있을 뿐, 미망인도 나타나지 않았다.

미망인은 간통죄로 고소 당했다는 소문이 돌아서 얼굴을 들고 나타날 수 없는 처지이고 보니 그럴 수밖에 없었다.

고자일이 어째서 갑자기 쓰러져서 사망에 이르렀는지 대강 알고 보니 고혈압과 심부전이 겸한 데다가 무절제한 음주와 배우자의 간통사건으로 말미암은 충격이 원인이었다.

고자일은 일찍이 군대에서 전역을 하였으나 뚜렷한 직장을 갖지 못하고 그럭저럭 술만 마시며 세월을 보내다가 도저히 먹고 살 수가 없게 되자 수년 전부터 부인에게 선술집을 열게 하고 자기는 모처럼만에 강원도의 어느 어항에서 청소하고 경비하는 일을 맡았으나 월급이라고는 집으로 보낸 일이 없었다.

조무랑은 빈소를 나와 말없이 개울가로 향하여 걸었다. 자기의 간통죄는 고자일의 죽음으로 종결되었지만 마음은 무거웠다. 그리고 행정계장이 늘 하는 말, '역지사지'가 떠올랐다.

고자일의 입장으로 돌아가 생각해 보자. 철석같이 믿었던 아내도 그렇지만 아내와 간통한 자를 얼마나 죽이고 싶었겠나. 그래도 고자일은 참고 또 참다가 자기의 억울함과 서러움을 법에 호소하고 말았으니 고자일의 손에 죽지 않은 것만 해도 천운이었다. 그리고 고자일의 집안을 망쳐주고도 모자라 고자일마저 죽게 만든 자신의 죄를 깨닫게 되었다.

도대체 자기가 지은 죄가 얼마나 잔인하고 비참한 결과를 가져왔는지 실감하게 되었다. 마음 속으로 고자일에게 용서를 빌고 싶었다. 그러나 용서를 빈다고 용서될 수도 없는 엄청난 죄라고 생각되었다.

'나는 용서받을 수 없는 죄인이다'라고 마음 속으로 소리쳤다.

행정계장은 형법에도 도가 트인 사람이었다. 그는 간통죄가 무엇인지 자세히 알고 있었다. 간통죄는 다른 나라에도 많이 있었지만 덴마크 스웨덴 일본 서독 노르웨이 프랑스에서는 폐지하고 미국도 10여 개 주를 제외하고는 모두 폐지하였으며, 지금 남아 있는 나라는 한국 스위스 그리스 이슬람 국가들이라고 한다.

간통죄는 형법 제241조에 규정되어 있는데, 배우자 있는 자가 다른 사람과 성관계를 가지면 구성 요건이 충족되며, 배우자의 고소가 있어야 하는 친고죄이며, 그 행위를 안 날로부터 6개월 이내에 고소해야 한다. 그리고 쌍벌죄라고 하여 행위자 쌍방을 모두 처벌하는 것이기 때문에 만일 자기의 배우자와 간통한 자를 처벌하려면 자기의 배우자도 함께 고소해야 한다는 것이다.

그런데 직접적으로 성행위를 했다는 증거가 있어야 하는데 현장을 발각 당하지 않으면 어떻게 그 증거가 나타날 수 있겠나? 그리고 배우자를 간통죄로 고소하려면 혼인이 해소되거나 이혼소송을 제기한 후라야 하기 때문에 고자일은 배우자에게 이혼소송을 제기하였었다.

조무랑은 만일 고소 당한 사건을 질질 끌다가 직장에서 파면을 당하는 것보다는 돈으로 합의하여 고소를 취하시키는 것이 상책이었다. 조무랑은 일단 안도의 한숨을 내쉬었다.

문제는 집에 있는 마누라가 끝까지 참고 가만히 있을지 걱정이었다. 마누라가 들고 일어나 이혼소송을 제기하고 자기와 그 여자를 간통죄로 고소하여 시끄러워질 수도 있지 않은가. 그렇게 되면 자기는 다시 유치장으로 가고 2년 이하의 징역에 처해질지도 모르겠지…….

조무랑은 머리가 복잡해져서 욱신거리는 것 같았다.

"회장님은 해결사 역할을 해 내셨네요. 후배들에게 좋은 일 많이 하시고. 그런데 회장님. 그런 사고가 일어나는 원인은 어디에 있을까요?"

"성도덕이 붕괴되고 공직사회의 윤리가 해이한 거겠지요."

"전통윤리는 붕괴하고 외래풍조가 만연한 까닭에 우리 사회가 혼란하게 되었다고 하는 사람들도 있는데 그렇다고 볼 수 있을까요?"

"글쎄요. 과거의 폐쇄사회가 개방사회가 되고 복잡한 구조를 빚다보니 자연히 그럴 수밖에 없을 것 같기도 하고요. 교통 통신이 발달하고 도시화가 촉진되고 언제 누가 어디서 누구를 만나서 무슨 일을 하는지 모르는 사회가 되었으니까요. 좋은 일이나 나쁜 일이나 마음만 먹으면 얼마든지 할 수 있는 환경이 조성된 셈이지요."

"그래요. 그런데 환경도 환경이지만 도덕적 해이라는 것, 모랄 해저드라는 것이 모든 타락과 범죄와 부조리의 원인인 것 같습니다."

"그렇지요. 문제는 정신이지요. 정신만 올바르면 잘못되지 않지요. 공직자들은 공직자의 윤리강령을 비웃는 것 같아요."

"그리고 가정교육도 중요한 요인인 것 같습니다. 부모가 도덕적으로 존경 받고 가정교육이 잘 된 집 자손들은 탈선하는 일이 없더라고요. 허주사나 조무랑 같은 사람들은 별로 좋은 가정교육을 받지 못한 사람들이고 나중에도 반성하고 분발하는 모습이 안 보였어요."

"그런데 과연 옛날에는 성도덕이 지금보다 얼마나 엄격하였는지 모르겠어요. 엄격한 규범이 있다는 것은 그만큼 문란하였다는 반증도 될 수 있으니 말이지요."

"그래요. 조선시대에는 비교적 엄격하였지만 그 이전에는 그렇지 않았다는 이야기가 있더군요."

"그런데 혹시 동남아를 여행하면서 정조대라는 것을 본 일이 있나요?"

"아, 본 일이 있지요. 타일랜드인지 말레이시아인지 인도네시아인지 어디서 박물관에 가서 본 일이 있어요. 신기하더군요. 영국 독일 프랑스의 박물관에도 있었다는데 그런 데서는 못 보았어요."

"정조대라면 중세 유럽의 기사들이 출정할 때에 부인들에게 채웠다는 여자용만을 생각하는데 동남아에서 본 것은 남자용도 있더라고요. 형태는 완전히 다르지만 여자용이나 남자용이나 모두 황금으로 만든 것 같더군요. 왕실용이었다는 것 같아요. 그런데 문제는 정조대를 제조한 사람이 여벌 열쇠를 더 만들어 두었다가 구하는 사람에게 비싼 값으로 팔았다는 거 아닙니까. 그러니까 정조대도 형식에 불과하지요. 그렇다고 형식이 무시될 수도 없지요. 그 형식이 내용을 많이 좌우하니까요. 정조대가 존재한다는 사실 자체가 정조관념을 강화할 수 있으니까요."

"허주사나 조서기나 그들이 관계한 여자들이나 모두 정조대를 착용해야 할 사람들이네요."

"하하하, 그렇지만 그 실효성은 의문이지요. 그 사람들도 여벌 열쇠를 구할 수 있을 테니까."

"그런데 공무원들 가운데는 과음하는 사람들이 많은 거 같지요? 어떤 사람은 민원인의 향응을 받고 과음하여 화장실에 간다는 것이 식당의 내실에 들어가 장롱문을 열고 방뇨하였다는 자가 다 있더군요."

"그럴 수도 있지요. 술 취해 넘어져서 다치기도 하고 별별 일이 다 있지요. 공직자라고 해서 일반인들보다 조금도 더 나을 것이 없어요. 그저 공금이나 횡령하지 말고 직무나 제대로 수행하면 다행이지요. 그리고 너무 공부를 안 하는 사람들이 많아요. 그래서 질적으로 문제가 많지요."

이야기는 끝없이 이어졌다. 공부를 좋아하고 부하를 사랑하고 봉사정신이 강하고 성품이 강직한 회장의 인격이 은은한 향기를 뿜어 주었다.

6
효자냐 불효자냐

"안녕하세요?"

"예, 안녕하세요?"

맹교수는 특별히 박여사의 앞으로 다가가서 손을 내밀었다. 손가락 마디마디와 팔목을 거쳐 어깨를 주무르고 더러는 정수리와 양쪽 이마도 지압을 해드리고 나면 아주 시원하다고 하였다.

박여사는 할머니들 가운데서 최고령은 아니지만 매우 유식한 편이다. 명성황후나 대원군이나 영친왕 의친왕에 관해서도 잘 알고 중국이나 일본을 포함하는 동양의 근현대사에 관하여 이야기 거리가 많다. 처녀시절부터 어른들에게 역사 이야기를 많이 듣고 교육을 잘 받은 것을 보면 친가나 시가나 모두 지체 높은 집안이라는 증거가 뚜렷하다.

그러나 건강이 좋지 않다. 골다공증으로 양쪽 다리가 골절되고, 혈당이 높고, 갑상선기능저하증으로 몇 가지 약을 복용하면서 겨우 지탱하고 있다.

이야기를 좋아하지만 마이크를 가져다 드리면 사양하고 이야기하기를 주저한다. 스스럼없이 무형식으로 하는 좌담은 해도 공식적으로 스피치를 하지는 않는다. 주제에 따라 체계적인 이야기를 해 본 경험이 적은 것 같다. 그의 이야기를 공식적으로 여러 사람이 함께 듣기를 원하지만 쉽지 않다.

하루는 일금 십만원을 노인회 회식비로 내놓고 아울러 연회비도 납부하였는데 마침 총무가 부재중이어서 감사가 받았다가 다음 날 총무에게 전달하였다.

다시 이틀이 지나서 사슴육골즙을 선전하는 사람들이 와서 점심을 내고 즉석에서 사슴육골즙을 현찰로 할인판매하는 바람에 총무는 박여사에게 받은 회식비 십만원을 어느 할머니에게 빌려주었다.

그리고 이틀이 지나서 박여사가 당초에 내놓았던 십만원이 액면 일십만원이 아니라 일백만원이라는 것을 알게 되었다. 다행히 사슴육골즙 상인에게 확인하여 되돌려 받은 일이 있었다. 노인들은 시력도 좋지 않고 숫자에 관심이 없는 것 같았다.

맹교수는 며칠 전에 노인회에서 회식을 마치고 돌아왔을 때 공선생을 충동여서 이야기를 한 자루 하게 하였다.

주제는 '앞산의 딱따구리' 였다. 수덕사에 관련되는 것인데 어느 왕때인지는 확실치 않으나 황후가 수덕사의 동자승(꼬마 중)들에게 궁중을 방문하게 하였는데 황후 앞에서 민요를 부르게 되었단다.

"앞산의 딱따구리는 생나무 구멍도 잘 파는데
우리 집 서방님은 뚫어진 구멍도 못 파누나.
에헤야 에헤야 에헤야난다 데헤야
에화 내 사랑이로구나……."

황후와 궁녀들은 웃음을 참지 못하여 손으로 입을 가리고, 한편으로는 민망히 여기며 꼬마 중들의 소리를 듣고 났는데 황후는 그들에게 하문하였단다.

"대체 스님들은 그 노래를 어디서 배웠는고?"

"마을에 사는 나무꾼들에게서 배웠나이다."

"무엇 때문에 배웠는고?"

"여러 번 듣다 보니 저절로 배워진 것이옵나이다."

"그래, 그 노래의 뜻이 무엇인고?"

"딱따구리가 구멍을 잘 판다는 것입니다."

"그래요? 다른 뜻은 없는고?"

"소승들은 그것밖에 모르옵니다. 재미 있아옵나이까?"

"재미는 있지만 다시는 부르지 않는 것이 좋을 듯합니다."

"예, 알겠나이다. 그러면 무슨 노래를 부르는 것이 좋겠나이까?"

"……."

"……."

"스승님들께 여쭈어보시도록 하세요."

"예, 알겠나이다."

황후는 하문을 그치고 후하게 상을 내려 돌려보냈다는 것이다.

맹교수는 그 이야기를 들으며 신나게 웃으며 즐겁게 맞장구를 쳤다. 공선생은 이야기를 대충 끝내고 다음엔 맹교수에게 마이크를 넘겼다.

"나도 우스운 이야기 한 자루 할까요?"

"그래요."

"그런데 우스운 이야기가 없어요. 음담패설밖에. 음담패설은 안 되지요?"

"안 돼요. 음담패설은……."

박여사는 음담패설은 안 된다고 분명히 하였다.

"그런데 남자들은 맨 음담패설밖에 몰라요. 정말 지저분해요."

"······."

"그래도 아무거나 한 자루 할까요?"

"예, 하세요."

이리하여 맹교수는 이야기를 꺼내기 시작하였다.

"옛날 어느 마을에 과부가 하나 살았더래요. 아들과 며느리가 얼마나 잘 하는지 남들이 모두 효자효부 두었다고 부러워하였어요. 그런데 이상하게 어머니는 늘 방이 춥다고 호소하더래요. 그래서 날씨가 서늘해지기만 하면 특별히 정신을 차려서 어머니 방이 춥지 않도록 불을 많이 때고 이불을 펴 드리고 새벽에도 추울까 봐 군불을 때 드렸는데 그래도 춥다는 소리가 끊어지지 않더래요. 그러던 어느 날 오후에 늙수그레한 할아버지가 대문으로 들어오더니 지나가는 행인인데 배가 고파서 밥 한 술 얻어 먹으러 왔다고 하더래요. 아들과 며느리는 정성껏 식은 밥을 차려 드리고 어디로 가는 길인지 여쭈어 보았더니 마누라도 자식도 아무도 없어서 갈 곳 없이 떠돌고 있는 신세라고 하더래요. 아들과 며느리는 의논하여 따뜻한 목욕물을 데워서 목욕을 시켜 드리고 새 옷을 가져다가 갈아입혀 드리고 보니 아주 훌륭한 선비더라는 것이었어요. 그리고 '오늘부터 며칠 동안 우리 집에서 편히 쉬시고, 홀로 계시는 어머니 말 벗이나 되어 달라' 고 부탁하였대요. 아들 부부는 정신없이 음식을 준비하고 어머니에게 승낙을 받아 함께 이야기나 하다가 주무시도록 하였어요. 그런데 아침이 되어 어머니 방에 문안을 드리러 가 보니 음식 장만으로 정신이 없어서 깜박 잊어버리고 불을 때드리지 못한 것을 알게 되었어요. 그래서 큰 일 났다고 용서를 구하려던 판인데 뜻밖에도 어머니는 '불을 많이 때 주어서 따뜻하게 잘 잤다' 고 하더래요. 하하하. 정말로 춥지 않았을까요?"

"정말이지요."

"불을 때지 않았는데도요?"

"그럼요. 불이 문제가 아니지요."

"아들과 며느리는 효자 효부인가요?"

"그럼요. 효자 효부지요."

"아아, 그렇군요. 홀아비를 데려다 드리면 효자 효부군요."

"호호호."

"효자 효부 두고 싶어요?"

"그럼, 호호호."

맹교수는 할머니들이 그렇게 웃으면서 즐거워하는 것이 즐거웠다. 그래서 한 술 더 뜨고 말았다.

"재밌으면 한 자루 더 할까요?"

"그래요."

"그러지요. 그럼. 어느 마을에 아들만 칠형제를 데리고 사는 과부가 있더래요."

"또 과부 얘기네."

"과부 얘기하지 말까요?"

"해 봐요."

"그런데 한 밤중이 되어 아들들이 잠들기만 하면 어머니가 슬며시 일어나 밖으로 나가서 새벽녘이 돼야 들어오거든요. 그래서 첫째 놈과 둘째 놈이 잠든 척하고 있다가 두 놈이 어머니의 뒤를 밟아보았대요. 그랬더니 어머니는 엄동설한인데도 발을 벗고 시냇물을 건너서 아랫마을에 혼자 사는 홀아비 집으로 가더래요. 가더니 홀아비 영감과 무슨 이야기를 하는지 깨가 쏟아지도록 이야기를 나누더래요. 그래서 이튿날 날이 밝자마자 칠형제가 나가서 돌을 주워다가 시냇물에 다리를 놓아서 어머니가 편하게 다닐 수 있도록 해드렸어요. 칠형제는 효잔가요 불효잔가요?"

"당연히 효자지요."

"어째서요?"

"어머니를 고생하지 않게 해드렸으니까."

"그렇지요. 그런데 어머니가 수절하지 못하게 자식들이 방조한 셈이니까 불효자 아닌가요?"

"그래도 효자는 효자지요."

"그래서 사람들은 칠형제를 효자라고 부르기도 하고 불효자라고 부르기도 했답니다. 한편으로는 효자고 한편으로는 불효자니까요. 그런데 효자 두고 싶어요?"

"그럼요."

"그러면 칠형제가 놓은 다리 이름을 무어라고 부르면 좋을까요? …… 효자교? 불효자교? ……. 한편으로는 효자고 한편으로는 불효자니까 세상 사람들이 부르기를 '효불효교' 라고 부르더래요."

"그렇지."

"칠형제는 복을 받았을까요? 아니면……."

"당연히 복을 받았지요."

"그래요. 칠형제는 복을 받고 잘 살다가 죽은 후에는 하늘로 올라가서 북두칠성이 되었대요. 북두칠성 보셨지요?"

"그럼. 호호호."

"그래서 그 다리를 '칠성교' 라고도 부른대요. 칠성교는 지금 진천에도 있고 경주에도 있고 사방에 있대요. 한국에는 효자가 많았으니까요. 박여사님, 이런 얘기는 해도 괜찮아요?"

"그럼요. 참 좋은 이야기네요."

며칠이 지나서 맹교수는 노인회관을 찾았다. '사랑방' 에서는 할아버지들이 장기를 두고 할머니들은 거실에서 고스톱을 하고 있었다.

할머니들은 맹교수에게 눈길을 주며 인사를 나누었다.

"무엇이 그리 바빠서 안 온대유?"

"자주 와도 안 계시던대요."

"그래요. 길이 어긋났었나? 그런데 요전에는 과부 이야기를 했다면서요?"

"어떻게 아세요?"

"안테나가 다 있다는 거 몰라요?"

"안테나요? 라디오도 안 보이는데."

"참, 형광등이네요. 라디오에만 안테나가 있나요?"

"그럼, 어디에 안테나가 있어요?"

"안 보이는 안테나를 모르시는군."

"그래요. 보이는 것도 잘 모르는데 안 보이는 것을 어떻게 알겠어요?"

"아, 보이는 것은 삼척동자도 다 아는데 교수님이 보이는 것도 모른다고요?"

"난 보이는 것도 잘 모르는 것이 많아요. 삼척동자만도 못해요."

"그렇게 맹해 가지고 어떻게 대학생들을 가르쳤대유?"

"내가 모르는 것이 너무나 많다는 것을 가르치는 거지요."

"호호호. 별 걸 다 가르치네요. 그런 것도 가르치는 거래유?"

"그럼요. 내가 모른다는 사실을 아는 것이 공부하는 첫걸음이거든요."

"오늘은 이야기할 것 없어유?"

"과부 이야기 말씀인가요?"

"맨날 과부 얘기밖에 없어유?"

"왜요. 홀아비 얘기도 있지요."

"그럼. 홀애비 얘기 하나 해 봐유."

"고스톱하면서 이야기를 들을 수 있나요 뭐?"

"지금 고스톱은 끝난 거 몰라유?"

"그래요? 그럼 해볼까요? 어느 고을에 홀아비가 아들 며느리를 데리고 살았더래요. 그런데 아들 며느리가 어떻게 효성스러운지 번번히 효자효부상을 받았대요. 마침 그 고을에 군수가 새로 부임해 와서 선정을 베풀고 포상을 하려고 효자 효부를 찾더래요."

"원님이 아니고 군수래유?"

"그래요. 지방을 다스리는 절도사 관찰사 부윤 목사 부사 군수 현감 현령을 모두 원님이라고 불렀는데 여기서는 원님이 좋겠네요. ……새로 부임한 원님이 효자 효부를 찾다 보니 또 그 홀아비의 아들이 추천을 받게 되었대요. 그런데 효자로 추천되어 관아로 불려 간 아들이 '애개개' 소리를 하면서 엉금엉금 기어서 집으로 간신히 돌아오더라지 뭡니까?"

"어디서 누구에게 얻어 맞았는감."

"그렇지요. 원님이 상을 주지는 않고 오히려 태형에 처한 거지요."

"태형이 무어랑가?"

"태형은 작은 곤장으로 엉덩이를 때리는 형벌이래요."

"어째서 효자를 때린당가?"

"원님이 볼 때는 효자가 아니고 불효자였거든요."

"그게 무슨 소리래유? 어째서 불효자랑가?"

"어째서 불효자일까요?"

할머니들은 눈치를 챈 것 같았다. 그러나 말은 하지 않았다.

"원님은 효자가 홀아비를 섬긴 이야기를 다 듣고 나서 몇 년 동안이나 아버지가 홀로 지내셨느냐고 물어 보았대요. 그랬더니 십 년이라고 대답하더래요. 그래서 원님은 어째서 십 년씩이나 새 어머니를 모시지 않았느냐고 따졌대요."

"호호호."

"십 년 동안이나 아버지를 홀로 둔 자식이 효자인가요? 불효잔가요?"

"그래서 불효자라는 거구먼."

"그렇지요. 그래서 천하에 몹쓸 불효자라고 태형을 내린 거지요."

"과부는 혼자 살아도 홀아비는 혼자 못 산대유."

"그래요. 남자들은 주변머리도 없고 참을성도 없고."

"과부는 은이 서 말, 홀아비는 이가 서 말이래유."

"그래요. 남자들은 추하거든요. ……그 효자는 집으로 돌아 가 아버지에게 사실대로 이야기를 했대요. 아들의 이야기를 듣고 난 아버지는 무어라고 했을까요?"

"얼마나 아프냐고."

"그래요. 말로는 얼마나 아프냐고 했지요. 그렇지만 속으로는 어떻게 생각했을까요? 진짜 원님? 가짜 원님?"

"진짜 원님!"

"정답! 백점! 옛날이나 지금이나 진짜 원님은 드물어요. 홀아비는 이제야 진짜 원님이 왔다고 좋아하더래요. 홀아비나 과부나 고아나 자식없는 노인들을 잘 보살펴주는 것이 좋은 정치거든요. 광부(曠夫, 홀아비), 원녀(怨女, 과부)가 없어야 정치를 잘 하는 것이거든요."

할머니들은 즐겁게 웃었다.

과부도 외롭고 홀아비도 외로운 법이란다.

맹교수는 다시 며칠이 지나서 오후 3시 경에 노인회관으로 나갔다. 졸리다고 낮잠을 자는 것보다는 회관으로 나가서 잡담을 하는 것이 좋을 듯하였다.

할머니들은 동사무소에서 추석 선물로 보내온 배를 깎아 내었다. 일부의 고스톱은 중단되었으나 한쪽 방에서는 중단하지 않고 계속되었다.

　모두 함께 모여 먹는 것이 좋겠다고 권고해도 소용이 없었다.

　"오늘은 또 효도 이야기나 해 볼까요?"

　"그래요. 한 번 해 보세요."

　맹교수는 이야기를 시작하였다.

　"옛날 어느 두메에 효자 효부가 어린 아들을 데리고 살았더래요. 그런데 시아버지가 병이 들었는데 백약이 무효더랍니다. 온 식구가 걱정 중에 있는데 하루는 머리가 하얀 늙은 스님이 탁발을 하러 왔더래요. 며느리가 동냥을 후히 주었더니 스님은 집안에 무슨 걱정은 없느냐고 묻더래요. 그래서 시아버지의 질병 때문에 걱정이라고 하였더니 혼잣말처럼 '한 가지 방법은 있지만……' 하면서 돌아서더래요."

　"스님. 지금 한 가지 방법이 있다고 하셨습니까?"

　"그래요. 그런데 그것이 좀 어려운 일이라……."

　"어려운 일이라고요? 아무리 어려워도 가르쳐 주세요. 대사님."

　"글쎄요."

　"어서 말씀해 주세요. 대사님. 아무리 어려워도 저희가 해 보겠습니다."

　"정히 그러시다면 말씀을 드리지요. 지금 서당에 다니는 어린 아들이 하나 있지요?"

　"그렇습니다. 대사님."

　"내일 그 아이가 서당에서 돌아오거든 불문곡직하고 가마솥에 넣어 푹푹 끓여서 그 국물을 시아버지에게 드리세요. 그러면 곧 쾌차하실 겝니다."

　"아니, 아이를?"

　"며느리가 깜짝 놀라는 순간에 스님은 사라지고 말았대요. 며느리는 남편이 집으로 돌아오기를 기다려 스님의 이야기를 전하고 도저히 할 수 없는 일이라고 하였지만 오랜 의논 끝에 스님의 말씀대로 실행하기로 결심을 하였대요. 그래서 이튿날 오후에 서당에서 돌아오는 어린 아이를 사정없이 가마솥에다 집어넣고 끓이면서 한참동안 눈물을 쏟고 있는데 난데없이 또 하나의 어린 아들이 글을 외우면서 들어오더라지 무업니까. 도대체 어떻게 된 일인지 어리둥절하여 '네가 누구냐?'고 물으니 '왜 엄마 아빠가 나를 몰라 보느냐?'고 놀라더래요. 그러면 먼저 가마솥에 넣은 아들은 도대체 누구인지 알 수가 없어서 얼른 솥두껑을 열어보니 아이는 간 데 없고 커다란 산삼이 하나 들어 있더래요."

"...... ?"

"도대체 어떻게 된 일일까요?"

"부처님이 산삼을 보내주신 것이지요."

"그렇답니다. 산삼은 오래 되면 어린 아이로 변한다네요. 그래서 먼저 온 아이는 산삼이 변한 동삼(童蔘)이고 뒤에 온 아이는 효자 효부의 아들이지요."

"......."

"어떤 효자 효부는 한 겨울에 죽순을 꺾어다 봉양하기도 하고, 잉어를 잡아다 봉양하기도 하고, 허벅지 살을 베어 봉양하기도 하고, 손가락을 끊어 부모 입에 피를 흘려 넣기도 하고, 어떤 가난한 효부는 개똥에 섞인 보리쌀을 주워다가 봉양하기도 하였다는 이야기가 있지요."

"왜 하필이면 더러운 개똥에 섞여 있는 보리쌀을 주워다가 봉양을 한다지요?"

"오죽 먹을 것이 없으면 그 짓을 하겠어요? 옛날엔 흉년도 자주 들었대요. 어느 며느리가 하도 먹을 것이 없어서 보리쌀이 섞인 개똥을

실화장편
노인소설

주워다가 여러 번 씻어서 밥을 지어 시어머니에게 드리고 들로 나물을 뜯으러 나갔는데 갑자기 무서운 천둥과 번갯불이 일어나서 자기가 벼락을 맞아 죽는 줄 알았대요. 그래서 시어머니에게 개똥을 주워다가 밥을 지어 드린 죄로 천벌을 받는다고 생각하여 눈을 꼭 감고 주저앉아 있었더니 천둥 번개가 그치고 치마폭에는 무슨 묵직한 물건이 떨어져 있거든요. 정신을 차려서 보니 커다란 황금덩어리더래요. 그래서 그 황금을 가지고 가서 시어머니에게 사실 이야기를 아뢰고 저자에 나가 황금을 팔아서 쌀과 고기를 사가지고 돌아와서 시어머니를 봉양하였더래요."

"……그렇군요. 정말 지성감천이네요."

"또 있어요. 우리 고향 충청북도 청원군 북이면에는 효자효부 정려가 여덟개나 있는데 부안임씨(扶安林氏)네가 많이 사는 신대리(솔명이)에는 임노훈(林魯訓)의 처 이옥골(李玉骨) 여사가 효부라고 정문을 세워 놓은 것이 있어요. 내가 그 곳을 자주 지나다니면서도 무슨 정문인지 모르고 있었는데 하루는 궁금한 생각이 들어서 다가가서 살펴보았어요. 알고 보니 시어머니가 병이 들었는데 여러 가지 약을 써도 낫지를 않고, 차도가 있는지 없는지도 알 수가 없더래요. 그래서 하루는 시어머니의 대변을 혀로 맛보았대요."

"왜 똥을 먹어?"

"똥을 먹은 것이 아니라 혀로 맛을 보았대요. 맛이 달면 병이 차도가 없고 맛이 쓰면 차도가 있는 거래요."

"그러니까 병이 차도가 있는지 없는지 알아보려고 그랬군."

"그렇지요. 제 똥도 더럽다고 고개를 돌리는 판인데 얼마나 시어머니 질병을 걱정했으면 시어머니 똥을 맛보았겠어요?"

"병원으로 모시고 가면 될 텐데……."

"그렇지요. 그렇지만 그 옛날 무슨 병원이 있었겠어요. 병원은커녕 시골 돌파리의원도 없어서 몇 십리씩 찾아가야 하고 또 돈이 있어야 의원을 찾아가지요. 그래서 맛볼 상(嘗), 똥 분(糞), 맥볼 진(診), 갈 지 (之). '상분진지'(嘗糞診之)라는 말이 있어요."

"상분진지라……."

"우리나라에는 효자 효부들이 많아서 효도에 관한 이야기들이 많이 있습니다. 어떤 효자는 자기의 아들이 어머니의 밥을 빼앗아 먹는다고 아이를 산으로 데려가서 묻으려고 땅을 파는데 이상한 종이 나와서 아이를 묻지 않고 종을 가지고 집으로 돌아와 종을 쳐 보았더니 그 소리가 너무나 아름답고 멀리 멀리 퍼져서 궁궐에 있는 임금님과 신하들이 듣게 되어 크게 상을 받아 잘 살게 되었다는 이야기도 있어요. 아들을 죽여서 효도하려 한 이야기인데 아들을 죽이라는 이야기가 아니라 지성이면 감천이라는 이야기라고 생각해요. 그리고 효도하는 방법은 여러 가지가 있지요. 부모님께 순종하는 것이나, 좋은 의복과 음식으로 정성껏 공양하는 것이나, 병을 고쳐 드리는 것이나 모두 효도이고, 착한 일을 행하고 남에게 칭송을 듣고 공부 잘 하고 일 잘하고 출세하고 나라 위해 일하는 것도 모두 효도하는 방법이지요. 첫째는 부모를 잘 섬기고, 둘째는 나라에 충성하고, 셋째는 진리를 행하는 것이 효도랍니다. 그래서 사람의 행실 중에서 효도가 첫째이고 효도할 줄 모르는 사람은 출세하기도 어렵다는 것이지요. 새 중에도 까마귀는 늙은 어미에게 먹이를 물어다 드린다는 이야기가 있지요."

"그렇지요. 새 같은 미물 짐승도 사람보다 나은 것들이 많이 있어요."

"그래요. 새나 짐승들도 모두 인(仁) 의(義) 예(禮) 지(智) 가운데 한 가지는 타고 난다고 합니다. 기러기는 짝을 어지럽히지 않는다고 하며, 원앙새는 짝을 잃으면 삼천리를 울며 찾아 돌아다니다가 피를 토하고 죽는다고 하지요. 개도 주인에게 얼마나 충성스러워요? 금수중에는 사람보다 훌륭한 것들이 많이 있답니다."

"그런데 요즘 '효자견'(孝子犬) 이야기가 있다면서요?"

"아, 전라남도 순천에서 나온 이야기 말씀이지요?"

"그렇답니다. 내용을 알면 이야기 좀 해 주서요. 난 내용은 모르거든요."

"예. 인터넷에서 본 이야기인데요. 순천에서 어떤 할아버지 할머니가 자식도 없이 개만 한 마리 기르며 살다가 할아버지가 돌아가셨답니다. 그런데 할머니는 앞을 못 보는 장님이라지 뭡니까? 갑자기 할아버지는 돌아가시고 의지할 자식도 없어서 막막하기만 한데 할아버지 장례를 마친 다음 날 아침에 개가 이웃집에 가서 밥을 얻어다가 할머니에게 드렸대요."

"세상에 어떻게 개가 ⋯⋯?"

"이웃집 아줌마는 개가 밥통을 물고 와서 마당 가운데 놓고 뒤로 물러나 있기에 측은한 생각이 들어 밥을 갖다 주었더니 밥그릇을 입에 물고 주인 집으로 돌아가더래요. 아줌마는 부엌 일을 마치고 시장에 가는 길에 담너머로 할머니 집을 들여다 보았더니 할머니는 마루에 걸터앉아 있는데 개가 밥그릇을 할머니 앞에 갖다 놓고 소매를 끌며 잡수시라는 시늉을 하더래요. 가만히 보고 있으니 할머니는 개의 행동을 깨닫고 식사를 하다가 반쯤 남겨서 개 앞으로 밀어 놓으니까 개가 그때부터 밥을 먹기 시작하더랍니다. 아줌마가 시장에 가다 말고 서서 할머니 집을 들여다 보는 바람에 다른 사람들도 덩달아 보게 되어 삽시간에 소문이 퍼졌답니다. 개는 다음 날 다른 집으로 가서 똑같은 행동으로 밥을 얻어다가 할머니에게 드렸답니다. 이런 일이 날마다 반복되어서 사람들이 군수에게 개를 표창하라고 건의하였다는 군요."

"세상에 별 신기한 일도 다 있네요. 그런데 어떻게 개가 그런 행동을 할 수 있을까요? 정말 사실일까요?"

"사실인지 아닌지는 확인하지 못하였지만 그럴 수도 있을 것 같아요. 돌고래나 물개가 쇼하는 것 보셨지요? 새나 코끼리도 훈련을 받으면 별 짓 다 하니까요. 특히 개는 옛날부터 영리하고 충성스럽고 지혜가 많다고 하니까요. 아마도 할아버지 생전에 할아버지가 할머니에게 음식을 대접하는 모습을 많이 보고 그대로 배운 것이 아닐까요. 그래서 사람들이 그 개를 '효자견'이라고 부르기도 하고 줄여서 '효견' 또는 '효구'라고 부른대요. 지금도 날마다 효자견이 할머니에게 효도를 한다니까 한 번 가서 확인하면 좋겠어요. 인터넷에서는 '개만도 못한 놈들이 들끓는 세상에 이런 의리 있고 효성스런 개님이 있다니 효행비도 세워주고 훈장도 주어야 한다. 개만도 못한 자들아, 보고 배워라!'라는 글이 붙어 있더군요."

"그렇지요. 개도 사람의 선생님이 될 수 있지요. 그런데 텔레비전에서 보니까 문어라는 물고기는 새끼를 지키다가 굶어 죽는다고 해요."

"예. 가시고기도 그렇고요. 우렁이나 거미는 그 새끼들에게 몸뚱이를 파먹게 한다지요. 사람도 자식들을 위해 모든 것을 바치지요. 소 팔고 땅 팔아서 자식을 가르치지요? 특히 한국의 부모들이 세계에서 제일 많이 양육비와 교육비를 부담한다는 이야기가 있어요."

"그렇지요. 한국에서는 기르고 가르치고 시집보내고 장가들이고 살림살이까지 차려주는 부모들이 많지요. 자식들한테 다 바치고 나서는 궁색하게 지내고 손자녀들 돌보느라고 고생하는 할아버지 할머니들도 많지요. 그렇지만 그런 부모들은 그것으로 낙을 삼으니까 괴로운 줄을 모르고 오히려 즐거워하니까 나쁘다고 할 수는 없어요."

"그렇습니다. 부모들이 생각할 때는 재산도 죽을 때까지 남겨두는 것보다 차라리 죽기 전에 자식들에게 물려주고 세상을 뜨는 것이 좋다고 생각하지요. 모든 것을 베풀고도 그것을 베풀었다고 생각지 않고 완전히 잊어버리는 것이 무상보시(無相布施)라고 한다는데 부모들은 자식들에게 거의 무상보시를 하니까 참으로 거룩한 보시지요. 나는 아직 유상보시(有相布施)도 제대로 못한 형편이지만요. 진짜로 무상보시를 하는 사람이 있다면 그 사람은 성불(成佛)한 사람이지요. 그런데 어떤 사람들은 퇴직금을 자식들 사업자금으로 주었다가 완전히 거지 된 사람도 있다지요. 내가 아는 사람 중에 그런 분이 있어요. 서울에서 교장도 하고 장학관을 하던 분인데 한 때는 이름도 많이 알려진 유명한 인물입니다. 그런데 아들의 사업을 돕기 위해서 퇴직금도 몽땅 주고 주택도 담보로 제공하여 완전 무일푼이 되니까 하는 수 없이 어느 깊은 산골에 들어 가서 빈집을 구하여 겨우 비바람을 가리고 손바닥만큼한 화전에 농사를 지으며 연명을 한답니다."

"그렇게 되면 친구들도 다 떨어지고 고독해서 오래 살기가 어렵다는데."

"퇴직하자마자 삼락회(三樂會)에 가입하고 여생을 유유자적하게 되었지만 불과 몇 년을 견디지 못하고 그렇게 되었지요. 아무리 친구들이 찾아도 나타나지 않는답니다. 친구를 만나면 창피하기도 하고 걸인처럼 동정을 받는 형편이 되니까 도저히 친구들을 만날 용기가 나지 않는 거지요."

"미쳤다구 자식에게 다 내줘? 자업자득이구먼."

"그렇게 될 줄을 몰랐던 거지요. 자식도 일부러 그렇게 한 것도 아니고. 자식을 나무라면 혹시 자살이라도 할까 봐 오히려 부모가 겁을 먹는대요. 이래저래 화병만 커지지요. 절대로 자식에게 다 주면 안 된대요. 부모도 망하고 자식도 망하니까."

"첫째는 부모가 어리석어서 그렇지요."

"우리나라 부모들은 어려서부터 자식 비위만 맞추고 왕자병 공주병만 키운다지요. 고생도 시키고 자립심과 독립심을 길러주어야 하는데. 자식교육보다 어려운 것이 없대요. 엄하고 존경스러운 부모와 스승이 필요한데 지금은 그렇질 못하거든요. '그 아비에 그 아들' 이니 '그 스승에 그 제자' 라는 말도 있지요. '가빈불폐학' (家貧不廢學), '가부불태학' (家富不怠學)이라는 말도 있지만 그 말의 참뜻을 알아야 할 것 같아요. 돈벌고 출세하는 공부만 중요한 것이 아니라 근본을 닦는 공부가 더 중요한 공부인데 그것을 잘 모르는 것 같아요. 공부는 시켜야 하는데 어떻게 시키느냐가 문제지요."

"……."

"그런데 부모 중에도 혹시 악한 부모가 있을까요, 없을까요?"

"악한 부모도 있지요. 부부싸움도 잘 하고 자식도 마구 패고 일도 안 하고 놀음이나 하고 첩질이나 하고……."

"그래요. 특히 어머니보다는 아버지가 그런 수가 있지요. 특히 후처를 얻으면 남자들이 후처의 꾀임에 빠져서 그런지 전처의 소생들에게 나쁘게 하는 수가 많지요. 내가 직접 보았어요. 옛날 순(舜) 임금은 계모 밑에서 자랐는데 아버지가 일을 너무 많이 시키고 심지어는 지붕에 올려 보내고 불을 놓기도 하고, 우물을 파라고 하고는 위에서 우물을 메우기도 했답니다. 그럴 때는 불에 타 죽어야 하고 흙속에 묻혀서 죽어야 하나요, 아니면 살아나야 하나요?"

"당연히 살아나야 하지요."

"아버지가 죽이려고 하는데 살아나면 아버지의 뜻을 거역하는 것 아닌가요?"

"그래도 살아야 해요."

"아버지의 뜻을 어기면 불효가 되는데 불효해도 괜찮단 말씀이지요?"

"그런 것은 불효가 아니지요."

"그렇습니다. 부모가 자식을 죽이려고 하는 것은 올바른 마음이 아니기 때문에 거역해도 불효가 아닙니다. 그래서 순 임금은 아버지가 죽이려고 해도 죽지도 않고 아버지가 허락하지 않아도 혼인도 했답니다. 그리고 증삼(曾參)이라는 공자의 제자는 아버지하고 밭에서 일을 하다가 잘못하여 오이뿌리를 끊었는데 아버지가 보고 노하여 몽둥이로 때려서 인사불성이 되었대요. 증삼은 효자가요, 불효자가요?"

"글쎄요. 몽둥이로 때리면 피해야지요. 피해도 불효는 아니지요."

"그렇습니다. 회초리는 맞는 것이 효도지만 몽둥이는 맞지 말고 달아나는 것이 효도지요. 몽둥이는 위험하니까요. 그리고 만일 아버지가 도둑질을 하면 경찰서에 신고해야 하나요, 하지 말아야 하나요?"

"어디서 그런 이야기만 주워오셨다지요? 호호호."

"아버지를 고발하는 것은 정직한 것인가요, 부정직한 것인가요?"

"글쎄요. 정직하기도 하고……."

"공자(孔子)는 아버지에게 바른 말로 간하라고 했어요. 도둑질해서는 안 된다고 간곡히 말씀을 드려서 그런 일이 없도록 해야지요."

"그런 이야기가 어디 있어요? 소설책에 있나요?"

"《논어》(論語)라는 책에 있습니다. 공자와 그 제자들이 주고 받은 이야기들을 모아 놓은 책이거든요."

"예, 그래요? 재미 있겠네요."

"재미 있지요. 성인(聖人)의 말씀이니까 배우면 배울수록 재미있고 맛이 나지요."

맹교수는 할머니들과 이야기를 나누는 것이 즐거웠다. 그러나 노인들은 아무리 즐거운 이야기라도 잘 웃지 않을 때가 많다.

어떤 할머니는 말도 거의 하지 않고 남들이 다 웃어도 웃지 않는다.

마음 속으로는 오만가지 생각을 다 하는지 모르지만 겉으로는 아무
런 표정이 없다.

　즐거운 것도 아니고 괴로운 것도 아니다. 희로애락을 모두 초연한
것 같다. 인생을 달관하면 희로애락의 경계가 다 무너지는 것이니까.

　그러나 어딘지 모르게 쓸쓸한 표정을 보이는 할머니들이 많은 것
같다.

　노인들의 표정은 어두울 때가 많다. 늙는다는 사실 자체가 서글프
고, 병들고 괴롭고 외로운 것이 서러운데 젊어서 고달프게 일하고 지
독하게 모은 재산마저 물거품처럼 없어지고 입에 풀칠하기조차 힘들
게 되면 절망에 이르고 우울증에 빠진다.

　하고 싶은 이야기가 많아도 입을 벌리지 않는 노인들이 많다. 누워
서 침뱉기가 되고 이야기해 봐야 아무 소용도 없고 누가 귀담아 들어
줄 사람도 없다. 그저 한숨만 나올 뿐이다.

　큰아들 집에서 눈치를 보다가 작은 아들 집으로 가고, 작은 아들 집
에서 눈치를 보다가 딸네 집으로 가고…….

　인생은 결국 시고 떫고 쓴 맛으로 끝난다. 인생은 고해니까. 굳이
죽고 싶은 것도 아니지만 굳이 살고 싶은 것도 아니다.

　몸이 말을 듣지 않으니 할 일도 없다. 그래서 이야기도 즐겁지 않고
가슴은 답답하다.

노인종합복지관

7

노인종합복지관의 초청을 받고 버스에 올랐다.

이곳 저곳 아파트에서 노인들이 합승하다 보니 복잡하기도 하고 시간도 많이 걸렸다.

노인들이 시간을 제대로 지키지 않아서 그런지 예정 시간보다 늦게 도착하였다.

연극이 시작되었다.

'경로당 한가위 잔치' 라는 표제를 걸고 도립극단에서 공연하는 '사랑장터' 라는 주제였다.

서막에서 부르는 가사 가운데 '사랑을 팔고 사는 사랑장터' 라는 가사를 들으니 사랑의 상거래(商去來)를 생각하게 되었으나 내용은 그런 것이 아니었다.

줄거리는 대략 다음과 같았다.

무대는 시장이고 엿장수 커피장수 옷장수 젓갈장수 도시락장수 과일장수들이 작은 노점상을 벌이고 있는데, 어느 할아버지가 잃어버린 자식을 찾아다니는 장면이 나오고 수원댁이라는 도시락장수가 할아버지를 반가이 맞이하며 도시락을 권한다.

어느 걸인 같은 청년이 나타나서 돌아가신 어머니에게 불효한 것을 뉘우치고 한탄하면서 추석 제수품을 얻는다.

엿장수에게는 예쁜 딸이 있는데 중국집 배달원을 하는 노총각이 연정을 품는다.

아들을 찾는 할아버지는 도시개발로 집이 철거 당하게 되었으나 아들이 돌아올 때까지는 절대로 집을 철거할 수 없다고 버티다가 폭력배에게 창피를 당하는데 그 장면을 보고 있던 엿장수와 시비가 붙어서 흉기를 들고 싸우다가 옷이 찢어지는 바람에 엿장수의 등에 나타난 문신이 드러나 할아버지가 찾아다니던 아들이라는 것을 알게 된다.

부자의 상봉과 함께 할아버지는 수원댁과, 엿장수는 과일장수 여인과, 엿장수 딸은 중국집 배달원과 짝이 되는 등, 모두 모두 짝을 이루게 되어 해피엔딩으로 끝나게 된다.

자식에 대한 부모의 애정과 부모를 공경하는 자식의 효성이 나타나며 많은 음악이 어울린다.

연극에 이어서 노래교실이 진행되었다.

강사가 준비한 노래 몇 곡이 연주되더니 '샤방샤방' 이라는 노래를 가르치는 것이었다. '샤방' 이라는 말은 '반짝이고 눈부시게 빛난다'는 뜻으로 쓰는 우리말의 의태어란다.

맹교수로서는 금시초문이다.

샤방샤방 샤방샤방
아주 그냥 죽여줘요 샤방샤방

누구나 사랑하는 매력적인 내가
한 여자를 찍었지
아름다운 그녀 모습
너무나 섹시해 샤방샤방
얼굴도 샤방샤방 몸매도 샤방
모든 것이 샤방샤방 샤방샤방
얼굴은 브이라인 몸매는 에스라인
아주 그냥 죽여줘요 샤방샤방

가사나 곡조나 모두 발랄한 기풍이 있어서 젊은이들이 좋아할 것 같았다.

그렇다고 노인들이 싫어할 것도 아니고, 못 부를 것도 아니었다. 젊은이들이 좋아하는 노래를 통하여 노인들은 오히려 젊어지는 기분을 느끼는 것 같다.

열심히 지도하는 강사의 성의 때문에 열심히 배우는 노인들도 있지만 겨우 시늉만 내는 노인들이 많다. 아무리 흥미가 중요하다고 하더라도 노인들의 기분에는 별로 어울리지 않는 모양이다.

'죽여줘요' '너무나 섹시해' '한 여자를 찍었지' 따위는 노인들의 감각에 맞지 않는 모양이다.

맹교수는 어느 보컬그룹에서 발행하여 수십만 장이나 팔린 CD음반이 청소년 유해물로 판정되었다는 신문 기사를 떠올렸다. 품위없고 노골적이고 선정적인 가사가 마구 유행하면서 청소년들이나 성인들이 모두 감염되는 것을 보기가 안타까웠다.

자본주의사회에 팽만한 자유와 인권이라는 허울 좋은 슬로건 밑에 정신이 썩어들어가는 모습을 보기가 역겨웠다.

노래만 그런 것이 아니라 모든 향락산업이 비슷한 수준이고 안방에서 밤낮으로 활개치는 텔레비전 프로그램이 거의 비슷한 수준이지만 국민들은 면역이 강화되어 눈이 멀고 귀가 먹고 머리가 녹슬어 버리고 정치인이나 공무원들은 보고도 못 본 척하고 사리사욕에 혈안이다.

지도자층이나 국민들이나 막말을 주저하지 않는다.

맹교수는 막말하는 사람들을 너무나 자주 보며 살아 왔다. 자신의 의견과 조금만 차이가 있어도 상대방의 의견은 송두리째 잘못된 것이라고 공격한다.

자신의 생각이 잘못일 수도 있다는 것을 인정하지 않고 억지논리로라도 상대방을 꺾고야 만다.

자신의 눈으로 본 것도 착각일 수 있고 귀로 들은 정보나 읽은 정보도 잘못된 것일 수 있고 자신이 내린 사실판단이나 가치판단이나 모두 부정확한 것일 수 있음에도 불구하고 그것을 무슨 진리나 되는 것처럼 신봉하고 고집한다.

'그는 엉터리야' '그 놈은 죽일 놈이야' '그 년은 찢어 죽일 년이야' '나는 죽어도 양보할 수 없어' '나하고 막 가자는 거냐?' '너 죽고 나 죽자' '그 사람하고는 말하기 싫어'.

겸손하고 예의 바르고 공손한 말투는 듣기 어렵다.

이리하여 진지한 대화는 이어지기 어렵다. 자기의 주장을 체계적으로 표현하지도 못하고 남의 주장을 인내성 있게 경청하지도 못한다.

남의 이야기에 끼어들어 방해하거나 난폭하게 비판하거나 공격하기만 하는 것으로 그친다.

노인들 가운데는 차라리 전통민요를 더 선호하는 분들이 많을 것 같다. 어려서부터 많이 듣던 노래이고 한국인의 정서에도 어울리기 때문이다.

노래공부가 끝나고 모두 함께 부르는 노래가 연속되었다.

'섬마을선생님' '고장난 벽시계' '찔레꽃' '봉선화연정' '홍도야 울지 마라' '흙에 살리라' '처녀농군' '내 마음 별과 같이' '울고 넘는 박달재' …… 등등.

노인복지관은 'Senior Welfare Center' 라고 영역하고, 비젼(Vision)과 미션(Mission)과 슬로건(Slogan)을 명백히 내걸고 있었다.

비젼에서는 '고품격 서비스를 통한 노인복지 Gloval Leader' 를, 미션에서는 (1) Good Values (2) Good Man (3) Good News를, 슬로건에서는 '어르신이 행복한 세상, 우리의 꿈입니다' 를 표방하였다.

성남시에서 '사회복지법인 기아대책' 에 위탁운영하며, 연면적 9,318평방미터(2,818평)에 1일 이용 인원 약 2,000명이란다. 건물이 개관한 지 얼마 되지 않은 까닭인지 매우 깨끗하고 현대적 건축의 면모가 보였다.

사업은 상담사업, 복리후생사업, 경로당활성화사업, 사회교육사업, 기능회복사업, 재가복지사업, 주간보호사업, 단기보호사업, 노인취업알선사업, 노인일자리사업, 지역자원개발사업 등으로 나누어져 있다.

오늘 두산삼호노인회를 복지관으로 초청한 것이나 지난 봄, 삼육대학교 원예과 한상경교수가 설립하였다는 경기도 가평군에 있는 '아침고요수목원' 으로 관광시킨 것은 바로 경로당활성화사업의 일환이었다.

여러 가지 사업 중에서 맹교수가 특별히 관심을 갖는 분야는 사회교육사업이었다. 더러는 그가 가르칠 수 있는 분야도 있겠지만 그가 피교육생이 되어 많은 것을 배우고 싶기 때문이었다.

노인일자리사업은 (1)지역환경보호감시사업 (2)교통·질서계도 (3)주거개선사업 (4)어린이안전지킴이사업 (5)경로당환경관리 등이며 용돈이나 조금 받는 수준이라고 한다.

그러나 많은 노인들이 원하는 것은 여가를 메꾸는 이른바 시혜적 복지수준이 아닌 생계형 노동을 원하는 경우가 많다고 한다.

전문적인 지식이나 기능을 가지고 있고 건강하여도 직장에서 물러나 무위도식하는 노인들이 많은 것은 사회적 문제로 대두하고 있다. 일자리는 점점 줄어들고 젊은이들이 취업을 하지 못하는 형편이니 노인들은 더 말할 것이 못 된다.

어떤 노인은 아파트경비원으로 근무하기도 한다. 전직 교장이라는 분도 있고 중소기업 사장이었다는 분도 있다. 그러나 하루는 야근하고 하루는 집에서 쉬지만 적응하기가 쉬운 것은 아니다.

어떤 분은 주민이 마땅치 않게 여겨서 그만 두는 수도 있단다. 왜 졸고 있느냐? 왜 경비실을 안 지키고 나가 있느냐? 왜 주민이 무거운 짐을 가지고 와도 본 척 만 척하느냐? 왜 전면주차를 시키지 않고 후면주차를 방치하느냐? 왜 낙엽을 쓸지 않느냐? 다른 경비원은 꽃을 잘 기르는데 왜 당신은 못 기르느냐? 왜 외부차량을 제대로 단속하지 않느냐?……?

한 두 번 잔소리(?)를 들으면 자존심이 상해서 그만 두고 나가버린 단다.

맹교수는 어떤 목사님이 설교한 녹음 테입을 들었다.

목사님은 평소에 간절히 소망하던 일을 금년에 이루었다고 한다. 그것은 무엇일까, 누구나 궁금히 여기는 것이었다.

듣고 보니 '지공사' 가 되었다는 것이었다.

'지공사' 가 무엇일까? 특수분야의 기술을 익혀서 자격증을 획득한 것 같다.

그러나 목사님이 특별한 전문적인 기능을 수련한다는 말을 들어 본 일도 없다. 알고 보니 '지하철 공짜로 타는 사람' 이란다.

어떤 노인들은 경로석에 앉자마자 눈을 딱 감고 있는 것이 마치 좌선하는 스님 같다고 하여 '지공선사'라고도 한단다. 듣는 사람들이 깔깔거리며 웃는다.

지하철을 타고 1호선 끝까지, 2호선 끝까지, 3호선 끝까지, 서울역에서 천안역까지, 아산역까지도 얼마든지 공짜로 타고 다니고 싶은 대로 타고 다닐 수 있어서 좋다고 한다.

그런데 그것이 목사님의 진실한 마음일까. 하기야 수십년을 거의 하루도 예외가 없이 설교준비에, 주일집회에, 수요집회에, 가정방문에, 문병에, 얽매일 대로 얽매여 살았으니 이리저리 마음대로 돌아다니고 싶은 생각도 있겠지만 '지공사'가 된다는 것은 교회에서 은퇴할 때가 되었다는 뜻이 아닐까.

그렇다면 은퇴가 정말 즐거운 일일까. 일반 신도들이 그토록 존경하던 자리에서 물러나도 계속하여 그 카리스마가 유지될 수 있을까. 일시에 무너질지도 모르는 높은 자리와 존경과 카리스마를 생각하며 얼마나 쓸쓸할까를 짐작하게 된다.

'지공사'의 자격을 얻으면 은퇴하게 되는데 은퇴하고 나면 무엇을 해야 할까. 물러난 직장이나 교회나 단체에 기웃거리면 치사스럽게 보인다.

도서관으로 갈까. 산으로 갈까. 기원으로 갈까. 골프장으로 갈까. 경마장으로 갈까. 헬스클럽으로 갈까. 복지관으로 갈까. 여행이나 갈까. 봉사활동이나 다닐까. 어딜 가도 모두 며칠 안 가서 권태를 느낄 것 아닌가.

왜 젊어서 진작 악기라도 한 가지 배워 놓지 못했을까. 노인들은 후회한다.

복지관에서 점심을 먹고 나서 도시락만큼한 떡을 각각 선물로 받아들고 노인회로 돌아왔다. 할머니들이 배를 깎고 소주와 막걸리를 사다가 나누어 마셨다.

맹교수는 할머니들이 모인 기회를 이용하여 이야기를 꺼내었다.

사람은 누구나 남의 행동을 보고 배우게 되므로 첫째는 부모가 자녀들에게 좋은 본을 보여주어야 하고, 사람의 성품은 대개 여섯 살 전에 형성되므로 철없는 어린 아이라고 함부로 대하지 말고 조심하고 조심해야 하며, 특히 어릴 적에는 엄마를 많이 보고 배우기 때문에 엄마가 훌륭해야 자녀도 훌륭해진다는 것을 이야기하였다.

"요즘 아이들은 참을성이 없어요. 그래서 엄마들이 더 힘들어요. 제가 하고 싶은 일이나 먹고 싶은 것이나 가지고 싶은 것이나 참질 못해요. 친구가 가지고 있으면 저도 사달라고 하고 당장 안 사주면 야단이 나요. 그래서 엄마들은 아이들이 말하기가 무섭게 들어주고 아이들 버릇만 나빠져요."

"그렇지요."

"미국 교육심리학자가 연구한 것이 있답니다. 네 살짜리 유치원 아이들에게 과자를 하나씩 주고 당장 먹어도 좋지만 참고 기다렸다가 20분 후에 먹는 사람한테는 하나씩을 더 준다고 하였는데 어떤 아이들은 참지 않고 즉시 먹는 아이도 있고 어떤 아이는 참고 기다렸다가 먹는 아이도 있더래요. 그런데 참지 않고 먹은 아이와 참았다가 먹은 아이들이 초등학교, 중학교, 고등학교, 대학을 거쳐 취직하여 직장에 근무할 때까지 계속하여 어떤 차이가 있는지 추적하여 관찰하고 조사하고 연구해 보았더니 과자를 참고 기다렸다가 먹은 아이가 훨씬 성적도 좋고 친구들에게 인기가 좋고 선생님에게 칭송을 듣고 부모에게도 사랑을 받고 직장에서도 인정을 받더래요. 참았던 아이는 만족유예능력이 있는 아이랍니다. 침팬치라는 동물은 사람과 매우 유사하지만 사람처럼 참을 줄을 모른답니다. 네 살 먹은 아이에게는 무슨 짓을 하지말라고 몇 번 가르치면 자제력이 생기고 양심에 가책도 느끼고 죄의식도 느끼고 수치심도 느끼는데 침팬지의 새끼는 그런 것이 없답니다. 결국 아이를 훌륭하게 기르려면 옳고 그르고 착하고 악한 것이 무엇이며 어떤 경우에는 어떻게 행동해야 하는지를 배우고 연습하고 실천하게 해야 한다는 겁니다."

"참 좋은 거 연구했네요. 그 학자 이름이 무언가요?"

" '매시멜로우' 라는 학자인데 그 이름을 따서 '매시멜로우를 먹지 말라' 는 말이 생겼다고 합니다. 문제는 한국의 어머니들이 아이들을 제대로 가르치지 못한다는 겁니다. 선생님에게 꾸중을 듣거나 회초리를 맞고 오기만 하면 즉시 학교로 달려가서 교장에게 항의하거나 담임선생님에게 욕설을 퍼붓고 폭행을 하기도 하는 학부모들이 있지 않습니까. 그런 환경 속에서 공부한 아이들이 커서 어른이 되면 어떻게 됩니까. 비인격적이고 반사회적인 인물이 될 것 아닙니까. 가정마다 아버지들은 직장에 나가고 주로 어머니들이 아이들을 기르기 때문에 어머니들이 현명해야 아이들을 현명하게 기르지요. 그래서 여성교육이 남성교육에 못지 않게 중요한 거지요. 학교는 많이 안 다녀도 책이라도 많이 읽으면 좋은데 한국 여자들은 책 안 읽기로 유명하답니다."

"요즘 국회의원들이 싸우는 것도 어려서부터 배우기를 잘못 배워서 그런 것이지요?"

"확실히 말하기는 어렵지만 아니라고 말하기도 어렵지요. 국민들의 이익보다는 자기의 정당이나 자기에게 유리한지 불리한지를 먼저 따지고 국민들의 이익을 볼모로 잡아서 싸움질을 하니까 문제라는 겁니다."

할머니들은 모두 고개를 끄덕거리는 것 같았다.

맹교수는 다시 말을 이었다.

노인회관은 어떤 한 두 사람에게 이야기를 듣기만 하는 곳이 아니고 서로서로 자기가 본 것, 들은 것, 책에서 읽은 것, 경험한 것, 생각한 것들을 돌아가며 5분이고 10분이고 이야기하는 곳이니 다음부터 준비하여 이야기하시라고 당부하였다.

맹교수는 노래에 관심을 보이는 할머니들을 위하여 노래방기구를 만지기 시작하였다.

노래방기구는 벌써 수년 전부터 설치되어 있어도 할머니들이 사용할 줄을 몰라서 거의 잠자고 있었다.

맹교수는 이것 저것 건드려 보기도 하고 관리사무소 영선계 기사를 불러오기도 하여 겨우 만지는 법을 익혔으나 이따금 노래선생님이 와서 건드리고 가면 또 다시 말을 듣지 않는 수가 많았다. 어떤 때는 코드를 엉뚱한 곳에 연결하여 놓았던 일도 있어서 기사가 손을 본 후에 휴대전화기로 사진을 찍어 놓기도 하였다.

그가 만져서 잘 되지 않을 때는 민선생에게 부탁하기도 하였다.

곡목은 늘 비슷하였다.

'섬마을선생님' '산장의 여인' '방랑시인 김삿갓' '허공' '동숙의 노래' '아미새' '봉선화연정' '칠갑산' '밤에 떠난 여인' '눈물젖은 두만강' '잊으리' '외나무다리' '산까치야' '돌아가는 삼각지' '만남' '님그림자' '검은 장갑' '애수의 소야곡' '그저 바라볼 수만 있어도' '호반의 벤치' '얼굴' '사랑이 메아리칠 때' '내 마음은 호수' '과수원 길' '찔레꽃' '비 내리는 호남선' '번지 없는 주막' '백마강' '강촌에 살고 싶네' '고향초' '고향설' '돌아와요 부산항에' '나 하나의 사랑' '사랑해' '당신도 울고 있네요' '당신은 모르실 거야' '배신자' '베사메무초' '꿈이여 다시 한 번' '애모' '미워도 다시 한 번' '바위고개' '삼팔선의 봄' '가거라 삼팔선' '하숙생' '친구여' '아내에게 바치는 노래' '대머리총각' '덕수궁 돌담길' '동심초'

'성불사의 밤' '황성 옛터' '옛 시인의 노래' '파도' '비목' '꽃중의 꽃' '가고파' '초우' '목련화' '사랑이여' 'J에게' '선구자' ……등 등.

이것 저것 입력하다 보면 60여 곡이나 된다. 그러나 점수가 나오고 아름다운 화면이 떠오르고 다시 노래가 나와도 마이크를 잡는 사람이 없어서 예약을 취소하는 수가 자주 있다.

중간에 신청곡이 들어오면 우선적으로 입력하여 부르게 한다. 한 사람이 마이크를 잡고 불러도 여러 사람이 작은 소리로 따라 부르고 가사를 읽기 때문에 귀로는 음악을 듣고 입으로는 노래를 부르고 머리로는 문학공부도 하고 마음으로는 상상의 날개를 펴기도 한다.

여러 사람들이 부르고 나서 맹교수에게도 한 곡조 부르라는 주문이 떨어졌다.

맹교수는 유심초의 '사랑이여' (최용식 작사 작곡)에 이어 이선희가 부르고 일본 엔카 가수 가도쿠라유키(門倉有希)가 불렀다는 'J에게' (이세건 작사 작곡)를 불렀다. 이따금 부르는 곡이라 별로 실수없이 넘겼다.

'재청' 소리와 함께 박수가 쏟아지고 삼성아파트에서 온 낯선 할머니는 그에게 '늙지 말라' 고 하였다. 늙기는 아깝다는 것이었다.

맹교수를 알아주고 아끼는 마음으로 하는 소리였다.

고마웠다.

맹교수는 할머니들이 다투어 주문하는 대로 곡목의 번호를 찾아 기계에 입력하고 맞장구를 쳐주었다. 화기애애한 분위기가 넘쳤다.

오전 열 한 시 경부터 그칠 줄 모르고 줄줄 쏟아지던 비는 오후 다섯 시가 지나서야 서서히 약해지고, 할머니들은 이윽고 복지관에서 선물로 받아 온 떡을 들고 뿔뿔이 흩어졌다.

월요일은 또 '광양불고기' 식당으로 회식하러 가는 날이다. 회식 후에 회관으로 돌아오면 회장님과 총무에게 특강을 하도록 부탁해 두었다.

맹교수는 우연하게 신문을 들쳤다.

'노인 500만시대' 라는 특집이다.

……노인들이 '노인' 이란 말을 싫어한다.

그래서 강의할 때는 '중노년' 이란 말을 쓴다. 국가마다 노인 기준이 다르다. 인도는 60세. 아프리카는 55세. 우리는 경제협력개발기구와 같은 65세이다. 노인들은 자기가 살던 곳에서 계속하여 사는 것이 좋다.

우리 사회에는 어른다운 노인상이 없다.

TV드라마에서도 노인은 잔소리나 하고 문제만 일으키는 존재로 묘사된다. 하루에 노인들이 13명씩 자살한다. 빈곤과 질병, 가족과의 갈등이 원인이다.

노인대상 성(性)특강을 하면 많은 분들이 몰려 온다. 그들은 젊은 시절과 비슷한 성관계를 원한다.

머릿속에 90% 이상 성관계를 생각한다는 노인도 있다. 외국엔 노인전용 성인영화관이 있다. 일본엔 포르노방이 있는 양로원이 있다. 노인의 성문제를 소홀히 할 수 없다.

서울시내에는 콜라텍이 82개소나 있다.

전에는 청소년들이 다니던 곳인데 지금은 노인들이 모여들어 춤도 추고 이성도 만난다.

맹교수는 오래 전부터 노인들이 학대를 받는다는 신문기사를 보았기 때문에 놀랍지는 않았지만 매우 심각한 윤리문제로 받아들이게 되었다.

어떤 부모들은 자식의 불손한 대우를 받으며 인생을 비관하고, 도시에 사는 자식이 명절에 찾아와 행패를 부릴까 겁내기도 하고, 어떤 시어머니는 죽을 때까지 며느리에게 한 번도 '어머님'이라는 말을 들어보지 못하고, 어떤 노파는 양로원 입구나 제주도와 같은 도서지방에 유기되기도 하고 심지어는 폭행을 당하기도 하고 살해를 당하기도 한단다.

맹교수는 실지로 어떤 노파가 경찰관 파출소에서 말 한 마디 하지 않고 양로원으로 보내주기만을 기다리는 것을 목격한 일이 있었다. 노파는 주민등록증도 없애 버리고 자기의 신분을 절대로 노출시키지 않으려고 하였다.

신분을 노출시키면 자식에게 연락되어 소문이 나게 되고 결과적으로는 자식을 불효자로 만든다는 것이었다.

요즘 노인들은 모든 것을 바쳐 자식들을 길렀고 부모도 봉양했지만 자식들에게 부양받지 못하는 세대가 되었다. 열심히 기르고 봉양하고 고생하고도 돌아오는 것이 없다는 생각, 피박탈감과 분노가 없을 수 없다.

노인들은 스스로 노후준비를 철저히 해야 한다. '노령인구 500만 시대'에 모든 것을 국가가 책임지기 힘들다.

지금 교과서에는 초등학교 저학년에서만 노인에 대한 내용이 나올 뿐이고 그밖엔 없다. 경로효친사상은 매우 희박하다.

대선후보자가 '노인들은 집에서 아이나 보고 투표하지 않아도 좋다'는 뜻으로 떠들고, 교육부장관이 '고령교사들은 부패하고 무능하다'는 이유로 정년을 낮추고 말았다.

학교에서도 고령교사가 아이들을 담임하면 어머니들이 항의하고 담임을 배척한다고 한다.

정치인들은 젊은이들에게 듣기 좋은 소리를 해야 지지를 받기 쉽다는 발상을 가지고 말한다. 공식석상에서도 노인들이 소외되어 존재가 잘 나타나지 않는다.

노인들은 사회와 가정에 대하여 분노와 서운한 감정을 가지며 소외감을 느낀다. 노인이 심리적 안정을 유지하기 어려운 분위기가 감돈다.

이튿날 오후에 맹교수는 노인회관으로 나갔다.

회장과 공선생을 중심으로 여러분들이 '문화재도록'을 펼치고 앉아서 열심히 보고 있었다.

고대부터 고려시대와 조선조에 이르기까지 많은 문화재가 소개되어 있는데 첫째권 첫 페이지에는 경남 울주군 언양읍 대곡리에 있는 반구대암각화(盤龜臺岩刻畵)가 나타났다.

국보 285호로 지정된 암각화는 거북이 모양으로 된 바위에 새겨진 그림이라고 하여 붙여진 이름인데 여러 가지 동물의 형상이 있지만 특히 고래의 모양은 살아 있는 모습이라고 공선생이 설명하였다. 머리를 들고 꼬리치는 모습이 마치 바다에서 헤엄치는 것으로 보였다.

공선생의 관찰력과 해석력에 다시 한 번 놀랐다.

맹교수는 직장에 근무할 때에 대형으로 된 탁본이 강당 로비에 걸려 있었기 때문에 자주 보기는 하였지만 고래가 살아 있는지 죽어 있는지 전혀 생각해 본 일이 없었다.

공선생이 입을 열었다.

"반구대는 정포은선생이 자주 들르셔서 '포은대'(圃隱臺)라고도 하는데 이언적(李彦迪)과 정구(鄭逑) 같은 분들도 다녀가고 많은 시인 묵객들이 모였던 곳이라고 합니다. 그런데 들리는 바로는 저수지가 건설되어 암각화가 물 속에 잠겼다 나타났다 하고 암각화가 많이 마모되었다고 합니다.”

“암각화의 위치와 저수지의 담수량을 철저히 연구하지 않은 채 저수지가 건설되었군요.”

“그래서 탁상행정이라는 말이 나오게 되어 있지요. 우리나라의 문화재들이 실지로 얼마나 잘 관리되고 있는지 알 수가 없어요.”

“그렇습니다. 숭례문이 불탄 사실만 보아도 문제가 많음을 알 수 있지요.”

“그런데 숭례문이 타고 나서 그 책임이 누구에게 있는지도 모르는 것 아닙니까? 문화재청과 서울시가 서로 책임을 전가한다는 말이 있었지요.”

“첫째로는 문화재청에 있겠지만 하도 뻔뻔스러워서……”

“당시의 청장이라는 사람이 아무런 책임도 지지 않은 모양인데 일본 같으면 문책을 당하기 전에 자결을 했을 겁니다.”

“그렇지요. 그 청장이 바로 평양에 가서 북한당국에 아부하기 위하여 이상한 노래를 불렀다는 사람 아닌가요? 금강산에 가서도 부르고요.”

“소위 교수라는 사람이 벼슬하기 위하여 정권에 아부나 하고 이리저리 돌아다니면서 경거망동한 것이라고 비난을 받았어요.”

“그래서 항상 인간이 먼저 돼야 한다는 거지요. 아무리 글을 잘 써서 베스트셀러 작가가 되어도 인격적으로 존경받지 못하면 안 되지요.”

한창 이야기가 진행되고 있는데 ‘사단법인한국생활안전연합’에서 ‘어르신교통사고 예방교육’을 한다고 강사들이 나왔다.

문화재도록을 보던 할아버지들도 할머니들과 어울려 강의를 들었다. 우리나라 교통사고의 사망자를 보면 어린이와 노인들이 제일 많다는 것이었다.

강사는 버스 안에서나 버스를 타고 내릴 때 주의할 사항, 도로무단
횡단 절대 금지와 기타 주의사항, 음주보행주의, 안전모자 안전손목
밴드 착용, 교통사고가 발생하였을 때 대처방법 등을 내용으로 강의
하고 '따라하는 건강운동'을 실시하였다. 그리고 강사가 준비한 음
향에 맞추어 태진아의 '동반자'를 불렀다.

안전은 나의 동반자 너와 나 우리 동반자
내 생애 지킬 그 약속 안전을 맹세한 약속
버스를 탈 때에는 차도로 달려가지 마
무단횡단 절대 안 돼 죽어도 안 돼 안 돼
안전은 내 동반자 영원한 동반자여

거리를 걸을 때에는 자동차와 마주 보자
밤이나 새벽에는 밝은 옷이 최고야
안전용품 어디 있나 외출 땐 잊지 마요
인생은 60부터 안전을 챙기세요
안전은 내 동반자 영원한 동반자여

강사들의 말로는 노인들이 도로를 함부로 횡단하는 경우가 대단히
많다고 한다. 여러 가지 복합적인 원인이 있을 것 같았다.
맹교수도 횡단보도에서 파란 신호등이 켜지기 전에 좌우를 살피고
그대로 건너가기도 하고 이따금 횡단보도도 아닌 곳에서 횡단하는
일이 자주 있었다. 그러면서 남이 보는 것도 부끄러워 하지도 않았다.
교육도 받을 대로 받고 평생을 교육자로 살아온 지성인이 그런 형편
이고 보면 다른 노인들이 도로를 무단횡단하는 것은 조금도 이상하
게 여길 것이 못 되는 것이었다.

안전의식이나 공중도덕의식이나 질서에 대한 의식이 모두 부족한 인격적 결함에서 오는 현상으로 해석되었다.

언젠가 들어 본 철학, '민주주의는 기다리는 것이다' '민주주의는 참는 것이다'. 신호가 바뀌고 안전할 때까지 참고 기다리는 것이 민주주의의 실천이고 안전이고 질서이다. 작은 실천이 나를 지키고 우리를 지키고 나라와 인류를 지킨다.

8
어떤 할머니

맹교수는 할머니 곁으로 다가가서 인사를 나누었다.

그런데 통통한 할머니가 말을 걸어 왔다.

"어째서 마음이 변했대요?"

"누가요?"

"누군 누구? 교수님이지요."

"마음이 어떻게 변했대요?"

"저기서 다른 데로요."

"그렇지요. 거기는 가짜니까요."

"가짜? 그럼 진짜는 어디래요?"

"진짜는 여기."

맹교수는 말을 걸어 온 할머니를 가리켜 진짜라고 하였다.

모두 깔깔대고 웃었다.

남자의 마음은 이리저리 변하는 것이라고 하였다.

"그 다음엔 또 이리 변할 거고."

"바람에 날리는 갈대처럼 변하네요."

"그렇지요. 갈대보다 더 잘 흔들리지요. 그러니까 믿으면 안 돼요."

"그런데 손 가방이 없어졌어요. 열쇠도 들어 있고 전화기도 들어 있고……."

"돈은 안 들어 있고요?"

"돈도 5만원 들어 있고요."

옆에 있던 노인회장이 점심을 먹고 온 식당으로 전화를 걸어 찾아 달라고 하였으나 찾을 수가 없다고 한다.

맹교수가 다시 전화로 부탁하였다. 식사하던 자리와 자동차 좌석 밑이나 샅샅이 뒤져보라고 단단히 부탁하였다.

한참이나 지난 후에 전화가 걸려 왔다. 커피와 아이스크림을 먹던 자리에서 찾았다는 것이었다.

맹교수는 직접 가져다 달라고 부탁하였다.

"잘 됐네요. 찾았으니까."

"가방 가져오면 식당에 가서 한 턱 낼께요. 저 형님도 모시고 가고."

"안 돼요. 단 둘이만 가요. 그런데 나는 비싼 집만 가는데요."

"2만원이면 되겠지요 뭐?"

"2만원? 비행기를 타고 가야 하는데……."

"비행기? 호호호"

한 바탕 웃고 나서 할머니의 옛날 이야기를 청하였다.

맹교수의
사랑방
이야기

129

"나이 스무 살에 스물 여덟 살 되는 남편에게 시집을 갔어요. 그가 여든 일곱에 돌아가셨으니까 살았으면 올해 아흔 한 살이 되네요. 일제 때 징용을 갔는데 죽지 않고 살아 돌아왔어요. 고생도 엄청나게 했을 텐데 고생한 이야기를 많이 안 했어요. 왜놈들은 정말로 악독한 놈들이래요. 우리나라 젊은이들과 처녀들을 끌어가고 벼공출, 보리공

어떤 할머니

출, 가마니공출, 목화공출…… 별 것 다 공출하게 하고 놋그릇이고
쇠붙이고 모두 빼앗아 가고 조금만 말을 안 들어도 잡아다 가두고 쇠
좆매로 때리고……."

"영감님은 퍽 착했나 봐요."

"참 점잖고 나에게 한 번도 싫은 소리를 안 하고 큰 소리를 내지 않
았어요. 집이 가난하여 나를 고생시키는 것이 늘 미안하다고 했어요.
그러니 내가 어떻게 불평을 하겠어요. 나도 기가 막히게 가난한 집에
서 자랐기 때문에 아무리 고생이 돼도 할 말이 없었어요. 내가 살던
고향은 장수군인데 남편 고향보다 훨씬 깊은 산골짜기였거든요. 장
수군에서 부안군으로 시집을 가고 보니 시골에서 도시로 이사 간 기
분이었어요."

"영감님은 그래 무얼 하셨었나요?"

"농사를 지었지요. 농사냐구 겨우 논 여덟 마지기에 밭이 좀 있었
는데 간신히 먹고 살 정도였지요. 그런데 남편은 체격도 좋고 튼튼하
고 소리도 잘 하고 북도 잘 치고 꽹매기도 잘 쳤어요. 아주 한량이었
어요."

"소리는 무슨 소리를 잘 하셨는지 기억하세요?"

"뭐, 김매는 소리니, 밭매는 소리니, 자진아라리니, 각설이타령이
니 수도 없지요. 그런데 나는 지금 하나도 몰라요. 들은지가 오래라
서. 아, 사랑가도 부르고 단가도 부르더라고요."

"사랑가라는 게 춘향이와 이도령이 노랜가요?"

"그런가 봐요."

"가만히 불러보세요."

어허 둥둥 내 사랑아
우리 둘이 사랑타가

한 번 아차 죽게 되면
후생 기약 서로 하자.
너는 죽어 무엇 되며
나는 죽어 무엇 되리.
너는 죽어 물이 되되
천년 대한 마르지 않는
음양수라는 물이 되고
나는 죽어 새가 되되
원앙조라는 새가 되어
연파 녹수간에 백로횡강격으로
주야사랑 놀게 되면
나인 줄 네 알아라.

"그런 거군요. 참 잘 아시네요. 총기가 좋으시네요."
"또 있어요."
"좀 더 해 보세요. 아시는 대로요."

너는 죽어 꽃이 되되
모란화가 되고
나는 죽어 나비 되되
이삼월 춘풍시에
네 꽃송이 내가 앉아
바람 불어 꽃송이
노는 대로 나래를 떡 벌리고
너울너울 놀게 되면
나인 줄 알려므나

어허둥둥 내 사랑이지.

둥둥 내 사랑

이리 보아도 내 사랑

저리 보아도 내 사랑

네 무엇을 먹으려느냐

네 무엇을 쓰고 싶으냐

둥둥 내 사랑

동정추월 달 밝은 밤에

무산 같이 높은 사랑

낙목무변 수여천에

창해 같이 깊은 사랑

삼오신정 맑은 밤에

무산천봉 완월사랑

중경학무 하올 적에

차문취소 하던 사랑

주루낙일 전엽간에

도리화개 오던 사랑

둥둥 내 사랑 내 사랑이지

"정말 대단하시네요. 그런데 '단가'라는 것은 무언가요?"
"'단가'라는 것도 여러가진데……."
"아무거나 조금 불러보세요."

하사월 초파일날
남풍지훈혜하고
해오민지온혜로다

삼각산 제일봉에
봉황이 앉아 춤을 추고
한강수 깊은 물에
하도용마가 나단말가
…….

맹교수는 할머니가 흥얼거리는 소리에 너무나 놀랐다.

공부도 별로 한 것 없고 겨우 한글을 읽을 정도이고 평생을 일개 농부의 아내로 살아 왔다는 할머니의 입에서 흘러 나오는 가사는 거의 정확한 것 같았다.

전라도 지방은 예술이 발달한 곳이라더니 빈 말이 아니었다.

정도전인지 대원군인지 말했다는 '풍전세류'(風前細柳)라는 것이 바로 풍류를 말한 것이고 풍류가 어느 별천지에 따로 있는 것이 아니라 바로 이 할머니의 가슴에 서려 있는 것이었다. 학술회의에 참가하기 위하여 전주와 광주를 방문하여 느낀 풍류의 분위기가 새롭게 다가왔다.

기라성 같은 시인들, 화가들, 음악가들이 탄생한 전라도. 할머니는 그 전라도 출신이다.

전남 광주 광산 출신으로 일찍이 이재현선생에게 '춘향가'와 '흥보가'를 배우고 유성준선생에게 '수궁가'와 '적벽가'를 배워서 국창이 된 임방울선생은 춘향가의 '옥중가'에서 '쑥대머리'를 음반으로 내놓아 엄청나게 팔렸다지 않던가?

그는 1960년 봄 가을, 연이어 소리를 하다가 피를 토하며 쓰러지고 이듬 해 봄에 세상을 떴단다.

그는 생전에 '소리하다가 죽는 것이 소원'이라고 말한 대로 소리하다가 죽었단다.

맹교수의
사랑방
이야기

133

그의 장례식에는 200여 명의 소복한 여류명창이 뒤따르고 100여 명의 걸인들이 줄을 이었다고 하니 훌륭한 후진을 많이 양성한 스승이요, 대중과 소외층의 가슴을 적셔 준 진정한 예술가였던 것이다.

"아니, 영감님만 소리꾼이 아니라 마나님도 대단한 소리꾼이네요."

"나는 흥얼거리기 밖에 못 해요. 우리 영감이 부르면 참 신명났어요."

"영감님 노래에 반해서 영감님을 더 사랑했나 보네요."

"그래요. 내가 공경했지요. 가난한 농사꾼이지만 그만한 남자가 없었어요."

"동네 여자들에게도 인기가 대단했겠어요. 그래 바람은 안 피웠어요?"

134

"우리 영감 안 좋아하는 여자들이 없었지만 바람은 안 피웠어요. 바람 피우면 금세 소문 나서 그 동네에서 못 살아요."

"그렇지요. 동네서 쫓아내기도 했지요."

"그럼요. 바람 피우는 인간이 어디 인간인가요. 개 돼지만도 못하지. 나는 그런 인간은 인간으로 여기지 않아요. 아무리 세상이 달라져도 그러면 못 써요."

"바람 피우다가 패가망신하는 사람도 보았지요?"

"보았지요. 듣기도 하고요. 그런 사람은 어디론지 제 발로 떠나더라고요."

"그래. 영감님 생각이 자주 나세요?"

"우리 딸은 아버지가 여든 일곱이나 사셨으니 너무 슬퍼하지 말라고 하지만 나는 안 그래요. 지금도 문득 문득 생각이 나고 눈물이 나요. 항상 건강하셨는데 하루는 앓지도 않고 무단히 잠자리에서 일어설 근력이 없고 소변도 보러 가지 못한다기에 얼른 음료수병을 찾아서 마개달린 쪽을 칼로 베어내고 가져다 드렸더니 앉은 채로 소변을 보셨어요. 자식들에게 연락하여 병원으로 모시고 가서 링거를 몇 개나 꽂아서 응급치료를 하는데 도무지 근력을 차리지 못하는 것이 꼭 돌아가실 것 같아서 의사에게 물었더니 회복할 가망이 없다고 하더군요. 그래서 집으로 모시고 왔더니 한밤중에 돌아가시더라고요. 앓지도 않고 갑자기 돌아가셨어요. 하늘이 무너지는 것 같았어요."

"그래, 자녀들은 몇 남매나 되시구요."

"사남 일여, 오남매인데 둘째는 몇 년 전에 먼저 갔어요."

"아, 어떻게 해서……."

"우연하게 죽더라고요. 고혈압인지 뇌졸중인지 한 번 쓰러지더니 식물인간이 되더라고요. 그래도 며느리가 지성으로 간호하여 5년간이나 버티다가 일어나지 못하고 가고 말았어요. 처음부터 모두 가망이 없다고 해도 며느리는 점점 나아진다고 우겨대고 날마다 기도했어요. 하나님 아버지 살려달라고요. 며느리 아니면 1년도 못 갔어요."

"아들은 무엇을 했었는데요?"

"노동을 했어요. 위로 둘은 공부를 못 시켜서 노동을 하고 셋째 넷째는 공무원이고요."

"공무원이면 어디에 근무하는 공무원인지?"

"둘 다 서울서 구청에 다녀요. 넷째는 일류대학을 나오고 셋째는 고등학교밖에 안 다녔는데 모두 공부는 잘 했어요."

"자제들이 둘씩이나 공무원이 됐으니 복 받으셨네요. 무어니 무어니 해도 공무원이 제일 좋은 직업이지요."

"남들이 그래요. 복 받은 거라고요. 그리고 며느리들이 참 잘 들어왔어요. 혼자 된 둘째 며느리가 딱하기는 하지만 지가 워낙 잘 하니까 신통해요. 거기서 손녀가 둘인데 큰 지지배는 공부를 잘 해서 의과대학엘 간대요. 큰 아버지나 삼촌들이 등록금은 다 대준대요."

"추석은 어디서 보내시구요?"

"여기 큰 아들 집에서 제사를 지냈어요. 영감이 세상을 뜨고 혼자서 고향 사람들과 농사나 지으며 살려고 했는데 자식들이 막무가내로 안 된다고 하여 하는 수 없이 올라 와 살아보니 모든 것이 시골에 사는 것보다 좋더군요. 명절에는 며느리들이 서로 의논하여 각각 음식을 장만해 오기 때문에 별로 힘이 안 들어요."

"장손이나 종손이라고 한 집에서 음식을 모두 준비하려면 힘들겠지요. 나누어서 준비해 온다니 참 잘 하네요. 며느리들이 화목한 것은 자식들이 화목하기 때문이겠지요. 참 훌륭한 가정이네요."

"그래요. 아들들은 더 화목하지요. 참 의가 좋아요."

"그런데 '의 좋은 형제' 라는 이야기도 있잖아요?"

"그래요. 나도 알아요. 우리 고향에서 멀지 않은 예산에 비석을 세워 놓았대요."

"혹시 그 비석을 보셨나요?"

"이야기만 들었어요. 형제가 가을에 벼를 베어 놓았는데, 형은 자기의 벼를 동생의 논에 몰래 가져다 놓고, 동생은 자기의 벼를 형님 모르게 가져다 놓았다지요. 실지로 그런 형제가 있었다고 해요. 우리 노인회장님도 그런 이야기를 하더라고요. 그런데 어떤 형제들은 서로 욕심을 부리고 싸우기도 하고 발걸음도 하지 않고 부모의 제사도 서로 안 모실려고 한대요. 형은 형대로 '나만 자식이냐' 고 하면서 제사를 떠넘기고 동생은 동생대로 '형노릇 잘 하라' 고 하면서 거절한대요. 그것이 대개는 재산을 얼마나 물려 받았는지를 따지고 싸우는 거래요."

할머니가 말하는 '의좋은 형제비' 는 충남 예산군 대흥면사무소 앞에 있는 충남 유형문화재 02호 '예산 이성만형제 효제비"인데 1497년(연산군 3년)에 대흥호장이 세운 것이었다.

맹교수는 '현대판 의 좋은 형제들' 에 관한 이야기가 생각났다.

어느 마을에 형제들이 농사를 지으며 살았는데 가을에 추수를 하면 모두 아버지가 계시는 큰 형님댁으로 벼를 모아 놓았다가 마을에서 땅을 파는 사람이 있으면 몇 마지기씩 사들여서 여러 자식들 앞으로 차례 차례 등기해 주고 그 중에 학비라든지 질병으로 돈을 쓰는 경우에는 모두 함께 모은 재물에서 충당했다는 것이었다.

맹교수가 충북대학교부설중등교원연수원에 출강할 때, 어느 교사는 형제들이 봉급을 모두 아버지에게 가져다 드리고 필요할 때마다 타서 쓴다는 이야기를 들었다.

맹교수는 당사자로부터 그 이야기를 듣고 놀랐다.

봉급이 많은 자식도 있고 적은 자식도 있는데 많으나 적으나 모두 아버지에게 드린다는 것도 어려운 일이고 각 가정마다 필요한 만큼만 가져다 쓰는 것도 어려운 일로 생각되었다.

적어도 아버지가 계시는 동안만은 공동재산체제를 유지한다는 형제들의 뜻이 놀라웠다.

이런 경우에는 아버지가 자식들을 단합시키고, 근검절약하고 저축하여 자식들을 잘 살게 하기 위하여 지도력을 발휘하는 한편 자식들도 아버지의 뜻에 순종해야만 가능한 일인데. 구세동거(九世同居)라는 말이 전하기는 하지만 그것은 수 천 년 전의 일이고 오늘날은 너무나 다른 세상이니까 도저히 생각하기 어려운 일이었다.

맹교수는 할머니와의 이야기를 다시 이어갔다.

"아무튼 종가집 며느리들은 명절만 되면 모두 병이 난다지요. 요즘은 식당이 많으니까 제사를 지내고 나서 식당으로 가는 것도 좋겠어요."

"사실은 종손이라고 봉제사를 하고 재산을 물려받기도 하지만 종손 되고 싶은 사람은 아무도 없다고 해요. 종손 노릇하기가 쉬운 게 아니지요."

"그렇지요. 아무튼 재산이야 있거나 없거나 어느 가정이고 화목이 제일이지요. 재산이 많은 집안보다 재산 없는 집안이 더 화목하다는 말들을 하더군요. 부모의 유산이 많으면 자식들이 서로 욕심을 부리고 다투어서 사이가 나쁘대요. 자식들이 서로 제사를 모시려는 집안은 복받을 거예요. 신문에 보니까 제사에 잘 참여하지 않고 성의없는 며느리는 이혼사유가 된다고 판결이 났다네요."

"이혼을 시부모하고 하나요?"

"제사는 시부모 집에서 올리는데 며느리가 잘 협조하지 않아서 남편이 이혼청구소송을 제기했다나 봐요. 부산에서요."

"요즘 세상에는 철없는 며느리들이 많아요. 우리 며느리들은 너무나 효부들이라 얼마나 다행인지. 난 돈 많은 사람들 부럽지 않아요. 그리고 나는 근심 걱정도 없어요. 그저 내 몸이 불편한 것이 걱정이지."

"몸은 어디가 불편하시지요?"

"허리가 아파서 그래요. 화장실에서 넘어졌는데 몇 달 동안 걷지도 못 했어요. 병원에 다녀도 쉽게 낫질 않더군요. 화장실 드나들기도 힘들어서 서울에 사는 셋째 며느리에게 혹시 요강이 집에 있느냐고 물었더니 당장 찾아가지고 제 남편을 시켜서 한밤중에 보냈더라고요. 며칠 후에 가져와도 되는데. 아이들이 내 말 떨어지기가 무섭게 쫓아와요. 아들들이 지성으로 하지만 이제 나이 탓인지 기운도 없고 허리를 못 쓰겠네요. 이번에도 막내가 무슨 약을 가져와서 매일 조금씩 먹으라고 하는데 고맙더군요. 용돈도 서로 주려고 해요. 내가 안 받아서 그렇지. 난 돈 쓸 일이 없어요."

그는 걷는 것이 불편하여 지팡이를 짚고 다니는 형편이다. 나이에 견주어 풍채는 아주 좋은 편이지만 얼굴에는 탄력이 별로 보이지 않는다.

이야기를 나누다 보니 한 시간이나 흘렀다.

전라도 사투리가 섞인 그의 말씨는 진실하고 착하게 보였다.

경개, 대야지개기, 복성, 옥조시, 콩노물, 피창, 볼따구, 해부렀다, 근당게, 싫당게, 그렇기땜시, 뭐라고라?, 요로코롬…… 등등.

허물없이 이야기를 들려주는 것이 고마웠다.

할머니들 중에는 건강한 분들도 있지만 대부분이 질병을 가지고 있다.

당뇨와 관절염은 아주 흔하고 고혈압으로 병이 나서 몸을 자유롭게 움직이지 못하는 분도 있다.

질병이 있는 환자들은 오랫동안 소파에 누워 있거나 노래판이 벌어지면 노래를 가만가만 따라부르기도 하고 가만가만 춤을 추기도 한다. 항상 소파나 걸상에만 앉고 방바닥에는 잘 앉지 않는다. 앉았다가 일어서는 것이 너무 힘들기 때문이란다.

어떤 할머니들은 너무 오랫동안 고스톱을 한다. 사방탁자에 담요 같은 것을 깔고 10원짜리 동전을 가지고 하루종일 놀아도 몇 백원밖에 오가지 않는다고 한다.

어떤 때는 바로 옆방에 있는 할아버지들이 장기를 두면서 갑자기 '장야! 궁야!' 하고 소리를 지르는 바람에 '아이가 떨어졌다'고 위자료를 청구한다고 한다.

"이 민선생이 장기를 두면서 소릴 질렀어요. 위자료 청구하세요."

"민선생 아녀. 저 오선생이야."

"그럼 민선생은 증인으로 채택하시지요. 그런데 아이 아빠는 누구지요?"

"별 걸 다 묻네. 그런 건 몰라도 돼."

"아이 아빠도 증인이 되면 소송에서 유리한데요. 어떻게 하여 임신이 되고 몇 개월이나 되었으며, 정말로 '장군! 멍군!' 하는 소리에 놀라서 아이가 떨어졌다는 것을 아빠가 증언하는 것도 좋을 텐데요. 안 그래요?"

"소송깨나 해 본 것 같네. 정말 해 봤어?"

"해 봤죠. 날마다 동쪽에서 뜨는 핸데 얼마든지 해 보았지요. 나는 날마다 해 보거든요. 공짜로. 하하하. 그러나 저러나 아이가 떨어진 것을 증명하려면 진단서가 필요한데요."

"산부인과에 가야지 뭐."

옆에 있던 할머니가 끼어든다.

"그래요. 그런데 내가 산부인과 의사거든요. 멀리 갈 것 없어요."

주변에서 킥킥거리는 소리가 들린다.

"……."

"진단서를 떼 드릴까요?"

"……."

"왜 말이 없어요? 진단서를 떼려면 진찰을 해야 하는데……."

킥킥거리는 소리가 점점 커지고 큰 일 났다는 것이다.

"아이가 떨어졌다고 주장하는 사람이 아이가 떨어진 증거를 내놓아야 하고, 의사가 그 증거를 보고 작성한 진단서를 첨부하여 손해배상청구소송을 제기해야 하는데 원고가 말을 안 하니까 의사가 진단서를 작성할 수가 없네요. 하하하."

"호호호호. 농담도 잘 하고 궤변도 잘 하시네. 웃기네 정말. 혼자서 북치고 장구치고."

"하하하. 이제 위자료청구는 포기한 거지요?"

"고만 둬! 수다스럽기는……."

"하하하……."

이렇게 하여 한 바탕 웃고 나서 할머니들은 집으로 돌아갔다. 손자 손녀들이 기다리는 집으로.

그러나 손자 손녀도 없이 혼자 지내는 할머니들도 있다. 말벗이 그리운 할머니들이다.

할머니들 가운데는 '이송아' 란 분이 있었다. 소나무 '송' (松), 계집 '아' (娥)인데도 불구하고 할머니들이 '송아' 라는 이름을 들으면 송아지를 연상하는 것이었다.

그런데 하루는 이송아 할머니와 김문정 할머니가 언쟁을 일으켰다. 이송아 할머니가 학교에 다니던 이야기를 하는데 김문정 할머니가 비아냥거리며 한 마디 한 것이 도화선이 되었다.

"송아지도 다 학교를 다니나?"

"아니, 누가 송아지인데?"

"누군 누구야? 이송아지."

"내가 송아지란 말야?"

"……."

"참 기가 막히네. 문뎅이 주제에……."

"누가 문뎅이라는 거야?"

"문정이가 문뎅이지, 누가 문뎅이야? 몰라서 물어?"

"어째서 문정이가 문뎅이야? 무식한 인간도 다 보겠네."

"그러면 어째서 송아가 송아지란 말야? 자기가 먼저 개소리를 해놓고 무슨 큰 소리야?"

"진짜로 개소리 하네."

"내가 정말 개소리한다고? 오냐오냐 하니까 정말 가관이네. 남에게 욕하고 기분 나쁜 소리하는 것도 법에 걸려."

"법에? 나는 법도 모르고 아무 것도 모르지만 당신이 먼저 나를 건드렸잖어?”

"아, 자기가 먼저 나를 건드렸지, 내가 먼저 자기를 건드렸어?"

"또 뒤집어 씌우네. 또 판사나 변호사나 들먹거리지 그래. 사돈의 팔촌이 변호사라면서? 이런 때 써먹지 언제 써먹어?"

"사돈의 팔촌? 내 동생의 조카사위야. 왜 그래. 심술이 나서 그래? 배가 아파? 사촌이 땅을 사면 배가 아프다는데 당신도 배 아파? 배 아프면 병원으로 가지 왜 나한테 시비를 걸어? 남을 미워하고 억울하게 하면 죄 받아요."

"무얼 내가 억울하게 했다는 거야?"

"아, 요전에도 무슨 그릇을 내가 내다버렸다고 했잖아요? 내가 왜 쓸 데 없이 그릇을 내다버려? 무엇도 버리고 무엇도 버리고 내가 다 갖다 버렸다고 했잖아?"

"아, 농담도 못해?"

"농담도 분수가 있지. 왜 그런 농담을 해? 남이 들으면 진짠 줄 알게. 정말 웃기는 할망구야."

두 사람은 점점 목소리가 커지고 삿대질을 하다가 사람들이 말리는 바람에 슬그머니 한 발짝씩 물러나고 말았다.

그런데 이송아 할머니가 공부한 이야기만 하면 김문정 할머니는 비아냥거리고 싫어하였다. 자기는 학교도 다니지 못한 형편인 데다가 별로 내세울 것이 없는데, 이송아 할머니는 걸핏하면 남편이 무엇을 했었고, 아들이 무엇을 하고, 사촌 동생이 무엇을 한다고 하면서 양양하게 떠드는 것이 듣기도 싫고 시기심도 나는 것이었다.

그래서 이따금 사소한 농담이나 언쟁이 일어나기도 하였지만 결국에는 서로 웃고 말았다.

이송아 할머니는 벌써 수년 전부터 정신신경과 병원에 다니면서 약물치료를 받는다는 이야기가 있었다.

그래서 약값이 비싸다는 말도 하고 사람들이 보는 데서 약을 먹는 수도 있었다.

큰 소리가 멎고 방안이 조용해지자 맹교수는 어색한 분위기를 수습하기 위하여 노래방기구로 다가갔다. 가서 전원 스위치를 누르고 이리저리 만져도 기계는 말을 잘 듣지 않았다.

가까이 있는 이송아 할머니에게 어떻게 하면 되느냐고 물었더니 고개를 흔들면서 모른다고 한다.

"이거 어떻게 하는 건지, 누구 아는 분 안 계세요?"

"우린 아무도 몰라요."

"지금까지 어떻게 사용했지요?"

"잘 사용하지 않아요. 어쩌다 누가 와서 켜 놓으면 몰라도."

"그 사람이 누군데요?"

"여기 관리사무소 직원이래요."

맹교수는 관리사무소 여직원에게 부탁하였다.

잠시 후에 어느 남자 기사가 와서 만지더니 노래방기구가 작동을 시작하였다. 그는 사용법을 자세히 확인하고 기계에 연결된 코드의 배열상태를 휴대전화기로 촬영해 두었다.

몇 가지 곡을 입력하였더니 모니터에 동영상이 나타나고 리듬이 흘러 나왔다. 이송아 할머니에게 노래를 부르라고 권하였더니 고개를 저으며 달아났다. 그는 노래를 듣기는 해도 한 번도 마이크를 잡지는 않는다고 한다.

노래를 부르지 않는 이유가 무엇인지 알 수가 없었다. 아마도 대중가요는 좋아하지 않는 것 같았다.

학교에서 부르는 노래와 노인회에서 부르는 노래는 근본적으로 다르게 느끼는 모양이었다.

그런데 김문정 할머니와 다투는 것은 이상하게 보였다. 남이 농담하는 것을 웃음으로 받아들이지 않고 대들어 따지는 것은 이상한 모습이었다.

그는 어떤 정신질환에 가까운 증상을 보이는 것도 같았다. 사실은 맹교수도 벌써 오래 전부터 이따금 정신과를 찾아다니고 우울증 환자라는 진단을 받은 일이 있었다. 어떤 때는 6개월씩이나 정신과 처방에 따라 약을 복용한 일이 있었다.

다음과 같은 증세가 절반 쯤 있으면 전문의를 찾아가 상담할 필요가 있단다.

부모나 배우자나 가족이나 아주 가까운 사람이 죽이고 싶을 정도로 밉다.

약을 먹기도 하고, 술을 마시면 감정과 행동을 조절하기가 쉽지 않다.

불면증이 여러 날 계속 된다.

기분 나쁜 일이나 괴로운 일이 생기면 지나치게 집착하게 된다.

고립감을 느끼거나 사람들이 나를 괴롭힌다는 피해의식을 가지고 있다.

자랄 때 부모의 불화로 인하여 상처받은 경험이 씻어지지 않고 있다.

우울한 기분이나 의욕의 감퇴가 보름 이상 계속된다.

자해행위를 하고 싶거나 죽고 싶은 충동을 느낄 때가 있다.

이성에 대한 관심이 많이 줄어들었다.

식욕이 떨어지거나 갑자기 늘어서 체중의 변화가 생겼다.

전문가들이 지적하는 바에 따르면 위와 같은 우울증은 종래에는 중년기 연령층에 많이 일어나는 것이었는데 요즘은 상당히 넓은 연령층에서 일어나고 있으며, 특히 경제적으로 어려운 사람이 많고, 또 모두가 공유하고 신뢰할 수 있는 사회적 가치나 규범이 무너지는 이른바 아노미현상이 원인이 되기도 한단다.

우울증은 신체적 질병이나 정신적 고통이나 경제적 어려움이나 규칙적으로 할 일이 없거나 하는 여러 가지 경우에 생길 수 있는데 이러한 고통이나 어려움은 모든 사람이 겪는 일이고 결코 자기 혼자만 겪는 어려움이 아니라는 사실을 인식하고, 성공하려는 목표를 너무 높이 세우지 말고 현실적으로 가능한 수준에서 설정하는 것이 중요하다고 한다.

한국인의 자살사건은 1년에 12만 명 이상이라고 한다. 하루에도 30여 명이나 되며 유명한 인물이 자살하면 모방하여 자살하는 사람이 많아진다고 한다. 이른바 벨텔효과란다.

독일의 철학자 괴테가 쓴 《젊은 벨텔의 슬픔》이 베스트셀러가 된 후로 많은 청년들이 벨텔을 모방하여 자살했다는 것이다.

자기가 존경하거나 부러워하는 사람이 자살하면 그것을 모방하고 싶은 충동을 느낀다는 것이다.

요즘 병원을 찾는 우울증 환자는 갑절로 늘고 항우울제로 사용하는 '렉사프로'라는 약도 소비량이 갑자기 갑절이나 늘었다고 한다.

우울증은 전염성도 있어서 사회적으로 커다란 문제로 부각된다. 한 사람이 하품을 하면 그 옆 사람에게 전염되어 하품을 하듯 우울증도 전염이 된단다.

우울증에 걸리지 않기 위해서는 몇 가지 방법이 있단다.

첫째, 냉온욕을 즐긴다. 먼저 찬 물에 1분, 더운 물에 1분씩 들어간다.

둘째, 몸을 많이 움직인다.

셋째, 맛있는 음식먹기, 예쁜 것 사기, 화초 기르기로 즐거움을 찾는다.

넷째, 나만 힘드는 것이 아니고 남도 힘드는 것을 깨닫는다.

다섯째, 고민을 글이나 말로 표현한다. 좋은 상담자를 찾는다.

여섯째, 햇빛을 하루에 30분 이상 쬔다. 세로토닌의 농도가 높아져서 우울증을 억제한다.

맹교수는 생각에 잠겼다. 우리나라 남자들 100명 가운데 90명이 우울한 증세를 느낀다는 이야기가 있다. 이것은 모두 우울증 환자라고 할 수는 없지만 우울증 환자가 될 가능성이 있다는 것이다.

한국인의 자살률은 30여 개국이나 되는 OECD(경제협력개발기구) 가맹국 가운데서 제일 많다고 한다. 한국은 세계에서 잘 사는 나라에 속하는데 왜 사람들은 그렇게 많이 자살을 하는지? 질병이나 생활고도 원인이 되겠지만 어려움을 이기려는 의지가 박약하고 삶의 보람을 느끼지 못하고 배신당하는 일이 많고 희망도 없고 계획이 좌절되고 비전이 없기 때문이 아닌가?

한국에서는 경쟁이 심하고, 출세한 자나 돈 있는 자들은 교만하고, 예기치 못한 일이 자주 일어난다. 남을 이기는 것이 목적이고 남을 모함하고 방해하고 함정에 떨어뜨리는 것을 부끄럽지 않게 여기는 자들이 많다.

그러고도 조금도 부끄러워할 줄을 모르고 법을 무시하고 불법, 탈법, 위법 행위를 다반사로 안다. 목소리 큰 놈이 이기고 왕초가 된다.

여의도에서 교통법규를 어기는 자들의 대부분이 국회의원이라고 한다. 전국적으로 불법 부동산 투기를 일삼는 자들이나 탈세하는 자들은 모두 많이 배우고 권력이 있거나 권력층에 아부하고 기생하는 자들이라고 한다.

정부산하 공공기관에 근무하는 자들이 분에 넘치는 불법 보수를 받기 위하여 국민의 세금을 착복하고 횡령하고 낭비한다.

쌀 농사를 짓지 않고도 '쌀소득보전직접지불사업' 으로 농민들에게 주는 '쌀 직불금' 을 타 먹는 공직자들이 너무나 많다.

국제관계, 특히 남북관계는 예측하기 어렵고 정부의 정책도 언제 어떻게 변할지, 무슨 돌발적인 정책이 나올지 알기가 어렵다. 선거에서 표를 많이 얻을 수만 있으면 얼토당토 않은 정책을 내놓는다.

행정수도 건설, 4대강 개발, 비정규직 문제, 폭력시위 따위가 시끄러운 화제로 떠오른다.

일부 지식인들은 심각한 인지구조의 혼란과 가치관의 혼돈에 빠져 있다. 학교교육은 어떻게 되는지 해마다 사교육비가 몇 조(兆)원씩 불어나고 조기 해외유학으로 막대한 외환이 빠져 나간다.

'참교육' 의 정체가 무엇인지, 6.25가 통일전쟁이면 아무리 많은 동포가 죽었더라도 전쟁범죄인지 아닌지 아리숭하다.

북한에서 핵무기를 개발한 것은 잘한 일인지 잘못한 일인지 모른다. 사람마다 다르게 말한다.

국군포로, 납북어부, 금강산관광객총격사건, 이산가족문제, 대한항공기테러사건, 아웅산묘소테러사건, 청와대습격사건, 서해교전, 탈북자문제…… 등 북한에 관련되는 문제 중에서 궁금한 구석이 많다. 남북관계의 악화는 모두 남한의 책임이란다.

본디 좌파는 시장에 대한 국가의 통제, 기간산업의 국유화, 평등과 분배와 복지 중시가 특징이고 우파는 시장원리 중시, 국유기업(공기업)의 민영화, 경쟁원리에 따른 성과배분이 특징이지만 상호간에 장점을 받아들이는 것이 상식인데 한국에서는 갈등과 투쟁이 다반사다.

선진국에서는 오래 전에 사라진 구시대의 이념들이 한국에서는 활개를 친다. 정치인들은 자기의 정치노선이나 사상을 밝히지 않고 때에 따라 둔갑한다.

어느 종교지도자들은 불법시위를 규탄하고 어느 종교지도자들은 불법시위를 지지한다.

국회의원이 제출하는 법안이 잘못된 것이라면 그 부당성을 지적하고 입법활동의 일환으로 저지운동을 펼치지 않고 의사당 안에서 폭력으로 테러를 감행한다.

정치인이 유세장에서 흉기로 테러를 당하고 정치인에 대한 입에 담을 수 없는 욕설이 시(詩)라는 형식으로 군림한다.

지도층 인사들이 국민을 기만하고 수준 이하의 발언을 일삼아 국민의 기를 막아 버리고 아연실색케 한다. 역대 대통령들의 정치를 자동차운전에 비유하면 국제운전 모범운전 대리운전 난폭운전 음주운전 무면허운전 초보운전 역주행운전이란다.

'여기가 국회 줄 알아? 깡패들처럼 흉기를 들고 먹살잡고 덤비게?' '선거는 미쳤다구 했어? 다수결도 필요없고 떼만 쓰면 다야? 국회는 어디로 가고 민생은 어디로 간 거야? 나라 망치는 놈들, 죽일 놈들, 세금 도둑놈들!' 하는 국민의 소리가 빗발친다.

악덕 공직자들, 야수 같은 자본가들, 엉터리 대학교수들, 타락한 법조인들에게 말로 해서는 소용이 없으니 '일본도를 들고 나서야 한다. 말로 하는 것이 최선책이지만 그것으로는 안 되니까 차선책을 쓸 수밖에 없으니 피를 흘려야 한다'는 주장이 인터넷으로 기염을 토한다. 광복 직후의 대혼란이 다시 재연하는 모습이다.

일부 국민들은 일시적으로 분노하다가 무기력해지고 '될 대로 되라'고 울부짖는다. '케세라 세라'를 부르다가 지치고, 갈팡질팡하다가 술이나 마약이나 환락으로 빠진다.

말로는 빈민층이나 소외계층을 동정해도 불로소득을 좋아하고 의

연금은 한 푼도 내놓지 않는다. 도대체 어느 것이 옳은지 분간하기도 어렵다.

여기서 국민은 신념체계의 붕괴를 맞게 되고 살 맛을 잃는다. 이 더러운 세상! 더러운 나라! 더러운 인간들! 더러운 국회의원들! 더러운 지도자들! 더러운 공무원들! 천방지축 날뛰는 인간들! 모두 꼴 보기 싫다! 이 꼴 저 꼴 모두 보기 싫다! 두메산골로 들어가 숨어 살자! 이민이나 가자! 차라리 죽어버리자!……국민들은 스트레스를 받는다.

맹교수의 머리는 복잡하다. 무엇이 옳고 무엇이 그른지 어리둥절할 때가 많다.

맹교수는 비가 오나 눈이 오나 노점상으로 겨우 입에 풀칠하는 젊은 부부를 자주 본다. 그들은 주로 붕어빵을 팔지만 그것이 잘 팔리지 않아서 채소나 과일을 땅바닥에 깔아놓고 팔기도 하고 닭고기꼬치구이를 팔기도 한다.

며칠 전에 외출하다가 만나 보니 종전에 끌고 다니던 손수레식 마차가 자취를 감추고 오토바이가 끄는 것으로 바뀌어 있었다. 사연을 들어 보니 공원 한 구석에 세워 두었던 손수레는 누가 끌고 갔는지 없어져서 하는 수 없이 돈을 들여서 다시 마련하였다고 한다.

"어떤 놈이 치워 버렸어요, 공무원인 것 같아요."

"공무원이 왜……."

"요즘 노점상 단속이 아주 심해졌어요."

"그래요?"

"일자리를 구할 수도 없고 노점으로 간신히 입에 풀칠을 하는 판인데 그것도 못하게 단속을 하니 이제 굶어 죽을 수밖에 없어요. 이명박이 대통령이 되면 경제를 살린다더니 더 살기가 어렵고 노점도 못하게 하니 굶어죽으라는 것과 다름없어요."

"차츰 일 자리가 늘어나지 않을까요?"

"글쎄요. 나중에는 몰라도 현재는 더 나빠지는 것 같아요. 큰 소리만 쳐놓고 실지로는 아무 것도 변한 것이 없어요."

"그래도 새 대통령이 취임해서 더 나아진 것 아닌가요?"

"마찬가지라니까요. 왜 종부세는 내린대요? 돈 있는 사람들이 세금 더 내야지. 부자 편만 드는 것 아닌가요?"

"재산의 비례대로 과세하고 나서 그 위에 덤으로 더 많이 과세하는 것이 종부세래요. 돈 많은 것이 죄이기 때문에 벌로 더 낸다고 징벌적 세금이라고 하더군요. 다른 나라에는 없다는 것 같아요. 세금이 줄어야 생활에 여유가 생겨서 돈을 쓰게 되고 돈을 써야 장사도 되는 것인데, 국민들이 세금 때문에 여유가 없고 불안하여 돈을 쓰지 않는대요. 지금 국가채무가 3백조원도 훨씬 넘는대요."

"3백조원을 넘어요? 국가채무 때문에 세금은 내릴 수 없겠네요. 자꾸 거두어들여야 국가채무가 줄어들 테니까. 도대체 언제 그렇게 많아진 거래요?"

"글쎄요. 여기 저기 사업을 벌이고 북한도 돕다 보니 그렇게 됐다나 봐요."

"그런데 남한에도 어려운 사람들이 많은데 북한에는 왜 자꾸 갖다 주는 겁니까? 표도 안 나는 걸. 한국에서 보낸 쌀을 군량미로 쓰고, 비료를 다른 나라에 팔아 먹는다면서요? 그리고 북한에서는 인민을 굶겨 가면서 핵무기를 개발한다지요?"

"글쎄. 북한 인민들이 굶어 죽는다니 돕긴 도와야 하는데 실지로 혜택을 받는 것인지 모른다네요."

"혜택은 무슨 혜택이 돌아가겠어요. 목숨 걸고 탈출하는 걸 보면 알지요 뭐?"

"목구멍이 포도청이라는 말도 있지만 먹고 사는 것이 제일 급하지요.”

“사람이 사흘만 굶어도 도둑질 안 할 놈 없대요. 그런데 사람이 사람을 먹기도 한다잖아요?”

“……”

“성남에서도 그런 일이 있었대요. 서울에서 강제로 철거 당하고 쫓겨난 사람들이 모인 성남 달동네에서 아이를 낳아놓고 며칠 굶은 여자가 정신이 돌아서 자기가 낳은 아이를 솥에 넣고 삶아 먹었대요. 그것이 도화선이 되어 폭동사건이 일어났다는 것 같아요. 참 기가 막히는 일이지요. 민생을 해결하지 못하는 정치는 정치가 아니라 폭력이고 국민학살이나 마찬가지지요. 박대통령이 독재를 하고도 존경을 받는 이유는 국민을 기아에서 해방시킨 공로잖아요?”

“그런데 박대통령을 욕하는 사람도 있더라고요. 농촌 지붕개량 때문에 노인들이 얼어죽고 외국자본을 끌어들이고 월남파병으로 젊은 이들을 죽였다고…….”

“남의 나라에 구걸하고 싶은 정치가가 어디 있겠어요? 그 방법밖에 없기 때문에 체면을 불구하고 하는 것이지요. 그리고 월남파병이야 미국이 우리나라를 지켜 준 동맹국이기 때문이고, 또 그 때문에 얻은 것도 많잖아요?”

그들 부부는 이명박 대통령과 전직 대통령들과 정치인들과 공무원들을 헐뜯고, 맹교수는 맞장구를 쳤다.

땅거미가 깔리자 젊은이는 짐을 다 꾸리고 두터운 천으로 된 카바를 내렸다. 부인은 캄캄한 카바 안에 쪼그리고 앉았다. 남자는 오토바이에 시동을 걸고 서서히 떠났다.

구시가지에 사는 그는 어디에 그 오토바이를 주차할 것인지 궁금하였다. 언덕과 비탈길이 많고 골목이 비좁은 구시가지에 살고 있으니. 사람은 눈물의 빵을 먹어 보아야 인생의 맛을 안다던가. 이 설움

저 설움 다 서러워도 배고픈 설움보다 서러운 설움은 없다는데 배고
픈 국민들이 날로 늘어나고 있으니 우울중 환자도 늘어날 수밖에.

노인회관에 나오는 할머니들은 항상 20여 명이나 되지만 그 가운
데 한 분을 제외하고는 모두 홀로 된 분들이다. 할머니들 가운데는 40
대에 홀로 되어 아이들을 기르고, 먹고 살기 위하여 안 해 본 일 없이
고생한 분도 있단다. 여자가 남편 없이 자식들을 기르며 산다는 것이
얼마나 힘들까.

왜 남자들은 여자들보다 일찍 죽는 것일까. 남자들은 여자들에 비
교하여 더 많은 위험에 노출되고 있다는 사실도 하나의 원인이 될 것
이다.

지금 살았으면 80이 넘은 할아버지들은 흔히 질병으로 사망했다고
는 하지만 정확한 원인은 알 수가 없다. 좌익과 우익으로 나뉘어지고
6.25전쟁을 겪으면서 월북을 하였는지, 의용군에 가서 실종이 되었는
지, 국군에 입대하여 전사하였는지, 좌익한테 죽었는지, 우익한테 죽
었는지, 정말로 질병으로 죽었는지 도무지 모를 일이고, 그것을 가족
에게 자꾸 캐 물으면 실례가 되기 때문에 아무렇게나 상상만 하는 수
가 많다.

아무튼 일찍이 홀로 된 할머니들은 외롭고 슬프고 억울하고 어려
운 일생을 살아왔고, 노후에도 맺힌 한을 풀지 못하고 살고 있는 것이
다. 그들의 일생은 한으로 점철되고 한으로 끝을 맺는다.

그 누가 우익으로 좌익으로 나누어 놓고 싸우게 만들었는지. 어느
집안이고 좌익이 없는 집안이 없고 우익이 없는 집안이 없으니 결국
은 집안 싸움이고 부자형제의 유혈투쟁이다. 이념이 싸우라면 싸우
고 죽이라면 죽여야 하는가.

어머니들은 그 속에서 눈물과 한숨으로 살아 왔다.

조동권 시인은 다음과 같이 읊었다.

어머니
새벽마다 정한수를 떠놓고
혈액보다 진한 묵상을 올리는 당신의 마음 속에는
눈보다 희고 보석보다 빛나는 눈물이 배어 있습니다.
찌륵 찌르륵 풀벌레가 울어대는 한 여름날
언제나 손에 쥔 호미로 들녘을 지켜내는 당신은
고향의 외로운 파수꾼입니다.
오늘도 매미 소리 벗삼아 들녘에 나가시는
어머니 적삼 위에 땀으로 그림을 그리며 살아 온 당신은
장엄한 모성의 화가입니다.
두더지처럼 땅을 파고 빛의 씨를 묻어 둔 채
기다림의 한 평생이 남긴 이마
당신의 도랑 같이 패인 주름살도 삶의 거룩한 무늬입니다.
주룩 주르르 오늘도 장마비 벗삼아
흙 위에서 호미로 시를 쓰며 살아온 당신은
위대한 모성의 시인입니다.
인생이라는 베틀 위에 앉아
고뇌의 씨줄과 행복의 날줄을 엮으며
결 고운 비단을 짜기 위해 날마다 땀 흘리는 당신은
내 삶의 방정식입니다.

할머니들은 주병선의 '칠갑산' 과 태진아의 '사모곡' 을 열창하기
도 한다.

콩밭 매는 아낙네야
베적삼이 흠뻑 젖는다
무슨 설움 그리 많아
포기마다 눈물 심누나
홀어머니 두고 시집가던 날
칠갑산 산마루에
울어주던 산새 소리만 어린 가슴 속을 태웠소

노을 질 때까지 호미자루 벗을 삼아
화전밭 일구시고 흙에 살던 어머니
땀에 찌든 삼베적삼 기워 입고 살으시다
서쪽새 울음따라 하늘 가신 어머니
그 모습 그리워서 이 한밤을 지샙니다

무명치마 졸라매고 새벽 이슬 맞으시며
한평생 모진 가난 참아내신 어머니
자나 깨나 자식 위해 신령님 전 빌고 빌며
학처럼 선녀처럼 살다 가신 어머니
이제는 눈물 말고 그 무엇을 바치리까

　　노인회에 모이는 할머니들은 노래 속에 나오는 주인공들을 마치 자신의 어머니처럼 생각하고 공감하며 돌아가신 어머니를 그리워 한다. 그리고 자신이 살아 온 지난 날을 돌이켜 보면 노래 속의 주인공과 똑같은 생활을 한 것은 아니면서도 마치 그렇게 살아 온 것이나 다름 없다고 생각하며 노래를 받아들인다.
　　할머니들은 허리가 굽고 서 있는 자세가 힘들게 보이는 분들이 많다. 쉴 새 없이 허리를 구부리고 일하다가 그대로 자세가 굳어버린 것 같다.

이제는 허리와 어깨를 펼려고 애써도 소용이 없다. 다시는 회복될 수 없는 상태로 고정된 형편이다.

그것이 모두 자식들을 위하여 일한 업보로 얻어진 것이지만 제 길로 다 큰 자식들은 그 모습을 거룩하게 보지 않고 짜증을 내고 싫어한다. 허리가 꼿꼿한 남의 부모에게 비교하면서 자기의 부모를 못 났다고 생각하고 못난 부모에게 태어난 것을 창피하고 불행하게 생각한다. 가난을 극복한 정신을 우러러보기는커녕, 가난하였던 부모를 혐오하여 함께 살기도 꺼린다.

홀로 사는 할머니들은 고독하다. 단신으로 사는 경우에는 더 고독하고 자손들과 함께 살아도 고독감은 엄습해 온다.

남들처럼 이따금 영감과 함께 나들이도 하고, 산책도 하고, 외식도 하고, 음악회에도 가고 싶다. 그리고 영감과 함께 차를 마시며 자식들 이야기, 동기간들 이야기, 밖에서 보고 들은 이야기, 속상한 이야기, 억울했던 이야기를 쏟아내고 싶다.

어떤 할머니는 남의 이야기를 소개한다.

자기와 가까이 지내던 늙은 과부가 있었는데 어떤 홀아비를 만나서 자주 외식을 하다가 홀아비가 바쁘다는 핑계로 점점 멀리 하더니 어느 날은 '이제 만나지 말자'고 하더란다. 그러자 과부는 홀아비에게 '지하철에 뛰어들어 죽어버리겠다'고 하였단다. 홀아비가 여러 과부들을 사귀는 바람둥이라는 것을 알았지만 과부는 그 바람둥이를 놓칠 수 없다고 애걸하였다는 것이다.

과부는 자녀들을 기르는 데 일생을 바치고 먹고 살기 위하여 정신을 팔다가 자녀들이 다 성장하고 나니 자기의 역할이 없어지게 되고 고독을 느끼던 참에 홀아비를 만나고 보니 새 세상을 만난 기분이었단다.

　여기저기 입소문이 퍼져서 자기를 비웃는 소리가 들려도 못 들은 척하고 홀아비에게 정신을 팔고, 생전에 안 쓰던 화장품을 사들이고, 새 옷을 사들이고, 멋을 부리다가 난 데 없이 '만나지 말자' 는 소리에 정신이 아찔하더란다.

　그리고 힘겨운 노동으로 고생하다 죽은 영감이 불쌍하기는커녕 '나를 고생시킨 남자' '가난하고 못난 남자' 로 보이고, 새로 만난 바람둥이는 '나를 호강시키는 남자' '돈 많고 잘 난 남자' 로 보인다는 것이다.

　날마다 눈치가 달라지고, 외출하려는 기색만 보이면 어딜 가느냐고 아들 며느리가 캐어 묻지만 핀잔을 주고 화를 내며 홀아비에게 쫓아갔는데 홀아비에게 내동댕이쳐지는 것이 얼마나 억울한지 정말로 죽고 싶더란다.

　'바나나 안뇽' 이라는 이야기가 있단다. 여우 같은 과부와 양 같은 과부가 시장엘 가는데 여우 같은 과부가 말하기를 자기가 '안뇽' 이라고 인사하는 남자들은 모두 자기가 은밀히 만났던 남자들이라고 자랑하였다.

　여우 같은 과부는 시장에 들어서자마자 "김사장님 안뇽" "황사장님 안뇽" "우사장님 안뇽" "민사장님 안뇽" "한사장님 안뇽" "오사장님 안뇽" "박사장님 안뇽" 하더란다.

　양 같은 과부는 약이 잔뜩 올랐으나 참고 집으로 돌아와 냉장고를 열었더니 빨간 사과가 눈에 띄었다. 그래서 "사과사장님 안뇽!" 하고 나서 "참외사장님 안뇽!" "가지사장님 안뇽!" "귤사장님 안뇽!" 하였단다. 그러나 아무리 '안뇽' 을 외쳐 보아도 소용이 없더란다. 땅이 꺼지도록 한숨만 나올 뿐.

어떤 할머니는 아들이 둘이나 죽었다고 한다. 아들보다 먼저 죽어야 하는데 아들이 먼저 죽으니 억장이 무너진다고 한다. 너무나 기가 막혀 어쩌하면 좋을지 앞이 캄캄하기만 하단다. 죽어야 할 늙은이는 안 죽고 죽지 말아야 할 젊은 자식이 죽는 것은 무슨 운명인지. 할머니는 한숨만 내쉰다.

'단장' (斷腸)이라는 말이 있다. 창자가 끊어진다는 말이 아닌가. 《세설신어》라는 책 '출면편' 에 나오는 이야기란다.

중국 진(晉)나라의 환온(桓溫)이라는 장수가 촉(蜀)나라를 치기 위하여 장강(長江)을 내려가는데 어느 병사가 삼협(三峽)에서 원숭이의 새끼를 한 마리 잡아서 배에 실었는데 어미가 울면서 백여 리나 험한 길을 따라오다가 배에 뛰어들었으나 곧 숨지고 말았다. 병사들이 죽은 원숭이의 배를 갈라보니 창자가 도막도막 끊어져 있더란다. 환온은 이 이야기를 듣고 원숭이새끼를 잡은 병사를 처벌하고 새끼를 풀어주게 하였다.

새끼 때문에 얼마나 마음이 아팠으면 창자가 끊어졌을까.

오늘날 자식들은 어머니의 마음을 얼마나 알고 있을까. 백분의 일이라도 안다면 효자가 될 터인데. 예나 이제나 부모의 마음엔 커다란 변화가 없지만 자식들의 마음은 많이 변한 것 같다.

효도는 봉건시대의 윤리라고 비판하는 사이비학자들의 사이비학설들이 젊은이들의 인지구조를 뒤흔들고 가치관을 뒤흔들고 사회를 어지럽게 만든다.

아무리 사회가 변천하더라도 효행은 변할 수 있어도 효도는 변할 수가 없다. 효행은 방법이요 수단이지만 효도는 본질이요 정신이기 때문이다.

9
고스톱을 넘어서 음악을

노인회관 '할머니방'에서는 거의 날마다 고스톱 판이 벌어진다.

맹교수는 할머니들과 어울리기 위하여 끼어들었다. 밑천으로 100원짜리 동전 열 개를 플라스틱 그릇에 넣고 10원짜리로 바꾸었다.

맹교수 옆에는 할머니 한 분이 코치로 앉았다. 과거에 해 본 화투놀이와는 다른 점이 많았다. 우선 '행운의 펜더' '유턴피' '기쁨세배' '암행어사' '죠커'라는 패가 있는 것은 미리 상상하지 못한 사실이었다.

점수를 계산하는 방식도 달랐다. 껍데기도 여러 장이면 점수를 따고, 국준 열 끝짜리는 껍데기 2장으로 친단다. 그리고 광(光)이 몇 장이면 몇 점이고 열 끝짜리가 몇 장이면 몇 점이고 다섯 끝짜리가 몇 장이면 몇 점인데 청단 홍단 초단이 있고 고도리라는 것도 있다. '고도리'(五鳥)라는 것은 일본어로 다섯 마리의 새를 가리키는 것이고 '오야'(親)라는 일본어도 사용하고 있었다.

광복 60여 년이 지났어도 일본어는 사라지지 않았다. 화투가 일본에서 개발되어 한국으로 들어왔다는 말이 사실인 듯하다.

일정한 점수가 되면 '고' 할 수도 있고 '스톱' 할 수도 있단다.

놀이가 몇 번 돌아가는 동안에 20원, 30원, 40원, 어떤 때는 70원도 한 번에 나갔다.

맹교수가 목이 마르다고 하였더니 막걸리가 있다고 한다. 냉장고로 달려가서 막걸리를 꺼내어 커다란 컵으로 들이켰더니 화투가 잘 되는 것 같았다.

본전이 많이 축났던 것이 막걸리 덕분인지, 코치할머니 덕분인지 다시 채워지기 시작하였다.

맹교수는 다시 막걸리를 마시고 멸치와 약과와 유과를 안주로 먹었다. 필기도구가 있으면 모든 규칙을 적어놓고 보면서 하면 좋을 터인데 그렇질 못하였다.

"아이고, 공부하는 것보다 더 힘드네요."

"호호호. 공부보다야 쉽지요. 재미도 있고."

"그래요? 재미도 있고요?"

"그럼요. 오늘은 처음이라 그렇지 이제 몇 번만 더 해보면 재미 있어요."

"아이고, 나는 지금 힘들어서 못하겠어요. 고만 해야겠어요."

"그래요 그럼. 내일 또 와서 해봐요."

"그런데 돈은 땄는지 잃었는지 모르겠네요."

코치 할머니가 그릇을 보더니 조금 딴 것 같다고 한다.

"딴 돈은 선생님한테 드리고 가야 하는 것 아닌가요?"

"아니요. 120원인데 그냥 가지고 갔다가 내일 또 가지고 오세요."

맹교수는 도무지 고스톱으로 시간을 보내는 것이 이상하게만 여겨졌다.

재미도 없거니와 시간도 아깝지 않은지. 더 유익한 노인들의 여가 활동 프로그램을 개발해야 할 텐데 그것이 그리 어려운 것인지.

맹교수는 집으로 돌아가 '고스톱규칙'을 인터넷으로 검색하였다. 과연 간단한 것이 아니었다. 치매가 예방될 정도로 머리를 써야 할 것 같았다. 읽을 책도 많지만 책읽기는 싫고 심심하니 한 번 두 번 하다가 숙달하게 되는 모양이다.

그래서 한국은 고스톱왕국이 되었나 보다.

1. 고도리 - 5점
2. 홍단 청단 초단 - 각 3점
3. 광3장 - 비광 있으면 2점, 비광 없으면 3점
4. 광4장 - 비광 있으면 3점, 비광 없으면 4점
5. 광5장 - 3인 이상이 칠 때는 5점이나 10점, 맞고(2인)일 때는 15점
6. 피박 - 먼저 스톱한 사람이 피로 점수가 있고, 상대방이 가진 피의 총수가 6장 미만일 때 점수에 2배를 추가한다.
7. 광박 - 먼저 스톱한 사람이 광 3장을 가지고 상대는 1장도 없을 때 점수에 2배 추가
8. 대통령 - 같은 그림 4장을 들고 있거나 같은 그림 4장이 바닥에 깔렸을 때 스톱을 하면 3점 또는 7점으로 난다.
9. 멍박(멍텅구리) - 이긴 사람이 동물그림 5장 이상을 가지고 있는데 상대방은 1장도 없을 때는 점수에 2배를 추가한다.

다음 날 맹교수는 노인회관으로 들어서자 먼저 마주치는 할머니에게 고개를 끄덕이고 손을 흔들면서 달려 갔다.

그리고 모든 할머니들에게 차례로 손을 내밀고 악수를 청하고 인사하였다. 하루고 이틀이고 못 보던 할머니에게는 오래간만이라고 떠들어대었다.

임여사가 맹교수에게 말을 걸어 왔다.

"그런데 저 고스톱이 놀음인가요 아닌가요?"

"놀음이지요."

"그럼 도박이라는 거지요?"

"아니 놀이하는 것이라는 거지요."

"그럼, 도박은 아니란 말인가요?"

"그렇지요. 도박처럼 하는 것이지만 돈을 따기 위해서 하는 것이 아니고 순전히 놀이를 하기 위한 것이니까 도박은 아니지요."

"어떤 사람은 도박이라고 하던데……."

"도박은 아닙니다. 오락이니까요."

"어떤 사람은 고스톱이 도박이라고, 하면 안 된다고 하더라고요."

"그래요? 그 어떤 사람이 누군데요?"

"저 홍선생이 도박이라고 말했어요."

"다 같은 고스톱이라도 할머니들이 하는 것과 도박꾼들이 하는 것은 다르니까요."

"정말 헷갈리네요. 다 같은 고스톱인데 어떤 것은 놀이하는 것이고 어떤 것은 도박하는 것이라니."

"그렇지요. 헷갈리지요. 그래서 전문가가 필요한 것이지요."

"전문가요? 고스톱 전문가?"

"그래요. 고스톱 전문가요."

"고스톱 전문가라는 말은 처음 듣네요. 그게 도대체 누구인데요?"

"말하자면 경찰관들이나 판사 검사 변호사들이 전문가들이지요."

"그런 사람들이 고스톱을 하나요?"

"고스톱을 하는 것이 아니라, 어떤 때는 도박이고 어떤 때는 도박이 아닌지를 판단하는 사람들이란 말이지요. 만일 도박으로 인정될 때는 경찰관이 잡아가고 검사가 기소하고 변호사가 변호하고 판사가 판결을 내리니까요."

"그럼 우리 할머니들이 하는 고스톱이 오락인지 도박인지 알려면 그런 사람들에게 찾아가서 물어봐야 하겠네요?"

"그렇지요. 하지만 그런 사람들에게 가지 않아도 여기서 알 수 있어요. 여기도 전문가가 있거든요."

"여기? 그게 누군데요?"

"저기서 장기 두는 공선생이요. ……공선생님! 여기 오셔서 상담 좀 하셔야겠어요."

"무슨 상담인데요? 곧 가겠습니다."

이윽고 공선생이 왔다. 그리고 도박이 무엇인지 설명하기 시작하였다.

"도박은 첫째로 재물을 걸고 내기를 하는 것인데 재물은 현금이나 수표나 증권이나 부동산이나 상관 없어요. 그리고 반드시 우연한 일로 재물을 얻는 것이기 때문에 씨름이나 골프나 당구나 운동시합으로 내기하는 것은 도박이 아니에요. 그런 것은 자기의 실력으로 하는 것이지 우연히 되는 것이 아니기 때문이지요. 점심내기로 화투 치는 것도 도박으로 처벌하지는 않아요."

"고스톱도 실력이잖아요. 실력 없는 사람은 돈 못 따요."

"간혹 그런 수도 있겠지만 특별한 실력을 인정하기는 곤란하지요."

"……"

"화투 장이 잘 들어오면 유리하고 나쁘게 들어오면 불리한 거니까요."

"실력 있는 사람은 패가 나쁘게 들어와도 속임수를 쓰거든요. 그러니까 실력으로 하는 것 아닌가요?"

"속임수를 쓰는 것은 도박이라고 안 하고 사기라고 합니다. 그래서 도박장에서 속임수로 돈을 따면 도박죄로 처벌하지 않고 사기죄로 처벌합니다."

"그러니까 사기도박은 도박이 아니고 사기란 말이지요?"

"그렇습니다. 그럼 돈을 잃은 사람은 무언가요? 그것도 사기인가요?"

"아니지요. 속임수를 쓰지 않았으니까 사기는 아니고 피해자이지요."

"그럼 도박죄만 성립하나요?"

"그런 것 같아요. 그런데 사기를 당했으니까 손해배상청구를 할 수 있지요. 몇 년 전에 '타짜' 라는 영화가 흥행을 하였어요. 그것이 사기도박하는 내용인데 '사기도박죄' 라는 것은 없고 그냥 '도박죄' 와 '사기죄' 만 있어서 사기죄가 성립되는 것이고, 도박죄는 '일반도박죄' 와 '상습도박죄' 가 있어서 '상습도박죄' 는 징역에 처하기도 하지요."

"그래, 노인정에서 할머니들이 날마다 하는 고스톱은 상습도박이 아닌가요?"

"그럼요. 돈을 따기 위해서 하는 것이 아니라 오락을 위해서 하는 것이니까요. 그런 고스톱은 얼마든지 해도 괜찮아요. 치매예방도 된다잖아요."

"그럼 안심이네요. 이따금 생각해 보면 도박인 것 같아서 불안했거든요. 그리고 지나다니는 학생들이나 손자들이 보면 창피하기도 하고요."

"그렇지요. 도박이 아니기는 하지만 도박처럼 보이는 놀이이기 때문에 아이들 보기에는 안 좋지요. 아이들은 어른을 보고 따라 배우니까요. 그래서 다른 좋은 놀이가 있으면 그런 것을 하는 것이 좋아요. 노래도 부르고 율동도 하고 윷놀이도 하고 이야기도 하고요. 그리고 고스톱은 오랫동안 앉아서 하기 때문에 허리도 아플 테고요. 건강에는 해롭지요."

"공선생님은 어떻게 그런 것을 그렇게 잘 아세요? 법률전문가네요."

"알긴 무얼 알아요? 들은 풍월이지요."

옆에서 듣고 있던 맹교수가 한 마디 거들었다.

"공선생님은 법학공부를 많이 한 분이니까요. 부동산이나 주식투자나 여러 가지로 많이 알지요. 한문도 많이 알고, 불교도 많이 알고, 시도 많이 암기하고. 참 박학하니까 무엇이든지 물어보세요."

"또 비행기를 태우시네요. 높이 올라가다가 떨어지면 어떡하라고."

그런데 맹교수가 볼 때는 고스톱을 즐기는 사람들이 너무나 많은 것 같았다. 도대체 고스톱이 무엇이길래 틈만 있으면 판을 벌이는지 알 수가 없었다. 시간이 아까운 줄을 모르는 것 같다는 것이 일부 어른들의 걱정이다.

맹교수가 살던 시골에는 조국 광복 이후로 화투와 마작이 유행하였다. 한 가지 이상한 것은 자식들이 화투와 마작을 가지고 놀아도 부모가 그것을 말리지 않았다는 사실이었다.

밖으로 엄한 스승이 없고 안으로 엄한 부형이 없었다는 것이다. 핑계는 '오락'이지만 그 오락이 실마리가 되어 도박으로 발전하고 패가망신으로 이어진다는 것을 어찌 몰랐는지 알 수가 없다.

맹교수는 대학생 시절에 하숙생활을 하였다. 어느 날 밤중에 사돈 벌이 되는 사람이 찾아와서 제발 돈 있으면 3천원만 꾸어달라고 애원하였다.

한창 놀음이 진행되어 막 돈이 들어오려는 순간에 밑천이 떨어졌다는 것이었다.

돈이 없다고 하였더니 옆방에 있는 친구에게 말해서 꾸어 달라고 애걸하였다. 내일 아침에 틀림없이 갚겠다는 것이었다. 그래서 옆방에 있는 친구에게 말하였더니 마침 집에서 하숙비가 왔는데 하루 이틀은 괜찮다고 2천원을 빌려주었다.

아침이 되었으나 사돈은 나타나지 않았다. 친구는 맹교수의 눈치를 살피는 것이었다. 오후에도 사돈은 나타나지 않았다. 사흘이 지났어도 나타나지 않았다.

하는 수 없이 친구와 함께 사돈집을 찾아갔다. 하루만 더 기다려 달라는 것을 안 된다고 버텼다. 사돈은 쌀 자루를 몇 개 싣고 쌀 가게로 가서 돈을 장만하여 주었다.

당시 2천원이면 한 달 하숙비가 넘는 돈이었다.

그런데 나중에 알고 보니 도박 밑천으로 꾸어 준 돈은 반환청구가 곤란하다는 것이었다. 도박이 불법이기 때문이었다. 아찔한 순간이었다.

그 후로는 도박하는 사람을 가까이 하기가 싫어졌다. 사돈이 인간으로 보이지 않을 정도였다. 경찰에 고발하고 싶었다. 어떤 놀음꾼은 밤새껏 놀음하고 집에 와 졸면서 아침을 먹다가 아버지가 '장 먹어라' 하니까 '장땡이다!' 하고 소리를 질렀다고 한다.

맹교수가 아는 사람들 가운데는 도박으로 인생을 실패한 사람들이 몇 사람 있었다.

하나는 초등학교 교사인데 배경이 좋아서 도시학교에서 근무하였지만 도박에 손을 대었다가 친구들에게 피해를 주고 채무를 감당하지 못하여 사직을 하였다가 다시 타도에 가서 복직은 하였으나 한 번 실수를 만회하기는 어려웠다.

하나는 모든 사람이 존경할 만한 초등학교 교장인데 도박으로 채무자가 되어 이리저리 구걸을 다니다가 질병으로 사망하였다.

하나는 고등학교 교사인데 도박뿐만 아니라 주색에 빠져서 실직자가 되고 조강지처와 이혼한 후로 종적을 감추고 살다가 질병으로 사망하였다.

하나는 대학 교수인데 도박혐의로 기소되어 법정에 서서 선고유예로 그치기는 하였으나 감봉처분을 받고, 학생들의 배척을 받는 수모를 겪다가 질병으로 사망하였다.

하나는 관재청 공무원이었는데 도박으로 친지들에게 채무를 지고 종적을 감추었다가 결혼도 하지 못하고 질병으로 사망하고 또 하나는 현역 장교인데 후방에서 근무하면서 도박으로 채무를 지고 가족에게 축출을 당하여 객지로 전전하다가 병사하였다.

그런데 맹교수는 도박이 패가망신도 하지만 사행심을 조장하기 때문에 더욱 불건전하다고 생각하였다. 맹교수는 희수가 되도록 도박에는 손을 대지 않았고 주택복권을 한 장도 사 본 일이 없었다.

그런데 바로 며칠 전 사랑방회원들과 회식을 갔다가 회원 중에 소주병을 열고 뚜껑 속에 써 있는 글자를 읽어보는 것을 보게 되었다. 아무도 돋보기를 가지고 있지 않아서 정확히 읽지 못하기 때문에 맹교수는 소주 뚜껑을 만지작거리다가 주머니에 넣었다.

뚜껑 속에는 분명히 무슨 글자가 써 있고 전화번호도 써 있는 것 같았다.

가슴이 두근거리는 것 같았다.

만일 당첨이라면??? 액수는 얼마이며 그 돈을 어떻게 처리해야 할까. 노인회에 내놓을까? 아니면 어려운 사람들을 도울까? 아니면 출판사나 차려서 좋은 책이나 출판할까? 가슴이 울렁거리는 것 같고 열이 오르는 것 같아서 병뚜껑을 가지고 온 것이 후회스럽기도 하였다.

그러나 그것을 어디다 버릴 곳도 마땅치 않아 그대로 집으로 가져갔다. 돋보기를 찾아서 들여다 보았다. '30억경품행사 1588-5502 54CE96MT' 라고 쓴 둘레에는 '08. 11. 10 ~ 09. 2. 17 다음 기회에 다음 기회에 다음 기회에' 라고 써 있었다. 전화기 앞으로 다가가서 번호를 눌렀다.

통화가 폭주하니 인터넷 홈페이지를 이용하란다. 도대체 전화는 왜 걸었을까? '다음 기회에' 라는 글귀가 세 번이나 반복된 사실을 잊어버렸단 말인가?

맹교수는 자신의 행동에 대하여 너무나 실망하고 환멸을 느꼈다. 느닷없이 떨어질지도 모르는 돈벼락을 생각하는 어리석은 자신을 발견하고 얼굴이 붉어졌다.

인문 사회 자연 예능을 고루 공부하고 철학에 윤리학에 법학에 법철학에 이르기까지 공부하고 연구하고 평생을 교육과 연구에 바친 자신이 겨우 소주병 뚜껑을 통하여 돈벼락이 쏟아지기를 바라는 늙은이가 되고 말았다는 사실에 놀랐다.

그러나 며칠 지나지 않아 다시 소주병 뚜껑을 들여다 보고 먼저와 똑 같은 글씨들이 써 있다는 것을 확인하였다.

전5식을 거쳐 받아들인 지식과 정보를 6식(意識)을 통하여 분석하고 평가하고 판단하여 7식(行識)을 통하여 실천하고 8식(業識)을 통하여 함장된 자신의 인격체가 진여(眞如)로 충만하지 못하고 탐진치(貪瞋癡)로 뭉쳐진 무명(無明)으로 가득 찬 것을 어쩔 수가 없을 것 같았다.

진여는 자취를 감추고 무명에서 빚어지는 모든 행동이 어리석을 것은 당연한 일이었다.

도박은 재산상의 파탄으로 자신을 망칠 뿐만 아니라 처자식까지 망쳐 놓기도 한다. 건전한 인격자로 살기 위해서는 절대로 도박을 가까이 해서는 안 된다는 것이 선인들의 교훈이다.

'도박중독증 자가진단법' 이라는 것이 있다. 이 가운데 7점 이상이면 중독증일 가능성이 있으므로 전문의와 상담할 필요가 있다고 한다.

1) 일이나 공부를 하지 않고 도박으로 시간을 보낸다.

2) 도박으로 불행해졌다고 느낀 적이 있다.

3) 도박으로 사회적 평판이 나빠졌다.

4) 도박으로 양심의 가책을 받았다.

5) 빚을 갚기 위해 도박한다.

6) 도박으로 꿈이 좌절되었다.

7) 잃은 돈을 도박으로 되찾겠다고 생각한다.

8) 빈털터리가 될 때까지 도박한다.

9) 물건을 팔아서 도박한다.

10) 생활비가 도박자금보다 아깝다.

11) 도박으로 가족에게 소홀한 적이 있다.

12) 마음먹은 시간보다 오랫동안 도박한다.

13) 도박밑천 마련을 위해서라면 나쁜 일이라도 하겠다고 생각한다.

14) 도박하기 위해 돈을 빌린 일이 있다.

15) 돈을 딴 뒤에 더 따려고 새로 판을 벌인 일이 있다.

16) 근심 걱정을 덜기 위해 도박한다.

17) 도박으로 불면증이 온 일이 있다.

18) 부부싸움이나 실망이나 좌절로 도박한다.

19) 도박으로 한 밑천 잡겠다고 생각한다.

20) 도박 때문에 자해행위나 자살을 생각해 본 일이 있다.

맹교수가 신문을 보니 우리나라는 OECD 회원국 중에서도 도박을 많이 하는 편이란다. 국민들이 앉기만 하면 고스톱판을 벌이고 인터넷 도박을 하고 내기바둑을 두고 있는 판에 정부에서 사행산업을 많이 길러 놓아서 그렇다는 이야기가 있다.

사행을 바라는 것은 요행을 바라는 것이다. 사행산업의 대표적인 것은 복권이지만 그 목적이 선하다는 이유로 합법화하고 있다. 정부에서 승인한 카지노 파친코 슬롯머신 경마 경륜 경정 따위가 모두 사행심을 조장하는 산업이고 이러한 사행산업은 포르노산업에 못지 않게 국민을 좋지 않은 방향으로 이끌어 간다.

한 때는 스포츠공화국이라는 말이 유행한 시절이 있었다. 정부에서 지나치게 스포츠를 장려하고 예산을 퍼붓는다는 것이다. 스포츠나 열심히 즐기고 제발 정치에는 관심을 갖지 말라는 것이란다.

그렇다면 정부에서 사행산업을 조장한 이유는 무엇인가. 근검보다는 놀음으로 일확천금이나 꿈꾸고 정치에는 관심을 갖지 말라는 것인지도 모른다.

어느 일본인은 유태인의 세계정책이 스포츠 스크린 섹스라고 주장하였다.

국민이 모두 즐기기만 하고 사행행위만 좋아한다면 그 나라가 망하지 않을 수가 없다.

국민의 관심을 엉뚱한 곳으로 돌리고 갖은 부정부패를 다 하려는 속셈이 사행산업과 유흥오락산업의 장려인지도 모른다.

항상 말이 없고 점잖기로 이름 난 노선생은 선대에서 도박과 주식 투자와 축첩으로 엄청난 재산을 탕진하였기 때문에 사행행위나 오락행위를 절대로 손대지 않는 것이 가훈이라고 한다.

노선생은 사행행위뿐만 아니라 장기나 바둑과 같은 오락행위도 절대로 하지 않는다.

노선생은 사행행위나 오락행위나 모두 시간을 낭비하게 하고 근면 성실을 좀먹게 한다는 것을 깨닫고 성실히 노력한 모범공무원이었다.

이선례여사는 노인회원 중에서 최고령자이다. 그는 젊어서 일본교육을 받고 일본에서 살다 왔단다. 일본어도 잘 하고 일본가요도 잘 부른다.

70대 후반이나 80대 노인들이 몇 분 있지만 일본가요를 부르는 분은 두서넛에 지나지 않는다. 맹교수는 몇 차례나 이선례여사와 함께 일본가요를 부른 일이 있다.

오늘은 특별한 약속을 하고 싶었다.

"이여사님, 만돌린이라는 악기 아시죠?"

"들어보긴 하였지만 잘 알지는 못해요. 그런데 왜 그런 걸 묻는다지?"

"제가 만돌린오케스트라 연주회 초대권을 가지고 있거든요."

"언제 어디서 하는데요?"

"오늘 오후 5시 성남아트센터인데 가실 의향이 있으면 제가 모시고 가려고요."

"글쎄요."

"한 시간 반 정도 연주하니까 다녀와서 저녁식사해도 충분할 거요."

"다른 사람들도 같이 가면 좋겠네요. 단 둘이는 무서워서……."

"무엇이 무서워요? 호랑이도 없고 늑대도 없어요. 제가 잘 모시고 갔다 올 테니까 가시죠. 지금 시간이 다 되었어요. 지각하면 입장을 안 시켜 줍니다."

맹교수는 '단 둘이는 무섭다'는 말이 귀에 걸렸지만 불문에 붙이기로 하고 이여사의 손을 붙잡고 탄천 구름다리를 건너 지하도를 통하여 이매중학교를 지나 다시 지하도를 통과하여 아트센터 마당에 이르렀다.

이여사는 힘이 드는 모양이었다.

콘서트홀은 맨 뒷건물에 있어서 계단을 한참이나 걸어 올라갔다.

입구에 있는 창구에 가서 초대권을 내어밀었더니 다른 접수창구에 가서 입장권으로 교환해 오란다.

한쪽 구석에 자리를 잡고 보니 연주자들의 얼굴이 잘 보이지 않아서 막간을 이용하여 자리를 옮겼다.

주최는 '분당오케스트라', 후원은 성남시, 성남예총, 성남음협, 한국만돌린협회, 성남문화재단, 성남하나로유통센터. 일본오키나와만돌린앙상블과의 협동으로 연주된다.

1부 지휘 : 이석기, 2부 지휘 : 아오키히로토(靑木宏人), 3부 지휘는 한일 양국 지휘자.

제1부
'역마차의 여행' (미국민요모음곡/ 나카가와 편곡)
'모정' (영화주제가/ 나카가와 편곡)
'서곡 귀향' (K.볼키)
제2부
'터키행진곡' (모짜르트/ 하라타 편곡)
'숲속의 고동에서 제2악장' (마루키)
'파초포(후쿠하라/ 야마시로 편곡)
제3부
'해변의 노래' (나리타/ 나카노편곡)
'아리랑변주곡' (한국민요/ SK.Lee편곡)
'서곡 매혹의 섬' (J.B.콕)이다.

맹교수의
사랑방
이야기

171

'아리랑'은 정선아리랑, 강원도아리랑, 밀양아리랑, 진도아리랑이 전통적으로 내려오는 것이고 경기아리랑이나 신아리랑은 19세기 말에서 20세기 초에 만들어진 것이라고 한다. 그러나 지역에 따라 여러 가지 모습으로 전하기 때문에 그 종류는 수 백종이나 될 만큼 변종이 있다.

'아리랑' 이란 말은 고개의 이름이자 고개를 넘을 때의 고단함이나 산고(産苦)를 나타내며 한(恨)의 표출이라고도 한다. 그 어원은 '아라리' 인데 '누가 내 마음을 알리?' 라는 말과 통한다는 주장이 있다. 그러나 동원대학교 교수 이광거박사는 '아리아리랑 쓰리쓰리랑' 이라는 말을 '마음이 아리고 쓰리다' 는 뜻으로 해석한다. 아리랑의 가사와 곡조가 애조를 띄고 한을 나타낸다는 맥락과 부합한다.

이박사는 고전국문학을 전공한 탓인지 한국어의 깊은 뜻을 잘 찾아내고 언어학적 논리로 설명도 잘 하여 이따금 맹교수를 감탄하게 한다. 모든 궁금증이 풀리기 때문이다.

'나를 버리고 가시는 님은 십리도 못 가서 발병 난다' 는 가사와 같이 사람은 이별의 슬픔을 맛보게 되고 이러한 슬픔들이 한으로 맺힐 것이다.

그뿐만 아니라 한평생을 살다 보면 여러 가지 어려움과 슬픔이 쌓이게 되므로 하늘의 별처럼 수심도 많게 될 것이다. 한을 풀어내는 노래라고 보아 무리가 없을 것 같다.

한 때는 미국 영국 프랑스 이탈리아 등 여러 나라의 작곡가들이 모여 '아리랑' 을 세계에서 가장 아름다운 곡으로 선정하였다는 신문보도가 있었다. 그러나 이런 기사는 근거가 없다는 주장도 있어서 믿을 수 없게 되었지만 '아리랑' 이 한국인의 정서에 어울리는 대표적인 민요라는 데 공감하지 않을 수 없다.

'분당만돌린오케스트라' 조옥련 단장의 '초대의 글' 이 눈에 띈다.

'6월 14일 북경대학교 백주년기념관에서 연주되었던 우리의 민요

'아리랑'은 이념의 장벽을 뛰어넘는 감동의 판타지였으며 우리를 이데아의 세계로 이끌어주었습니다. 오늘도 아름다운 오키나와만돌린 앙상블과 국가간의 앙금의 벽을 허물 수 있는 진정한 문화화합의 시간이 되기를 기대하며, 함께 하신 만돌린가족 여러분과 연주자가 모두 세상사 모두 내려놓고 만돌린 선율을 따라 유토피아의 세계로 함께 떠나는 아름다운 가을 저녁이 되시길 소망합니다.'

음악은 아름다운 예술이다. 예술은 국가간의 이념이나 앙금을 초월하고 씻어낼 수 있는 저력을 가지고 있다. 그러나 국가는 하나의 집단이고 체제이기 때문에 예술의 힘을 제약하는 횡포를 저지르기도 한다.

정치도 권력도 예술의 혼을 지니고 기능한다면 국가간의 갈등이나 분쟁도 모두 극복될 수 있으련만 일본의 정치는 아직도 예술의 혼을 멀리 하고 외면하는 것 같다.

이여사와 맹교수는 모처럼의 만돌린오케스트라를 감상하면서 잠시나마 유토피아의 세계를 여행한 셈이 되었다.

"음악은 좋은 거야. 회관에 가서 자랑해야겠네."

"……"

아리랑 아리랑 아라리요
아리랑 고개로 넘어간다.
나를 버리고 가시는 님은
십리도 못 가서 발병 난다
…………
…………
청천 하늘엔 별도 많고

우리네 가슴엔 수심도 많다.

…………

…………

저기 저산이 백두산이라지
동지섣달에도 꽃만 핀다

…………

…………

만돌린오케스트라 연주회가 지나고 두 주일도 못 되어 '2008 성남
판소리 큰 잔치'가 열렸다. 맹교수는 다시 판소리를 감상하러 달려갔
다.

판소리는 한 사람의 창자(唱者)가 소리(노래)와 아니리(말)와 발림
(몸짓)으로 긴 이야기를 엮어나가는 음악이며 고수는 북장단으로 소
리에 반주한다. 판소리는 음악 문학 연극의 여러 가지 특성이 결합되
어 이루어진 종합예술이기 때문에 민속음악의 차원을 넘어선다고 말
한다.

국가지정중요무형문화재 제5호 판소리이수자 문효심여사, 중요무
형문화재 제23호 가야금산조 및 명창 보유자 안숙선여사, 중요무형
문화재 제5호 판소리보유자 성창순여사, 중요무형문화재 제5호 적벽
가보유자 송순섭선생, 중요무형판소리문화재 제17호 박근영선생(고
수) 등을 중심으로 양성이 배성남 부명희 김준 이명희 백지현 박현의
서혜숙 신정례 이정임 김희주 손점복 주서운 김영숙 서병숙씨 등과
성남시립국악단 국악동요팀 어린이들 비보이 여러분들이 열연하였
다.

문효심여사(판소리보존회성남지부장)는 '심청가' 중에서 '황성
올라가는 대목'을 노래하였다.

"도화동아 잘 있거라. 무릉촌도 잘 있거라. 내가 인자 떠나가면 어느 해 어느 때 돌아오리. 조자룡 월강하든 청총마나 있거드면 이 날 이 시로 가련마는 앞 못 보는 요 내 다리로 몇 날을 걸어 황성을 갈고……."

청중들은 '으이!' '좋지!' '얼씨구!' 하면서 추임새로 호응하며 박수도 요란하게 쳤다. 안숙선여사는 '춘향가' 중에서 '어사출두대목'을 부르고, 성창순여사는 '홍보가' 중에서 '화초장대목'을 부르고, 송순섭선생은 '적벽가' 중에서 '적벽대전대목'을 불렀다. 추임새와 박수는 끊임없이 이어졌다. 맹교수는 노인회관에서 한국민요와 판소리 감상회를 열기로 마음먹었다.

판소리는 전라도를 중심으로 충청도와 경기도에 이르는 넓은 지역에 전승되었고 동편제 서편제 중고제로 크게 나뉜다.

판소리는 우리나라의 시대적 정서를 나타내는 전통예술로 희로애락을 음악과 함께 해학적으로 표현하며 청중도 참여하는 대중예술이다. 판소리는 서민층의 삶을 생생하게 드러내고 서민들의 목소리를 대변하면서 새로운 사회와 시대에 대한 희망을 표현하기도 하였다. 지배층과 피지배층이 함께 참여함으로써 사회적 조절과 통합의 기능을 발휘하였다.

판소리는 그 독창성과 우수성이 세계적으로 인정되어 2003년 11월 7일 유네스코 제2차 '인류구전 및 무형유산걸작'으로 선정되었다고 한다.

맹교수는 음악을 좋아하면서도 음악을 즐기면서 살지는 못하였다. 초등학교 시절에는 피아노를 한 번도 구경하지 못한 채 끝나고, 중등학교 시절에는 문학과 정치에 관심을 기울이고, 대학시절엔 직장에 근무하면서 학점을 취득하기에도 바빴고, 그 후로도 비슷한 환경에서 허둥대다가 음악을 가까이 할 수가 없었다. 그는 꽃다운 청년시절에 음악이 하나의 예술이라는 것을 충분히 인식하지도 못하였고 취미로나 할 만한 것으로 생각하였다.

그러다가 음악을 전공한 사람들을 보면 부럽기도 하여 악기 한 가지는 배우고 싶었지만 시간과 돈을 투자하기에는 용기가 나지 않았었다. 한국재능개발연구원에 아이들을 보내어 악기를 배우게 하면서 점점 음악에 대한 인식은 달라졌지만 자신이 악기를 배우거나 음악을 즐기는 수준에 이르기는 쉽지 않았다.

정년으로 퇴직한 지 벌써 10년이 흘러 간 요즘에도 악기 한 가지를 배우지 못한 것이 매우 후회스럽다. 될 수 있는 대로 음악회에도 자주 가고 음악CD나 녹음 테입을 많이 수집하고 듣는 편이 되었지만 음악에 대한 욕구가 충족되지는 못하였다.

맹교수에게는 전자우편으로 받는 음악이 많았다. 그러나 그 가운데는 일본음악이 많고 대중음악이어서 권태를 느끼곤 하였다. 그래서 잘 열지도 않고 두다 보니 열지 않은 메일이 많이 쌓이게 되었다. 굳이 열지 않아도 인터넷 주소창이나 검색창을 통하여 듣고 싶은 음악을 들을 수 있어서 좋았다. 가사도 좋고 곡조도 좋은 노래를 골라서 듣고 싶었다.

맹교수는 공자가 음악을 좋아하였다는 사실을 알고 공감한다. 음악은 인간의 정서를 도야하는 효과가 있을 것 같았다.

공자는 제(齊)나라에 머물러 있을 때, 순(舜) 임금의 소악(韶樂)을 듣고 그것을 배우면서 석달 동안이나 고기맛을 알지 못하였단다. 소악은 진선진미하다고 한다. 그래서 공자는 '음악을 하는 것이 이런 경지에 이를 줄을 미리 알지 못하였다' 고 찬탄하였다고 한다. 공자는 맛있는 고기를 먹어도 그 맛을 제대로 모를 만큼 음악에 심취했던 것이다.

공자는 남이 노래를 잘 부르면 그로하여금 반복케 하고는 그 뒤에 따라 불렀다고 한다. 공자가 좋아한 음악은 순 임금과 같은 훌륭한 인격을 갖춘 성인들이 제작한 음악이며 저속한 음악이 아니다. 훌륭한 음악은 백성을 교화하지만 저속한 음악은 그렇지 못하기 때문이다. 대악(大樂)은 천지와 더불어 조화를 이루며 대례(大禮)는 천지와 더불어 절조를 이룬다는 것이다. 그래서 예와 악을 모두 체득하면 유덕(有德)하다고 말한다는 것이다.

맹교수는 모든 사람들이 음악을 좋아하는 데 그치지 않고 예를 익히고 훌륭한 인격을 갖추어서, 훌륭한 음악으로 군중을 감동케 하는 예술가처럼 사회를 이끌어나가는 것이 훌륭한 사회를 이룩하는 비결이 될 수 있다고 믿었다.

맹교수의
사랑방
이야기

10
독립기념관으로 가는 길

노인회 사랑방 총각들(?)끼리 독립기념관을 찾았다.

규수방 처녀들(?)에게는 말하지 말고 슬쩍 다녀오자는 음모가 그대로 실현된 것이다.

아침에 주민자치센터 앞에서 처녀들을 만났지만 산보하러 나왔다고 맹교수는 시치미를 떼었다.

"이렇게 일찍 어딜 가세요?"

"산보나 하려고요."

"그런데 왜 이런 곳에 서 있는대요?"

"그저……."

"누굴 기다리는 거요?"

"예. 그런데 쓰레기줍기 봉사활동을 하러 나오셨나요? 참 좋은 일 하시네요."

"……."

도대체 노인회에서 총각들은 무엇이며 처녀들은 무엇인가? '인생은 60부터'라고 하지 않던가.

그러니 60을 공제하고 나이를 따지면 모두 10대 20대의 처녀 총각들이라는 것을 알 수 있다. 60년 전으로 되돌아가고 싶은 망상을 망상하는 것이다.

'백발총각' '백발처녀' 들의 별천지 이야기다.

회장은 '기아 카니발 파크' 2400cc를 편안하게 몰고 갔다. 독립기념관은 '많은 외침을 극복하고 민족의 자주독립을 지켜 온 우리 민족의 국난극복의 역사를 보여주는 산실로 나라사랑 정신을 고취하고 민족정기를 바로 세우는 국민교육의 현장' 이다.

민족전통관(제1관)에는 선사시대 이래 조선시대 후기까지의 문화유산과 국난극복에 관계된 자료를 전시하고, 근대민족운동관(제2관)에는 열강에 대항하여 민족의 자주권과 독립을 수호하기 위하여 전개하였던 다양한 민족운동의 역사를 근대민족운동실, 의병전쟁실, 애국계몽실로 나누어 전시하고, 일제침략관(제3관)에는 일제의 침략과정과 잔혹한 탄압과 경제수탈과 민족말살 자료를 전시하고, 겨레의 함성관(제4관)에는 3.1운동 관련 자료를 전시하고, 독립전쟁관(제5관)에는 중국 러시아 미국에 기반을 두고 일어난 무장항일투쟁과 광복군의 활약과 의열투쟁에 관련된 자료를 전시하고, 사회문화운동관(제6관)에는 민족문화보존운동과 실력양성운동을 전시하고, 대한민국임시정부관(제7관)에는 임시정부에 관한 다양한 자료를 전시하고 있다.

누군가 이야기를 꺼냈다.

그리고 서로서로 이야기를 주고 받았다.

"그런데 3년 전까지 있었던 '대한민국관' 은 폐지하였다지요? '대한민국관' 은 오늘의 대한민국의 발전상을 보여주는 자료들인데 관람객들은 여기서 박수를 치며 환호하였다고 해요. 5천년의 가난을 벗어나고 한국전쟁의 폐허에서 재기한 위대한 대한민국의 영광을 느끼며 박수를 치고 환호하는 것은 당연하지요. 그러나 자기가 환호하기도 싫고 남이 환호하는 꼴을 보기 싫어하는 사람들도 있기 때문에 그 전시관이 없어진 것이 아니냐는 이야기가 나돌고 있어요. 틀림없이 누가 지어낸 말이겠지만."

"그래요? '대한민국'의 발전을 환호하기가 싫다니 무슨 말인가요?"

"'대한민국' 정부는 통일정부가 아니고 한민족(韓民族)의 반쪽 정부라는 것이지요. 유엔이니 미국이니 하는 외부세력의 지지를 받아, 국토를 남북으로 분단하는 정부를 세운 것이 '대한민국'이라 잘못된 정부라는 것이지요. 민족주의자의 정부가 아니고 친미주의자와 친일분자들의 정부라는 거지요."

"미국이 38선을 제안한 것은 일본군의 무장해제를 위한 것이고, 김구선생이 북한을 가 보니 민족진영과는 타협이 불가능하였고, 유엔에서는 남북 전역에 걸쳐 총선거를 실시하여 통일정부를 수립하도록 결의하였지만 북한에서 이를 거부하여 부득이 남한만이라도 총선거를 실시하여 정부를 수립할 수밖에 없었던 것 아닌가요?"

"그들은 '대한민국'의 역사를 정의가 패배하고 기회주의가 득세한 역사로 규정하고, '대한민국'의 법통성이나 정당성이나 정통성을 인정하지 않는답니다. 어떤 사람들은 부모세대나 선배세대가 이룩한 업적을 잘못 된 것이라고 평가하고 자기들이 이룩한 민주화만 중요하다고 생각하거든요. 어떤 학자는 이런 논리를 '부친살해'라는 독특한 담론으로 보고 있어요."

"그것이 도대체 무슨 담론인가요?"

"잘 아시다시피 시그문트 프로이트의 자아심리학에서 이른바 '이디푸스 콤플렉스'로 표현하는 것을 관련시켜서 말하는 것 같아요. 어린 아이가 엄마를 독차지하는 데 아빠가 방해자로 등장하니까 아빠를 죽이고 싶은 충동을 일으킨다는 거지요. 그러나 아빠를 죽이기는 매우 어려우며 잘못하다가는 아빠에게 거세를 당할지도 모른다는 불안을 느낄 수도 있고, 한 편으로는 아빠를 본받아서 능력을 기르기도 한다는 것입니다. 그런데 젊은이들은 민주화를 이끄는 진보세력을 숭배하기 때문에 민주화를 방해하는 것으로 보이는 보수세력이 거추장스럽고 반동적인 존재로 보이므로 보수세력을 죽여 버리고 싶겠지요. 그래서 일부는 저항하고 일부는 거세불안을 느끼고 일부는 동일시(동일화)하는 현상이 일어날 것 아닙니까. 아들이 엄마를 독차지하려는 경우처럼 딸이 아빠를 독차지하려는 경우도 있어서 이런 경우는 일렉트라 콤플렉스라고 한답니다. 그리스 로마 신화에서 나온 이야기에 꿰어맞춘 이론이지요."

"그럴 듯하면서도 견강부회 같은 인상을 주는 이론이군요. 아무튼 진보세력들이라고 부르는 일부 민주화세력에서는 독립운동까지는 인정해도 '대한민국' 건국의 정당성은 인정하려 하지 않는 것 같군요. '한국 현대사의 재조명은 이승만 등에 의해 아버지를 살해 당한 사람들이 아버지의 지워진 이름을 한국현대사에 다시 새겨 넣는 눈물겨운 작업'이라고 주장한다는 글을 읽은 일이 있어요. 아무튼 '역사는 모래 위에 쓰여지는 것'이라는 말과 같이 똑같은 사실이라도 새로운 시각이나 사조에 따라 새롭게 해석될 것도 같아서 문외한으로서는 함부로 판단하기 어려운 점이 있어요. 최근 어느 국사 교수는 정년으로 퇴임하면서 학생들의 좌편향적 역사인식을 바로잡아 주지 못한 것이 매우 유감스럽다는 말을 하였더군요. 좌편향적 지식인이 중등교사나 대학교수가 되면 그 영향이 학생들에게 크게 미치게 되어 건전한 국민정신을 해친다는 것입니다. 긍정적인 국가관은 국가발전에 공헌하지만 부정적인 국가관은 국가발전에 저해요인으로 작용한다는 것이지요. 그 교수는 자신의 솔직한 심정을 토로하고 참회하였으니 다행이지만 그와는 정반대로 어느 한 쪽으로 기울어진 역사의

식에 젖어 있거나 그것이 잘못임을 알면서도 일부의 학생들에게 영합하기 위하여 확실한 태도를 보이지 않고 강의하다가 그대로 퇴임하는 교수들도 상당히 많을 것입니다. ……그런데 어느 교원단체의 지역 집행위원회에서 회의를 개최할 때 '국기에 대한 맹서' 나 '애국가제창' 은 하지 않고 '민중의례' 라는 것을 거행한답니다."

"그래요? 어째서 국민교육을 책임지고 있는 교사들이 국민의례를 하지 않고……."

"참, 알 수 없는 일이군요."

"그런데 문제는 크게 보아 부조리한 사회에 대하여 맹목적으로 적응하고 영합하느냐, 아니면 비판적으로 저항하느냐에 있을 것 같은데 비판적으로 저항하는 방법이 매우 중요하고 그보다도 더 중요한 것은 자신의 지식과 판단이 얼마나 분석적이고 과학적이고 객관적이고 현실적으로 타당하고 바람직하며 진정한 휴머니즘에 입각하고 있느냐 하는 것일 겁니다. 우리의 지식과 판단은 항상 불완전하여 실수와 과오를 범하기 쉽고 그 결과는 너무나 엄청날 수가 있기 때문이지요. 개인이 판단한 정의가 현실적으로 사회와 국가의 정의에 완전히 부합한다는 보장이 없으니까요."

"그렇지요. 그런데 '20대 80이론' 이라는 것도 있다는데 혹시 들어 본 일이 있습니까?"

"인터넷에서 본 일이 있지요. 이태리 사회학자 파레토가 주장한 이론이지요. 개미사회를 관찰해 보니 모두가 열심히 일하는 것이 아니고 20%만 열심히 일하고 80%는 그럭저럭하더라는 것이지요. 그래서 20%를 격리해 보았더니 그 중에 또 20%만 열심히 일하고, 80% 중에서도 다시 20%가 열심히 일하더랍니다. 이러한 현상은 인간사회에서도 똑 같이 일어난다는 것입니다. 여기서 열심히 일하는 20%는 선진 대열에 속하고 소위 엘리트그룹이 되는 것이며, 경제적으로나 사회

적으로나 사회를 이끌어가는 계층이지요. 그런데 어떤 정치인들은 20%와 80%가 마치 적대관계인 것처럼 선전하고 80%에게 관심을 보이는 겁니다."

"20% 가운데는 부도덕한 사람들이 많으니까 그런 주장이 먹혀 들어갈 수가 있겠네요."

"그렇습니다. 독재정권 때나 군사정권 때나 문민정부 때를 거쳐 국민의 정부 때나 참여정부 때나 마찬가지로 부정부패로 상류사회에 끼어든 사람들이 많았지요. '부패왕국'이라는 말이 회자될 정도였으니까요. 그래서 부정부패의 척결은 모든 정권의 영원한 지상과제라고 할 수 있지요. 그러나 부정한 방법으로 성공한 사람들만 있는 것이 아니고 일생을 근검성실하게 일하여 성공한 사람들도 많겠지요. 일부의 부도덕한 사람들 때문에 모두를 부도덕하게 보는 것이 바로 '일반화의 오류'라는 것이지요. '인간불평등기인론'이라는 학설도 있지만 우선 인간에게 소유욕이 있고 사유재산의 소유권이 보장되는 이상, 경제적으로 완전히 평등하기는 어려운 것이지요. 생래적인 능력의 우열과 차이점이 천차만별한 인간사회에서, 정치 경제 사회 문화 등 복잡하고 다양하고 개인차가 심한 모든 인간생활을 완전히 평등하게 만들 수는 없으니까 평등이라는 이념이 현실적으로 적용되기에는 많은 문제점이 있지요. 그래서 개인의 자유와 능력과 창의성은 최대한으로 보장하면서 낙오자에 대한 사회복지정책을 강구할 수밖에 없겠지요. 현대의 모든 선진국가들이 사회복지정책을 강화하는 것이 바로 그것이지요."

"사회복지정책도 지나치면 정부에게 모든 것을 의존하고 요구하는 국민들이 많아지고, 그러한 국민의식은 국가발전에 커다란 장애가 된다는 말이 있더군요. 그래서 서구의 선진국에서는 사회복지예산을 축소한다는 거지요. ……우리나라의 재벌들도 부도덕한 측면이 있긴 하지만 정치적 사회적 혼란 속에서 자본을 축적하고 기술을 개발하고 경영을 합리화하여 국민총생산을 증가시키고 세계 10위권에 근접한 경제대국을 건설하여 국가의 위상을 높인 것은 대단한 일이지요. 그래서 어떤 사람들은 '기업이 애국'이라고 하더군요. 우리는 경제적으로 선진국의 원조를 받는 나라에서 후진국을 원조하는 지원국이 되었고, WTO나 OECD 회원국이 되고 유엔 사무총장이 나오기도 하였지요."

"그렇습니다. 일부에서는 우리나라 자본주의가 약육강식의 정글자본주의라고 비판하는 반기업적 정서에 사로잡히기도 하지만 그래도 자본가들이 기업에 투자하지 않으면 국민들이 일자리를 얻을 수 없기 때문에 자본주의를 전적으로 매도할 수도 없지요. 다만 근로기준법을 비롯한 합리적인 법규의 효과적인 시행으로 자본가의 횡포를 억제하고 지나친 노동쟁의를 지양하여 노사협력이 이루어지는 것이 바람직하지요. 기업이 잘 돼야 이윤이 생기고 이윤이 생겨야 시설도 확충하고 기술도 개발하고 경쟁력을 기르고 근로자의 복지도 향상시킬 수 있으니까요. 정치인들이 부자에 대한 증오심이나 적대감정이나 계급의식을 조장하는 것은 결과적으로 소외계층에 대한 불이익을 초래하게 되는 경우도 많지요. 우리는 전쟁의 폐허에서 단기간에 경제발전을 이룩한 근대화과정을 주목해야 하지요. 세계제2차대전 후에 독립한 많은 신생독립국가들 중에서 우리처럼 발전한 나라는 없다고 하더군요. 국가의 법통성이나 정통성도 국민의 건전하고 객관적이고 이성적인 판단과 가치관과 역사관에 관계되지요."

"그런데 일부 국민들은 대한민국을 지나치게 부정적으로 보는 자기네의 주장을 버리지 못하는 것 같아서 걱정입니다."

"심리학에서는 '면역효과'라는 것이 있답니다. 자기가 미리 경험하거나 인식한 것을 절대시하고 남의 주장에 대하여는 거의 맹목적으로 고개를 돌리는 현상이랍니다. 자본주의의 문제점에 집착하면서 얻은 경험이나 인식을 무기로 부정적 사고를 고수하고 그에 반하는 모든 것을 배격하는 것이지요. 그들은 집단적으로 행동함으로써 '극화현상'을 보이기도 하지요. 극화현상은 극단적인 '모험이행'으로 치닫기도 한답니다. 따라서 투쟁의 방법도 과격해지지요. 결사투쟁을 외치고 실정법을 무시하고 폭력을 저지르고 공권력에 도전하기도 하지요. 목적을 위해서라면 어떠한 극단적인 방법도 불가피하다는 생각이지요."

"그들의 주장에는 일면 타당성이 인정되지만 문제는 북한에서 저지른 전쟁이나 테러나 인권탄압이나 권력의 세습이나 군사적 위협에 대해서는 일언반구도 말하지 않고 남한의 정치적 사회적 모순만을 지적하고 규탄함으로써 청소년들의 역사관과 가치관을 혼란하게 만든다는 것이지요. 남한 사회만을 비판하는 것은 자칫하면 북한 사회를 간접적으로 지지하는 것처럼 비치기 쉽기 때문에 그런 것 같기도 합니다. 그것이 곧 일부 교사들의 편향적인 교육의 결과라고 합니다."

"그 일부교사라는 사람들은 한국 사회의 심각한 모순을 극복하고 참된 교육을 주장하는 것 아닌가요?"

"그런 점도 있겠지요. 기존질서에 대하여 비판적으로 보는 것이 좌파의 특성이고 어느 시대 어느 사회에나 좌파의 기능은 필요하지요. 그것이 곧 새로운 발전의 원동력이기도 하니까요. 그렇지만 그것을 순수하게 볼 수 없다는 여론이 강합니다. 말하자면 그들이 주장하는 것들이 국가권력의 지배를 거부하는 경향이 많다는 거지요. 일제고사나 교사평가제도를 비롯하여 대한민국 정부의 여러 가지 정책을 거부하니까요. 따라서 그 이면에는 무엇인가 은폐된 목적이 있다는 거지요. 그래서 '속곳 열두 벌을 입어도 보일 것은 다 보인다'는 속담처럼 그 속셈이 다 드러나고 있다는 겁니다."

"그 속셈이라는 것이 반미친북이라는 건가요?"

"그렇게 보는 사람들이 많습니다."

"그런데 남한체제의 모순이나 취약점을 지적하고 개선하려는 순수한 주장을 걸핏하면 친북좌파라고 단정하는 경향이 있는 것 아닌가요? '참교육' 이 필요한 데도 말입니다."

"일부에서는 '참교육' 이라는 말에 공감하고 있지만 그 내용이 문제라는 것이지요."

"그런데 미국산 쇠고기수입반대 시위라든가 철거민 시위 같은 것은 어떻게 해석해야 하는가요?"

"쇠고기수입반대 시위에 나선 사람들 가운데는 진정으로 국민의 건강을 걱정하는 사람들도 있지요. 그런데 문제는 그 걱정이 정확하고 과학적인 지식과 정보에 근거해야 한다는 것이지요. 그리고 철거민들은 최대한으로 보호되어야 하지만 어디까지나 합법적으로 정책의 차원에서 연구되고 행정부나 국회를 통하여 정당한 절차를 거쳐야 하는데 그렇지 않고 폭력에 호소하는 것은 민주주의의 기본질서에도 위배되는 것이니까 문제가 된다는 것이지요. 일부의 주장에 따르면 그 순진한 사람들 배후에는 불순한 목적으로 거짓된 정보를 제공하여 선동하는 사람들이 있다는 것입니다. 특수한 정치집단에는 대중에게 호소하고 연합전선을 펼 수 있는 선전이론이 있는가 하면 그와는 별개로 실천이론이 있는데 전자는 정치적 목적을 달성하기 위한 가장 효과적인 이론이기 때문에 권모술수가 개재되기 쉽고 후자는 내부결속을 위한 것이어서 은폐성이 강하기 마련이라는 것입니다. ……그리고 철거민들의 시위는 쇠파이프나 화염병이나 신나 같은 위험물질을 준비하게 하고 도로를 점거하여 국민들에게 불편과 피해를 주며 공권력에 도전하는 것이 더욱 큰 문제라는 여론이 있습니다.”

“그래도 철거민들은 피해자들이고 약자들인데 어떻게 사상자가 나
올 정도로 강제진압을 할 수 있나요?”

“그래서 정치가 어려운 것이지요. 약자도 옹호하고 사회질서도 유
지해야 하기 때문에. 그래서 도시개발과정에서 철거민들이 피해를
당하지 않도록 가장 합리적인 법률을 제정해야 하는데 입법기관이나
정부에서 그것을 제대로 못하였기 때문에 문제가 발생한다고 합니
다. 법으로는 보호를 받을 수 없기 때문에 하는 수없이 폭력을 행사할
수밖에 없고, 그렇다고 폭력을 그대로 인정하고 방관할 수도 없는 형
편에서 야기되는 법질서와 폭력의 미묘한 악순환이랄까요. 그런데
경찰관이 시위군중에게 구타를 당하고 상해를 입는 나라는 세계에서
한국밖에 없다는 말도 있더군요. 공권력이 심하게 파괴된 상태니까
대혼란이지요. 가뜩이나 경제위기는 닥치고 있는데 대혼란이 계속되
면 국가의 안전보장마저도 위협을 받는다는 말들이 있어요. 더구나
남북관계는 긴장상태에 있고.”

“그런데 지금 민주주의는 후퇴하고 있다는 말이 있어요. 약자가 보
호받지 못하는 형편이니까요.”

“아까도 말했지만 약자가 보호되어야 하기는 하지만 어디까지나
정당한 절차에 따라 합법적으로 보호돼야 한다는 것이지요. 약자라
는 이유로 불법시위를 자행하여 교통을 방해하고 화염병을 함부로
던지는 것은 안 된다는 것이지요. 그런 폭력행위가 정당화하는 것이
민주주의의 발전은 아니지 않습니까? 어디까지나 법을 잘 지키는 것
이 민주주의의 발전이니까요. 세상에 약자를 도와야 한다고 그들의
폭력을 합법적으로 인정하는 법질서는 있을 수 없지요. 우리나라에
는 자기의 억울한 사정을 호소할 수 있는 여러 가지 방법이 있을 것입
니다. 특히 사회적으로 열악한 위치에 있는 소외계층을 대변하는 열

렬한 정당도 있고 사회단체나 상담기관도 있으니까요. ……그래서 항상 정확한 지식과 냉철한 판단이 중요하지요. 약자라고 하여 무조건적으로 옹호하거나 국가공권력이라고 하여 무조건적으로 옹호하는 것은 모두 냉철한 판단이 아니기 때문에 전문기관에 맡겨서 가장 합리적인 방안을 모색하고 법적 행정적 판단을 기다리는 것이 마땅할 것입니다. 어느 시대 어느 사회에서나 정치는 정말 어려운 일입니다. 자유와 권리를 지나치게 외치면 방종이나 탈선이나 불법이 되고, 통제와 단속을 지나치게 강행하면 억압이나 탄압이나 독재가 되니까요. 사실 일반론이나 원칙론이야 누구나 쉽게 알고 주장할 수도 있지만 그것을 언제 어떻게 적용하느냐 하는 문제는 결코 판단하기 어려운 문제지요. 그래서 예로부터 속유(俗儒)니 진유(眞儒)니, 부유(腐儒)니 통유(通儒)니 하는 말이 있지요. 속유나 부유는 원칙은 알아도 현실을 모르는 사이비 지식인이고 진유나 통유는 원칙과 현실을 함께 알고 실천할 수 있는 참된 지성인에 해당하겠지요. 어떤 사람들은 지식인과 지성인으로 구분하여 말하기도 하더군요. 지식인은 많아도 지성인은 없다는 말도 하고요. 아무튼 법치국가에서는 법을 존중하고 법의 테두리 안에서 모든 것이 이루어져야 하겠지요. …… 우리 사회에는 언어의 타락현상이 심각하다는 것을 지적하는 학자도 있더군요."

"언어의 타락이란 무엇인가요?"

"모 대학 석좌교수가 한 말인데 흑백논리와 유사한 것 같더군요. 흑백논리는 절충이나 조화에 해당하는 중간지대(회색지대)를 인정하지 않고 '올 오어 낫싱' 같은 논리이고, 나와 다른 의견은 절대로 인정하지 않고, 내 편이냐 네 편이냐를 엄격히 가리는 논리인 것 같습니다. 그리고 사람들의 말이 매우 강력하고 독선적이고 감정적이고 타인의 견해를 완전히 무시하는 말투라는 것이지요. '그건 말도 안 돼! 그런 소리하면 맞아 죽어!' 라는 소리를 예사로 하지요. 자기의 의견에 반대하면 살아남기 어렵다는 뜻으로도 느껴지기 때문에 일종의 협박이지요. 단순한 언어의 폭력이라기보다는 상대방에게 불안감이나 공포심을 일으킬 수도 있지요. 자기 감정이나 생각이나 판단만을 절대시하는 사람들이 하는 말투지요. 교양문제이기도 하고 또레랑스의 거부이기도 하고요. 내 생각이 남의 생각과 다를 수 있듯이 남의 생각도 나의 생각과 다를 수 있다는 것을 인정해야 하는데…….'"

"한국 사람들은 남과 대화하는 능력이 부족하다는 말이 있어요. 걸핏하면 화내고 다투고 불쾌한 감정으로 치닫기 쉬우니까요. 납득할 만한 논증도 하지 못하면서 자기의 생각이 옳다고만 우겨대니까요. 어려서부터 학교에서 토론하는 훈련을 받지 못한 까닭이라고 해요."

"지금 언론계나 연예계나 정치계나 특히 인터넷에 떠도는 말들 가운데는 도무지 이해하기 어려운 신조어들이 많은 것 같아요. 한국어 같기도 하고 외국어 같기도 하고 논리적인 형식을 완전히 벗어난 이상한 표현들이 많아요. 이른바 은어(隱語)라는 것들이 그런 것인데 너무 품위가 없고 간악한 인상을 주어서 문제지요."

"그렇습니다. 문제는 언어의 내용이 순수하고 진실해야 하는데 그렇지 못하고 대중을 기만하기 위한 교묘한 말을 쓰는 것이 제일 문제라고 보입니다. 내용은 달라지지 않으면서 마치 크게 달라진 것처럼 끊임없이 새로운 말을 꾸며내고 그럴 듯한 좋은 말들만 찾아내어 대중을 선동하는 것이지요."

"그것이 바로 '용어혼란전술' 이라는 것 같습니다. 그것으로 상인들이나 정치인들은 소비자와 국민을 기만하고 유혹하고 선동하는 무기로 활용하지요."

"그런데 한국의 독립운동에 참여한 단체 가운데는 기독교가 제일 많다고 하는데 종교의 위력은 결코 가볍게 볼 수 없지요?"

"그렇습니다. 지금 기독교라고 하면 대개 개신교만을 지칭하는 수가 많은데 구교(천주교)도 당연히 포함되는 것이지요. 기독교 외에도 불교 천도교 대종교 유교단체 등 모든 종교단체가 직접 또는 간접적으로 독립운동에 나섰던 것이지요."

"그 밖에 공산주의자들도 독립운동에 참여한 것 아닙니까?"

"공산주의자들도 참여한 것은 사실이지요. 일제는 제국주의이고 공산주의는 서구제국주의와 일본제국주의를 비판하고 분쇄하는 가장 강력한 이론과 조직력을 가지고 있었으니까요. 공산주의 외에도 무정부주의 단체도 항일운동에 가담하였다는 거지요."

"무정부주의와 공산주의는 어떤 차이가 있나요? 공산주의도 궁극적으로는 국가의 소멸을 추구하는 것 아닌가요?"

"글쎄요. 공산주의나 무정부주의나 모두 사유재산제도를 철폐하고 계급도 없고 착취도 없는 사회를 지향하는 점에서 같지만 공산주의는 사회주의 단계를 통하여 철저한 조직과 중앙집권과 프롤레타리아 독재를 주장하는 데 반하여 무정부주의는 인간의 자유와 통치권력의 폐지를 주장하기 때문에 상당히 차이가 있는 셈이지요. 그래서 무정부주의는 공산주의를 비판하고 나아가서는 민족주의도 비판한다고 합니다. 그들 가운데는 국가간의 국경을 철폐해야 한다고 주장하는 사람들도 있답니다. 단위민족국가가 중요한 것이 아니라 개인의 자유와 자주성이 중요하다는 것이지요. 그런데 조국광복운동 시기에는 자신의 개인적인 사상보다도 우선 일제로부터의 광복이 우선하기 때문에 독립운동의 효과적인 추진을 위하여 편리한 단체에 가입하여 활동한 사람들도 있을 것입니다."

"공산주의나 사회주의나 무정부주의 같은 것은 모두 일본을 통하여 들어왔다고 볼 수 있나요?"

"대개 1880년대에 일본과 중국을 통하여 소개되고 본격적으로는

1900년대에 들어와서 수용되었다고 합니다. 모두 이상사회를 건설한다는 인간의지의 표현이겠지만 문제는 어느 나라 어느 민족이고 특수한 역사적 전통과 문화적 특성이 있고 이상사회 건설의 수단이 중요하다고 생각됩니다. 목적이 수단을 정당화하기는 어렵기 때문이지요. 수단이 목적을 파괴하는 경우가 허다하니까요. 평화라는 목적을 위하여 평화를 깨뜨리는 수단을 써서는 안 된다는 거지요. 이른바 프랑켄슈타인이라는 현상을 경계해야 하지요."

차는 목천인터체인지에서 경부고속도로를 벗어나 독립기념관으로 들어섰다. 너무나 한적하고 사람이 없어서 이상한 기분으로 안내창구에 다가가 보니 전시관은 닫혀 있었다. 월요일이기 때문이었다.

독립기념관의 바깥 풍경만 보아도 참으로 좋았다. 먼저 보이는 '겨레의 탑'이 일품이었다. 하늘 높이 웅비하는 겨레의 기상을 잘 표현하고 있었다.

'백련못'을 좌우로 끼고 들어가면 '태극기마당'이 나타나고 '겨레의 큰 마당'을 지나 '겨레의 집'이 웅장하고, 이어서 원형극장과 전시관들이 나타난다.

맨 뒤에는 '추모의 자리'다. 가장자리에는 오른쪽으로 '통일염원의 동산' '단풍나무 숲길' '솔숲 쉼터'가 있고 왼쪽으로는 '밀레니엄 숲' '조선총독부철거부재전시공원'이 어울리게 자리잡고 있다.

관람코스는 (1)태극기마당(광개토대왕릉비, 삼학사비), 겨레의 집, 전시관, 원형극장이나 (2)백련못 오솔길(서쪽), 조선총독부철거부재전시공원, 밀레니엄 숲, 단풍나무 숲길, 통일염원의 동산이나 (3)순환로, 추모의 자리, 솔숲 쉼터, 백련못 오솔길을 택할 수 있는데 순환로에는 89개의 애국시비(愛國詩碑)나 애국어록비(愛國語錄碑)가 예술적인 조각품에 새겨져서 알맞은 간격으로 서 있어서 볼 만하다.

제일 먼저 눈에 띄는 것은 이상화 시인의 '빼앗긴 들에도 봄은 오는가' 이었다.

지금은 남의 땅 — 빼앗긴 들에도 봄은 오는가
나는 온 몸에 햇살을 받고,
푸른 하늘 푸른 들이 맞붙은 곳으로,
가르마 같은 논길을 따라 꿈 속을 가듯 걸어만 간다.
....

이어서 왈우 강우규, 차이석, 신규식, 운강 양기탁, 백암 박은식, 매헌 윤봉길, 박찬익, 이상재, 이봉창, 김시민, 이덕형, 의암 유인석, 전명운, 민필호, 김마리아, 동산 유인식, 노복선, 이영희, 조완구, 홍암 나철, 김광제, 이상돈, 유장렬, 남강 이승훈, 백적, 김창숙, 지청천 등 많은 사람의 어록비가 있다.

맹교수는 모든 어록비에 매혹을 느꼈다. 그 중에서도 매헌 윤봉길 (梅軒 尹奉吉) 의사의 어록비가 더욱 인상적이었다. 길쭉한 자연석에 세로로 쓴 일곱자였다.

'장부출가생불환' (丈夫出家生不還).

대장부가 집을 나섰으니 조국을 위하여 목숨을 바칠지언정 살아서 돌아가지는 않겠다는 의지를 나타낸 것이었다.

맹교수는 여러 어록비 앞을 서성이던 끝에 '한국광복군총사령관 지청천' 의 어록비 앞에 섰다. 커다란 자연석의 모습은 웅장하였다. 국한문 혼용으로 된 어록을 읽어 내렸다.

"대전자령(大甸子嶺)의 공격은 2천만 대한인민을 위하여 원수를 갚는 것이다. 총알 한 개 한 개가 우리 조상의 수천 수만의 영혼(英魂)

이 보우하여 주는 피의 사자(使者)이니 제군은 단군의 아들로 굳세게 용감히 모든 것을 희생하고 만대자손을 위하여 최후까지 싸우라."

　1933년 중국대전자령 전투에 앞서서

청원 지용운 근서

　대한민국임시정부광복군총사령관 지청천장군(1888~1956)은 서울 삼청동에서 태어났다.

　아명은 대형(大亨)이요 본명은 석규(錫奎)이다. 1904년 한국무관학교에 입학하였으나 1907년 일제의 한국군강제해산을 당하여 신문물 습득을 결심하고 관비유학생으로 일본의 유년학교를 거쳐 일본육군사관학교를 졸업하고 임관하여 제1차세계대전 중에는 중국의 교주만(膠州灣)에 주둔하고 있는 독일군과의 청도(靑島)전투에서 실전 경험을 쌓았다.

　1919년 3.1독립운동이 일어나자 일본군을 탈출하여 독립군을 양성하는 신흥무관학교 교성대장과 교장으로 복무하면서 이청천(李靑天)으로 변성명하였다. 이청우(李靑雨) 또는 이춘천(李春天)으로도 알려져 있다.

　1920년, 상해임시정부 산하에 있는 만주서로군정서의 간부로 밀산(密山)에 이동하여 김좌진의 북로군정서와 홍범도의 대한독립군 등과 합세하여 대한독립군을 새로이 결성하여 여단장으로 활동하였다. 일본군의 격렬한 추격으로 러시아 자유시로 이동하여 고려혁명군관학교를 설치하고 교장으로 활약하였으나 소련군의 배신으로 체포되어 사형선고를 받았다가 구사일생으로 살아났다.

　1924년 정의부(正義府)가 조직되자 중앙위원과 의용군총사령관이 되어 국내진격전을 지휘하여 전과를 올렸다.

　1930년 한국독립당에 참여하여 군사위원장과 한국독립군총사령관이 되어 독립전쟁을 계속하였다.

1931년 만주사변 이후 중국군과 함께 한중연합군을 결성하여 쌍성보(雙城堡) 경박호(鏡泊湖) 대전자령 전투에서 혁혁한 전과를 올렸다. 특히 대전자령전투에서는 일본군간도파견대 이츠카(飯塚)연대를 전멸시키고 막대한 군사물자를 노획함으로써 김좌진장군의 청산리대첩과 함께 한국독립군의 대승리로 기록되었다.

지청천장군은 백범 김구선생의 주선으로 낙양군관학교 교관으로 복무하다가 임시정부의 국무위원 한국독립당집행위원 한국광복군 총사령관으로 활약하였다.

대한민국임시정부는 1920년을 '독립전쟁의 제1년' 으로 선포하고, 1921년 1월에는 대일선전을 포고한 바 있으나, 1941년(대한민국 23년) 12월 10일 대한민국임시정부가 재차 대일선전포고를 단행하였다.

지청천장군은 대일항전을 더욱 효과적으로 추진하기 위하여 심혈을 기울이다가 조국광복을 맞이하였으며, 1946년 광복 후에는 난립하였던 청년단체를 통합하여 대동청년단을 결성하였고, 대한민국정부수립 후에는 국무위원 제헌국회의원 제2대 국회의원을 역임하였다.

그의 장남 지달수(池達洙)는 중국에서 광복군지대장으로 활동하고, 차녀 지복영(池復榮)은 광복군선무공작원으로 활약하였고, 차남 지정계(池正桂)는 한국군 육군 소위로 여순반란사건 진압전투에서 전사하였다.

지청천장군의 어록에서 '단군의 아들' '2천만 인민' 이란 글귀가 눈에 생생하다.

독립군들은 군가를 불렀다. 독립군들이 불렀던 '독립군가' 는 기독교찬송가를, '봉기가' 는 일본군가를 개사한 것이다.

지청천장군이 작사한 것으로 알려진 '광야의 독립군'은 루마니아의 이바노비치가 작곡한 '도나우강의 잔 물결'의 선율을 빌린 것이고 '혁명군행진곡'은 프랑스의 '라 마르세유'에 가사를 붙인 것이다.

광복군 제3지대장 김학규장군이 가사를 붙인 '광복군아리랑'은 한국민요 '아리랑' 곡조에 가사를 붙인 것이다.

지복영은 《역사의 수레를 끌고 밀며》(문학과지성사. 1995)에서 다음과 같은 노래를 소개하였다.

〈신흥무관학교 교가〉

1. 서북으로 흑룡대원 남의 영절의 여러 만만 헌원자손 업어 기르고
   동해 섬 중 어린 것을 품에다 품어 젖먹여 기른 이 뉘뇨
   우리 우리 배달나라에 우리우리 조상들이라
   그네 가슴 끓는 피가 우리 가슴에 쫠쫠쫠 걸치며 돈다

2. 장백산 밑 비단 같은 만리 낙원은 반만년래 피로 지킨 옛집이어늘
   남의 자식 놀이터로 내어 맡기고 종설움 받는 이 뉘뇨
   우리우리 배달나라에 우리우리 자손들이라
   가슴치고 눈물뿌려 통곡하여라 지옥의 쇠문이 온다

3. 칼춤 추고 말을 달려 몸을 단련코 새로운 높은 인격 정신을 길러
   썩어지는 우리 민족 이끌어내어 새나라 세울 이 뉘뇨
   우리우리 배달나라에 우리우리 청년들이라
   두 팔 들고 고함쳐서 노래하여라 자유의 깃발이 떴다

〈광야를 달리는 독립군〉

(지청천 작사 아바노비치 작곡)

1. 광야를 헤치며 달리는 사나이
   오늘은 북간도 내일은 몽고 땅
   흐르고 또 흘러 부평초 같은 몸
   고향 땅 떠난지 그 몇 해이런가
   석양하늘 등에 지고 달려가는 독립군아
   남아일생 가는 길은 미련이 없어라

2. 백마를 타고서 달리는 사나이
   흑룡강 찬 바람 가슴에 안고서
   여기가 싸움터 웃음 띤 그 얼굴
   날리는 수염이 고드름 달렸네
   석양하늘 등에 지고 달려가는 독립군아
   남아일생 가는 길은 미련이 없어라

〈고난의 노래〉

1. 이내 몸이 압록강을 건너올 때에
   가슴에 뭉친 뜻 굳고 또 굳어
   만주 들에 북풍한설 몰아붙여도
   타오르는 분한 마음 꺼질 바 없고
   오로라의 얼음산의 등에 묻혀도
   우리 반항 우리 싸움 막지를 못하리라

2. 피에 주린 왜놈들은 뒤를 따르고
   괘씸할사 마적떼는 앞길 막누나
   황야에는 해가 지고 날이 저문데
   아픈 다리 주린 창자 쉴 곳을 찾아
   저녁이슬 흩어져 앞길 적시니
   쫓기는 우리의 신세가 처량하구나

〈용진가〉

1. 요동 만주 넓은 뜰을 쳐서 파하고
   여진국을 토멸하고 개국하옵신
   동명왕과 이지란의 용진법대로
   우리들도 그와 같이 원수 쳐보세

   (후렴) 나가세 전쟁장으로 나가세 전쟁장으로
   검수도산 무릅쓰고 나아갈 때에
   독립군아 용감력을 더욱 분발해
   삼 천 만 번 죽더라도 나아갑시다

2. 한산도의 왜적을 쳐서 파하고
   청천강수 수병 백 만 몰살하옵신
   이순신과 을지공의 용진법대로
   우리들도 그와 같이 원수 쳐보세

3. 배를 갈라 만국회에 피를 뿌리고
   육혈포로 만군 중에 원수 쏴죽인

이준공과 안중근의 용진법대로
우리들도 그와 같이 원수 쳐보세

4. 창검 빛은 번개같이 번쩍거리고
   대포 알은 우레같이 퉁탕거릴제
   우리 군대 사격 돌격 앞만 향하던
   원수머리 낙엽같이 떨어지리라

5. 횡빈 대판 무찌르고 동경 들이쳐
   동에 갔다 서에 번득 모두 한 칼로
   국권을 회복하는 우리 독립군
   승전고와 만세소리 천지 진동해

〈압록강 행진곡〉

우리는 한국 독립군 조국을 찾는 용사로다
나가 나가 압록강 건너 백두산 넘어가자
진주 우리나라 지옥이 되어 모두 도탄에서 헤매고 있다
동포는 기다린다 어서 가자 고향에 어서 가자 조국에
우리는 한국 광복군 조국을 찾는 용사로다
나가 나가 압록강 건너 백두산 넘어가자

맹교수는 11월 17일이 순국선열의 날이라는 것을 기억하였다.
1939년 11월 21일 대한민국임시정부의 임시의정원 제31회 임시총회
에서 지청천 차리석 등 6인의 공동 제안으로 의결하였다.
이 날은 1905년 을사늑약이 체결된 날이기도 하다. 순국선열의 날

은 1997년 5월 9일 '각종 기념일 등에 관한 규정' 개정으로 법정기념일이 되었다.

　1895년 명성황후가 시해 당한 을미사변으로부터 1945년 8월 14일까지 의병활동 애국계몽운동 3.1독립만세운동 독립군활동 의열투쟁 광복군활동 등을 통하여 전사(戰死) 형사(刑死) 옥사 절사(節死) 피살 옥병사(獄病死)한 분들은 공식적으로 약 9만 6천명으로 나타나고 있으나 실지로는 30여 만명이 넘는 것으로 추산된다고 한다.

〈순국선열의 노래〉
　　　　　　　구상 작사　김용진 곡

1. 온 겨레 나라 잃고 어둠 속 헤매일 때
　　자신을 불살라서 횃불마냥 밝히시며
　　국내외 광복전선서 오롯이 목숨 바친
　　님들의 그 충절이 겨레의 얼 지켰네
　　(후렴) 우리는 순국선열을 우러러 기리면서
　　그 후예다운 떳떳한 새 삶을 다짐한다

2. 님들이 목숨 걸고 외치고 바란 바는
　　오로지 일제에서 해방만이 아니었고
　　세계의 정의와 질서 밝히고 이루려는
　　드높은 평화 이상 바탕하고 있었네

　애국지사들은 목숨을 걸고 주권을 회복하는 독립운동을 전개하였다. 그리고 대한민국임시정부의 법통성을 계승한 대한민국은 지금 세계제2차대전 이후에 독립한 모든 신생독립국 가운데서 유일하게 성공한 국가가 되어 국민들은 언론 집회 결사 거주 이전의 자유를 누리며 행복을 추구하고 복지국가건설을 위하여 매진하고 북한동포를 돕고 있다.

맹교수 일행은 천안시 병천면 탑원리 252번지에 있는 '유관순열사사적지'로 갔다.

'유관순열사사적지'는 "조국의 자주독립을 위하여 일제의 침략에 항거하다가 순국하신 유관순열사를 비롯한 많은 애국지사들을 기리는 역사의 교육장"이라고 소개되어 있으며, '유관순열사기념관' '생가' '봉화대' '추모각' '초혼묘' '기념공원' '역사의 거리' 등이 조성되어 있다.

유관순열사기념관은 2002년에 착공하여 2003년 4월 1일 개관하였다. 열사의 수형자기록표 호적등본 재판기록문 등이 전시되어 있고 아우내독립만세운동을 재현한 디오라마, 재판과정 매직비전, 서대문형무소 벽관 등을 포함하는 시설물이 있다.

맹교수는 추모각에서 일행과 함께 두 번 절하고 향료를 바치고 기념품매장에서는 판매원이 추천하는 대로 녹색 옥으로 된 목걸이를 사서 목에 걸었다. 기념관을 잊지 않기 위해서였다. 녹색은 사람의 눈이 가장 민감하게 반응하는 색깔이며 추운 겨울에도 시들지 않는 송백의 빛깔이다.

유관순열사(1902~1920)는 선교사의 도움으로 이화학당에서 공부하면서 정동교회에 다녔다.

1919년 3.1운동이 일어나자 학생시위와 병천시장 시위에 참가하여 '대한독립만세'를 부르고 공주지방법원에서 5년형을, 경성복심법원에서 3년형을 받았으나 항소를 포기하고 1920년 옥중에서 '독립만세'를 부르다가 모진 고문으로 순국하였다.

1919년 4월 1일 아우내장터에서 일어난 독립만세운동은 3,000여명이 참가한 호서지방 최대의 독립만세운동이었으며, 일본인에 대한 살인이나 방화가 없고 비폭력 평화주의 운동이었음에도 불구하고 유관순열사의 부모를 비롯하여 19명이 현장에서 순국하고 30여 명이 중상을 입은 처참한 사건이었다.

대법원이 공개한 일제시대 '조선고등법원판결록' 한글번역본을 보면 만세운동에 가담하였던 애국동포들의 논리를 엿볼 수 있다.

"작은 물건을 잃어버린 후라고 해도 이를 찾으려고 하는 것이 인지상정이다. 4,000여 년 역사를 갖는 천하무쌍의 조국을 잃고 평화로운 안색을 가진 자는 누구인가. 모두 독립만세를 부를 때 어떻게 혼자 묵과할 수 있는가."

"조선민족으로서 인류 정의에 기한 의사발동이라 범죄가 안 된다."

"3월 1일 조선민족대표 33인의 독립선언을 듣고 이미 독립이 확정된 이상 조선민족의 의무로서 축하의 뜻으로 만세를 불렀다."

"조선인이 조선을 위해 노력하는 것을 유죄라고 한다면 이 세상에 사는 그 누가 무죄가 될 것인가."

"부친이 만세를 부르다 총상을 입었다는 소식을 듣고 현장에 갔다가 경계중인 군인이 내 허리를 칼로 찔러 병원으로 이송됐다. 그런데 헌병대와 법원에서는 부자가 만세를 불렀음을 공모한 것으로 인정해 유죄로 판정했다."

"아무런 죄가 없음에도 경찰서에서 강제로 신문을 하고 유죄선고를 내린 것은 억울하기 짝이 없다."

맹교수는 이러한 기록들을 보면서 '조선인이 잃어버린 나라를 찾

으려는 것은 당연한 일' 이라는 것과 모두 나서야 한다는 것을 부르짖
은 사실, 부친을 구하러 나갔던 아들을 일본 헌병이 상해한 사실, 무
고한 인민이 투옥된 사실 등을 재확인할 수 있었다.

그리고 우리의 선열들이 목숨바쳐 되찾은 조국을 위하여 목숨을
바치기는커녕 오히려 나라를 해치는 인간들이 허다한 것이 서글펐
다. 나라를 해치는 행위는 부정 부패 부조리 탈세 불법 나태 해외도피
낭비 이기주의 불법시위 반기업정서와 부정적 국가관들이라고 생각
하였다.

유관순열사사적지 주변에는 이동녕선생 생가와 조병옥선생 생가
등이 있으며, 아우내 장터에는 병천순대국집들이 유명하다. 맹교수
일행은 순대국을 앞에 놓고 일본의 비인도적 만행을 성토하기에 열
을 올렸다.

그리고 황선생 입에서 안중근의사의 '동양평화론' 에 관하여 질문
이 나왔다.

"그런데 안중근의사의 '동양평화론' 이란 것은 대개 어떤 내용인가
요?"

"글쎄요. 맹교수가 얘기 좀 하시지요?"

"글쎄요. 나도 잘 모릅니다. 공선생이 잘 아실 것 같은데요."

"그런데 안의사는 '동양평화론' 을 쓰려고 마음먹었지만 일본놈들
이 시간을 주지 않아서 쓰질 못했다는 것 아닙니까?"

"안의사가 쓰겠다고 하니까 얼마든지 시간을 줄 테니 쓰라고 해 놓
고 실지로는 예정대로 사형을 집행하였기 때문에 쓸 수가 없었다는
말이 있어요. 안의사는 일본 놈의 말을 믿고 항고도 포기한 채 '동양
평화론' 을 쓰려고 하다가 뜻을 이루지 못한 거지요."

"당시 한말계몽주의 지식층에서는 한국 중국 일본 등이 제휴하여
서구열강의 침략에 대항해야 한다는 '삼국제휴론' 이 일어나고, 김옥

균 같은 사람에 의하여 '삼화주의'(三和主義)가 제창되기도 하였지만 일본에게 이용만 당하였다고 합니다. 만일 안의사가 '동양평화론'을 완성할 수 있었다면 가장 논리적이고 현실성이 있었을지도 모르는데 일본 고등법원장에게 속고 말았다는 것입니다."

"그런데 우리나라에는 정치인들에 대한 전기(傳記)가 아주 드물답니다. 정치학자들이 나서서 정치인들을 평가하는 평전을 많이 써 놓으면 좋을 텐데 말이지요. 선진국에서는 각계 각층의 인물에 대하여 쓴 책들이 많다는데 우리는 그런 면에서도 역시 아직 멀었다는 생각이 들어요. 그래서 도무지 어떤 인물이 어떤 사상을 가지고 정치활동을 했는지 잘 알 수가 없단 말이요."

"도대체 일본이란 나라는 우리의 우방입니까 적국입니까?"

"과거로 보면 적국이고 현재는 우방이라고 할 수 있겠지요. 현재는 자유민주주의를 이념으로 하는 이웃나라이고, 집단적 안보체제가 중요하니까 일본과 적대관계를 조성할 수는 없는 형편이지요. 종군위안부에 대한 태도나 독도영유권에 대한 태도를 보면 일본은 정말로 믿을 수 없는 이웃일 수밖에 없지요."

"……."

선구자

윤해영 작사　조두남 작곡

1. 일송정 푸른 솔은 늙어 늙어 갔어도
   한 줄기 해란강은 천년 두고 흐른다
   지난 날 강가에서 말 달리던 선구자
   지금은 어느 곳에 거친 꿈이 깊었나

2. 용두레 우물 가에 밤새 소리 들릴 때
   뜻 깊은 용문교에 달빛 고이 비친다
   이역하늘 바라보며 활을 쏘던 선구자
   지금은 어느 곳에 거친 꿈이 깊었나

3. 용주사 저녁 종이 비암산에 울릴 때
   사나이 굳은 마음 길이 새겨 두었네
   조국을 찾겠노라 맹세하던 선구자
   지금은 어느 곳에 거친 꿈이 깊었나

맹교수는 중국 지린성 옌볜조선족자치주 용정시 일대를 회상하였다. 해란강에 놓인 용문교, 비암산의 일송정, 1924년에 설립되고 윤동주시인이 공부하던 대성중학교(지금은 용정중학교)……. 민족혼이 살아 숨쉬는 곳이다. 그러나 지금은 민족혼을 망각한 철없는 사람들이 많아서 가슴이 아팠다.

맹교수는 광개토대왕비가 서 있는 곳으로 달려가서 바로 옆에 있는 「삼학사비」를 찾아내었다. 비신의 맨 꼭대기에는 '삼한산두'(三韓山斗)라는 네 글자가 써 있고 그 밑으로는 '중수삼학사비기'(重修三學士碑記)라는 제목으로 비문이 나열되고 끝에는 '인조병자삼백년지을해춘삼월 황윤덕근기'(仁祖丙子三百年之乙亥春三月 黃潤德謹記)라고 써 있었다. '삼한산두'라는 말은 삼학사가 조선(삼한)의 태산과 북두성과 같은 존재라는 것이었다.

본디 삼학사비는 홍익한(洪翼漢) 윤집(尹集) 오달제(吳達濟) 등 삼학사의 충절을 기리고 그 영혼을 위로하기 위해 청태종(淸太宗)이 제단을 모으고 세운 비였는데 오랜 세월이 흘러 파괴되고 민멸하였기 때문에 '삼한북두'라는 네 글자만 있는 비액(碑額)을 가지고 1935(丙

子)년 3월에 요녕성 심양에 거주하는 한국동포들이 '삼학사유적보존회'를 결성하여 성금을 모아 비신(碑身)과 귀부(龜趺)를 갖추어 심양에 다시 세운 것이었다.

그 후 중국의 문화혁명기(1966~1976)에 파손되었다가 훈허(渾河)에서 어느 농부가 비신만을 보관하고 있는 것을 천문갑(千文甲)교수가 요녕대학에 임시보관하다가 발해대학으로 옮겨 보관하고 있는 터에 한국 성남시의 지원을 받아 허창무교수(발해대학후원회장) 전보삼교수 고재혁씨 김성태씨 신청씨 서학선씨 등이 협력하고, 2005년 계룡건설(계룡장학재단) 이인구(李麟求) 명예회장의 막대한 경제적 지원을 받아 원형대로 2기를 모조하여 하나는 발해대학 구내에 세우고 하나는 독립기념관 부지에 세운 것이었다. 따라서 이 비들은 재중수비(再重修碑)에 속하는 셈이다.

이인구회장은 2006년 발해대학 구내에 학사정(學士亭)을 준공하고 학생들에게 장학금을 주었으며, 현재 독립기념관 삼학사비 옆에 웅장한 모습으로 서 있는 광개토대왕비도 2004년에 그가 세워 놓은 것으로 전한다.

이인구회장은 진정한 기업인이며 교육사업가이며 뜨거운 애국심과 역사의식을 지닌 지성인으로 존경을 받는 인물이다.

11
폐암

"대용선생님, 안녕하세요?"

"문선생님, 안녕하세요?"

"지금 좀 뵈었으면 하는데요. 의논할 일이 있어서요. 잠깐 내려오실 수 있는지 해서요."

"그래요. 내려갈게요."

시계를 보니 일곱 시가 조금 지난 새벽이다. 평소 같으면 아직 일어날 꿈도 꾸지 않을 시각이다.

맹교수는 억지로 정신을 가다듬고 세수를 하는 둥 마는 둥 하고 밖으로 나갔다.

문선생은 벌써 1층 경비실 앞에 와 있었다. 언제나 그런 것처럼 그의 손에는 책이 한 권 들려 있었다.

"실은 어제 오후에 C병원에서 심각한 진단을 받았어요."

"무슨 진단인데……."

"모처럼 CT촬영을 하였는데 '폐암'이라고 하며 급하다고 당장 입원을 하래요. 그래서 더 큰 병원으로 가겠다고 하였더니 모든 자료를 구비하여 하루 속히 입원하여 진료를 받으라고 해요. 그래서 선생님께 의논을 드리고 입원하려고 이렇게 새벽에 왔어요. 어제 저녁에는 불안하여 5분도 잠을 못 잤어요.”

“그래, CD를 직접 확인하였나요?”

“그래요. 내가 보아도 분명해요. 폐의 말단부에 작은 것이 있고 상단부에는 좀 큰 것이 두 개나 뚜렷하게 있어요. 틀림없는 것 같아요.”

“무슨 자각증세가 있었나요?”

“있었지요. 목에 무엇인지 걸려 있는 것 같고 불편한 기분이 들어서 병원에 갔는데 엑스레이로는 아무 이상이 발견되지 않아서 CT촬영을 하였더니 발견되었어요.”

“의사의 전공이 무엇이던가요?”

“호흡기내과지요. 그래서 큰 종합병원 세 군데 중에서 의사가 추천하는 곳으로 가기로 했어요. 교통은 S병원이 제일 좋아서 그리 가고싶은데 의사는 어딜 추천해 줄런지 모르겠네요. 선생님은 S병원에서 진료 받으셨잖아요?”

문선생은 연구원에 근무하는 강박사에게 전화를 걸고 의논하였다. 강박사는 우선 몇 군데 알아보고 나서 강남의 K의사에게 비공식으로 자료를 보이고 나서 그 분이 추천하는 곳으로 가자고 하였다.

맹교수는 우선 문선생을 안심시키고 빠르면 1주일, 늦으면 몇 주일 동안 병원에서 편히 쉬다가 나오면 된다고 말하였지만 은근히 걱정이 되었다.

폐의 말단부에 있는 병소는 대단치 않지만 상단부에 있는 것은 심상치 않게 보였기 때문이다. 폐는 대개 좌우로 하나씩 있는 것으로 알지만 좌측엔 상엽과 하엽으로, 우측엔 상엽 중엽 하엽으로 분리되어 있고, 경우에 따라서는 두 개나 세 개를 제거하기도 하고 심한 경우에는 하나만 남기고 모두 제거하는 수도 있으니 하나만 남길 경우에는 수술 과정에서도 순조롭지 못할 경우가 있고, 회복할 때도 매우 힘이 들 수 있기 때문이다.

맹교수는 흉막유착시술과 수술 후 흉강에 물이 차서 고생한 경험이 생생하게 떠올랐다.

마침 일요일이라 당장 연락도 안 되고 진료를 받을 수도 없어서 월요일까지는 기다릴 수밖에 없었다.

맹교수는 문선생과 함께 S병원과 A병원에 들러 이용안내 책자를 구하고 몇 가지 필요사항을 확인하였다. 정상적으로는 예약을 하고도 몇 주일씩 기다려야 하기 때문에 문선생의 경우는 그렇게 기다릴 수는 없는 형편이었다.

문선생의 연락을 받은 강박사는 월요일이 되어 직장에 출근하자마자 서둘러 일을 처리하고 승용차를 몰고 달려 왔다.

서둘러 강남에 있는 시립병원 K의사를 찾아가 S병원 S박사에게 진료 받기로 결정하고 병원으로 달려가 진료를 접수하고 채혈채뇨실, 심장검사실, 폐기능검사실 등을 거쳐 집으로 돌아왔다.

다음날은 다시 누락된 검사를 실시하고 사흘 후에는 담당의사에게 진료를 받았으나 조직검사를 거쳐야 하고 입원실도 준비하기 위하여 대기하게 되었다.

문선생은 맹교수에게 전화를 걸었다.

"대용선생님, 지금 나의 증세가 매우 심각한 것 아닙니까?"

"별로 심각한 것 같진 않은데요. 왜 그러세요?"

"나만 잘 모르고 있는 것 같아서요. 어제 밤에도 통 잠을 못 잤어요. 어떤 사람이 병원에서 치료하지 말고 공기 좋은 시골에 가서 치료하는 것이 좋다고 해요. 병원치료는 불가능할 정도로 심각한 상태라는 말인 것 같아서요."

"그 사람은 문선생에 대한 정보를 잘 모르고, 또 신앙심이 강한 사람들은 그런 방법을 택하는 경우가 흔히 있기 때문에 그저 한 마디 해본 것이지요. 아직 검사도 다 끝나지 않았고, 검사는 될 수 있는 대로 많이 하여 확인하는 것이니까 바람직한 일이지요. 최고의 병원에서 최고의 의료진에게 진료를 받게 되었으니 얼마나 다행한지 모르지요. 침착하게 순서에 따라 의사가 하라는 대로 해나가면 순조롭게 진료가 될 테니까 너무 걱정할 필요는 없어요."

맹교수는 문선생과 탄천을 거닐며 잡담 삼아 병원생활을 이야기하였다.

힘은 들었지만 자기보다 더 위중한 환자들이 많았다는 것, 30개월이나 음식을 먹지 못한 사람이 있어서 혼자 먹기가 죄송하더라는 것, 산소호흡기로 겨우 견디는 환자도 있다는 것, 문학을 좋아하는 사람을 만나서 이야기하는 것이 즐거웠다는 것, 질병이란 무엇이며, 인생이란 무엇이며, 철학이란 무엇이며, 깨달음과 초월이란 무엇인지 여러 가지로 생각할 기회가 생기더라는 것을 이야기하였다.

그리고 될 수 있는 대로 빨리 퇴원하지 말고 병원에서 충분히 회복한 후에 퇴원하는 것이 바람직하다고 하였다.

맹교수가 휴대전화를 열어보니 문선생의 문자메시지가 와 있다.

'13일 16시 입원. 14일 오후 조직검사 예정. 암센터 9층 904호 문혁합장.'

맹교수는 답장을 보냈다.

'안심하고 침착하게 검사 잘 받으세요. 맹대용.'

맹교수는 문선생의 종교가 무엇인지 궁금하였다. 교회를 다닌다거나 사찰엘 다닌다는 이야기를 들어본 것 같지 않기 때문이다. 그러나 그는 학창시절에 기독교인 가정에서 오랫동안 생활하였고 주변에는 기독교인들이 많은 것으로 알고 있다.

그런데 그의 메시지 끝에 '합장' 이라는 두 글자가 있는 것은 무엇을 뜻하는지 모르겠다.

그저 공손한 마음을 나타내는 것인지, 아니면 불교를 나타내는 것인지, 한국의 전통신앙과 관련되는 것인지, 기독교에서도 합장기도 하는 모습을 볼 수 있으니 기독교를 뜻하는 것인지 모르겠다.

사람이 고통이나 어려움이나 외로움을 느끼고, 능력의 한계를 느끼면 절대자에게 의탁하는 경향이 있으니 문선생도 그런 경우일까 상상하였다.

맹교수는 투약처방을 받기 위하여 병원에 들렀다가 문선생의 경우를 의사에게 상담하고 '안심시켜 주라' 는 조언을 받았다. 의사는 '생사의 기로에 있으니 불안할 수밖에 없지 않으냐' 고 하였다.

맹교수는 '말하자면 그렇지요' 라고 응답하였더니 '말하자면 그런 게 아니라 분명히 생사의 기로에 있다' 고 강조하였다.

문선생의 질병과 치료가 결코 간단한 것이 아니라는 것을 말하는 것 같았다.

질병이란 도대체 무엇인가? 질병이란 심신의 전체 또는 일부가 장애를 일으켜서 정상적인 기능을 할 수 없는 상태이며, 감염성 질병은 바이러스 세균 곰팡이 기생충과 같은 질병을 일으키는 병원체가 동물이나 인간에게 전파하고 침입하여 일으킨다.

그러나 병원체에 대한 인체의 저항력이 얼마나 강하냐 약하냐에 따라 질병에 걸리기도 하고 안 걸리기도 한다. 세균으로 인한 질병은 항생제가 잘 개발되어 치료가 용이하지만 바이러스로 인한 질병은 항바이러스제가 충분히 개발되지 못한 형편이란다.

비감염성질환은 고혈압이나 당뇨와 같이 병원체가 없이 일어나는 것인데 이러한 질병의 원인은 명확히 밝혀지지 않은 경우가 많으며 여러 가지 위험인자가 복합적으로 질병을 일으키는 데 관계된다고 한다.

그러나 대체로 폐암은 흡연과 관련이 깊고 고혈압은 짜게 먹는 음식과 관계가 많다고 한다. 여기서 중요한 것은 질병이 발생한 후에 치료하는 것이 아니라 발생하기 전에 생활환경을 개선하고 운동으로 육체의 저항력을 길러야 한다는 것이다.

문선생은 약간의 고혈압으로 수년 전부터 약물을 복용하고 있으며 담배를 오래 전부터 피우고 있는 형편이니 담배를 일찍 끊지 못한 것이 발병의 주요 원인이라고 볼 수밖에 없었다.

도대체 질병의 원인이 된다는 담배를 끊지 않고 피우는 이유는 무엇일까. 습관성이나 중독성이라고 말할 수 있겠지만 역시 의지가 없거나 박약하다고 말할 수 있다.

그리고 의지박약이란 그만큼 담배와 폐암의 관계가 긴밀하다는 것을 인식하지 못한 탓일 것이다. 많은 흡연자들은 담배의 해독을 충분히 인식하지 못하고 있는 것 같다.

"그 담배 왜 피워요?"

"피우고 싶어서 피우지요."

"몸에 해롭다는데도 피우고 싶어요?"

"피우나 안 피우나 병에 걸리기는 마찬가지요."

"무어가 마찬가지요? 안 피우는 것보다는 병에 걸리기가 쉽지."

"우리 아버지는 골초라도 90이 넘게 사셨어요."

"물론 예외도 있지요. 왜 하필이면 예외의 사례를 기준으로 하지요?"

"사람의 수명은 인력으로 좌우하는 것이 아니니까요."

"그럼 사람의 수명이라는 것이 순전히 운수나 팔자 소관이란 말이오?"

"그렇지요. 담배로 죽을 사람은 담배 안 피워도 죽어요."

"도무지 무슨 말인지 알 수가 없네요."

"명이 짧으면 도리가 없다는 거지요. 명이 긴 놈은 아무리 죽을 지경에 빠져도 살아난다는 것이고요."

"……."

장관에, 대한체육회장에, 대한약사회장을 역임한 민관식선생은 철저한 금연운동가였다. 그는 흡연자를 발견하기만 하면 가만히 있지 않았다.

"나좀 봐요. 나 담배 한 가치만 줘요."

"예, 여기 있습니다."

그는 상대방이 내미는 담배 갑을 송두리째 빼앗으며 말한다.

"이 담배는 내가 압수할래요. 몸에 해롭다는 담배를 왜 피우는 거요? 병에 걸리고 나서 후회하려고 그래요? 그땐 후회해도 소용 없어요. 알겠어요?"

"예, 알았습니다. 죄송합니다."

담배를 빼앗긴 사람이 진정으로 죄송하게 생각하고 흡연을 잘못이라고 생각하는지는 알 수 없지만 일단 승복하는 모습을 보인다.

민선생님은 남이 잘못 되어가는 것을 가엽게 여기는 것이었다. 연민의 정이다.

맹교수는 민선생님이 젊은이의 담배를 빼앗는 광경을 목격하고 진정으로 젊은이들을 사랑한다는 것을 알았다.

그런데 왜 맹교수는 문선생이 피우는 담배를 빼앗지 않고 보기만 하였을까.

연민의 정이 없어서? 사랑이 없어서? 남이야 어떻게 되거나 말거나 상관이 없어서? 담배가 반드시 질병을 일으킨다는 증거가 희박해서? 이유야 어떠하든 문선생의 흡연을 방관한 것은 잘못이라고 생각되었다.

문선생은 월요일 오후에 입원하고 화요일에는 맹교수에게 문자메시지를 보내왔다. 그리고는 전화로 맹교수가 수요일엔 고전강독교실에 나가니까 보고 싶어도 목요일까지 참을 수밖에 없다는 것이었다. 다시 맹교수가 전화를 걸었더니 조직검사를 하고 막 병실로 돌아왔다고 한다.

목소리는 작고 힘이 없는 것 같았다.

맹교수는 서둘러 전화를 끊고 문선생의 자제, 문계장에게 전화를 걸었다. 여러 가지 검사를 한다는 것이었다.

수요일 오후 네시 반쯤, 고전강독이 끝나고 맹교수가 지하철 역으로 가는데 문선생의 전화가 왔다. 갑상선 검사를 받았다는 것이었다. 의사는 암세포가 혹시 갑상선으로 전이하였는지 확인할 필요가 있었던 모양이다.

맹교수는 일행과 함께 반계탕집으로 가서 저녁을 먹게 되었다. 점심에 찰밥을 먹고 소주를 몇 잔이나 곁들인 것이 부담스럽게 식욕을 짓눌러 오지만, 더구나 문선생이 병원에서 자기를 기다리는 것을 짐작하면서도 병원으로 달려가지 않고, 또 주당(酒黨)의 일원이 되어 술을 마시는 것이 편칠 못하였다.

커다란 고기 덩어리를 남에게 건져 주고 닭다리 한 개와 국물을 가지고 소주를 몇 잔 마셨다.

내일은 일단 퇴원하게 될 것 같다는 문선생의 전화가 다시 왔다.

밤에는 잠이 오지 않아 PC를 만지다 보니 아침 다섯 시가 되었다. 신문을 집어다가 대강 훑어보고 잠자리에 들었다. 피로한 탓인지 쉽사리 잠이 들었다.

맹교수는 아침에 일어나 겨우 외출준비를 하고 매송중학교 앞에서 9704번 좌석버스를 기다렸다.

어느 노인이 지팡이에 의지하여 서서히 차도를 건너오더니 가로수 뒤에 우거진 나무쪽으로 다가가서 방뇨를 하였다. 바지가 젖는 것 같았다. 노인은 전혀 신경을 쓰지 않고 태평하게 바지를 수습하고 버스를 기다렸다. 행색은 초라하고 구두는 먼지 투성이다.

버스에 오르니 문선생 부인이 보였다. 문선생은 지난 밤에 병실에서 혼자 지낸 모양이다.

2인실이라 사람이 아주 없는 것은 아니지만 보호자가 없는 병실에서 그는 무슨 생각에 잠겼을까. 생로병사에 관하여 아무런 해답도 없는 질문과 응답을 늘어 놓았을까. 생명의 위기란 그렇게 도둑처럼 오는 것이라고 생각하였을까. 인생이란 무엇인가 묻고 또 물었을까. 병실에 들어가면 누구나 조금은 철이 들 것 같기도 하다.

맹교수는 버스가 복잡하고 자리가 없어서 뒷문쪽으로 가서 철봉하듯이 천장에 매어달린 손잡이를 움켜 잡았다.

병원 후문 정류장에서 내려 암센터로 갔다. 904호실로 가니 문선생이 반갑게 맞이해 주었다. 마침 유리창 쪽을 차지하여 분위기는 좋았다. 조직검사 결과를 확인해야 퇴원한다는 것이다.

간호사들이 근무하는 한 쪽에서 주치의로 보이는 여의사가 환자와 그 가족들을 향하여 브리핑을 하고 있다.

맹교수는 슬그머니 다가가서 기웃거렸다. 환자복을 입은 노인이 신경이 쓰인다고 한다. 수술을 앞둔 환자의 심정을 짐작할 수 있었다.

맹교수는 실례한 것을 깨닫고 사과하면서 물러났다. 작년 1월에 환자복을 입고 들었던 설명과 대동소이하게 들렸다.

오정이 가까워서 맹교수는 문선생을 작별하고 병원을 떠났다.

금요일 11시. 맹교수는 문선생에게 전화하여 잠은 잘 잤는지 물었다. 그리고 분당구청 회의실에서 문화원 주최 학술회의가 있으니 함께 가자고 권유하였다.

문선생은 쾌히 응락하였다. 공선생에게 연락하여 세 사람이 탄천을 걸어서 목적지에 도착하였다. 문선생과 함께 나란히 앉아서 주제 발표를 들었다.

문선생의 기침소리는 가볍질 못하였다. 폐암 2기란다.

그렇다고 맹교수의 기침소리가 더 나은 것도 아니었다. 남보다 기침을 많이 하는 것이나 특히 가래침을 많이 뱉는 맹교수는 틀림없는 환자의 모습으로 보일 것 같았다.

그래서 어제도 맹교수에게 돌아오는 술잔을 사양하는 것을 보고 기침을 자주 한다고 지적하는 사람이 있었다.

맹교수는 고등학교 시절부터 유난히 가래침을 많이 뱉았다. 6.25 이후, 초저녁에 전기가 나가는 수가 많아서 밤이 깊도록 석유등잔을 이용하다 보니 끄름이 가래침을 새까맣게 만들었다.

10여 년 전에는 목에 무엇이 있는 것처럼 불쾌감을 느껴서 종합병원으로 돌아다녔다. 아마도 저녁 늦게 음식을 먹는 습관이 있어서 소화액이 역류하는 것으로 추측되었다. 가래침을 많이 뱉고 기침을 자주 하고 가슴이 답답하고 불쾌한 것이 좋지 않은 징조로 생각되었다. 요즘도 전과 같은 불쾌한 증세가 이어지고 있다.

세미나 도중에 문선생은 강박사를 만나기 위하여 나간다고 자리를 떴다.

맹교수는 문선생을 보내고 나서 계속하여 토론에 참여하고 뒤풀이에 가서 설렁탕에 소주를 마시고 다시 '성남뉴스넷'으로 향하였다. 최박사의 승용차에 편승하였다.

토요일 오후 3시부터는 성남아트센터 컨퍼런스 홀에서 전직 장관 초청 토론회가 열렸다. 주제는 '한반도주변정세의 변화와 바람직한 외교전략'이었다.

주제는 (1)국제정세와 한국인의 자세 : 냉철한 판단과 주인의식 (2)

변화하는 국제정세 : 미국 패권의 쇠퇴 (3)한반도평화구축을 위한 외교전략으로 구성되어 있었다.

맹교수는 문선생에게 전화를 걸어 함께 가기로 합의하였다. 문선생은 비교적 시국관이 뚜렷한 편이고 박식한 편이다. 방청자의 질문을 보면 토론회에 모인 사람들은 최근 10년의 외교에 대한 분석과 한국외교의 이해득실을 구체적으로 듣고 싶었을 것이다.

그러나 발표자는 구체적인 언급을 회피하는 것으로 보였다. 참여정부에 참여하여 외교의 총수를 담당하였던 학자로서 어쩌면 기탄없는 반성적 토론을 전개하기는 어려웠을지 모르나 청중은 솔직한 이야기를 듣고 싶었을 것이었다.

문선생은 토론회가 교과서적인 원론에 그친 인상을 주었다고 평가하였다. 그는 병원을 다녀온 후로 설사가 잦다고 하여 회식자리를 사양하였다. 이어서 방아교 밑에서 열리는 '색소폰소야곡' 연주회에도 나오지 않았다.

수술 날짜는 하루 하루 다가오고 있는 것이다.

문선생은 본디 잠자리에 들기만 하면 밤중에 한 번도 깨지 않고 자던 잠이었지만 폐암진단을 받은 후로는 몇 번씩이나 깨고 잠을 설치게 된다고 한다.

맹교수는 문선생에게 전화를 걸어 탄천을 거쳐 아트센터로 가서 제36회 한국수채화협회전을 둘러보았다.

문선생은 많은 풍경화 가운데서 하나를 가리키며 어릴 적 고향풍경과 매우 흡사하여 정감이 간다고 하였다. 화폭에는 산과 들에 눈이 쌓여 있고 집 한 채가 외롭게 서 있었다.

눈에 덮인 대지. 외로운 집 한 채.

무더운 한 여름에도 사람은 뼈속 깊이 추위와 고독을 느끼곤 한다. 때로는 북풍한설에도 따뜻함을 느끼곤 한다. 사람의 감정은 계절을 초월하는 수가 많다.

야외전시장으로 활용하는 '춤의 광장'과 '분수대광장'에는 제9회 전국대학대학원조각대전이 열리고 있었다.

이주영의 'DEPRESSION' 앞에 섰다. 벌거벗은 사나이가 비스듬히 엎드려서 팔뚝 위에 턱을 얹고 눈을 감고 있다.

도록을 보니 다음과 같은 글이 적혀 있었다.

'불현듯이 찾아오는 외로움, ……불안감 속에서 살아가는 존재'

며칠 뒤.

노인회에서 단체로 멀리 소풍을 나왔기 때문에 문선생과 직접 연락하기가 곤란하게 되었다.

맹교수는 사회복지계장으로 근무하는 문선생의 자제, 문계장의 휴대전화번호로 문자메시지를 띄웠다. 궁금하니 자주 소식 전해 달라고. 문계장은 곧 메시지를 보내왔다. 아침 7시 10분에 수술실로 들어갔다고 한다. 그리고 꽃지해수욕장에 들렀을 때는 벨이 울렸다. 12시 30분 경에 회복실로 나와서 중환자실에 머물고 있으며 수술은 순조롭게 끝났단다.

이튿날 아침, 맹교수는 문계장에게 전화하였다. 문계장은 작은 소리로 중환자실에 있다는 것과 다시 전화하겠다는 뜻을 전하고 전화를 끊었다.

"중환자실이라니? 혹시나?"

맹교수는 은근히 걱정이 되었다. 휴대전화를 들고 화장실로 향하였다.

다시 전화가 울었다. 중환자실에서는 통화를 할 수 없었다고 한다.

"그래, 문선생님은 말도 잘 하시고 식사도 잘 하시나요?"

"예, 잘 하십니다. 지금은 가족밖에 면회가 안 됩니다. 내일쯤 일반 병실로 옮길 것 같습니다. 다행히도 임파선에는 문제가 없어서 한 쪽 폐만 3분의 2를 제거하였다고 합니다."

"문선생님과 전화 통화할 수 있나요?"

"중환자실이라 전화는 안 됩니다."

"그러면 내일 일반 병실로 옮긴 다음에 갈게요. 문계장이 고생 많이 하네요."

상엽, 중엽, 하엽으로 분리되어 있는 우측에서 두 개를 제거한 것으로 추측되었다. 제거된 공간이 차츰차츰 메꾸어지므로 시간이 걸리게 되고 적어도 몇 개월간은 불편이 따를 것이다.

문선생은 수술 받은 날부터 따져서 5일째 중환자실에 머물러 있었다. 중환자실에 여러 날 있으면 그만큼 상태가 좋지 않은 것으로 여겨진다. 그리고 문선생은 산소호흡기에 의지하는 것처럼 들렸다.

맹교수는 문선생 가족들과 계속하여 연락을 취하였지만 궁금하였다. 아침 7:30과 저녁 7:30부터 각각 30분씩 가족 2인에 한하여 면회가 가능하단다.

맹교수는 오후에야 비로소 민선생과 함께 문병을 떠났다.

암센터 3층. 수술환자가족대기실에는 거의 자리가 차 있고 가족들은 수시로 전해 주는 전광안내판을 응시하고 있었다.

이름 가운데는 맹교수가 잘 아는 여류수필가와 똑 같은 이름이 있었다.

'혹시 그 수필가인가? 우연의 일치겠지.'

맹교수는 동명이인이라고 단정하고 문선생에게만 관심을 기울였다. 그리고 혹시나 안면이 있는 의료진을 만날 수 없을까 하여 주의를 기울였다. 흉곽외과 중환자실은 외과 중환자실 옆에 있었다.

30분 전에 미리 신청한 대로 호명을 받고 중환자실로 들어갔다. 병실도 최신식이고 병상도 최첨단으로 보였다. 넓은 병실에서 문선생을 찾기는 어렵지 않았다.

맹교수는 얼른 손을 소독하고 문선생의 손을 잡았다. 얼굴이 조금도 변한 것 같지 않고 산소호흡기는 사용하지 않았다.

"그 동안 고생하셨지요? 이제 조금만 더 고생하면 돼요."

"다행히 임파선이 괜찮대요. 그리고 한쪽 폐는 모두 제거할지도 모른다고 했었는데 다행히 하엽과 중엽만 제거했답니다."

"그 정도면 별로 지장이 없어요. 안심하고 치료나 잘 받으세요. 호흡운동하라는 대로 잘 하는 거지요?"

"예. 잘 하고 있어요."

"이처럼 국내에서 정상급이고 세계적 수준의 고급병원에서 최고급 의료진에게 치료를 받는 것이 얼마나 다행인지 알아야 돼요. 문선생보다 훨씬 힘드는 환자가 많다는 것을 생각하고요."

"그래요. 알겠습니다."

"식사는 잘 하지요?"

"입맛이 없어요."

"그래도……."

문선생은 맹교수의 말에 고개를 끄덕였다. 이야기하고 있는데 간호사가 오더니 다른 면회자가 왔다고 교대하란다.

대기하던 사람들은 김교수와 유교수였다. 그들이 면회를 마치고 나오자 1층으로 내려가 잠시 이야기를 나누었다. 수년 전에 사망한 유국장도 같은 병원에서 수술을 받았다고 한다.

맹교수는 문선생의 상태에 대하여 낙관적으로 설명하고 곧 일어서서 버스 정류장으로 향하였다.

맹교수가 15년 간 근무하던 연구원에서 폐암으로 사망한 사람들이 여럿이었다. 김인호교수 장명우교수 박대원교수 이중섭교수 홍국장

등. 둘은 분명히 외과수술을 받았지만 하나는 전혀 병원치료를 받지 않고 요양원에서 종교에 의존하였고 셋은 방사선치료와 약물치료를 받았다.

폐암사망자의 상당수는 방사선과 약물의 부작용을 이기지 못한 사람들이라고 한다.

다음날 문선생 부인에게 전화를 걸었다.

"문선생님 좀 어떠세요? 중환자실에서 나오셨지요?"

"예, 나오셨는데 무슨 주사를 네 대나 맞고 지금 숨쉬기도 어렵대요."

"무슨 주사인지 알 수 없나요?"

"흉막유착치료하는 주사랍니다."

"아, 나도 그런 치료했는데 대단히 아파요. 그렇지만 한 시간 내에 가라앉습니다. 그 동안 손을 꼭 잡아주세요. 지금 대단히 아플 테니까요. 문선생님 좀 통화할 수 있나요?"

"안 된답니다."

"손이나 꼭 잡아드리세요."

"알겠습니다. 감사합니다."

두어 시간 후에 맹교수는 다시 전화를 걸었다. 통증은 진정되었다고 한다.

문선생과 통화하게 되었다.

"많이 아팠지요?"

"예, 정말 말할 수 없을 정도로 아팠어요."

"나도 그런 치료를 했어요. 정말 못 견딜 정도더군요. 죽는 줄 알았어요. 이제 진정이 되었으니 앞으로는 괜찮을 거요."

"그런데 수술한 곳이 아프네요."

"아파도 문제는 없을 텐데 주치의에게 말씀은 자세히 하세요."

"선생님 말씀대로 잘 할께요."

"면회는 아무 때나 되나요?"

"오후 2시 이후랍니다."

"알았어요. 잘 참고 치료 잘 받으세요."

문선생은 맹교수가 치료 받은 흉막유착시술을 받은 것이었다. 흉부를 뚫고 미리 7가지 형태로 동작을 취하면서 마취제를 투입하고 나서 다시 유착제를 투입하고 나서도 같은 동작을 반복한다. 유착제는 생살을 해지게 만들어서 폐와 흉막을 유착시키는 것이란다. 만일 흉막이 유착되지 않으면 폐의 공기가 새어나와 문제가 된다는 것이다. 수술 후의 회복과정이 결코 쉬운 것이 아니다. 등을 두드리고 가래를 뱉고 호흡운동을 하고 걷기도 많이 해야 한다.

문선생에게 다시 전화해 보니 튜브 하나는 뽑았다고 한다. 회복이 순조롭게 보인다.

퇴원하기 전에 한 번 더 가보기 위하여 민선생과 함께 떠났다. 암센터 09층 11호실이다. 면회시간은 평일 14:00~20:00, 토요일 12:00~20:00, 공휴일 09:00~20:00란다. 병실 앞에서 잠시 대기하고 있는데 문선생이 폴대를 잡고 걸어 나온다. 복도를 몇 바퀴 돌고 휴게실에서 자리를 잡았다.

흉강경수술 여부를 확인해 보니 절개수술자욱이 15㎝ 이상이나 된다. 마침 작년에 맹교수의 흉곽을 집도한 K선생이 나타나기에 절개수술을 할 때에는 늑골을 어떻게 하는지 질문해 보았다. 가위로 절단은 하지만 그대로 다시 접착이 된다고 한다.

문선생이 호흡에 불편을 느끼지 않으니 다행이었다. 어려운 고비는 잘 참아냈으니 안심하라고 위로하였다.

문선생의 안색은 평온하고 깨끗하였다. 퇴원하여 장기도 두고 연말에는 윷놀이나 하자고 약속하였다.

문선생은 퇴원하기 전에 다시 검사할 것이 있다고 한다. 그리고 항암치료에 관하여 알려 줄 것이 있다고 하더란다.

문선생은 다시 불안해지고 열이 오르는 기분이란다. '항암치료'라는 말이 스트레스를 준다는 것이다. 그는 항암치료를 두려워 하는 것 같았다.

그러나 맹교수는 다른 사람들의 경우도 항암치료를 무사히 받고 완전히 회복된 사례가 많다는 말을 하고 너무 걱정하지 말고 식사나 잘 하라고 조언하였다.

항암치료는 질병의 종류와 신체부위와 그 질병의 경중과 환자의 신체적 여건에 따라 각양각색으로 시행되지만 대체로 방사선치료, 약물주사요법, 약물복용요법 등으로 나누어 말하는 것 같다.

문선생의 경우는 어떤 방법이 적용되는지 알 수가 없다. 민간요법으로 여러 가지 약용 동식물을 복용하고 운동요법을 사용하는 경우도 있으나 지정의의 지시에 따라 성실히 치료를 받을 수밖에 없을 것 같았다.

병원에서 발부하는 '의무기록' 사본의 검사결과를 잘 읽어보면 질병의 정도를 알 수 있을 것 같은데 일반인은 잘 알 수 없으므로 다른 의사에게라도 사본을 가져가서 설명을 듣는 것이 좋을 듯 싶었다. 환자나 환자가족들이 상세한 내용을 잘 모르고 있는 것은 맹교수도 마찬가지였다. '의무기록' 사본을 떼어다 놓고 읽지도 않고 버려둔 지 몇 달이나 되었다.

문선생의 진단서에는 '2008. 10. 30. 종격동내시경하 임파선절제생검 및 개흉술하우양하엽절제수술 및 종경동임파선 곽청수술'이라는 글귀가 있다. 우측 폐의 중엽과 하엽을 절제하고 아울러 임파선도 제거하였다는 것으로 보인다.

문선생은 퇴원하여 가정에서 항암치료를 대기하는 동안에 식욕이 없는 것이 문제였다.

그러나 보신탕은 어느 정도 구미에 맞기 때문에 그것으로 영양을 보충하지만 주변에서 보신탕이 해롭다는 이야기들이 오간다. 보신탕은 암세포가 좋아하는 단백질이라는 것이다. 의학적인 근거가 거의 없음에도 불구하고 뜬 소문으로 전한다.

우유나 육류는 피하되 약간의 닭고기는 무방하고 될 수 있는 대로 생선이나 채소를 많이 섭취하라는 권고가 유력하다. 상황버섯을 비롯한 한방 또는 민간요법에서 쓰는 약물은 간장에 장애를 주기 쉽기 때문에 피하라는 것이 병원의 권고이지만 환자로서는 전적으로 병원의 권고만을 의존하기 어려운 모양이다.

드디어 항암주사와 방사선치료가 시작되었다. 주사는 매주 월요일에 약 2시간 반이 소요되고 방사선치료는 약 5분씩 월요일부터 금요일까지 도합 25회인데 그 후에는 옵션으로 몇 번 더 추가될는지도 모른다.

문선생은 병원에서 집으로 돌아오면 소파에 누워 텔레비전을 보던지 신문을 보는 것이 전부였다. 꼼짝하기도 싫고 먹고 싶은 것도 없었다. 목이 아프고 가슴도 결려서 항상 기분이 우울하고 '이제 나는 끝났다'는 기분이었다.

그리고 또 하나의 문제는 기운을 전혀 차릴 수 없는 것이었다. 일어나 앉아 있기도 힘들고 세수도 하기 싫었다. 그래서 얼마동안은 부인이 모든 것을 해결해 주었다.

그러나 그것도 정도문제였다. 부인도 수년 전에 갑상선암 수술을 받은 후로 늘 피로를 느끼는 형편이니 문선생을 시중드는 것도 너무나 힘들었다. 젖먹이 아이처럼 구는 꼴이 보기 싫어서 박절하게 거절하거나 귀찮은 감정을 보였다.

　문선생은 날마다 잠을 설치게 되었다. 잠시 잠이 들었다가는 다시 깨고, 깨면 다시 들기 어려웠다. 가만히 눈을 감고 있으니 정육면체의 물체가 영상으로 나타났다. 주홍색 장막 밑에 하얀 건물이 뾰족하게 서 있고 그 위쪽에는 작은 왕관을 중심으로 양쪽에 사자가 두 다리로 버티고 서서 마주 보고 있다.

　가운데는 'PM'이라는 글자가 있고 그 밑에는 'VENI VIDI VICI'라는 작은 글자가 보인다. 그리고 그 밑에는 커다란 글자로 'Marlboro'라고 써 있고 다시 그 밑에는 '경고 : 흡연은 폐암 등 각종 질병의 원인이 되며, 특히 임신부와 청소년의 건강에 해롭습니다.'라는 글귀가 보였다.

　또 반대편에는 '경고 : 19세 미만 청소년에게 판매금지! 당신의 자녀를 병들게 합니다.'라고 쓰여 있다. 'VENI VIDI VICI'라는 라틴어는 '웨니 위디 위끼'라고 읽는데 '나는 왔노라 보았노라 이겼노라'라는 뜻이며, 'Marlboro'는 '몰보로'라고 읽는데 영국의 'Marlborough' 장군의 이름에서 유래하였다는 것이었다.

　그런데 영국의 처칠수상의 선조들이 대대로 살고 있는 대저택을 '몰보로성'이라고 부르는 것을 보면 어떤 연관이 있을 것 같다.

　그리고 미국의 어느 청년이 소녀를 사랑하였는데 소녀의 부모가 반대하여 소녀를 멀리 격리하였다가 소녀가 결혼한 후에 청년이 찾아갔으나 자살한 시체만 보게 되었다는 스토리에서 'Man Always Remembers Love Because Of Romance'라는 말이 나오고 그 머리글자를 따다 만든 것이라고도 하지만 꾸며진 이야기에 지나지 않는다는 것이란다.

문선생은 '몰보로'를 좋아하였다. 존경하는 처칠수상과 관계가 있는 듯하고 몰보로장군의 이름에서 유래한 것이나 특히 '왔노라 보았노라 이겼노라'라는 말이 마음에 들었다. 그리고 한 모금만 빨아도 가슴이 후련한 것이 모든 근심 걱정을 물리치는 것 같아 좋았다.

문선생은 부모의 유산을 관리하는 과정에서 여러 해 동안 스트레스를 받은 일이 있었다. 부모의 유산은 대대로 보존하는 것이 자손의 도리라고 생각하였으나 뜻대로 되지 않았다.

필립 모리스 덕분에 맛있는 몰보로를 입에 물고 스트레스를 푹푹 뱉아내는 것이 다행스러웠다. 문선생은 비몽사몽간에 몰보로 한 개비를 피워 물었다.

그런데 갑자기 가슴이 찢어지는 듯 아프고 재채기가 터져 나왔다. 목이 몹시 따가웠다.

문선생은 깜짝 놀랐다. 정신을 차려보니 꿈이었다.

이상한 꿈이었다.

'나는 아직도 담배를 끊지 않은 것일까? 어느 날 갑자기 폐암 진단을 받으면 눈 깜짝할 사이에 벼랑 밑으로 떨어지는 것이라는데 나는 아직도 벼랑 밑으로 떨어진 것을 모르고 있는 것일까? 벼랑 밑에서 올려다 보는 벼랑 끝은 너무나 높은데 그 높은 벼랑 위에서 나를 떨어뜨린 몰보로를 나는 아직도 그리워하는 것일까? 벼랑을 다시 기어 올라갈 수 있는 사람은 15%에 지나지 않는다는데 나는 과연 15% 안에 들어갈 수 있을까? 비구름을 보면 비를 생각하고, 여름이 오면 가을이 올 것을 알고, 상한 음식을 먹으면 배탈이 날 것을 생각하고, 담배를 피우면 호흡기에 해로울 것을 생각해야 마땅하거늘 어찌하여 삼척동자도 다 아는 사실을 나는 몰랐단 말인가? 진정으로 몰랐던 것인가? 알면서도 실천하지 않은 것인가? 알면서도 실천하지 않았다면 그

이유는 무엇일까? 진정으로 알지 못한 것일까? 의지가 박약하였던 것일까?'

문선생은 한숨을 깊이 내쉬었다. 그리고 자기가 미워지기 시작하였다. 비구름을 보고도 비를 생각지 못한 인간! 여름이 와도 가을이 온다는 것을 몰랐던 인간! 양약(良藥)은 입에 쓰다는 것을 몰랐던 인간! 한 치 앞은 보아도 두 치 앞은 보지 못하는 인간! 미움은 미움의 꼬리를 물고 일어났다.

문선생은 매주 5일간 방사선치료를 받는데 월요일은 방사선치료 외에도 항암주사요법을 곁들여 받았다. 주사는 여러 가지 주사액을 각각 나누어 주입하기 때문인지 3시간 30분이나 걸렸다.

25회를 치료하고 나서 옵션으로 몇 번 더 치료하게 될지도 모른다고 하였는데 옵션이 아니라 필수로 맞아야 한다고 하였다.

그런데 6시간이 걸리는 주사와 10분 걸리는 주사를 맞는데 10분짜리가 더 까다로웠다.

문선생은 '산 너머 산' 이라는 말이 자기에게 꼭 들어맞는 말로 다가왔다. 간단히 수술만 받으면 되는 줄 알았던 것이 항암치료가 계속되는 것을 보면 정말로 가도 가도 첩첩산중인 셈이었다. 몸이 괴로울 때는 앉아 있을 수도 없고 서 있을 수도 없고 문자 그대로 미칠 지경이었다.

그 동안 대변도 몇 번이나 싸고 말았다. 냄새가 코를 찌르자 그저 눈 딱 감고 병실 밖으로 뛰어내리고만 싶었다. 그러나 열 수 있는 창은 아무 데도 없었다. 죽을 수조차 없는 병실에서 실험실의 개구리처럼 당하기만 하는 신세였다. '나는 이렇게 끝나는구나!' 하는 생각이 자주 들곤 하였다.

정말로 이렇게 끝나는 것인가. 리칭(李青)의 '스잔나' 가 떠올랐다. '스잔나' 라는 홍콩영화에서 여대생으로 출연한 리칭은 '서양에 올리비아 핫세, 동양에 리칭'이라는 말을 나오게 할 만큼 영화계의 천사로 찬양을 받았다.

리칭이 영화 속에서 한 총각을 놓고 언니와 사랑싸움을 벌이다가 뇌종양으로 갑자기 쓰러져 6개월 시한부 인생으로 진단을 받은 후로는 연인을 언니에게 넘겨주고 조용히 죽음을 맞이하게 되어 부른 노래가 '해는 서산에 지고'였다.

해는 서산에 지고 쌀쌀한 바람 부네
날리는 오동잎 가을은 깊었네
꿈은 사라지고 바람에 날리는 낙엽
내 인생 오동잎 닮았네
모진 바람 어이 견디리
지는 해 잡을 수 없으니
인생은 허무한 나그네
봄이 오면 꽃피는데
영원히 나는 가네

문선생은 리칭의 노래가 너무나 실감나게 다가왔다. 쌀쌀한 가을 바람에 가지에서 떨어져 날리는 오동잎처럼 지금 자기도 어디론가 날아가는 것 같았다. 그곳은 미지의 세계일 수밖에 없고 사람이라면 누구나 가기를 거부하는 곳이라는 데 불안이 있었다.

어떤 사람은 그 곳을 다녀왔다는 이야기도 있지만 그것은 어디까지나 꿈 속에서나 가사상태에서 일어난 정신작용일 뿐이지 실지로 다녀왔다고 믿을 수는 없는 것이었다.

문선생은 때때로 고독을 느꼈다. 항상 부인이 붙어 있으면서 돌보아주지만 그것으로는 만족할 수가 없었다. 건강할 때는 친지들이 전화하기 전에 전화를 걸고 서로 만나 고독을 모르고 지냈지만 막상 병이 나고 보니 전화를 걸 곳도 없고 전화를 걸어오는 사람도 없어진 것 같았다. 세상 인심이 그런 것임을 다시 깨닫게 하였다. 자신을 돌이켜 보아도 병자를 위로하기가 쉽지 않음을 깨닫곤 하였다. 그래서 인간은 고독한 존재일 수밖에.

고독한 존재…… 형이상학적 차원이 아니라 형이하학적 차원에서도 고독은 너무나 가까운 발등에 있었다. 나는 나일 뿐이고 언제나 혼자였다.

덴마크의 실존철학자 키엘케고어가 말한 '단독자' 라는 존재였다. '신 앞에 서 있는 단독자' 그것이었다. 그는 자신의 존재를 '외로운 노송' '거꾸로 된 활자' 에 비유하였단다. 키엘케고어는 우수의 철학자였겠다.

문선생은 맹교수가 늘 이야기하는 것처럼 일류 병원에서 일류 의료진에게 일류 진료를 받으면서 병마를 떨치고 있다는 사실을 굳게 믿고 이제 어려운 고비는 다 넘었고 마지막 작은 언덕을 넘는 중이라고 스스로 믿으며 힘을 내고 먹고 싶지 않은 음식을 억지로 먹으며 기운을 회복하기에 애썼다. 그는 항상 절대자 앞에 무릎을 꿇고 진심으로 참회하고 기도하는 마음으로 견디어 나갔다.

클로에 아규뉴가 부른 노래 '당신이 나를 일으켜 주시기에'(You raise me up)를 자주 불렀다.

내 영혼이 지치고 연약해질 때
괴로움이 밀려 와 나의 마음을 무겁게 할 때
당신이 내 곁에 와 앉으실 때까지
나는 여기서 고요히 당신을 기다립니다.

당신이 나를 일으켜 주시기에
나는 산에 우뚝 서 있을 수 있고
당신이 나를 일으켜 주시기에
나는 폭풍의 바다도 건널 수 있습니다.
당신이 나를 떠받쳐 줄 때
나는 강인해집니다.
당신은 나를 일으켜
나보다 더 큰 내가 되게 합니다.

맹교수는 심각한 질병에 걸린 환자에게는 무엇보다도 질병을 극복하고 살고자 하는 강한 의지가 필요하다고 생각하였다. 그래서 받기 싫은 수술도 받고 먹기 싫은 음식도 먹고 질병을 극복하기 위한 모든 노력을 기울이게 된다고 믿었다. 살고자 하는 의지는 환자뿐만 아니라 어려운 처지에 있는 모든 사람에게 절대적으로 필요한 것이라고 믿었다.

빅터 프랭클(Victor Frankl) 같은 사람은 유태인이라는 이유로 1942년부터 1945년까지 아우슈비츠수용소에 감금되어 절망적인 처지에 있으면서도 살고자 하는 의지가 고통을 이길 수 있게 한다는 것을 깨달았다는 것이다. 삶의 이유와 존재의 가치를 깨닫는 것이며, 삶을 위한 궁극적이고 고귀한 의미를 찾는 것이다. 그래서 그가 주장하는 정신요법을 의미요법(진리요법, 말씀요법, logotherapy)이라고 하는데 이러한 의미요법은 자기상실이나 자기소외나 우울증에 걸린 사람들에게 반드시 필요한 요법이라고 생각하였다.

문선생은 다행히 삶의 의미를 깨닫고 성실한 자세로 병마를 이겨 나가고 있었다.

아우슈비츠수용소에서는 하나의 실험이 한 달 동안이나 진행되었단다. 하나의 유태인을 독가스실로 데려가 몇 월 며칠 몇 시에는 그 곳에서 독가스로 질식하여 죽을 것이라고 날마다 암시를 주었다.

드디어 죽는다는 날이 닥쳐서 실험 당사자는 암시를 받은 대로 죽고 말았다. 그러나 그날 독가스는 없었다. 독가스 때문에 죽은 것이 아니라 죽는다는 암시를 받으면서 죽는다는 믿음이 생겼기 때문에 죽은 것이었다.

'자신은 죽는다' 는 믿음이 자신을 죽게 한 것이다. 죽는 것만 그런 것이 아니라 사는 것도 그럴 수 있는 것이다. 자신은 기어코 살아난다는 믿음이 자신을 살려 낸다는 것이다.

맹교수는 믿음의 능력을 믿는 사람이었다. 믿음이라는 단어는 신념이니 결심이니 각오니 희망이니 소신이니 철학이니 여러 가지 말로 표현되지만 그 내용은 대동소이한 것이며 사람의 사고방식이나 행동에 지대한 영향을 주는 원동력이며 추기(樞機, 돌쩌기)라고 믿었다. 그래서 '믿음은 산이라도 움직이게 한다' 는 말이 전하는 것이며 믿음으로 말미암아 초인적인 능력이 나타난다고 믿었다.

문선생은 자신이 받고 있는 질병의 고통을 아무 것도 아닌 것으로 알고 오히려 우습게 여기는 제3자의 마음으로 바라보며 이겨낼 수 있을 것 같았다. 그는 평소에 항상 긍정적이고 낙관적이고 사소한 일에 구애되지 않는 너그러운 마음과 달관한 모습으로 살아왔던 것이다.

문선생은 언젠가 공선생에게 들은 이야기를 기억하고 있었다.

사람은 강 기슭 벼랑 위에 서 있는 나무처럼 위태롭고 불안한 존재라는 것. 그리고 깊고 깊은 우물 안에서 쥐가 파먹고 있는 등나무 줄기에 매어달려 있는 존재라는 것. 사람은 자기의 존재를 자각하는 것이 중요하다는 것. 존재를 자각하는 것이 곧 실존철학의 과제라는 것……

맹교수는 문선생의 투병을 곁에서 지켜 볼 뿐이었다. 처음에는 병원에도 함께 가고 문병도 가고 여러 가지로 위로도 하였지만 시일이 갈수록 관심이 적어지는 것 같았다.

그리고 직장에서 늘 가까이 지내던 L교수가 떠올랐다. L교수는 시골에서 초등학교를 나온 후로는 서울로 유학하여 명문 중고등학교를 거쳐 일류대학에서 교육학을 전공하고 인격교육을 깊이 연구한 훌륭한 학자였다.

맹교수와 L교수는 거의 동시에 직장을 옮겨 2년 간이나 같은 독신 자숙소에서 지내면서 사이가 가까워져서 15년이나 함께 근무하고 맹교수가 퇴직한 후로는 L교수가 지도하는 인격교육학회에서 매월 정기적으로 만나고 그 사이에도 수 없이 자주 만나는 사이였다.

맹교수가 고향을 떠나 직장을 옮긴 후로는 학문적으로나 인간적으로나 가장 가까운 사람이 L교수였다.

L교수에게는 한 가지 좋지 않은 습관이 있었다. 그것은 바로 흡연이었다. 맹교수도 몇 번 충고하였지만 효과는 적었다. 그러나 L교수는 스스로 금연을 결심하고 여러 가지 방법을 강구하기 시작하였다.

L교수는 퇴직하고 얼마 안 되어 턱 밑에 이상한 멍울이 있는 것을 발견하고 병원으로 달려갔다가 '폐암' 말기라는 진단을 받았다. 전이가 되었던 것이다. 종합적으로 검토한 결과 외과수술이나 약물치료나 방사선치료나 모두 시기를 놓쳤다고 판단하고 갑자기 경남에 있는 어느 요양원으로 갔다.

맹교수는 즉시 요양원으로 달려가지 못하고 편지를 보내고 나서 L교수의 전화를 받았다. 전화로는 모든 것이 잘 되고 있다는 것이었다. 그러나 2개월 만에 복수가 차여서 서울로 올라와 입원하였으나 며칠 안 되어 졸도하여 일생을 마감하고 말았다.

L교수는 현숙한 부인을 외롭게 남겨두고 훌륭한 자녀와 손자녀를

외면한 채 영원한 하직을 고하였다. 제자들의 성장을 지켜보는 보람도 저버리고 맹교수와의 우정도 버리고 말았다.

그의 장례일에는 날씨가 너무 추워 조객들을 몹시 떨게 하였다. 용인평야를 건너 그림 같은 산줄기가 내다보이는 서재에는 주인을 잃어버린 수택본들만이 을씨년스럽다.

폐암으로 사망하는 사람의 절반은 수술이나 약물이나 방사선 치료를 받은 사람들이라고 한다. 병을 치료하다 보면 그만큼 위험과 부작용이 따른다는 것이다. 그러니 아무리 의술이 발달했다고 하더라도 안심하기는 어려운 것이 아닌가.

병자는 의사나 가족들의 권고에 따를 수밖에 없지만 스스로 결정하고 결단을 내려야 할 경우가 많다. 병자는 외롭다. 아무도 고통을 대신할 사람은 없고 운명을 대신할 사람은 없다.

인생은 그런 것이다. 그저 그런 것이다. 자신이 갈 길을 자신이 갈 뿐이다. 동행자는 모두 뒤로 처지고 오직 홀로 남아 미지의 세계로 갈 수밖에 없다.

미지의 세계는 절대자의 세계요 영원의 세계요 인간의 세계와는 다른 세계이다. 사람들은 사람들이 미지의 세계로 가는 것을 일컬어 귀천이니 소천이니 선종이니 영면이니 열반이니 우화(羽化)니 부활이니 휴거(携擧)라는 낱말을 붙여 말한다.

그 흔적은 땅에 묻히기도 하고 동굴 속에 감추어지기도 하고 재가 되어 날아가기도 하고 나뭇가지에 걸리기도 하고 산이나 들에 버려져서 새와 짐승들의 먹이가 되기도 한다.

사람들은 부모와 형제자매와 배우자와 친인척과 친구들을 미지의 세계로 보내고 잠시 눈시울을 붉혔다가 금세 잊어버리고 만다.

그리고 희희낙락한다.

232

12
경선생

맹교수가 처음으로 경선생을 만난 것은 벌써 몇 달 전이다. 맹교수는 그를 '사랑방'으로 안내하였지만 번번이 실패로 끝났었다.

그러던 어느 날 그는 맹교수의 고맙고도 귀찮은 성의를 뿌리치지 못하고 '사랑방'으로 들어오게 되었다. '사랑방'은 아파트관리사무소 건물 안에 있는 노인회관의 '할아버지 방'이라는 간판을 고쳐 놓은 것이다.

맹교수는 경선생에게 장기를 두자고 청하였다. 노홍소청의 원칙에 따라 맹교수가 파란 것을 잡고 시작하였다.

경선생의 장기는 배열부터 달랐고 몇 수 두다 보니 마(馬)가 장군 옆에 가 붙어 있고 상(象)이 장군 정면에 가 있었다. 이른바 면상장기(面象將棋)의 구도라는 것이었다.

맹교수는 초보자가 흔히 하는 면포장기(面包將棋)만 몇 번 두어 보았을 뿐이다.

맹교수는 도무지 승산이 보이지 않았지만 그대로 진행할 수밖에 없었다. 맹교수의 포(包)는 움직일 줄을 모르는데 경선생의 포는 이

리저리 자유자재로 건너다녔다. 얼마 가지 않아 맹교수의 군사진영
은 궤멸하고 항복을 선언하게 되었다.

한 판으로는 부족한 것 같아 다시 한 판을 시작하였다. 도무지 승산
없는 장기를 또 한 판 지기 위하여 두는 것이었다. 마침 장기를 좋아
하는 오선생 박선생 공선생이 몰려 들어왔다. 인사를 나누자마자 장
기를 두게 되었다. 그들은 막상막하로 보였지만 경선생이 다소나마
우세한 것 같았다.

경선생은 점심 때가 되면 혼자서 외식을 한다고 한다. 마나님을 먼
저 보내고 둘째 자제와 살고 있는데 자부가 바쁜 형편이라 스스로 사
양하고 외식을 택하였다고 한다.

하루는 갈비탕, 하루는 김치찌개, 하루는 설렁탕, 하루는 햄버거,
하루는 자장면, 하루는 칼국수나 백반…….

며칠이 지났다.

맹교수는 홍선생과 조선생을 만나 '사랑방'을 지나 청송초등학교
를 거쳐 롤러브레이드장 게이트볼장 농구장이 있는 운중천을 건너
풍림아파트 앞에 이르렀다.

문득 경선생의 거동이 보였다. 그들은 얼굴을 마주쳤다.

"안녕하세요?"

"안녕하세요?"

"요즘 '사랑방'에는 안 들르시네요."

"허리가 아파서……."

"의자와 소파가 다 있으니까 잠깐씩 들러서 장기나 한 판씩 두세
요. 대개 오후 세 시 경에는 사람들이 있으니까요."

"……."

"그런데 경선생님은 경사 경(慶)자, 경씨인가요? 볕 경(景)자, 경씨

인가요?"

"경사 경이지요."

"그럼 청주 경씨네요."

"그래요. 어떻게 알았지요?"

"청주에 청주 경씨가 살고 있거든요."

"아, 그렇군요."

"시조가 누구신지요?"

"시조는 '진'(珍)이라는 어른인데 고려 명종조에 평장사(平章事)라는 높은 벼슬을 하셨대요. 관향이 청주라고만 알 뿐, 그 이상은 아무 것도 몰라요. 청주에 가 본 일도 없고. 부끄러운 일이지만 사실 난 너무 무식해요. 청주에 실지로 우리 경씨가 산다는 것도 오늘 처음 알았어요."

"그럴 수도 있지요. 그런데 청주 경씨 집안에는 효자가 많지요?"

"모르겠어요. 난 들어 본 적이 없거든요."

"청주에는 '효촌'(孝村)이라는 곳이 있는데 문자 그대로 '효자마을'이라는 뜻입니다. 거기에 경연(慶延)이라는 효자가 살았는데 부모를 극진히 받들어서 순종하고 겨울에도 근채라는 풋나물을 구해다 반찬을 해 드리고 엄동에 잉어를 잡아다 봉양했답니다. 그래서 조정에서는 경연을 불러다 임금님이 직접 면접을 하여 학식이 있는 것을 알고 현감벼슬을 내렸답니다. 효행과 학식을 겸했으니까요. 지금도 '효자각'인지 무언지 하는 건물이 있고, 옛날에 송시열선생이 쓰신 '경연효자지리'(慶延孝子之里)라는 비석이 있습니다. 글씨가 참 힘차고 보기 좋더군요. 그리고 30여 년 전에 세운 '청주경씨사적비' 같은 것도 있고요."

"…… 아, 그렇군요."

"그 이웃 동네에는 '효자양수척비'(孝子楊水尺碑)라는 작은 비도 있는데, 양수척은 아주 불효막심한 자였지만 경연의 효행을 본받아서 효자가 되었답니다. 양수척은 버드나무 가지로 키를 만들어 파는 천민이었다는 말이 있습니다."

"그런데 나는 효도도 제대로 못하고 말았어요."

"효도를 제대로 한 사람이 몇이나 되겠습니까? '수욕정이풍부지(樹欲靜而風不止) 자욕양이친부대(子欲養而親不待)'라는 말도 있지만 효도할 만한 때가 되면 부모는 돌아가시니까요. 좋은 부모가 되고 착한 이웃이 되고 나라를 사랑하는 국민이 되는 것도 부모의 뜻을 받드는 것이니까 효도라고 할 수 있지요."

경선생은 일제 치하에 황해도 평산군 서봉면 진포리에서 보통학교를 마치고 가사를 도왔다.

부친은 자작농 논 너댓마지기에 소작농 몇 마지기와 이틀같이 밭을 가지고 농사를 지어 겨우 생계를 꾸리고 있었다. 하루는 부친이 조농사를 하는데 씨앗을 뿌리는 일을 도와드리고 나서 아무리 생각해보아도 비전이 보이지 않아 무일푼으로 서울을 향하여 떠났다.

서울에 도착하여 이리저리 돌아다니다가 하나소노쵸(花園町)에 있는 어느 일본인 제과점에서 과자 만드는 공장을 구경하다가 취직을 부탁하였지만 거절 당하고, 서울역 대합실에서 밤을 지새고 나서 이튿날도 이리저리 돌아다니다가 사쿠라이쵸(櫻井町)에서 다시 일본인이 운영하는 '야마시타(山下)제과점'을 만나서 가까스로 취업하게 되었다.

'야마시타'는 제과점 주인의 성(姓)이었다.

"과자는 실컷 먹었겠네요."

"그렇지. 예전에 먹고 싶어도 못 사 먹던 것, 실컷 먹었지."

"월급은 얼마나 받고요?"

"월급이고 뭐고 따질 것 없이 우선 밥을 먹여 주어 고마웠지. 들어가서 1년을 착실히 근무하였더니 그 때부터 월급도 후하게 주고 대우가 아주 좋았어. 그런데 부근에 있는 '아유카이(鮎貝) 잡화상' 에서 월급을 갑절이나 준다고 자꾸 오라고 하여 자리를 옮겼지. 잡화상 주인은 더욱 친절하고 나의 은인이었어요."

경선생은 '아유카이잡화상' 주인이 친절할 뿐만 아니라 자기를 자식이나 동기간처럼 여기는 것을 느꼈다.

보통학교에서 일본인 선생님을 보기는 했어도 일본인들이 그렇게 친절한 사람들인지는 몰랐었다.

일본인들은 조선사람들보다 잘 살고 유식하고 깨끗하고 친절하고 훌륭하게 보였다. 이따금 주인이 장부에 기록하는 것을 보면 글씨도 단정하고 보기가 좋았다.

그런데 '야마시타' 라는 성도 그렇지만 '아유카이' 라는 성은 좀 이상한 것이었다. 왜 하필이면 '야마시타' 인지, '아유카이' 인지도 알 수 없었다. '야마시타' 는 '산 아래' 라는 뜻인데 '산 아래' 있는 마을에서 태어났기 때문에 그런 성을 지었다고 하지만 '아유카이' 는 참 이상한 성이었다.

알고 보니 '메기' 와 '조개' 라는 뜻이라고 하는데 사람의 성이 '메기와 조개' 라니 정말 우습기도 하고 괴상하기도 하였다. 주인의 얼굴을 아무리 뜯어보아도 메기 같지는 않았다.

어떤 친구에게 물어 보았더니 메기는 주인이고 조개는 주인마누라라고 하는데 그것은 웃기는 소리였다.

조상이 메기와 조개라는 것인지, 메기와 조개를 좋아했다는 것인지, 메기와 조개가 많은 곳에 살았다는 것인지, 메기와 조개를 닮았다는 것인지 알 수가 없었다.

그 때 일본인들을 '내지인' (內地人)이라고 불렀는데 경선생은 내지에 가보고 싶은 생각이 들 때가 많았다.

　일본이 우리나라를 강점하고 학살과 학대와 약탈을 일삼는 것도 모르고 더군다나 독립운동을 해야 한다는 것은 상상도 못하고 있었다. 당연히 '고코쿠신민'(皇國臣民)으로 해야 할 일을 하는 것으로 알고만 있었고 일본은 위대한 나라라고 알고 있었다.

　그리고 미국과 영국은 하루 속히 일본이 멸망시켜야 할 원수라는 것을 추호도 의심하지 않았다. 그는 일본에 가서 그 멋진 '후지산'(富士山)에도 올라가 보고 도쿄와 오사카도 구경하고 싶었다. 그러나 한때는 태평양전쟁에서 일본이 반드시 이긴다고 야단이더니 시간이 갈수록 점점 일본이 불리하고 청년들이 징병으로 가고 어떤 이들은 징용으로 간다는 말이 들렸다.

　어느 날 아유카이사장은 경선생을 불렀다.

　"니시하라꿍, 니시하라꿍은 군인이 좋은가, 아니면 경찰관이나 소방관이 좋은가?"

　다른 사람들은 대개 '니시하라상' 이라고 부르는데도 아유카이사장은 항상 '니시하라꿍' 이라고 불렀다. '니시하라꿍' 은 '서원군'(西原君)인데 '군' 은 손 아래 남자들의 이름 밑에 붙이는 말이었다.

　당시 조선총독이었던 미나미지로(南次郎)는 황민화정책의 하나로 1939년 11월 10일 제령(制令) 제19호로 '조선민사령' 을 개정하고 1940년부터 창씨개명을 접수하였는데 경선생의 집안에서는 이름은 그대로 두고 성만 '니시하라' 로 바꾸었다.

　'니시하라' 는 한자로 '西原' 이고 그것은 신라시대의 오소경(五小京)에 속하는 청주(淸州)의 옛 지명이기 때문에 '청주경씨' 와 관계가 있었다.

　경선생은 영문도 모르고 그저 청주경씨는 모두 '니시하라' 라고만 생각하고 있었다.

경선생은 전혀 예기치 않은 질문을 받고 얼떨떨한 기분으로 대답하였다.

"왜 그러십니까? 그런 생각을 해 본 일이 없는데요."

"신문을 보아서 알겠지만 청년들은 모두 군대로 나가야 하거든. 군대로 가면 고생도 많이 하고 생명도 위험하단 말야."

"그러면 어떻게 하면 좋습니까?"

"그래서 말인데 경찰관이나 소방관 시험을 보는 것이 어떨까 해서 말야."

"제가 그런 시험을 어떻게 봅니까. 실력이 있어야지요."

"천만에. 니시하라꿍 정도라면 충분히 합격이야. 내가 자네 실력을 알고 하는 소릴세. 오늘부터 신문 사설이나 몇 번 베껴 써 봐요. 틀림없이 합격할 테니까."

"언제 시험이 있습니까?"

"바로 다음 달에 있는 모양이니 오늘 경찰서와 소방서에 가서 지원서를 사다가 작성하여 제출하고 시험준비를 해요. 신원보증은 내가 서줄 테니까."

경선생은 아유카이사장이 하라는 대로 원서를 사다가 접수하고 응시하였더니 뜻밖에도 양쪽에 모두 합격하였다. 지원자도 많지 않았지만 주인의 말대로 신문 사설을 베껴 써 본 것이 결정적으로 도움이 된 것 같았다.

양쪽에 합격되었으니 어느 쪽을 택할까 망설이다가 경찰관보다는 소방관을 택하는 것이 좋겠다는 충고를 받고 소방관이 되었다.

정복을 입고 소방관으로 근무하다 보니 봉급도 잡화상에 근무할 때보다 적지 않아서 다행이고 무엇보다도 징병소집을 걱정하지 않아서 좋았다.

그 무렵 고향에서는 어머니가 이웃집에 사는 처녀에게 장가를 가라고 성화였다. 고향에 내려가 간단하게 혼례를 치루고 서울에서 신혼살림을 시작하여 부인이 첫 아이를 가졌을 때 태평양전쟁이 끝나고 일본인들이 모두 철수하였다.

마침 소방서에서 친형제처럼 가까이 지내던 선배가 사람이 살지 않고 비어 있는 적산가옥(敵産家屋)을 한 채 소개해 주어서 들어가 살다 보니 헐값으로 불하를 받게 되어 저절로 자기 집이 되었다.

경선생은 억척스럽게 넓적한 돌들을 주워모아 온돌방을 만들고 내부를 한옥처럼 개조해 나갔다. 그리고 집 앞에는 넓은 도로가 있어서 담을 헐어 점포를 벌이고 장사하기에 적합하였다. 소방관을 그만두고 가게를 꾸미고 기계공구를 진열하여 팔다 보니 차츰차츰 수입이 늘고 가게가 커졌다.

점원생활의 경험 때문인지 장사가 순조로웠다. 당시는 기계공구라는 것이 국산품은 없고 일제이거나 아니면 미군부대에서 이따금 나오는 것뿐인데 물건이 나오기만 하면 사람들이 다투어 사갔다. 미군부대에서 나오는 것은 혹시 장물이 아닌지 의심되는 것도 있었지만 그런대로 무사히 넘어갔다.

일본인들이 모두 쫓겨 가고 이듬 해가 되었다. 북한에 있는 사람들이 남한으로 줄줄이 내려온다는 소문이 돌더니 얼마 아니하여 38선이 막혔다는 것이었다. 한 번 막히면 언제 뚫릴지 모르고 북한보다는 남한이 살기 좋을 거라는 말들이 떠돌았다.

고향에 계시는 부모님이 생각났다. 벌써 늦기는 하지만 하루라도 늦추지 말고 38선이 완전히 막히기 전에 고향으로 달려가서 부모님을 모셔오기로 결심하고 집을 나섰다.

경기도 토성에서 90리밖에 안 되는데 무엇이 겁나랴 마음먹고 대로상으로 걸어가다가 인민군을 만나 소달구지를 함께 타고 20리를 갔다.

인민군이 타라는데 안 타면 의심을 받을까 봐 불안하기는 하지만 태연한 척하고 탈 수밖에 없었다. 누구를 만나더라도 적당히 둘러댈 작정으로 당당하게 걷다 보니 해질 무렵에 고향에 닿았다.

사람들을 만나고 싶지 않았지만 길에서 마주친 친구들은 피할 수가 없었다. 반갑기도 하고 할 말도 많지만 건성으로 몇 마디 건네고 헤어졌다. 마음 속으로 계획한 일이 조금이라도 노출되면 안 되기 때문에 조심할 수밖에 없었다.

아버지 어머니와 누이동생이 깜짝 놀라서 반갑게 맞아주었다.

부모님께 큰 절을 올리고 집안을 둘러보았다. 장독대 옆에는 누이동생이 심은 화초들이 뾰족뾰족 싹을 내밀고 닭들이 홰에 오르려고 기웃거리고 있었다. 앞산은 푸른 빛을 띠기 시작하고 농부들이 들에서 쟁기를 지고 돌아오는 모습이 보였다.

알고 보니 벌써 지주들은 몇 월 며칠 몇 시까지 집을 비우라는 당의 명령이 떨어져서 며칠 안으로 떠날 사람이 있고, 어떤 사람은 땅을 무상으로 내어 놓고, 어떤 사람은 무상으로 분배받는 사람이 있다고 하였다.

경선생의 아버지는 소작으로 경작하던 땅을 무상으로 받게 되었으나 지주에게 너무나 미안하여 지주의 얼굴을 쳐다볼 수가 없었다. 부지런히 일하고 알뜰하게 살림하여 모은 돈으로 땅을 사야 떳떳한데 갑자기 공짜로 땅이 생기니 무상으로 분배 받은 사람들도 거북하고 무상으로 몰수당한 사람도 황당하기만 하다는 것이었다. 그리고 토지는 모두 국가소유이기 때문에 농사는 지을 수 있어도 매매할 수가 없다고 하였다. 인심은 점점 메말라가고 서로 믿지 않는 분위기가 조성된다는 것이었다.

그래서 경선생 아버지는 아들이 돌아오자마자 밖에 나가지 말고 절대로 서울 이야기를 하지 말라고 당부하였다.

정든 고향집과 친구들을 영영 버리고 떠날 것을 생각하면 가슴이 아팠지만 송두리째 모두 버리고, 온 가족이 서울로 가는 것만이 상책이라고 다시 한 번 결심하고 저녁식사가 끝나자마자 조용한 목소리로 숨을 죽이며 부모와 누이동생에게 당장 서울로 떠나자고 하였다.

어머니는 깜짝 놀라고 고개를 저으며 응낙하지 않아 힘들었지만 경선생의 간절한 호소로 마침내 보따리 하나도 들지 않고 지름길을 택하여 길을 떠났다. 집을 나서다가 마을 사람을 만나지나 않을까 걱정되어 옷이고 신발이고 모두 평소와 하나도 다름없이 바람 쏘이러 나온 것처럼 그대로 차리고 나섰다.

죄인도 아니면서 죄인처럼 가슴을 조이며 고향을 도망치기 시작한 것이었다. 산길로 들어서자 어머니와 누이동생은 고무신이 자꾸 벗겨져서 주머니 칼로 칡넝쿨을 끊어서 신발을 동여매었다. 날이 새기 전에 38선을 벗어나지 않으면 무슨 일이 생길지 모를 판이라 발이 부르트는 것도 모르고 헉헉거리며 달렸다.

이따금 두 갈래길을 만났지만 그저 남쪽만을 바라보며 걷고 또 걸었다. 산 길이지만 위험한 곳은 없어서 밤새껏 걷다 보니 이른 새벽녘에 토성에 도착하였다.

논 밭도 버리고 집도 버리고 세간도 버리고 고향을 떠난 부모는 허전하였지만 온 가족이 함께 살게 된 것이 너무나 다행이었다.

경선생이 일제 치하에서 겪었던 이야기와 서울에서 한 평생을 실향민으로 살아온 이야기는 흥미진진하였다.

가만히 듣기만 하던 맹교수와 홍선생 조선생은 말문을 트기 시작하였다.

"그런데 북한은 왜 그리 가난한 거래요?"

"글쎄요. 경제가 발달하지 못 해서 그렇지요."

"1970년대까지만 해도 북한이 남한보다 잘 살았다는데 왜 경제가 발달하지 못한다는 거지요?"

"지금은 세계화와 국제협력시대인데 개혁 개방을 하지 않아서 그렇겠지요."

"왜 개혁 개방을 안 할까요?"

"개혁 개방을 하면 체제가 흔들리기 쉬우니까."

"체제가 무언데요? 사회주의? 공산주의?"

"그렇지요."

"그런 거 포기하고 자본주의체제가 되면 어떤데요?"

"그러면 가난한 사람들이 못 살게 되니까요."

"그럼 지금 북한에는 가난한 사람들이 잘 산다는 건가요?"

"그렇지는 않지만 모두 평등하니까요."

"평등? 지금 북한에는 잘 사는 사람이 없이 똑 같이 못 산다는 뜻인가요?"

"……"

"지금 북한은 세계에서 가장 가난한 나라라는 말이 있는데 혹시 사회주의 때문이 아닌가요?"

"사회주의와 공산주의가 어떤 것인지 잘 모르지만 이제 공산주의 국가는 별로 없답니다. 자본주의 국가가 공산주의 국가보다 훨씬 잘 사니까 공산주의를 할 필요가 없다는 거지요."

"잘 사는 것도 잘 사는 것이지만 우선 남한에서는 아무 곳이나 마음대로 여행하고, 주민등록신고만 하면 서울이고 부산이고, 도시고 농촌이고 자기가 살고 싶은 곳에서 살 수 있잖아요? 그리고 대통령을 비난하고 헐뜯고 욕해도 안 잡혀가니 얼마나 자유로워요? 시위도 얼마든지 할 수 있고요. 걸핏하면 경찰관들이 시민들에게 뚜들겨 맞는 형편이니까요."

"경찰관이 뚜들겨 맞는 사회가 좋은 사회라는 뜻인가요?"

"아니지요. 경찰관이 맞으면 안 되지요. 그렇게 되면 무법천지가 되니까요. 내 얘기는 그만큼 자유가 많다는 것이지요. 데모하는 사람들이 던진 화염병으로 경찰관이 죽기도 하고 다치기도 하고 엉망이랍니다. 우리나라처럼 데모를 많이 하는 나라도 없답니다. 정치를 하도 잘못하니까 그런지는 몰라지만."

"다 나라 잘 되라고, 정치 잘 하라고 데모를 하겠지만…… 그들의 진심은 확실히 알기가 어려워요. 미국산 쇠고기가 그렇게도 무서운가요? 미국 사람도 먹고 그것 수입해 먹는 나라가 얼마나 많은데. 한국 소도 영국의 동물성 사료를 수입해다가 먹인답니다. 그래서 한우라고 다를 것이 없대요. 광우병을 가지고 떠드는 것은 반미하기 위한 구실이라고 말하는 사람들이 있어요. 그렇게 국민의 건강이 걱정이면 왜 그보다 더한 중국식품에 대해서는 데모를 안 해요? 더 많이 해야지. 그리고 국민을 그렇게 사랑하면 왜 북한동포가 굶주리는 것은 말하지 않아요? 똑 같은 동포인데. 그리고 아무리 우리가 북한으로 쌀을 보내면 무슨 소용이 있어요? 분배가 제대로 되는지 알 수도 없는데. 농사 잘 지으라고 보낸 한국비료는 다른 나라에 팔아먹는다는 말이 있더군요. 북한이 핵무기 개발하는 그 많은 돈을 가지고 식량을 수입하면 굶어 죽는 사람이 없을 것 아니오? 인민을 위해서라면 개혁개방하고, 배불리 먹게 하고, 마음대로 떠들고, 여행하게 해야 하잖아요? 베이징올림픽경기 때는 응원단도 몇 사람 없었대요. 남한에서 데모하는 사람들이 북한 정권에 대해서도 러시아나 중국처럼 개혁개방하라고 강력히 권고하고 압력을 가해야지요."

"북한이 가난한 것은 미국이 '테러지원국'으로 지정하고 국제적으로 여러 가지 통제를 가하기 때문이라는 주장도 있던데요."

"실지로 북한이 테러행위도 하고, 다른 나라의 테러행위를 지원하기도 하니까 많은 나라들이 그렇게 하는 것이라고 하더군요."

"그렇다고는 하지만 어디까지가 진실인지 확실히 알 수는 없지요. 겉으로는 인도주의니 정의니 평화를 내세우지만 속으로는 모두가 자기들의 이익을 위해서 눈이 빨가니까요. 앞에서는 돕는다고 하면서 뒤에서는 빼앗아 가는 것이 강대국들의 전략이니까요."

"북한은 지금 무어라고 변명을 할 수가 없어요. 6.25전쟁을 일으킨 것만 하더라도 얼마나 엄청난 사건인데요. 죄 없는 사람들이 얼마나 많이 죽고 다치고 병들고 고생했는지…… 전쟁보다 더 무서운 게 어디 있어요. 전쟁을 하면 가난하고 불쌍한 사람들이 더 못살고 다 죽어요. 전쟁을 억제하고 평화를 유지하는 것이 훌륭한 정치지 대량살상무기를 개발하고 전쟁으로 사람을 죽게 하고 모든 것을 파괴하는 것이 훌륭한 정치가 아니지요."

"그런데 미국 영국 프랑스 중국 러시아 같은 강대국과 유엔 회원국들이 자기네는 엄청난 대량살상무기를 다 만들어 놓고 후진국에서는 그것을 만들지 못하게 하는 것은 강대국의 횡포가 아닌가요? 정말 잘못 된 거지요."

"그렇긴 해요. 그렇지만 그것은 자본주의와 공산주의가 대립하던 냉전시대에 벌어진 일이고 지금은 냉전시대가 지나고 국제협력시대가 되었으니까 사정이 다르겠지요. 대량살상무기가 많이 개발되면 될수록 인류는 멸망의 위협을 받게 되고 또 그 비용 때문에 빈곤을 극복하기 어렵게 되니까 이제는 대량살상무기의 확산을 방지할 수밖에 없다는 것이지요. 그건 그렇고요 한국도 정치인들이 형편없고, 살기 어려운 것이 사실이지만 그래도 북한보다는 훨씬 살기 좋은 나라라고 해요. 지금 탈북 동포들이나 중국 동포들이나 동남아의 여러 나라 사람들이 돈을 벌기 위하여 한국으로 몰려오고, 여자들이 국제결혼으로 들어오는 것을 보아도 알 수가 있지요. 한국에서 불만을 가지고 데모하는 사람들은 좀 특별한 사람들인 것 같아요."

"그래도 그 사람들은 신념이 있으니까 보통 사람들과는 다르겠지요. 말이야 바로 말이지 남한에는 빈부격차도 심하고 노숙자도 많고 부정부패도 심하고 범죄도 많고 꼴 보기 싫은 일이 어디 한 두 가지라야지요. 지금 남녀간의 풍기도 얼마나 문란한지 말할 수 없답니다. 그래서 나라를 바로 세우기 위하여 희생적으로 민주화운동도 하고 시위도 하고 정부에 항의도 하는 것 아닙니까?"

"글쎄요……. 그런데 열심히 벌고 절약하고 저축하다 보면 차츰 차츰 살림이 나아지는 것이고, 또 기는 놈 위에 나는 놈이 있는 것처럼 더 많이 벌고 더 잘 사는 사람이 있는 것은 어쩔 수 없는 것이지요. 사실 돈 있는 사람들이 공장이라도 세워 놓으니까 가난한 사람들이 그 공장에 가서 일하고 월급 받아 먹고 사는 것 아닌가요? 그런데 가진 놈들은 모두 나쁜 놈이라고 쓰러지게 만들어 놓으면 누가 공장을 세우고 가난한 사람들은 어디 가서 일하고 먹고 살겠어요. 정부에서 다 먹여 살릴 수 있나요? 사실 돈 있는 사람들 때문에 없는 사람들도 먹고 살 수 있으니 돈 있는 사람들이 오히려 고마운 사람들이지요. 그래서 근로자들이 너무 억울한 일이 아니면 기업주들과 함부로 투쟁하면 곤란하지요. 특히 파업을 하게 되면 결과적으로 그 손해가 국민과 근로자들에게 돌아가니까 해서는 안 되지요. 회사에도 남는 것이 있어야 기술도 개발하고 공장도 확장하여 사람을 많이 고용하고 살기가 좋아지는 것 아닌가요? 그런데 공무원의 부정부패는 정말로 척결해야 해요. 공무원이 정직하면 기업인들도 정직해지고 국민들도 저절로 정직해질 테니까요. 그런데 남한에는 친일파들이 처벌을 받지 않고 그 후손들이 모두 잘 산다고 하는데 정말 안 될 일이지요. 독립운동가들의 후손들은 못 살고 친일파 후손들은 잘 산다면 그 동안 정부에서 너무 잘못한 거지요. 국회의원들이 좋은 법을 많이 제정하여 그런 것을 바로잡아야 하는데 가만히 보면 그 인간들은 날마다 당파

싸움만 하는 것 같아요. 국회의원들 보기 싫어서 텔레비전을 안 본다는 사람들도 많더군요. 미국에서는 국회의원들이 소속정당의 방침에 따르지 않고 반대당의 정책을 지지하는 사람들이 많다는데 우리나라에서는 소속정당의 정책에 무조건 따르고 반대당의 정책에는 무조건하고 반대를 위한 반대를 하는 사람들이 많답니다. 그래서 국회를 아주 없애 버리고 독재정치를 하던지 아니면 국회의원 정원도 과감하게 줄이고 주민소환제도를 활성화하고 현역 국회의원들은 절대로 다시 당선시키지 말고 참신한 인물을 당선시켜야 한다는 주장도 있어요."

"모두 옳은 말씀입니다. 그런데 남한에서는 친일파와 친미파가 득세한다는 비판이 있습니다. 다시 말하면 남한정권은 외세에 의존한 정권이라는 것이지요."

"아주 옛날에는 모르지만 적어도 근대국가로 발전한 나라들은 서로서로 선진국의 이념과 제도와 여러 가지 문물을 받아들이고 여러 나라와 국교를 맺고 긴밀한 관계를 유지하다 보면 저절로 외세에 의존하는 경향도 생기는 것이고 그러한 현상은 국가의 독립이나 안전보장이나 발전을 위하여 필요한 것인데 그것을 친일파니 친미파니 친중파니 친러파니 하여 극단적으로 비판하는 것은 그 타당성이 희박하지요. 그리고 모든 정치적 병폐는 그 사람들 때문에 빚어진 것이라고 보는 것도 타당하지 않아요. 정치적 사회적 병폐라는 것은 어느 사회에서나 있을 수 있는 것이고 그때 그때의 특수한 환경이나 조건의 영향을 받는 것이기 때문이지요. 말하자면 평상시에는 일어날 수 없는 일이 비상시에는 일어날 수 있으니까요. 따라서 남한사회에서 일어나는 여러 가지 모순을 가리켜 외세 때문이라는 주장은 이른바 '기본귀인오류'(基本歸因誤謬)를 범하는 것이지요. 어떤 사람이 무슨 일을 할 때에는 그 사람의 성격이나 가치관과 같은 내적 요인도 크게 작용하지만 주변환경과 같은 외적 요인도 작용하기 때문에 모든 것을 어떤 특정한 사람에게 책임이 있다고 주장하면 오류를 범하기 쉽거든요. 그런데 가난한 나라 사람들이 부자나라 국민들보다 더 행복감을 느낀다는 말이 있더군요."

"그럴 수도 있겠지요. 천석꾼은 천 가지 걱정이 있고 만석꾼은 만 가지 걱정이 있다니까 차라리 아무 것도 가진 것이 없으면 걱정도 없겠지요. 하지만 가난한 사람들의 삶이라는 것이 어디 사람다운 삶이라고 할 수 있나요? 인간이 인간답게 살려면 기본적으로 물질이나 자유나 예술의 향유가 필요한 것이니까요. 소위 웰빙이 없으면 안 되지요."

"그런데 빈부격차가 있으면 배 아픈 병이 생긴다는 것 아닙니까?"

"그 배 아픈 병 때문에 자기도 열심히 분발하게 되고 분발하다 보면 향상하고 발전하는 것이지요."

"그렇습니다. 빈곤에도 절대적 빈곤과 상대적 빈곤이 있는데 절대적 빈곤은 벗어나야지요. 상대적 빈곤은 대개 나보다 더 잘 사는 사람과 비교하여 말하는 것이고 은근히 부럽기도 하고 시기심도 생기고 배가 아프기도 한 거지요. 상대적 피박탈감을 느낀다고도 하지요. 그런데 북한 같은 사회주의 국가에는 그런 것이 없어서 모두 배 아픈 병도 없는 것 아닐까요?"

"사회주의 국가에도 당 간부라던가 하는 일부는 부유하게 산답니다. 그리고 개인소유는 아니라도 국가소유의 모든 시설을 특별히 사용할 수 있으면 그것이 바로 특권이고 빈부격차고 불평등이라고 할 수 있지요. 현재 사회주의 국가들이 어떤 형편인지 자본주의 국가와 비교해 보면 분명하지요. 아무리 자본주의 국가에 부조리가 많아도 사회주의 국가보다는 훨씬 살기가 좋다는 것이 상식이거든요. 사회주의 국가는 근본적으로 경제가 발전하기 어렵다는 것 아닙니까? 집단농장이니 인민공사니 하는 것들이 모두 실패로 끝나고, 철두철미한 국가권력의 간섭으로는 모든 것이 발전할 수 없다는 것이 증명되었다는 것이지요. 국가의 기능은 적으면 적을수록 개인의 자유가 보장되고 국민의 생활도 향상된다는 거지요. 말하자면 국민들이 서로서로 경쟁하면서 창의성을 발휘할 수 있어야 한다는 거지요."

"경쟁을 조장하면 약육강식과 같은 정글자본주의가 되고 경쟁을 억제하면 발전을 못하니까 문제군요. 그러니 적당한 조장과 적당한 통제가 어렵다는 거지요."

"그렇습니다. 어쨌든 고전적인 사회주의 경제체제는 이미 실패로 끝났지요. 그것이 바로 사회주의를 비판하는 좌파운동을 촉진하게 되었겠지요. 엄청난 혁명이지요. 그래서 중국에는 벌써 30년 전에 선부론(先富論)이라는 것이 등장했잖았습니까? 모든 인민이 동시에 똑같이 부자가 되기는 어려우므로 능력 있는 사람이 먼저 부자가 되면 다른 사람들에게도 도움이 된다는 거지요."

"선부론이라는 것은 능력 있는 사람이 먼저 부자되라는 것인가요?"

"그렇지요. 요즘 어느 신문에서도 중국의 경제에 관하여 자세히 썼더군요. 큰 솥에 가득한 밥을 먹을 때 일을 열심히 한 사람이나 꾀를 부리고 놀기만 한 사람이나 누구든지 먹고 싶은 대로 먹는 것은 겉으로 보기에 평등하게 보이겠지만 능력과 업적의 차이를 인정하지 않는 까닭으로 점점 밥이 줄어들게 되어 종당에는 다 같이 배고프게 되고 만다는 거지요. 그래서 국가에서 경영하는 기업체에서도 사람의 능력에 따라 대우를 달리 하게 되었지요. 그랬더니 생산고도 높아졌답니다. 결국 '따궈판'(大鍋飯)의 논리는 깨어졌지요. 그리고 '톄판완'(鐵飯碗)이라는 것도 이제 깨어졌답니다. 국가에서 모든 사람들을 취업시키다 보니까 능력별로 하기도 어렵고 봉급의 차이도 인정하기 어렵기 때문에 공직자의 밥그릇은 철밥통이라고 했는데 이제는 엄격한 평가에 의하여 차별화하고 '샤강' (下崗, 해고)도 한답니다. 지금 중국에서는 '샤하이' (下海)라는 말도 있는데 '샤하이' 는 원래 바다로 뛰어든다는 말이지만 바다는 위험하기도 한 곳이므로 선량한 사람이 위험한 조직에 가담하거나 양가집 규수가 화류계로 뛰어든다는 뜻으로도 쓰이고, 철밥통 같은 공무원이라는 직업을 내던지고 외국기업이나 합작기업으로 자리를 옮기거나 창업을 하기도 한다는 말로 쓴답니다."

"등소평이 집권한 후로 '능력 있는 사람이 먼저 부자 되라' 는 '선부론' 이 나오고 '흑묘백묘론' 이 나왔다고 하는데 바로 그것이군요. 정말 검은 고양이나 흰 고양이나 쥐만 잘 잡으면 고양이지요. 그래서 사회주의는 시장경제를 받아들이고 자본주의는 사회복지를 강화하여 서로 접근하는 것이지요. 결국 냉전시대의 이념은 이제 물 건너갔다고 볼 수 있고 그 이념에 사로잡히는 것은 시대에 뒤떨어진 것이지요. 지금 중국은 자본주의 국가인지 사회주의 국가인지 모를 정도로 사유재산제도가 인정되고 서로서로 돈 벌기에 혈안이 되고 빈부격차도 심하게 일어난다지요. 겉은 빨간 사과가 속은 하얀 것처럼 중국은 겉으로만 공산주의이고 속은 자본주의랍니다. 사람은 누구나 돈을 싫어할 수가 없지요. 돈이 있어야 의식주도 해결하고 문화생활도 하고 병원에도 다니고 어려운 사람도 돕고 체면도 지키고 사업도 할 수 있으니까요. 그래서 옛날부터 '창름(倉廩)이 차야 예절을 알고 의식이 족해야 영욕을 안다' 는 말이 있는 것이지요."

"그렇습니다. 사람에게는 정신도 중요하지만 물질도 매우 중요하지요. 먹지 않고 사는 사람은 없고, 인민을 빈곤하게 만들어서 살기 좋은 사회나 국가를 만들 수는 없으니까요."

"그런데 중국에는 아직 문제가 많다지요? 웬 불량식품이 그리 많고 가짜가 많은지. 한국도 그렇지만. 그리고 요즘은 살기가 어려워서 집단 시위가 자주 일어난다지요? 베이징이나 샹하이나 발달한 도시에는 농촌에서 무작정 올라 온 사람들이 실직자가 되어 구걸하는데 그 사람들은 주민등록이 접수되지 않아서 시민으로 인정되지도 않고 시민이 받는 혜택도 없어서 아이들을 학교에 보낼 수도 없다는군요. 우리나라와는 전혀 다르답니다."

"우리나라에는 농촌에서 도시로 와서 즉시 주민등록을 하고 혜택도 받지만 중국은 전혀 다르지요. 중국에는 거주이전의 자유가 제대로 보장되지 않는 것이지요."

"자기가 살고 싶은 곳에서 살 수 있는 자유도 없다면 갇혀서 사는 것이나 마찬가지군요."

"요즘 신문을 보니까 중국은 앞으로 '마르크시즘'을 버리고 유교를 바탕으로 하는 체제로 나갈 것이라는 주장이 있더군요."

"그것이 누구의 주장인가요?"

"다니엘 벨이라는 캐나다 출신 학자인데 옥스퍼드대학에서 철학박사학위를 받고 현재 베이징의 칭화대학에서 강의하는 교수랍니다. 그는 《중국의 새로운 유교》라는 책에서 그렇게 주장했답니다. 지금 중국의 지도자들은 '유교사회주의'라는 말을 쓰는데 그것이 신좌파 지식인들의 생각이랍니다. 후진타오(胡錦濤)가 집권한 후로 '화해'(和諧)와 '이인위본'(以人爲本)이라는 구호가 등장하였는데 같은 맥락이랍니다. 공자가 말했다는 '대동'(大同)이라는 것이 곧 유교사회주의의 근본이라고 생각합니다. 대동사회라는 것은 모든 사람이 서로 도우면서 다 같이 잘 살고 범죄가 없는 이상사회라는 것인데 그것은 모든 나라의 정치적 이상이지요. 그리고 그 이상을 실현하기 위한 방법은 너무나 다양하기 때문에 나라마다 모두 형형색색으로 차이를 나타내게 되겠지요. 결국 공산주의 국가의 사회주의나 자본주의 국가의 기독교사회주의나 유교사회주의나 정치 사회적 측면에서는 공통점이 많고 대동소이한 것 같습니다. 사회복지를 강조하니까요."

경선생과의 토론은 끝이 없을 것 같았다. 그리고 맹교수 일행은 경선생의 박식한 토론에 다시 한 번 놀랐다.

경선생은 날마다 신문을 보는 것이 일이란다. 북한이나 중국에 관하여 아는 것도 많고 일제 때에 공부한 실력으로 일본어도 잘 하고 상식이 풍부하고 경험이 많았다. 북한에서 월남한 사람들일수록 남한에서 고생도 많이 하였을 것이 분명한데 사회주의보다는 자본주의를 옹호하는 경향이 많이 나타나는 것이었다.

경선생은 지금에 와서 생각해 보아도 그때 부모님을 모시고 온 것은 일생 가운데 가장 잘 한 일이었다.

남북이산가족은 천 만 명이나 되고, 가족의 소식을 듣고 만나기를 기다리고 기다리다가 한을 품고 죽은 동포가 헤아릴 수 없이 많다는데. 만일 그때 부모님을 모시고 오지 않았더라면 어찌 되었을까 생각할수록 끔찍한 일이었다.

경선생은 을지로 3가와 충무로 3가를 중심무대로 장사에 성공하여 재산도 모으고 3남 1녀를 길러내었다.

"탈북 동포들은 정말 불쌍해요. 중국에서는 잡혀서 북송되기 쉽다는데."

"그래서 브로커들에게 돈을 많이 주고 보호를 받고 월남이나 타일랜드나 캄보디아로 가고 또 러시아와 몽골로도 간답니다. 어느 국경에는 철조망 밑에 지뢰를 매설하여 위험하기 짝이 없고, 추운 겨울에는 동상으로 발이 썩는 사람들도 있답니다."

"그런데 못된 브로커들이 많다지요?"

"그래도 그 사람들이 아니면 한국까지 올 수가 없기 때문에 그들에게 의존하지 않을 도리가 없답니다. 더군다나 북한에 남아 있는 가족들을 부탁해야 하는 처지이기도 하고요."

"그런데 그 동안 한국 정부에서 탈북 동포들을 잘 도와주지 않았다는군요. 목숨을 걸고 탈출한 사람들이기 때문에 국제적 난민에 해당하는 데도 불구하고. 아마도 북한 당국과의 관계를 고려하여 그리 한 모양이지만 너무나 잘못이라는 여론이 있어요. 탈북자가 중국에 주재하고 있는 한국영사관에 도와 달라고 전화를 걸면 핀잔을 주고 박절하게 끊어버린답니다."

아침부터 맑았던 하늘이 어두워지는 듯하더니 가느다란 빗방울이 떨어지기 시작하였다. 얼굴에 떨어지고 옷에도 떨어졌다.

맹교수 일행은 경선생의 이야기를 중단시킬 수가 없어서 인내심을 발휘하였으나 그것도 한계가 있었다.

"경선생님, 비가 내리네요."

"비? 비는 무슨 비여?"

"모자를 벗어보세요."

"뭐, 안개만도 못한 걸 가지고 그래요?"

"그래요. 그래 자녀들은 다 어디 살아요?"

"여기도 살고 서울에도 살고."

맹교수는 이야기를 들으며 가벼운 동작으로 운동을 하였다.

집에서는 곧 들어오라는 독촉전화가 올 것 같았다.

"오늘은 그만 들어가야 하는데요."

"왜 그래요? 바빠요?"

"글쎄요. 비도 올 것 같고요."

"비는 안 와요. 밤에는 몰라도."

"저 다리 밑으로 가실까요."

"그래, 그럼."

다 같이 일어섰다. 일어서자마자 빗방울은 굵어졌다. 그들은 뛰어서 방아교 밑에 도착하였다.

다시 이야기는 계속되었다. 경선생은 담배를 꺼내었다. 맹교수는 담배연기를 피하기 위하여 일어서서 맨손체조를 하였다. 경선생은 등을 굽히고 손을 땅에 대는 모습을 보였다.

맹교수는 무릎 밑으로는 손이 내려가지 못할 정도라고 하였더니 날마다 연습하란다. 그리고 자전거보관대의 철봉을 붙들고 운동하는 요령을 가르쳐 주었다.

맹교수보다 체조를 잘 하고 가르치기도 잘 하였다. 맹교수는 순진한 학생처럼 그가 가르치는 대로 따라 하였다.

맹교수는 다시 집으로 돌아가자고 재촉하여 자리를 떴다. 운중천을 따라 올라가다가 계단을 거쳐서 경찰관파출소와 동사무소를 지나 어린이집까지 동행하였으나 다시 아파트 입구에 있는 파고라에 가서 주저앉게 되었다.

등산과 산삼캐기에 관한 이야기가 나왔다. 산삼을 수 십 뿌리나 먹었다고 한다. 이야기를 듣고 있는데 맹교수에게 전화가 왔다. 저녁식사 시간이 되었다는 것이었다. 그러나 그는 맹교수를 놓아 줄 기미를 보여주지 않았다.

맹교수는 하는 수 없이 일이 있다는 핑계를 대고 작별을 고하였다.

아들과 며느리는 가게에 나가고 손자들은 학원에 가고 혼자서 집에 들어 갈 필요는 없으니 7시까지는 바람을 쏘이고 싶은 것이었다. 올해는 무자년. 그는 임술생, 개띠. 87세이다. 허리가 좀 불편하다고는 하지만 다른 곳은 모두 큰 탈이 없다.

경선생은 맹교수가 싫어하는 담배를 피우기는 하지만 바람이 부는 방향에 따라 맹교수에게 연기가 가지 않도록 자리를 옮겼다. 그러면서 좀 더 오래 살기 위하여 담배를 끊고 싶지는 않단다. 살아 봤자 별

수가 없고 외롭기만 하고 고생만 심하단다.

젊어서는 고생도 고생으로 느끼지 못하였는데 늙으니까 모든 것이 귀찮기만 하단다. 보람도 즐거움도 없고 할 일도 없는 하루하루가 지루하단다.

그러나 그는 순간순간 손자손녀들의 귀여운 얼굴을 그려가며 보이지 않는 끈끈한 애정을 보내는 것이었다. 손자손녀가 유일한 기쁨이요 즐거움이었다. 일제 강점기와 한국전쟁의 소용돌이 속에서 살아온 그의 체험과 지혜는 후손들에게 길이 전해 줄 만한 것이었다. 그는 자유의 개념이 무엇인지를 남다르게 터득하고 있었다.

13
어느 날

공선생이 며칠동안 사랑방에 나오지 않았다.

맹교수가 전화를 걸었다.

"두통이 오고 머리가 몹시 가렵고 아팠습니다. 처음엔 병원에 가도 별다른 이상이 없다고 하였는데 왼쪽 이마와 눈꺼풀에 빨간 발진이 일어났어요. 그래서 다시 병원엘 갔더니 대상포진이라고 하더군요. 척추에 잠복하고 있던 바이러스가 면역이 약해진 틈을 타서 병을 일으킨다는군요."

"아, 그래요? 나도 칠팔년 전에 대상포진을 앓았는데 10여 일 지나니까 가라앉더군요."

"지금은 거의 가라앉고 있는데 아직 눈을 제대로 뜨기 어려워요. 두통도 있고요."

"대상포진 정도는 대단찮은 병이지만 치료는 잘 해야 하지요. 산보는 할 수 있나요?"

"눈을 잘 뜨기 어려워서 거실에서 거닐고 맨손체조를 합니다."

대상포진이라는 것은 통증이 심하여 괴롭고 눈 주위에 발생할 때

에는 시신경이 손상되어 시력을 잃는 수도 있다고 하니 업수이 볼 것
도 아니었다.

S대학교 명예교수 A박사는 대상포진이 도화선이 되어 피부세포가
죽어가는 질병이 일어나 매우 심각한 지경에 이르렀다가 어렵게 회
복되었다고 한다. 맹교수는 의사의 지시대로 치료 잘 받으라는 말로
통화를 끊었다.

공선생은 대상포진이 진행하는 동안 독서에 열중하게 되었다. 일
찍이 불교에 관심이 많았던 그는 벌써 아마추어 수준을 훨씬 넘어서
전문가와도 토론할 수 있는 수준이었다. 특히 어려서부터 기억력이
좋았던 탓으로 웬만한 글은 읽는 대로 암기하는 것이 많았다.

최근에는 《벽암록》(碧巖錄)에 관심이 기울어져 옛날에 읽었던 책
들을 책장 속에서 꺼내 들고 하루 종일 읽기도 하였다. 원오극근(圜
悟克勤)이 지었고 임제종(臨濟宗)에서 중요하게 여기는 선종(禪宗)
의 필독서라고 한다.

공선생은 기회가 있을 때마다 교종(敎宗)보다는 선종에 심취한 이
야기를 하곤 하였다.

오래간만에 성선생이 나타났다.

성선생은 창녕 성씨로 성삼문의 34세손이라고 한다. 성삼문은 단
종의 복위를 꾀하다가 죽은 사육신(死六臣)의 한 분인 데다가 맹교수
가 초등학교에 취학하기 전, 강습소에 다닐 때에 조선어를 가르쳐 주
신 선생님이 성선생님이었기 때문에 맹교수는 성씨(成氏)에 대하여
특별히 관심을 가지고 있었다.

강습소 성선생님은 항상 '조선 사람은 반드시 조선어를 잘 배워야
한다'고 말하면서 조선어(한글)를 열심히 가르치는 분이었다. 그리
고 새벽 6시와 정오에는 높은 종각에 매어달린 종을 쳐서 마을 사람

들에게 시간을 알려 주었고 마을에 화재가 발생할 때도 종을 쳐서 알려주었다.

당시는 시계도 거의 없고 라디오도 없고 방송시설도 전혀 없는 시대였다.

오늘 만난 성선생은 말을 잘 하지 않기 때문에 개인적인 사생활이 어떠한지 잘 알기 어렵다.

그러나 그의 딸이 10여 년 전에 질병으로 사망하고 아들도 수년 전에 교통사고를 당하여 비슷한 나이로 사망하였는데 부인마저 2년 전에 사망하였다.

딸이 사망하였을 때 성선생 부인은 너무나 애절하여 며칠동안 식음을 폐할 지경이었는데 그 후 10년도 안 되어 또 아들이 죽자 너무나 충격을 받아서 몸이 허약해지더니 열심히 다니던 교회도 나가지 않다가 사망하였다고 한다.

성선생 부인은 사망하기 전에 심한 우울증에 걸린 것 같았다. 도무지 말도 잘 하지 않고 교회도 나가지 않을 뿐만 아니라 그렇게 자주하던 기도도 하지 않았다.

"여보. 오늘은 교회에 가야지요?"

"……."

"교회 가요."

"당신 혼자 가셔요."

"기운을 내요. 당신만 그런 거 아니잖아요. 나는 더 해요."

"지금 또 발작하는 거 같아요."

"어떻게?"

"가슴이 뛰고 얼굴이 화끈거리기 시작해요. 정신이 몽롱해지는 건지 이상해요. 이러다 미치던지 죽을 것 같아요."

"그 불안장앤가 공황장앤가 그런 거 발작하는 것 같단 말이지요?"

"글쎄 무언지는 몰라도 벌써 수년 전부터 그런 거 알잖아요? 고질병."

"고질은 무슨 고질? 누구나 그럴 때가 있어요."

"너무 자주 그러니까 그렇지요. 그러나 저러나 말 좀 시키지 말고 내버려 둬요. 나 신경질이 나기 시작해요. 아이고 죽겠네."

"아주 심하면 병원으로 갑시다."

"……."

"가요."

"의사도 다 소용없어요. 약을 자꾸 먹으면 부작용만 일어난대요. 좀 있으면 가라앉겠지요. 이렇게 살아서 무엇하는 건지. 차라리 죽었으면 좋겠어요."

"그게 무슨 소리요? 누구든지 그런 생각이 들 때가 있어요. 당신만 그런 거 아니라니까요. 하나님께 기도해 봐요. 당신이 그렇게 믿고 의지하고 매달리던 하나님이 지금 내려다보고 계시다는 걸 생각해요. 죄송하지도 안 해요?"

"하나님이 원망스러워요. 왜 하필이면 우리 자식들같이 착한 것들을 모두 빼앗아 간단 말이오? 인정도 없고 사정도 없는 하나님인데 내가 왜 자꾸 매달려요?"

"하나님의 뜻은 아무도 모르는 거래요. 어린 아이들이 어른의 뜻을 모르는 것과 같다잖아요?"

"그래도 나는 하나님이 원망스러워요……."

성선생 부인은 홧병으로 사망하였다고 소문이 났다. 실지로 딸이 죽고 아들이 죽은 후에 병이 났기 때문에 그렇게 볼 수밖에 없었다. 성선생은 그 홧병을 우울증으로 보았다. 우울증은 자살을 유도하기도 한다는데 혹시 그런 지경에 이르지 않을까 걱정이었다. 자살이라니? 생각만 하여도 몸서리쳐지는 기분이었다. 그러나 부인은 생명에 대한 애착이라고는 손톱만큼도 없는 것 같았다.

성선생은 부인이 너무나 심한 우울증으로 몸이 쇠약해져서 사망하고 나니 정말 인생이 의미가 없고 살고 싶은 생각이 없어서 어디론가 방랑이나 하고 싶었다.

그러나 어디로든지 떠나려고 버스터미널로 나가면 막상 갈 곳이 없어서 그대로 거리를 배회하다가 아무도 없는 빈 집으로 되돌아오기도 여러 차례 하였다.

집으로 돌아오면 부인이 쓰던 물건들이 보이고, 갑자기 부인이 나타나서 자기를 반겨 줄 것도 같은 생각도 나고, 부엌에서 요리를 할 것도 같아서 어리둥절할 때가 많았다. 그리고 종잡을 수 없는 상념에 빠지곤 하였다.

도대체 사람은 죽으면 어떻게 되는 것일까. 땅 속에서 썩어버리거나 한 줌의 재가 되어 이리저리 날아가고 마는 것일까. 아니면 예수가 재림하여 심판을 받고 선한 자는 천국으로 악한 자는 지옥으로 가서 다시 삶이 이어지는 것일까. 아니면 선한 자는 열반의 세계로 가고 악한 자는 축생으로 다시 환생하는 것일까. 아니면 신선이 되어 불로장생하는 것일까. 지금 자기의 부인은 예수의 재림을 기다리는 것일까 아니면 어떤 축생으로 벌써 다시 태어났을까. 아니면 신선이 되어 어느 아름다운 꽃동산에서 아들 딸을 만나서 행복하게 살면서 영감을 기다리고 있을까.

그는 한참씩이나 멍하니 서 있다가 밥도 먹기가 싫어서 담배를 한 대 피우다 보면 어느 사이에 눈시울이 뜨거워지고 눈물을 훔치다가 텔레비전을 켜 놓고 아무거나 시청하다가 저녁을 굶고 소파에 쓰러져 잠들었다가 배가 몹시 고프면 한밤중에 냉장고를 열고 아무거나 닥치는 대로 꺼내어 먹곤 하였다. 어쩌다가 밖에서 외식을 할 때면 과음 과식을 하기도 하고 식사시간이 불규칙한 수가 많아서 그런지 속이 거북하고 불쾌감을 느끼는 수가 많았다.

그래서 그는 몇 번이나 장 내시경 검사를 하기로 마음먹었었지만 도무지 하기가 싫어서 여러 차례 미루어 왔다.

맹교수는 말을 걸었다.

"성선생님은 안색도 좋으시고 건강하게 보입니다. 건강과 안색은 관계가 깊으니까 별로 문제는 없을 것 같아요. 그러나 속이 늘 거북하다면 병원에 가서 검사는 받으시는 것이 좋을 것입니다."

"그래요. 그래서 바로 며칠 전에 결국은 검사를 받았어요."

"잘 하셨습니다. 그래 결과도 보시고요?"

"그래요. 별로 이상은 없답니다. 식사를 규칙적으로 하랍니다. 과음 과식 술 담배 등 모두 조심하래요. 받고 나니까 이상하게 속이 시원하고 식욕도 아주 좋아졌어요."

"다행이네요."

"그런데 나 잠깐 실례합니다. 화장실 좀 다녀오겠습니다."

성선생은 화장실을 다녀 와서 작년에 전립선 비대증을 치료하였다고 말한다.

"시내에서는 최고라는 병원을 찾아갔더니 공교롭게도 나와 이름이 똑 같은 의사를 만나게 되었어요. 반갑기도 하고 믿음직하기도 하더군요. 날마다 한 알씩 약을 먹겠느냐, 아니면 수술을 받겠느냐고 묻는데 죽을 때까지 날마다 약을 먹는 것보다는 수술로 한 번에 고치는 것이 나을 것 같아서 수술을 택하였더니 아 한 달에 한 번씩은 병원에 가서 요도를 치료하게 되었어요. 그렇지 않으면 소변이 잘 나오질 않아요. 차라리 수술을 안 한 것만도 못한 것 같아요. 이럴 줄 알았으면 약을 먹는 건데. 암만 해도 의사가 처음에 치료를 잘못한 것 같아요."

"글쎄요. 병원에서 오진도 상당히 많고 수술도 완전하지 못한 수가 많다고는 하지요. 그런데 그 병원은 일류병원이니까 실수는 없겠지요."

"일류병원이라고는 하지만 어째 의사들이 모두 젊어보이더군요."

"젊은 의사들이 새로운 의술을 많이 배우니까 늙은 의사들보다 낫다는 말이 있어요."

"아무튼 병나지 않고 건강한 사람들은 대단한 행운아지요. 내 친구의 부인은 류마치스성 관절염인데 벌써 다섯 차례나 수술을 받았대요. 도저히 친구가 간호할 형편이 못 되어 '효 요양원'이라는 곳으로 갔대요."

"가족들이 좀 수고하면 될 텐데."

"친구는 심장이 좋지 않아서 현재 인공심장박동기로 살고 있어요. 그래서 부인을 간호하기가 힘드는가 봐요."

"인공심장박동기는 어떤 경우에 필요한 겁니까?"

"심장 박동이 너무 느리거나 너무 빠를 때 필요하대요. 최소맥박수와 최대맥박수를 조절하는 것이니까요. 서빈맥증후군(徐頻脈症候群)이라는 것은 일종의 부정맥이라고 합니다."

"자각증세가 있나요?"

"가슴이 두근거리는 증상이 잦거나, 가슴이 답답하고 기운이 빠지거나, 일시적으로 정신을 잃거나 어지러움증을 느낀답니다."

"실은 나도 이따금 그런 증상을 느끼는 수가 있는데……."

"의심스러울 때는 병원으로 가서 검사를 받아볼 수도 있지만 지금까지 발견되지 않았으면 괜찮겠지요."

"노인들의 질병은 대체로 자연현상이라고 받아들여야 한답니다. 노화과정이니까요. 생로병사의 필연성 아니겠어요. 예방이나 완치는 불가능한 것이니까요. 그렇다고 그냥 둘 수도 없지요. 심한 고통이나 장애나 일어나지 않도록 관리는 해야지요. 할 수 있는 데까지."

"마치 자동차 관리와 비슷하다고 하더군요."

"그렇지요. 자동차도 쓰면 쓸수록 여러 가지 상태가 나빠지다가 결국엔 폐차장으로 가고 마는 것인데 폐차장으로 간다고 하여 수리를 하지 않으면 당장 사용하는 데 불편하고 위험하기도 하니까 돈을 들여가며 관리할 수밖에 없는 것처럼 사람의 건강도 똑 같다는 거지요."

"문제는 노화과정을 지연시키는 것이라고 볼 수 있지요."

"그래요. 신체를 너무 혹사시키지 말아야 한답니다. 그런데 젊었을 때는 힘든 일을 무서워하지 않고 너무 일을 했지요. 먹고 살기가 힘들었으니까요. 또 무절제하기도 하고요. 과식하여 소화기관을 해치고, 술 담배와 고민으로 심장을 해치고요. 스트레스 근심 걱정 불안 초조 등은 뇌를 해친답니다."

"고민이라는 것이 스트레스와 같은 것이겠지요. 그런데 그것이 뇌에만 해로운 것이 아니라 심장에도 해롭습니까?"

"그렇답니다. 인체는 유기체이기 때문에 서로 서로 연관이 있으니까요."

"늙으면 얼굴에 검버섯이 생기는데 그것도 노화의 증거라더군요."

"그렇답니다. 혈관이 노화하여 혈액순환상태가 불량해지는 거랍니다. 피부에 검버섯만 생기는 것이 아니고 주름살이 생기고 광택이 없어지고 탄력성이 없어지는 것이지요. 새로 벋은 나뭇가지는 윤기가 있고 탄력도 있고 깨끗하지만 몇 년 묵은 가지는 그렇지 않은 것과 같은 것이지요."

맹교수와 성선생은 노인병에 관하여 아는 모든 지식을 동원하였다. 그리고 아무리 늙지 않으려고 발버둥쳐도 소용이 없다는 결론에 도달할 수밖에 없었다.

건강관리가 필요없는 것은 아니지만 한계가 있는 것이고 결국은 '차뿌둬'(差不多)라는 것이다. 큰 차이가 없고 대동소이하고 그게 그거라는 것이다.

"그런데 성선생은 교회에 다니면서 '신유집회'에 참석한 일이 있습니까?"

"있지요. 신유집회라는 걸 어떻게 알지요?"

"내자한테 들은 일이 있어요. 그런데 어느 교회에서 신유집회를 연다는 전단지가 신문에 끼여 왔기에 읽어 보았지요."

"그래, 전단지의 내용은 어떻던가요?"

"하나님은 말씀만 하시는 분이 아니라 자신의 살아계심을 직접 나타내시는 분이다. ……당신은 이 집회에서 하나님께서 친히 일하시는 현장, 곧 소경이 보게 되고, 귀머거리가 듣게 되며, 벙어리가 말하게 되고, 구부러진 팔다리와 몸이 펴지는 것과 짧은 신체들이 자라는 것, 휠체어에 탄 사람이 일어나 걷게 되는 것, 악한 영들이 쫓겨나며, 온갖 불치병자들이 즉석에서 고침받는 일들을 목격하면서 하나님의 능력을 경험하게 된다. 사모하는 마음으로 집회에 오면 '생애 최고의 날'을 만나게 된다는 겁니다."

"목사는 어떤 분인지?"

"목사님은 일반대학도 다니고 신학대학도 다니고 대학원도 다닌 분인데 '예수중보전투단' 대표, '황금이삭선교회' 대표라는데 2004년 가을부터 2008년 11월까지 4년 동안에 16,000명이 넘는 다양한 병자들을 치유하게 하였답니다. 청각장애가 190명, 시각장애 120명, 언어장애 52명을 비롯하여 무수히 많답니다."

"그렇군요……. 나는 그런 것을 직접 목격한 일이 없었어요."

"그러면 이번에 한 번 가서 은혜를 받으시면 좋겠네요."

264

"그렇지만 병이 생기는 것 자체가 다 하나님의 뜻이 아닌가요?"

"하나님은 우리 인간에게 자유의지를 주셨고 책임을 주셨기 때문에 모두 하나님의 뜻으로만 돌릴 수는 없겠지요. 종교는 믿음이 제일이라는데 질병의 고통에서 벗어나게 해달라고 간절히 기도하면 응답이 있다는 거지요. 실지로 당뇨합병증 뇌신경동맥경화의 치유, 허리통증의 치유, 심장병 치유, 어깨통증 치유, 뇌성마비 치유, 육신과 영혼의 치유, 간경화 치유, 공포증 치유, 교회의 변화, 기도의 능력 등에 대한 간증이 소개되어 있어요."

"……."

"사람은 자연상태에서 너무나 연약하고 왜소한 존재가 아닙니까? 그러나 하나님의 자녀임을 믿으면 아주 강해질 수 있어요. 그리고 부모가 자녀를 위하여 모든 것을 베푸는 것처럼 하나님도 우리들에게 모든 것을 베푸실 것입니다. 사람은 우주를 알아야 하고 절대자를 알아야 하고 창조주를 알아야 하거든요. 절대자이시고 창조주이신 분이 곧 하나님이고 하나님은 전지전능하시니까 인간의 모든 문제를 해결해 주실 수 있는 거지요. 문제는 어리석은 인간들이 하나님의 존재를 깨닫지 못하는 데 있는 것이지요. 어리석은 사람들은 당장 눈에 보이는 것만 있다고 믿고 보이지 않는 것은 없다고 생각하지요. 우리가 숨을 쉬고 있는 공기도 안 보이니까 없다고 생각하는 사람들이 있을 겁니다. 보이지 않는 존재를 인식하는 것이 인간의 신령한 능력 아닌가요?"

"……."

그들은 한숨을 내쉬고 침묵이 흘렀다. 하나님의 존재하심과 역사하심이 말로 쉽사리 설명되기는 어려운 분위기였다.

때마침 성선생은 전화를 받았다.

"아, 홍박사요? 안녕하시고?"

"……."

"아. 이제 괜찮아요. 고마워요. 그러지 않아도 전화를 드리고 싶었는데 번호를 잊어버려서 못 드렸어요."

"……."

"지금 손님을 만나서 이야기를 나누는 중이거든요. 다시 연락드릴게요."

그는 간단히 전화를 끊었다. 부동산 등기를 부탁하였던 단골법무사라고 한다.

"그런데 그 사람의 전화번호를 잊어버렸어요?"

"난 전화번호를 잘 잊어버려요. 수첩에 적어 놓고도 한참씩 찾다가 못 찾기도 하고."

"휴대전화기에 입력되어 있잖은가요?"

"난 입력도 못 해요. 당장 온 것은 찍혀 있으니까 알지만. 그래서 아주 중요한 번호는 이렇게 전화기 뒤에 적어서 붙여 놓았지요. 내가 아는 늙은이들은 대개 다 이렇더라구요. 받을 줄밖에 모른대요. 전화기의 기능이 수 십 가지라면서요?"

그는 전화기의 기능이 크게 9가지로 분류되고 9가지가 다시 4가지씩이니까 적어도 36가지 기능이 있다는 것을 잘 알지 못하였다. 그저 사진도 찍고 메시지도 보내고 음악도 듣고 심지어는 게임도 하고 뉴스도 듣고 별짓 다 한다는 것을 어렴풋이 알고 있을 뿐이었다.

우선 전화번호는 입력해 놓고 쓸 줄 알아야 하는데 그것조차도 못하니까 어떤 때는 창피한 생각도 들지만 다른 늙은이들도 거의 비슷하다는 것으로 자기를 변명하고 말았다.

전화기를 아주 많이 쓰는 사람들은 한 자리나 두 자리 번호만 눌러도 된다는데……

266

"그런데 요즘도 채소를 가꾸러 다니시나요?"

"사실은 채소도 거의 포기했어요. 내가 몸도 좋지 않은 데다가 자동차접촉사고를 냈어요. 접촉이 아니라 내가 당한 거지요. 그래서 기분도 나쁘고 해서 채소밭에 다니던 차를 폐차해 버렸어요."

"폐차라니요? 차가 멀쩡하던데요."

"내 채소밭에 가는 도중에 도로확장공사가 있었는데 중앙분리선도 없고 신호등도 작동하지 않았어요. 그래서 나는 양쪽에서 차가 오는지 안 오는지 잘 살피다가 차가 없을 때 좌회전을 했는데 난데없이 버스가 와서 내 차를 들이받더라고요. 교통경찰이 와서 사건을 처리하고 나서도 다행히 시동이 걸려서 서비스공장까지 차를 몰고 가서 수리를 부탁했어요. 그러고 나서 교통경찰과 함께 사고 현장으로 검증을 갔는데 작동하지 않던 신호등이 작동하더라고요. 며칠 후에 알고 보니 멀쩡하게 돌아다니던 버스운전기사가 부상을 당했다고 진단서를 첨부하고, 경찰이 조서를 작성하는데 내가 교통신호를 위반하고 초보운전자인 것처럼 꾸며서 모든 책임이 나에게 있는 것으로 되어 버렸어요. 결국은 내가 귀찮아서 이의제기를 포기하게 됩디다. 버스회사에서 교통사고를 처리하는 사람은 경찰서 교통계 퇴직자이고 현직경찰이 그쪽 편이기 때문에 차라리 벌금이라도 빨리 물고 차를 운행하는 것이 편하겠더라고요."

"결국은 악한 자에게 선한 자가 지고 만 셈이군요. 그럴 땐 끝까지 싸워야 하는데."

"그 후로 건강도 좋지 않고 특히 현기증이 이따금 일어나서 차를 몰기가 싫어지더군요. 그래서 지하주차장에다 몇 주일씩 세워두었더니 번번이 밧데리가 나가서 카센터에 부탁하여 충전하였는데 그것도 한두 번이지 여러 번 거듭하니까 정말로 귀찮더라고요. 이래저래 차를 없애는 것이 상책일 것 같아서 중고자동차시장에 알아보았더니 단돈 10만원도 안 주려고 해서 차라리 폐차하고 말았어요. 15년이나 탔으니까 아까울 것도 없고."

"너무나 아깝네요. 수명이 30년은 된다던데."

"미국 같은 선진국에서는 30년도 더 탄다지만 한국에서는 10년도 안 타고 팔거나 폐차한대요. 아파트에서 보세요. 어디 헌 차 있나? 모두 새 차들이고 중형 이상이지. 그리고 차를 가지고 있으면 자동차세에 보험료에 수리비에 더구나 연료비에 얼마나 많이 드는지 알잖아요? 직장도 없고 놀기만 하는 사람이 차를 가지고 있는 것도 사치거든요. 늙으면 차도 필요없어요. 전엔 이따금 드라이브를 다녔지만 이젠 드라이브도 필요없고. 버스가 제일 편해요. 지하철도 좋고."

"그런데 어제는 어딜 가셨었지요? 전화도 안 받으시던데."

"아, 어제는 동기동창들 모임이 있어서 종로5가까지 갔다 왔어요. 회장이 경질된 후로 한 번도 나가지 않았다가 오래간만에 나갔지요."

"회장은 무얼 하는 사람인가요?"

"사업을 해서 돈도 많이 벌고 지금은 빌딩을 관리하며 편히 지내고 있지요. 총동문회장도 하였는데 친구들을 만나기만 하면 꼭 대포라도 한 잔 사서 대접하려고 해요. 친구들이 다 좋아하지요. 어제는 그 친구 사무실에 가서 바둑도 두고 장기도 두었는데 바둑이나 장기나 모두 중국에서 옥돌로 만든 것이더군요."

"바둑이야 한국이나 중국이나 같겠지만 장기도 똑 같은가요?"

"장기는 약간 다른 셈이지요. 우선 초(楚)와 한(漢)을 장(將)과 수(帥)라고 하고, 청군은 장(將) 사(士) 포(炮) 차(車) 마(馬) 상(象) 졸(卒)인데, 홍군은 수(帥) 사(仕) 포(炮) 차(車) 마(馬) 상(相) 병(兵)으로 구성되어 있어요. 그리고 장수나 사나 병졸이나 포나 말이나 상이나 모두 크기가 똑같아서 시각적으로는 한국 것보다 구별이 쉽지 않아요. 장기판은 한국 것보다 크더군요."

"재미있었겠네요."

"글쎄요. 그런데 문제는 친구들이 담배를 많이 피워서 곤란했어요. 여덟 사람이 모였는데 둘만 빼놓고 모두 담배를 피워요. 점심식사 때부터 피우려고 식당 종업원에게 재떨이를 달라고 하니까 '금연구역'이라고 가져오지 않았어요. 나도 담배 연기와 냄새가 싫어서 나가서 피우라고 하였더니 모두 대청마루로 나가서 둘러 앉아 피우는데 가관이었어요. 그러더니 택시를 타고 회장 사무실로 가자마자 고스톱판을 벌이고서는 서로서로 다투어 담배를 피우는데 창문과 출입문을 열어 놓았어도 연기가 잘 빠지지 않아서 간신히 참았어요. 담배를 피우면 기분이 확 달라진다나."

"사무실 분위기는 어떻던가요? 신사들이 모이는 곳이니까 깨끗하고 조용하긴 하겠지요."

"그렇지요. 벽에는 '백두산천지' 액자가 걸려 있는데 하단부에는 '장백산여유기념'(長白山旅遊紀念)이라고 써 있더군요. 그리고 '안거사위'(安居思危), '비룡재천조화무궁'(飛龍在天造化無窮), '용'(龍), '구'(龜) 등과 같은 휘호가 걸려 있는데 모두 글씨가 좋더라고요. 사업에 성공하여 말년을 윤택하게 지내고 친구들에게도 넉넉하게 베풀면서 지내니까 그 이상 바랄 것이 없을 정도지요."

"사회사업에도 관심이 있는지요?"

"그렇다고 할 수 있어요. 남 모르게 자선단체나 장학재단을 돕는다고 합니다. 그리고 우리 사회의 밝은 면을 부각시키기 위하여《아름다운 이야기》라는 책을 많이 발간하여 전국 도서관과 공공기관에 기증하였답니다."

"그렇습니까? 내용이 궁금하네요."

"내용은 자조 자립 근면 협동 상부상조 효도 우애 애국 봉사 등 우리 사회에서 요구되는 여러 가지 가치를 기준으로 한 것이고, 생활주변에서 일어나는 일들을 직접 간접으로 체험한 사례들을 글로 써서 내도록 널리 공모한 것이지요. 광고료에 출판비에 원고료에 우편요 금까지 모두 상당히 많은 비용이 들었을 것입니다. 사회에 대한 일종 의 환원이지요."

"참으로 좋은 일입니다. 그 책을 읽는 사람들이 감동을 받고 이웃 과 사회와 국가를 생각한다면 얼마나 좋은 일이겠습니까. 그런데 일 본에서도 '눈물이 날 만큼 고마운 이야기'라는 책이 출판되었더군 요. 혹시 그 분이 그 일본책을 보고 감동을 받았는지도 모르겠네요."

"그것은 잘 모르겠지만 본보기가 될 만한 일이지요. 학자들의 어려 운 논문보다도 국민들에게 직접적으로 도움이 되는 사업이지요."

"그런데 우리나라의 대학교수들은 대중들에게 도움이 되는 글을 많이 쓰지 않는 것 같아요. 논문은 많이 쓰는지 모르지만. 저서도 많 지 않고."

"대학에는 연구비가 넉넉해야 하는데 우리나라 대학에는 연구비가 너무 적답니다. 몇 몇 기관에서 연구비를 지원하기는 하지만 선진국 에 견주면 그야말로 조족지혈이지요. 논문을 쓰려면 여러 가지 자료 를 수집하고 실험도 하고 조사도 해야 하는데 그 비용을 확보하기 어 려우니까 연구가 부진할 수밖에 없지요. 논문을 발표하는 데도 연구 자가 출판비의 일부를 상당히 부담해야 한답니다. 그리고 교수 정원 이 너무 적은 것도 문제랍니다. 정원이 넉넉해야 일부는 연구하고 일 부는 강의할 수 있는데 말입니다."

"그렇군요. 다른 친구들은 모두 무엇으로 소일하는지요?"

"모두 80이 다 된 노인들이라 그럭저럭 놀고 지내는데 한 사람은 노인대학 학장을 하고 한 사람은 일본어강사로 바쁘답니다."

"우리 친구들은 벌써 죽은 사람들이 많고 몇몇은 질병으로 바깥 출 입을 하지 못 해요. 교직에 근무하던 사람들이 많은데 한 친구는 부인을 사별하고 재혼한 부인과 어느 시골에서 좋은 땅을 수천평이나 장만하여 농장을 운영하는데 부인이 항상 붙어 있고 놓아주질 않아서 힘든답니다. 부인은 남자에게 '예수'라고 부르는데 무슨 뜻인지도 모르겠대요. 한 친구는 고향에 내려가서 '새터서당' 훈장을 하는데 처음에는 한 아이를 데리고 시작하였더니 점점 학생이 많아져서 지금은 20명이 넘고 여기저기 초청강사로 다니느라고 바쁘답니다. 정말로 보람있는 일을 하고 있어요. 그 친구는 담배도 안 피우지만 술도 겨우 한두 잔으로 그치더군요."

"그런데 남이 피우는 담배는 싫어하면서 성선생님은 어째서 담배를 피우시는지……."

"나는 하루에 대여섯 가치 밖에 안 피워요. 내가 군대를 일찍 갔어요. 군대 가서 배운 거라고는 담배밖에 없는데 그것을 끊기가 어렵네요. 더구나 가정이 엉망이 되고 혼자 살게 되니까 더 많이 피우게 돼요. 할 일도 별로 없어서 그런지. 담배만 피우면 이상하게 모든 근심걱정이 없어지는 것 같고 기분이 아주 상쾌해지거든요."

"중독현상인가 보네요. 나는 몸에 해로운 것을 알면서도 담배를 피우는 사람들을 도무지 이해할 수 없거든요. 남이 내 털끝만 건드려도 화를 불끈 내고 덤비는 사람들이 스스로 담배를 피워서 자기를 해친다는 것은 얼마나 우스운 일이고 어리석은 일입니까."

"그래요. 이제 끊어야지요. 언젠가는. 그러나 이제 살면 얼마나 더 살겠어요? 80이 다 되었는데."

"지금도 부동산사무소에 나가시나요?"

"안 나갑니다. 나 같은 사람은 컴퓨터를 모르니까 부동산사무소에도 쓸모가 없어요. 이제 컴맹들은 아무 것도 할 일이 없어요. 밥이나 치울까. 실은 어떤 친구가 전자우편주소를 묻기에 아무렇게나 꾸며서 가르쳐 주었더니 나를 만나기만 하면 전자우편이 안 간다고 해요.

그래도 나는 시치미를 떼고 그럴 리가 있느냐고 했지요. 그래도 안 들어간다고 하면 다른 것은 잘 들어온다고 하였더니 나더러 우편을 차단한 것 아니냐고 해요. 그 친구는 내가 엉터리로 가르쳐준 주소를 외우고 있어요. 'seong30@naver.com' 이라고요. 원래 순진한 사람이라 나에게 속고 있는 것을 몰라요. 하하하."

"뭐, 그 정도야 악의가 없으니까 속이는 것은 아니겠지만 전자우편이나 인터넷 검색은 정말로 필요한 것인데 지금이라도 배우시면 되는 것 아닙니까. 나도 퇴직 후에 배워서 그럭저럭 활용하고 있어요. 그리고 이제 그 동안 많이 일하고 돈도 벌고 열심히 살았으니까 이제 편히 쉬면서 취미생활이나 하면 되지요. 서실에나 나가서 서예를 하시던지 아니면 집에서 글씨를 써도 좋고요. 그리고 노래도 배우시고요. 요즘은 동사무소마다 주민자치센터라고 하여 여러 가지 사회교육 프로그램을 운영하고 또 각 도서관(정보센터)이나 종합복지관에서도 좋은 프로그램이 많으니까 얼마나 좋습니까? 자서전을 쓰는 것도 좋고요."

"자서전이라고요?"

맹교수가 자서전을 쓰는 것도 좋다고 하자 성선생은 껄껄거리고 웃었다.

"자서전 말이요. 성선생은 군대도 일찍 가서 전투경험도 있다면서요? 전투경험만 써도 얼마나 훌륭한 자서전이 되겠습니까?"

"자서전이야 출세한 사람들이나 쓰는 것이지 나같은 사람이 무슨 자서전이 해당합니까? 아, 대통령을 한 사람들도 자서전을 쓰는 사람들이 많지 않은가 본대요."

"출세한 사람들만 사람이 아니잖아요? 누구나 자기가 살아온 과정을 쓰면 자서전이지요."

"교수님은 출세하였으니까 쓸 만하지요. 한 번 쓰시지 그래요?"

"나는 벌써 써 놓았어요. 아직 출판은 못 했지만요. 앞으로 좀 더 보충하고 싶어요."

"그런데 우리나라에 자서전은 많지 않은 것 아닙니까? 왜 출세한 사람들은 많은데 자서전은 안 쓰는지 모르겠네요."

"자서전을 쓰라면 자랑거리가 없어서 못 쓴답니다. 그런데 자서전이라는 것이 자기자랑하려고 쓰는 것이 아니라, 일생을 통하여 경험하고 깨닫고 실수하고 어려웠던 일이나 괴로웠던 일이나 후진들에게 들려주고 싶은 이야기들을 쓰면 되는 것이라고 생각하거든요. 그러니까 누구라도 다 쓸 수 있는 거지요. 자서전과 자기자랑은 거리가 멀지요."

"아마도 출세하였다는 사람들이 하도 부정부패를 많이 저지르고 성실치 못하였기 때문에 쓸 수가 없는지도 모르지요. 출세한 사람들 가운데 형편없는 인간들이 얼마나 많습니까. 권모술수만 알고 거짓말하기를 밥 먹듯하는 인간들이 출세하는 세상이니까요."

"그래요. 본디 난세에는 그런 사람들이 출세한다더군요. 실력 있고 성실한 사람들은 뒤로 밀려나거나 스스로 숨어버리니까요. 그러나 아무리 세상이 혼탁하더라도 적극적으로 나가서 국가와 사회를 위하여 일해야 하는데……."

"그런데 몸이 아프고 가정이 엉망이 되고 보니 세상 인심을 알겠더군요."

"……"

"이상하게 가까이 지내던 사람들과도 멀어지는 것 같아요. 내가 뭐 아쉬운 소리라도 할까 봐 그러는지, 돈이라도 꾸어 달랄까 봐 그러는지 나를 멀리 하는 것 같단 말야. 사실 내가 뭐 돈이 있는 사람인가, 권력이 있는 사람인가. 자식들이라도 출세를 했으면 다르지만 그렇지도 않고. 역시 유유상종이란 말이 옳은 말이야. 돈 있고 출세한 사람들은 자기네끼리만 어울리더라고. 어떤 사람들은 자식이 출세하면 애비도 출세한 것처럼 행세도 하고 대우도 받아요. 그런데 우리 이웃에는 아리송한 영감이 하나 있어요. 그 자제들이 뭐 대단한 자리에 있다는데 그 영감은 절대로 이웃사람들과 상대하지를 않아요. 무슨 청탁이라도 할까 봐 그러는지."

"그 분은 이웃과 사귀지 않고 누구와 사귈까요?"

"잘 알 수는 없지만 특별히 사귀는 사람도 없는 것 같고 멀리 종합 복지관으로 다니면서 소일하는 것 같더라고요. 아마도 자기와 자식들과의 관계를 드러내고 싶지 않은 것 같아요. 부모는 너무 처지고 자식은 너무 잘 나서 차이가 심하니까 자식의 체면을 유지하는 방법일 수도 있겠지요."

"그렇지만 한국 사회라는 것이 그런 경우가 비일비재하지요. 불과 40여년 전만 하더라도 목구멍에 풀칠하기도 어려웠는데 부모들이 어떻게 공부를 하고 출세를 할 수 있었겠어요. 무식한 부모가 찢어지게 가난하게 살면서도 자식만은 공부를 시켜 출세를 시킨 것인데 그것이 무어가 감출 일이겠어요."

"그렇지만 무식하고 못난 부모를 창피하게 여기는 자식들이 많지요. 잘 난 남의 부모와 비교하게 되니까요."

"……."

14

맴도는 이웃사촌

맹교수는 며칠 전부터 목이 아프고 기침이 잦았다. 우선 가까운 병원에 가서 내과의사의 진료를 받고 처방을 받았다. 코데나에스정 타이레놀 이알서방정 비졸정 대웅세파클러캡슐 가스모틴정. 1일 3회. 3일분이다. 그러나 하루가 지나서도 목이 아픈 증세는 조금도 차도가 없고 목소리도 나빠져서 말하기가 어렵다.

노인회장은 맹교수에게 이비인후과에 가야 한다고 강조하였다. 맹교수는 몇 번이나 망설이다가 옷을 주워입고 메타빌딩에 있는 이비인후과를 찾았다.

의사는 몇 가지 처치를 끝내고 처방을 내렸다. 어떤 상태인지 질문하였으나 상세한 설명은 피하는 것 같았다. 가래가 노란 것은 좋지 않은 것이고 차도가 없으면 검사를 해야 한다고 하였다. 레보미신정 라페론정 록스펜정 무테린캅셀 그랑파제삼중정 레보설정 푸로스판시럽. 1일 3회, 1일분을 8시간마다 식사에 관계없이 복용하란다.

지하철을 타고 이매역에 내려서 탄천을 걸었다. 찬 바람이 역겨웠다.

보도교를 건넜다. 하천에서는 해서는 안 되는 행위들을 적어 놓은 안내판이 나타났다.

하단부 여백에는 서툰 글씨로 쓴 낙서가 보였다. '뉴라이트 때려 죽이자. 김XX 노리개 이XX'이라고. 제대로 된 문장은 아니지만 뜻은 분명하였다. 뉴라이트 지도자 김XX 목사를 죽이자고 주장하고, 이명박 대통령은 김목사의 꼭두각시라고 매도하는 뜻이었다. 또 다시 비슷한 내용으로 쓴 낙서가 나타났다.

그리고 산보전용 도로 바닥에는 영어로 쓴 낙서가 보였다. 'Don't walk', 'I'm mathafuking criminal'. 철자법이 정확한지는 알 수가 없었다. 어느 처녀들이 설명하기는 '쌍시옷'이 들어가는 아주 나쁜 욕설이라고 하였다. 그밖에도 탄천에는 여기저기 낙서가 있다. 중고생들이 하는 흔한 낙서지만 보기가 민망한 것들도 있었다.

맹교수는 노인회관 사랑방에서 파고라를 내다보았다. 벤치에 여자가 누워 있다. 등을 기댈 수 없는 평평한 벤치라 하는 수가 없겠지만 두 다리를 양쪽으로 내려 놓고 누워 있는 모습이 아름답게 보이질 않는다.

며칠 전에 김선생이 하던 이야기가 바로 그것이었다. 남자가 그런 자세로 누워 있으면 별로 문제가 되지 않겠지만 여자의 자세로는 문제가 되고 아름답지 않게 보이는 것은 무엇 때문일까. 여자의 자세는 왜 남자의 자세와 달라야 하는 것일까.

누워 있는 자세뿐만 아니라 여자들이 담배를 피우는 것도 화젯거리가 된다. 남자는 피워도 아무런 문제가 되지 않지만 여자는 담배를 피우면 문제가 된다. 출산 적령기의 여성들이 담배를 피우면 임신과 태아의 발육에 문제가 발생할 수 있어서 그렇다고는 하지만 지금은 그런 문제를 떠나서 여자의 흡연을 부도덕하게 보는 사람들이 있고 한 편으로는 그런 사고방식 자체가 전근대적 사고방식이라고 보는 견해도 있다.

여학생이 파고라에서 담배를 피우는 광경을 보아도 노인들은 본 척 만 척하고 만다고 한다. 쫓아가서 담배를 피우지 말라고 충고할 용기가 없단다. 더군다나 남학생들에게는 절대로 충고를 할 수 없단다. 자칫하면 창피를 당할 뿐이란다. 언제 보복을 당할런지 모른단다.

우리 사회에는 언제부터인지 어른이 없어졌다고 어른들은 말한다. 독일 사람들은 아이들이 잘못 하는 것을 보면 그대로 두지 않고 훈계하고 가르친다고 한다. 왜냐하면 '내 아이'는 아니지만 '독일의 아이'이기 때문이란다. 미국에서는 경찰에 신고하여 그 아이의 부모에게 연락하던지 관계기관에서 선도하도록 한단다.

한국에서도 노인들의 젊은이들에게 관심을 가진 것은 마찬가지였지만 언제부터인지 모르게 어른이 어른의 자리를 지키지 않는다. 지키고 싶지 않은 것도 사실이지만 노인의 자리를 지키다가는 젊은이들에게 봉변을 당하기 쉽기 때문이란다.

'노인강령'에서 '청소년을 선도하고 사회정의 구현에 앞장선다'는 문장은 구두선에 그치고 만다. 어른들은 아이들을 무서워한다. '오냐오냐교육'에서 빚어진 왕자병 공주병 환자로 길러 놓은 결과란다. 학교에서 선생님들이 학부모에게 폭행을 당하는 판이고, 늙은 교사가 담임을 맡으면 학부모들이 배척운동을 벌인단다.

젊은이들은 노인들에게 대어든다.

'할아버지가 무언데?'

'남의 걱정하지 말고. 당신 자식이나 잘 가르쳐!'

'노인정에나 나가는 주제에…… 수구꼴통. 지금은 봉건시대도 아니고 군사독재시대도 아니고 개발독재시대도 아니고 민중의 시대이고 젊은이의 시대란 말야.'

'그 머리 속에 무어가 들었어? 선거하지 마. 투표하지 마! 나이값이나 해!'

우리 사회에서 '경로효친' 이란 말은 완전히 옛날 말이 되고 어른은 사라지고 말았다. 다만 나이 먹은 늙은이들이 있을 뿐이다. 늙은이들은 사라져야 할 존재이지 가정에나 사회에나 국가에나 필요한 존재가 아니란다.

그래서 늙은이들은 젊은이들의 눈치를 슬슬 보다가 자취를 감추고 만다. 늙은이가 주책도 없고 눈치도 없다고 흉보기 전에 꺼지는 것이 상책이란다. 겉으로는 '나오세요. 나오세요.' 하면서 속으로는 '제발 꺼지세요' 란다. 그래도 젊은이들에게 끼고 싶으면 이따금 나가서 금일봉을 내놓거나 그럴 듯한 식당으로 데리고 가서 술판을 벌여야 한단다.

그런데 젊은이들과 늙은이들이 잘 어울리기 어려운 것도 사실이지만 같은 젊은이들끼리나 같은 늙은이들끼리도 어울리기가 쉽지 않다. 심지어는 같은 아파트에 살면서도 10년씩이나 인사를 나누지 않고 사는 수가 허다하다. 그래서 같은 승강기를 타고도 서로 모른 체하고 애경사가 있어도 알리지도 않고 비공식으로 알아도 모른 체한다.

'혼사가 있다더라' '혼사가 있었다더라' 는 이야기를 듣고도 정식으로 초청장을 받지 않았을 때는 갈 수도 없고 안 갈 수도 없는 형편이다. 혼주의 진의가 무엇인지 알기 어렵기 때문이다.

맹교수는 경비원을 통하여 소식을 듣고 초상을 치렀다는 집에 부의를 가지고 갔다가 부의금을 일절 받지 않는다고 거절당하고, 들어오라는 말도 없어서 하는 수 없이 되돌아온 경험이 있었다.

사랑방에는 구선생과 유선생이 장기판을 벌이고 있었다. 맹교수는 사랑방 서가에 꽂혀 있는 책들을 둘러보고 삐뚤어져 있는 책을 바로 세우기도 하고 어떤 책은 뽑아서 목차를 훑어보기도 하였다.

그리고 컴퓨터에 다가가서 전자우편을 열어보았다. 2464통이나 되는 우편물 속에는 열어보지 않은 것이 여러 통 있었다. 제목을 훑어보면서 바로 며칠 전에 본 글이 머리에 떠올랐다.

어떤 노파가 시골에 혼자 살다가 아들 며느리의 성화에 못 이겨 집과 토지를 팔아 서울의 자식에게 와서 함께 살았다. 아들은 어머니를 위로하고 안심시키기 위하여 새로 산 아파트를 어머니 명의로 등기해 드렸다.

그러나 한두 달이 지나자 소외감을 느끼기 시작하였다. 며느리는 틈만 있으면 돌 지난 어린 아이를 시어머니에게 맡겨놓고 집을 비웠다. 말로는 경로당에 나가라고 하지만 나갈 시간도 없고 한 번 나가보았지만 잘 어울려지지가 않았다. 노파는 점점 서울로 온 것을 후회하였으나 참을 수밖에 없었다.

그러던 어느 날 오후 며느리는 아이를 데리고 나갔다가 들어오더니 시어머니가 이불을 뒤집어 쓰고 방에 누워 있는 것은 모르고 전화를 걸더니 '시골띠기 늙은 여우'라는 말이 몇 번이나 오가는 것이었다. 노파가 들으니 틀림없이 자기를 가리키는 말이었다. 당장 이불을 박차고 나가 따지고 싶었지만 숨을 죽이고 잠든 척하였더니 며느리는 아이를 데리고 다시 집을 나가 버렸다.

며칠 후에 노파가 어린 손자를 보고 있는데 아이가 난데없이 가위를 가지고 놀다가 얼굴에 상처를 내었다. 깜짝 놀라 어린 아이를 업고 병원으로 달려가서 응급처치를 하고 돌아왔더니 마침 며느리가 집에 들어와서 보고 시어머니가 아이를 잘못 봐서 그렇다고 소리를 지르며 따귀를 후려갈겼다. 시어머니는 너무나 억울하여 눈물을 흘리고 누워 있는데 퇴근 시간이 되어 아들이 돌아오더니 어머니 방으로 들어왔다. 어머니가 말도 안 하고 울기만 하는 모습을 보고 자초지종을 알게 되었다.

그런데 아들이 하는 말이 '맞을 짓을 했구먼!' 이었다. 노파는 너무나 기가 막혀 복덕방에 가서 아파트를 급매로 처분하고 시골로 내려가 버렸다.

아들 며느리는 하루 아침에 알거지가 되었다.

맹교수는 제목만 보고 삭제해 버리는 수가 많았다. 어떤 것은 반복하여 오는 것도 있고 전혀 관심이 없는 제목들도 많았다.

맹교수는 음악을 듣기를 좋아하였다. 전자우편으로 오는 음악도 있지만 더러는 인터넷 검색창에서 찾아보기도 하였다.

오늘은 '계영배, 과유불급의 교훈' 이라는 제목이 보였다. 내용을 보니 '계영배'는 '戒盈杯'였다. 가득 차는 것을 경계하는 잔. 왜 가득 차는 것을 경계해야 할까. 물도 한 잔 가득하면 좋고, 술도 한 잔 가득하면 좋고, 돈도 지갑에 가득하면 좋은 것 아닌가?

그런데 계영배는 술을 가득 부으면 자동적으로 줄어들어서 알맞게 된다는 것이다.

계영배는 고대 중국의 제(齊)나라 환공(桓公)이 항상 옆에 놓고 보면서 교훈을 받았는데 조선시대 도공(陶工) 유명옥은 설백자기(雪白磁器)를 만들고 나서 교만해진 나머지 방탕하여 재산을 모두 없애고 나서 다시 돌아와 만들었단다.

그래서 이 그릇은 사람이 늘 곁에 두고 보면서 교훈을 얻는다는 것이다. 환공의 사당에는 기울어진 그릇이 있었는데 '부족하면 기울어지고 알맞으면 바로 서고 가득 차면 엎어진다'(虛則欹 中則正 滿則覆)는 그릇이었다.

맹교수는 주역(周易) 64괘 중에서 건괘(乾卦)를 생각하였다. 건괘의 맨 위에 자리잡은 효(爻, 上九)는 때가 모두 지나가서 바야흐로 종말이 다가오는 모습이란다. 너무 강경하여 따라오는 사람이 없고 권세가 끝나는 자리이기 때문에 두려워하는 사람도 없다. 지난 날의 부귀공명이 모두 부질없는 꿈으로 돌아갈 형편이다. 그래서 항룡은 뉘우침이 있으리라(亢龍有悔)고 한 것이다.

예나 이제나 사람들은 달이 차면 기우는 현상을 무수히 보고 살았다. 그러나 자기의 욕심이 가득 차면 불길하고 화가 초래한다는 것을 잘 모르고 산다. 특히 권력을 탐하는 사람들이 욕심을 채우다가 쫓겨나고 살해 당하고 심판 받고 패가망신하는 것을 보면서도 그것을 흉내내려는 어리석은 사람들도 무수히 많다.

계영배는 '절주배'(節酒杯)라고도 부르고 '유좌지기'(宥坐之器)라고 알려져 있다.

맹교수는 중학교 시절에 영어교과서에서 배운 '행운의 여신과 거지'라는 이야기를 회상하였다. 만일 돈이 조금이라도 있으면 불평하지 않겠다고 하는 거지에게 행운의 여신이 가서 돈을 주니까 조금만 더 달라고 반복하다가 종당에는 자루가 찢어져서 받은 돈이 모두 먼지가 되고 말았다는 이야기다.

맹교수는 계영배야말로 자기처럼 자제력이 부족한 사람에게 꼭 필요한 물건인 것 같았다. 그래서 여주나 이천이나 도요지에 가면 계영배를 구할 수 없는지 탐문하고 값이 좀 비싸더라도 하나쯤 구해다가 오른 쪽에 두고 욕심을 절제하는 스승으로 삼고 싶었다.

현관에서 인기척이 나더니 이웃 아파트단지에 사는 양선생이 나타났다. 은행에 다녀오다가 성선생을 만나서 들렀다고 한다.

"날씨가 쌀쌀한데 은행엔 무슨 일로 다녀오시나요?"

"아, 사실은 내가 노인회 총무를 보기 때문에 이따금 은행에 가야 합니다."

"그거 귀찮으시겠네요. 자주 가시나요?"

"귀찮을 때도 있지만 맡을 사람도 없고 해서 하는 수 없이 맡고 있습니다."

"그래 매년 연초에 예산을 편성하고 연말에는 결산을 하나요?"

"그야 당연하지요. 그러나 형식에 흐르는 경우가 많지요. 예산에 대한 결산이 중요한 것이 아니라 사용한 대로 정산만 제대로 하면 되니까요. 그리고 동사무소를 거쳐 지원을 받는 금액만 감사를 받으니까요."

"지원금과 기타 재정은 별개란 말씀이군요. 공식적으로 지출하는 것은 무엇인가요?"

"냉난방비라든지 소모품이라든지 회식비라든지 회계법에 위반되지 않도록 정해진 관항목에 따라 지출하지요."

"인건비도 있겠지요."

"인건비 같은 것은 별로 없습니다."

"그래도 청소비 같은 것은 있을 것 아닙니까?"

"청소야 회원들이 스스로 알아서 하지요. 할머니들이 스스로 알아서 합니다."

"노인회에서 회식을 할 때는 어떻게 하나요?"

"인근에 식당이 많으니까 나가서 하고 혹시 회관에서 할 때는 재료를 사다가 장만하는 수도 있어요."

"그러면 수고하는 분에게는 수당이나 사례비를 드려야 하지 않나요?"

"드려도 안 받아요. 서로 봉사하는 것이 당연하다는 거지요. 자기가 가서 쉬는 회관인데 거기서 일 좀 한다고 돈을 받으면 자기집에서 일하고 돈 받는 것이나 마찬가지라는 거지요."

"그럼 회장이나 총무도 수당을 받지 않나요?"

"물론이지요. 회장은 회의하러 갈 때 거마비로 드려도 절대로 안 받습니다. 모든 회원은 봉사하는 것을 원칙으로 하니까요. 만일 수고 좀 한다고 수당을 지출하면 서로 하려고 다투게 되고 위화감이 조성되겠지요. 일을 많이 했느니 조금 했느니, 수당이 많으니 적으니, 누구는 일도 안 하고 수당을 받았느니…… 노인회는 친목이 제일이고 노인들이 편히 쉬는 곳이니까 물질적 이해관계가 따르는 것은 친목을 해치는 원인이 됩니다."

"그렇지만 아무런 수당도 없이 스스로 봉사하는 사람들이 얼마나 있을까요?"

"우리 노인회에서는 92세나 되는 할머니가 늘 청소를 하니까 다른 분들도 함께 거들어서 아주 쉽게 한답니다. 지금까지 노인회에서 봉사한다고 수당이나 사례금을 지급한 일은 한 번도 없습니다. 예산도 몇 푼 안 되는데 무슨 수당입니까. 수당을 받기는 고사하고 각자 자기 돈으로 먹을 것을 많이 사와서 간식거리는 늘 떨어지지 않아요."

"참, 모범적인 노인회군요. 총무가 봉사를 잘 하니까 그렇군요."

"첫째는 회장님이 잘 하시고 초대 회장님이 그런 전통을 세우신 덕택이지요. 노인회에서 일하고 돈 받는다는 생각은 아무도 안 합니다."

"그렇군요. 정말. 그래야 서로 분위기도 좋아질 것 같아요."

"그럼요. 아무리 이기주의가 팽배하는 세상이라고 해도 노인회만은 이타주의로 나가야지요. 남을 이롭게 하는 것이 결국에는 자기에게도 이롭게 되는 것 아닙니까. 그런 것이 다 좋은 이웃이 되고 좋은 나라가 되는 기본이지요."

"그런데 정말 도시에서는, 특히 아파트에서 이웃을 사귀기는 힘들어요. 아파트 1층 현관이나 승강기에서 서로 마주쳐도 시선을 피하고 어느 한 사람이 인사를 청하여 가까스로 인사를 나누고도 그 다음에 만나면 다시 시선을 피하니까 인사가 잘 통할 수가 없어요. 인사를 피하는 사람들은 대개 엄청나게 권세가 있거나 돈이 많은 것도 같은데 정말 그런 사람인지 모르겠더라고요. 서로 알고 지내야 이웃이 되는 것이지 모르고 지내면 어떻게 이웃이 될 수 있겠어요? 정말 알다가도 모를 아파트 주민들이랄까요?"

"그 원인이 무엇일까요,"

"건물의 구조도 그렇고 서로 만날 기회가 없어서 그렇지 않을까요."

"그래요. 서로서로 자기를 노출시키지 않으려는 것 같기도 하고요."

"우연히 같은 마을, 같은 아파트단지, 같은 건물 안에 살게 되었을 뿐, 아무런 관계도 없고 아무런 관계도 가질 필요가 없는 사이라고 생각하는 것 같아요."

"그렇지요. 그리고 전통사회는 집성촌이 위주가 되고 거기에 외척이나 인척들이 모여서 서로를 알고 인사하고 모이고 협동하면서 사는 집단이었지만 아파트는 전혀 그런 것이 아니니까요."

"그런데 우리 아파트에는 어떤 할아버지가 경상도 사투리를 아주 심하게 쓰는 바람에 남들이 알아듣기가 어렵고 좀 이상하게 생각하는 것 같더라고요."

"서울이나 경기도에 아무리 오래 살아도 자기 고향 사투리를 그대로 쓰는 사람들이 있어요."

"그런데 대원군(大院君)인지 누군지 몰라도 팔도인물을 평가한 이야기가 있던데 경상도 사람들은 어떻게 평가했다지요?"

"홍선대원군이 평가했다는 말도 있고 조선 건국 초기에 정도전(鄭道傳)이 태조 이성계에게서 조선팔도의 인물을 평가하라는 분부를 받고 평가하였다는 말이 있어요. 그런데 경상도는 '태산교악'(泰山喬嶽)이라고도 하고 '송죽대절'(松竹大節)이라고도 합니다. 태산은 지리산이고 교악은 천황봉이라고도 하는데 '웅장한 기개'를 가리키곤 합니다."

"그러면 백두산을 바라보고 사는 함경도 사람들에 대해서는요?"

"백두산과는 무슨 관계가 있는지 모르겠으나 '이전투구'(泥田鬪狗)라고 합니다. 진흙탕에서 싸우는 개니까, 자기의 이익을 위하여 비열하게 다툰다는 뜻으로도 해석하고 강인한 성격을 나타낸다고도 합니다. 그런데 이태조는 '이전투구'라는 말을 듣고 얼굴을 붉혔기 때문에 정도전은 다시 '석전경우'(石田耕牛)를 겸했다고 말했답니다. 석전경우는 근면하고 인내심이 강하다는 것입니다. 이태조가 함경도 출신이니까 비위를 맞추기 위하여 갑자기 석전경우를 끌어들였다는 것 같아요."

"그렇군요. 평안도는요?"

"평안도는 '산림맹호'(山林猛虎)라고 합니다. 용맹하다는 뜻이랍니다."

"강원도는 '암하노불'(岩下老佛)이라고 하지요? 진취성이 없다는 뜻이라던데요."

"황해도는?"

"황해도는 '석전경우'라는 말도 있는데 정도전은 '춘파투석'(春波投石)이라고 하였답니다. 잔잔한 연못에 돌을 던지면 물결이 일어나지만 봄바람이 불어서 물결이 일고 있는 연못에 돌을 던지면 물결이 일어나는 원인이 봄바람 때문인지 돌 때문인지 분명하지 않다는 것이지요. 그래서 잘 알 수 없는 사람, 또는 처신이 분명하지 않은 사람을 뜻하는 것 같아요."

"경기도는 '경중미인'(鏡中美人)이라지요"

"그렇습니다. 경우가 바르고 얌전하다는 뜻으로 해석하기도 하고 실속없음을 가리키는 것이라고 해석하기도 합니다."

"충청도는 무엇이지요? '청풍명월' (淸風明月)이라고 합니다. 결백하고 온건하다는 뜻이랍니다. 그런데 한말의병운동이나 한국전쟁에서 보면 충청도 사람들이 가장 용감하였다는 평가가 전해지고 있거든요. '산림맹호'의 기질도 있는 것 같습니다."

"전라도는?"

"전라도는 '풍전세류' (風前細柳)라고 합니다. 부드럽고 영리한 성격을 비유하는 말이라고 합니다."

"다른 뜻은 없습니까? 조금 부정적으로 해석하는 사람들도 있던데요."

"'풍전등' (風前燈), '풍전촉' (風前燭), '풍전진' (風前塵)이라는 말이 있는데 이런 것은 위태로움이나 하잘것 없음을 나타내는 말이지요. '바람은 강자이고 세류는 약자로 보이기도 해요. 그러니까 바람이라는 폭력 앞에서도 잘 견디어 나가는 것처럼 잘 적응하고 영리하게 사는 것을 비유한다는 말이 있는데 나는 바람이나 버들이나 모두 예술을 나타내는 말로 해석됩니다. 시와 음악과 그림이 한 폭에 어우러지는 말이거든요."

"과연 그렇군요. 똑 같은 말이나 글이라도 해석하기에 따라 상당히 달라질 수 있군요."

"그렇지요. 사람의 생각은 본디 말이나 글로 정확히 표현하기가 어렵거든요. 대강 표현하고 대강 이해할 뿐이지. 그래서 예로부터 전해오는 고전들이 여러 가지로 해석되기 때문에 이해하기가 어려운 것이지요. 어떤 것은 정반대로 해석하기도 하지 않습니까? 일류학자들이 서로 자기의 견해가 옳다고 다투는 것도 무리가 아니지요. 그래서 학파가 나뉘어지고 논쟁도 하지요. 똑 같은 말을 가지고 완전히 반대로 해석하여 '네가 맞느니 내가 맞느니' 하는 걸 보면 말이라는 것이 얼마나 애매모호한 것인지 모르지요."

"그래서 대원군이나 정도전의 말도 듣는 사람이 대강 짐작할 뿐이 겠지요."

"물론이지요. 4자성어로 표현한 그 말들이 두 가지로 세 가지로, 더 러는 비슷한 뜻으로, 더러는 전혀 다른 뜻으로 해석되는 것이니까 정 설이 나오기도 어렵고 또 그 말이 반드시 타당하다는 근거도 없으니 까요. 사람의 성품이 지역적 특성과 전혀 무관한 것은 아닐지 모르지 만 전적으로 유관한 것도 아니니까요. 지리적 사회적 경제적 교육적 혈통적 여러 가지 요인이 작용하는 것이니까 어느 지역 사람의 성품 은 어떻다고 평가하기는 매우 어렵지요. 특히 현대사회는 지구촌이 라는 말이 나올 정도로 동서양이 긴밀히 교류하는 형편이니까 지역 적 특성에 따른 인간의 성품이나 기질을 따지는 것은 전근대적 방법 이라고 할 수밖에 없지요. 만일 오늘날에도 그런 것을 고집한다면 특 수한 목적이 은폐되었을 가능성도 있지요. 인터넷 '메테우스단상'에 서 소개한 것을 보면 열심히(성실하게, 石田耕牛), 우직하게(꿋꿋하 게, 松竹大節), 현명하게(부드럽게, 風前細柳), 담담하게(淸風明月) 사는 것이 사람들이 추구할 만한 덕목이라고 하였는데 강인하게(泥 田鬪狗), 용맹스럽게(山林猛虎), 초연하게(岩下老佛), 아리땁고 점잖 게(鏡中美人) 사는 것도 마땅히 추구할 만한 덕목이지요."

"정말 그렇습니다. 과거에 흔히 혈액형을 근거로 그 성품을 말하기 도 했는데 그것도 거의 근거가 희박하고 또 그것이 근거가 있다고 하 더라도 각기 장단점이 있듯이, 만일 지역적 특성을 인정하더라도 거 기엔 모두 장단점이 있겠지요. 출신지역이나 혈액형 따위를 가지고 사람의 성격을 평가하는 것은 편견이나 고정관념에 사로잡히는 것이 고 중대한 오류를 범하는 함정으로 들어가는 것이지요. 문제는 자신에 대한 반성과 정확한 관찰력과 냉철한 판단력과 과감한 실천력으로 고매한 인격을 형성하는 것이지요. 안창호선생은 '건전한 인격'을 강조하였는데 그 인격이라는 것이 출신지역이나 혈통으로 형성되는 것이 아니라 철저한 수련으로 되는 것이 아니겠습니까?"

맹교수와 양선생과 성선생은 이야기의 꽃을 피워나갔다. 사랑방 할아버지들의 이야기는 일상생활 주변에서 일어나는 사소한 이야기에서 출발하여 국내의 정치 경제 사회 문화 교육 국방 뿐만 아니라 종교와 철학까지 모두 곁들이고 국제문제와 세계사와 현대사조 등을 총망라하는 셈이었다.

갑자기 노인회장이 나타났다. 승용차로 손자를 학원에 데려다 주고 오는 길이었다.

"안녕하세요?"

"안녕하세요? 그런데 소식 하나 전할 것이 있는데요. 424동에 새로 이사 오신 분이 있는데 어느 병원 원장님이었대요. 지금은 은퇴하였는데 우리 노인회에 나와서 건강에 관하여 상담해 주겠다는 소식이 왔어요."

"그렇습니까? 참 반가운 소식이네요. 고혈압, 당뇨, 관절염, 신경통, 불면증…… 맨 환자들인데 참 잘 됐네요. 말년에 이웃을 위하여 봉사하시겠다는 뜻이군요."

"인술이 따로 없지요. 사랑의 실천이 인술이지요. 아름마을에 슈바이처박사가 찾아오셨네요."

사랑은 남의 기쁨을 내 기쁨으로 알고 남의 고통을 내 고통으로 아는 것이란다.

15
팔불출이

백여사가 찰밥을 준비하였다. 밤과 대추가 들어 있어 보기에도 먹음직하였다.

제2대 회장이었던 이여사가 가져 온 소주 한 박스가 아직도 그대로 남아 있어서 반주를 곁들이게 되었다.

"자, 한 잔 듭시다. 노인회의 발전을 위하여!"

남자들은 건배를 하고 나서 서로서로 빈 잔에 술을 따랐다. 그러나 술을 좋아 하는 구선생의 결석 때문인지 술잔은 좀처럼 오고가지 않는 것 같았다.

맹교수는 옆에 앉은 김선생에게 술을 권하였다.

"생태찌개 안주가 일품이네요, 잔 비우시지요."

"천천히 해야겠네요. 요즘은 술이 반갑지가 않아요."

"항상 건강하신데……."

"젊어서야 술을 보면 반갑고 사양하기가 어려웠지요."

"체격도 좋으시고 해서 젊어서는 주량도 대단하셨을 것 같습니다. 그런데 아직 한 잔도 안 드신 것 같아요. 혹시 양주목사를 지내신 것 아닙니까?"

"양주목사라니? 그게 무슨 말인지 알아듣기가 힘드네요."

"경기도 양주 말씀이지요. 조선시대 양주목사라면 대단한 벼슬이었답니다. 주지육림에서 놀 수 있는 자리랍니다."

"그런데 그게 나하고 무슨 상관이 있다는 건지 알 수가 없다는 거 아니오?"

"그 양주목사가 벼슬 이름이긴 하지만 겉으로는 술을 사양하면서도 눈으로는 술을 쏘아본다는 거지요. 그래서 양주목사(楊州牧使)가 아니라 양주목사(讓酒目射)라는 말이지요."

"그럴 듯하네요. 그런데 나는 술을 쏘아보지 않을 테니 걱정하지 말아요. 어떤 사람은 '공주영장'(公州營將)을 지냈느냐고 하더라고요."

"그건 또 무슨 소린가요?"

"아, 공주진영(公州鎭營)의 장수겠지요. 그런데 공짜 술로 창자를 채우는 사람이래요. 공주영장(空酒盈腸) 말이요."

"소싯적에 공주영장 많이 하셨나요?"

"그렇지요. 옛날엔 술을 사양하지 않다 보니 공주영장도 많이 하였는데 지금은 양주목사가 되어버렸어요. 하하하."

"저도 공주영장을 많이 했어요. 직업이 불안정하고 또 여유가 없다 보니 남의 술이나 얻어 먹었지요. 그러다 보니 체면도 안 서더라고요."

"그런데 술은 언제부터 생겼는지 모르겠어요."

"중국의 《청패류》(淸稗類)라는 책에 따르면 원숭이들이 과일을 웅덩이에 던져두었다가 발효한 후에 그것을 먹고 뛰노는 것을 보고 사람들이 그것을 모방하여 술을 빚었다는 이야기가 있답니다. 그리고 《전국책》(戰國策)이라는 책에 따르면 술은 옛날 중국의 우(禹)임금

때 의적(儀狄)이라는 사람이 만들어서 임금에게 바쳤다는 이야기가 있어요. 그러니까 술의 역사는 4천 년이 훨씬 넘는 거지요."

"의적은 충성스러운 신하인가 보죠."

"우임금이 술을 맛보고 나서 의적을 멀리 하고 술을 끊으며 하는 말이 '반드시 술로 나라를 망치는 자가 있으리라' 고 하였답니다. 과연 4백년 만에 걸(桀)이라는 폭군이 나타나서 주지육림으로 나라를 망치고 말았지요. 술은 옛날부터 백약의 으뜸(百藥之長)이니 하늘이 내려주신 아름다운 복록(天之美祿)이라고 하지만 절제를 못하면 독약이지요."

"그렇지요. 술은 약도 되고 독도 되니까요. 그런데 아까 나더러 체격이 좋다고 했지요? 나는 겉으로 보기보다 허약한 편이지요. 도무지 살이 붙질 않아요. 우리 아이들은 체격이 좋은 편이지만."

"강건하게 보이십니다. 소싯적에는 운동도 많이 하신 것 같습니다."

"운동이요? 어려서는 씨름을 좀 했었고 중학교 시절부터는 유도를 좀 했지요. 그런데 겨우 초단 따고 그만 두었어요."

"지금도 그 실력은 그대로 가지고 있는 것 아닌가요?"

"그대로는 아니지만 요령은 알고 있지요. 업어치기가 주무기였는데 손에 잡히기만 하면 절반은 성공이지요."

"김선생은 무슨 운동을 했어요?"

"저 말씀입니까? 저는 새벽마다 태권도장엘 좀 나갔는데요. 겨우 1년쯤 나갔는데 치질이 악화하여 수술을 받고나서 쉬다가 직장에서 바쁘기도 하고 게을러서 그만 두고 말았습니다."

"태권도는 집에서 혼자 해도 되는 것 아닌가요?"

"그렇지요. 혼자 해도 되는데 문제는 정신이지요. 하고자 하는 정신만 있으면 집에서 얼마든지 수련을 할 수 있지요. 집에다가 간단한 시설을 해 놓으면 주먹도 단련할 수 있고요. 몇 년 전만 해도 앞차기 옆차기 돌려차기 지르기 같은 동작은 이따금 했었는데 지금은 안 합니다."

"요즘은 중국의 태극권을 배우면 좋다고 하는데 어디 가서 배우면 되는지 모르겠어요."

"아마도 인터넷에 검색해 보면 그 동호인들을 알 수도 있고 수련할 수 있는 정보도 얻을 수 있을 겁니다. 저는 수년 전에 요가를 수련하러 다녔는데 어려운 동작은 따라 하지 못하고 쉬운 동작만 좀 하고 말았어요. 벌써 30년 전부터 척추분리증이 있어서 아무 동작이나 함부로 할 수가 없습니다."

"아이들에게도 운동은 꼭 시키는 것이 좋겠더군요. 격투기나 과격한 운동은 안 되겠지만."

"그렇습니다. 운동과 음악은 취미로 해야 한다고 생각합니다. 우리가 어렸을 때는 공부 못하는 아이들이 운동을 잘 한다고 생각했는데 요즘은 전혀 그렇지 않더군요. 운동이나 음악은 필수가 되었습니다."

"자제들은 지금 무어 하시나요?"

"큰 아이는 외국인회사 한국지사장인데 매월 한 번씩 회의하러 외국에 나가지요."

"영어도 잘 하겠네요."

"영어야 물론 잘 하지요. 토익 성적은 항상 800점 이상이랍니다. 일본어 중국어도 잘 하고 또 색소폰을 잘 불어요."

"그렇습니까? 색소폰을 불면 참 멋있지요. 탄천 방아교 밑에서 격주로 토요일 저녁에 색소폰 연주가 있어서 자주 감상을 했어요. 그러다 보니 나를 고문으로 영입하더라고요. 색소폰 연주를 권장하고 지원하자는 글을 인터넷 신문에 실었거든요."

"김선생님도 음악을 좋아하시지요?"

"옛날에 만돌린을 좀 배운 일이 있어요."

"참 대단하십니다. 한 번 배워 놓으면 평생 가는 것 아닙니까?"

"웬걸요. 지금은 다 잊어버렸어요. 좀 연습을 하면 차츰 나아지겠지만요."

"여기 사랑방에서 만돌린 교습이나 해 주시지요. 무료봉사 좀 하세요. 내가 먼저 배우겠습니다."

"음악을 좋아하시나 봐요."

"좋아하기는 하지만 악기 하나를 배우지 못 했어요. 집에서 음악을 듣기는 합니다. 기악이나 성악이나 음악은 정말 좋은 예술이라고 생각합니다. 유학(儒學)에서는 예악(禮樂)으로 백성을 다스리는 것을 이상적인 정치로 보는 것 아닙니까? 그런데 플라시도 도밍고라는 오페라 가수 아시지요?"

"세계 3대 테너로 알려진 스페인 사람 말이지요?"

"그렇습니다. 지난 13일 월요일, 서울 올림픽공원에 있는 체조경기장에서 열린 도밍고 초청공연에 갔었습니다. 수년 전에 홍혜경과 연광철과 함께 서울에서 공연한 동영상을 보고 감동을 받았는데 직접 리사이틀에 가서 보게 되어 다행이었습니다. 그런데 동영상으로 보던 모습보다는 많이 늙었더군요. 머리고 수염이고 모두 하얗고 목소리도 전보다는 다르다고 하더군. 그렇지만 그의 자유자재하고 강한 목소리와 울려 퍼지는 눈부시고 극적인 음색(音色)과 음악에 어울리는 표정과 몸짓은 역시 세계인의 이목을 집중하기에 충분하다고 보였어요. 이지영여사와 백인 여자와 함께 세 사람이 공동연주를 하였는데 영어와 이태리어와 독일어로 된 가사를 알지 못하여 충분히 소화할 수가 없어서 유감이었어요. 외국어를 못하는 것이 얼마나 불행한 것인지 다시 한 번 깨달았지요. 그런데 앵콜곡이 쏟아져 나오다가 마지막으로 한상억 작사, 최영섭 작곡 '그리운 금강산' 이 나오니까 10,000여 명의 청중이 흥분하여 박수와 함성을 보내더군요. 동영상에서도 그렇지만 '그리운 금강산' 이 온 국민의 인기가곡임이 여실히 증명되었어요. 그의 한국어 발음은 너무나 정확하고 한국인이 금강산을 그리워하는 감정을 그대로 전달하더군요. 정말 좋았습니다. 그러면서 왜 우리 정치인들은 정치를 음악처럼 하지 못하나 생각하게 되었어요. 온 국민이 박수 갈채를 보내는 정치가 그립달까요. 남쪽이나 북쪽이나 온 국민이 '그리운 금강산' 을 듣고 부르는 심정으로 나라를 사랑하기만 한다면 정치고 경제고 통일이고 모두가 저절로 이루어질 것 같았습니다."

"……."

"둘째 자제는 공무원이던가요?"

"걔는 의삽니다."

"전공이 무업니까?"

"전공이 순환기내과인데 지금 H의료원에서 과장으로 근무합니다."

"대단합니다. 내과의사가 진짜의사라는 말이 있습니다."

"그렇답니다. 의학에서는 내과학이 가장 비중이 크다고 하더군요. 그런데 공부는 셋째가 더 잘 했어요."

"셋째는 무얼 하나요?"

"셋째는 소위 여류소설가인데 베스트셀러 작가랍니다."

"그렇습니까? 국문학을 전공하였나요?"

"웬걸요. 분자생물학인데 S대학에서 석사학위까지 마치고 연구실에 근무하면서 취미로 소설을 쓰더니 금방 문학상을 타고 신문에 사진이 실리더라고요. 그래서 지금은 전공은 뒷전이 돼 버렸대요."

"주로 어떤 소설을 쓰나요? 연애소설도 쓰나요?"

"유명한 소설은 우리나라 종갓집을 소개하는 것인데 대대로 이어오는 종가의 전통문화를 잘 표현해 놓았답니다."

"선생님댁이 종가댁이신가요."

"아닙니다."

"그런데 어떻게 따님이 그런 소설을 썼을까요?"

"그래서 이상하다는 거지요. 걔는 워낙 책을 많이 읽었어요. 웬만한 책은 하루에 다 읽어치웁니다. 아무거나 닥치는 대로 많이 읽는 바람에 남들이 활자중독증에 걸렸다고 했어요. 그리고 해외여행을 많이 하니까 견문도 넓고요."

"어떻게 해외여행을 많이 할 수 있나요? 돈도 많이 들 텐데요."

"걔 남편이 외교관이거든요. 외무고시에 합격하여 외무부에 발령되더니 해외출장과 파견근무가 많더군요. 벌써 웬만한 나라는 안 가본 나라가 없을 정도래요."

"해외여행을 많이 하면 글을 쓸 소재가 많겠네요. 그런데 돈이 많이 들 텐데요."

"그렇지요. 그런데 우리 사위는 가정이 살 만하니까 돈 걱정은 없어요. 우리 사돈이 변호사를 하였는데 재산이 많아서 학교를 세우기도 했어요. 그리고 자식에게는 절대로 부당한 돈을 탐내지 말라고 엄명을 내리고 생활비로 매월 몇 백 만원씩 보태준답니다. 공직자가 돈에 관심을 가지면 성공하지 못하니까요."

"참 훌륭한 아버지군요. 아버지가 사법고시를 합격하였으니 아들이 외무고시를 합격한 것도 우연이 아니네요. 다 씨가 있는 모양입니다."

"그런데 김선생님 집안도 대단하시지요. 김선생님도 고위공직에 계셨고, 집안에 출세한 분들이 많다지요?"

"내야 뭐 아무 것도 아니지만 우리 아이들이 공부는 잘 했어요. 지금 하나는 대학에 근무하고 하나는 대기업 중앙연구소에 근무하고 있어요."

"모두 박사학위를 땄나요?"

"그래요. 그런데 지금 박사들이 지천이래요."

"아무리 박사들이 흔하다고 해도 옛날보다는 많다는 게지 아직도 박사라면 알아주지요."

"자녀를 참 잘 기르셨네요. 돈도 많이 들었겠네요."

"장학금을 많이 받아서 돈은 그다지 많이 안 들었어요."

"대학이나 연구소 같은 곳에 근무하면 신선놀음이지요. 별로 사고 날 것도 없고. 존경도 받고. 취미생활도 할 수 있고."

"그렇긴 합니다만. 그런데 우리 아이들은 모두 음악을 취미로 공부해서 악기를 연주할 줄 압니다."

"그럼 학원엘 다니거나 레슨을 받았겠네요."

"그렇습니다. 일찍이 내자가 아이들을 데리고 다니면서 악기를 배우게 했기 때문에 모두 음대를 가도 될 정도였지요. 그래도 음악은 그저 취미로만 생각하고 전공은 다른 것을 했어요."

"사모님도 음악을 하시나요?"

"조금 하지요. 장인이 바이올린을 연주했답니다."

"놀라운 일이네요. 무엇을 하셨는데요?"

"일제 때 지방에서 금융계에 근무하다가 만주에 가서 교육사업을 했답니다. 처조부는 하와이에 가서서 훈장을 하시고요. 처중조부는 훌륭한 학자였답니다."

"훌륭한 집안이네요."

"그런데 음악은 정말 좋은 것 같아요. 듣기만 하여도 즐겁고 평화로워지거든요. 음악하는 사람 치고 나쁜 사람 없답니다. 옛날부터 '예악'(禮樂)이라는 말이 있지 않습니까. 성인(聖人)들은 예악으로 백성을 다스렸다고 하지요. 예는 인간의 윤리도덕을 다스리고 악은 인간의 내면적 심성을 도야한다고 하니까 얼마나 중요합니까?"

"이름 난 사람들 중에는 취미로 음악을 하는 사람들이 많다고 하더군요. 독일의 유태인 물리학자로 상대성원리 광양자가설 통일장이론 등을 주장하고 노벨물리학상을 받은 알베르트 아인쉬타인 같은 사람은 바이올린을 연주할 줄 아는 사람만 제자로 삼았답니다."

"지금은 자기의 전공으로 생활을 꾸리면서 틈만 있으면 부전공으로 취미를 살리는 사람들이 많다지요. 한국방송통신대학에는 일류대학 출신이 엄청나게 많이 편입하여 공부한답니다."

"그렇습니다. 우리 손자 놈은 태권도를 하다가 지금은 축구를 하는 줄 알았는데 어느새 기타를 배워서 요전에 성남아트센터에서 연주까지 했지요."

"아니, 독주를 했습니까?"

"아닙니다. 약 30명이 합주를 하는데 끼인 거지요. 여학생들이 대부분이고 남학생은 몇 놈 안 되는데 여자들 한가운데 앉아서 연주하더군요."

"손자는 몇이나 두셨어요?"

"손자 하나 손녀 하나인데 손녀가 공부를 잘 합니다. 전교에서 톱을 다툰대요. 제 엄마를 닮았답니다."

"자부는 무얼 하는데요?"

"중등학교 교사인데 4개년 장학생으로 대학을 나와서 교사임용고시에서 1등을 했대요."

"자녀복 손자복 며느리복 처복…… 모두 갖추셨군요. 그것이 제일가는 행복이지요."

팔불출(八不出)이라는 말이 있다. 팔불용(八不用), 팔불취(八不取), 팔삭동(八朔童)이라는 말과 비슷한 뜻으로 쓰는 말이란다. 여덟 가지 못 난 짓, 쓸모없는 짓, 취할 것이 못 되는 짓, 여덟 달만에 낳은 놈이라는 뜻이다. 사람이 제대로 되려면 열 달만에 출생해야 하는데 두 달이나 모자라게 태어났으니 미숙하다는 것이다.

제자랑하는 놈, 마누라 자랑하는 놈, 자식 자랑하는 놈, 손자 자랑하는 놈, 부모나 조상 자랑하는 놈, 친척이나 친구나 동창선후배 자랑하는 놈, 고향 자랑하는 놈들은 팔불출이라는데 노인들은 불출이 노릇이 즐겁다.

그들은 아무리 자랑을 해도 자랑으로 여기지 않는다. 그저 살아온 이야기요, 추억이요, 세상 이야기이다. 보고 들은 것도 많고 경험한 것도 많아서 할 이야기도 많다. 남의 이야기 듣기보다는 자기가 이야기하기를 더 좋아한다. 늙은이들이 이야기하면 젊은이들이 '황혼연설' 이라고 비아냥거린다.

노인들이 자랑하는 이야기는 모두 지나 간 자신의 이야기나 남의 이야기가 많다. 어떤 사람은 아기가 태어나자마자 우는 것도 자기를 알리는 일종의 자랑 같은 것으로 해석하는 모양이다. 따라서 아기가 우는 것이 본능인 것처럼 사람들이 자기 자랑하는 것도 일종의 본능이고 자기를 과시하는 것이라고 한다. 자기를 과시하는 행위는 자기의 실력을 보여주어서 상대방을 은근히 제압하거나 아니면 잘 난 체하는 행위이고 남에게는 교만한 행위로 보이기 쉬운 것이다.

선생님들 가운데는 '나똑똑이' 라는 별명을 가진 사람도 있다. 학생들이 볼 때는 자기가 똑똑하다는 것을 자랑하는 것으로 보이는 수가 많기 때문이다. 실지로 학생들 앞에서 잘 난 체하는 맛으로 교편을 잡는다는 사람도 있다.

그런데 노인들의 자기자랑은 현재진행형으로 나타나는 자신의 자랑거리가 아니고 거의 모두가 지나간 이야기로 점철된다는 데 특징이 있는 것이었다. 노인들의 자랑 가운데는 사실을 사실대로 표현하는 것도 있지만 사실을 과장하거나 허위사실을 가지고 자랑하는 수도 있다.

이런 경우는 자기에 대하여 관심을 갖게 하려는 목적이 무의식적으로 작용하는 수가 많다.

"그런데 회장님은 늘 용모가 단정하고 옷도 잘 입고 다니신다고 소문이 났더군요. 다 자녀들이 성공한 덕택이지요?"

"글쎄요. 내가 뭐 단정한가요? 단정하기야 표선생이 더 단정하시지요."

"그런데 부모가 아무리 잘 났어도 용모가 단정하지 않으면 자식들이 모두 싫어한답니다. 예전에 시골에 사는 아버지가 서울에 있는 아들을 찾아 갔더니 자기 친구에게 '자기집 머슴꾼' 이라고 소개하더라잖아요. 아버지는 하도 기가 막혀서 한숨만 내쉬다가 그대로 돌아서서 시골로 갔다지 뭡니까."

"그래서 자식 체면도 생각해야 돼요. 자식만 나무랠 수도 없어요. 내가 아는 사람은 아버지를 모시고 서울에서 출세한 아우의 결혼식에 갔는데 만나자마자 그 아우가 형에게 욕설을 퍼부으며 당장 아버지를 모시고 시골로 내려가라고 하더래요. 형은 적은 봉급으로 근근이 아버지를 모시고 살면서 특별히 옷도 새로 해 드려서 새 옷을 입고 가셨는데 그렇게 봉변을 당하고 나니 정이 떨어져서 다시는 아우를 보고 싶지 않더래요."

"동생이 잘못인 것 같군요. 제가 출세했으면 아버지에게 옷이라도 한 벌 해드릴 일이지 그러지도 못한 주제에 형을 매도하다니 있을 수 없는 일이지요."

"아무렇거나 의관만은 단정하게 해야 남에게 대우를 받는다는 거지요. 옷이 날개라는 말도 있지만. 옛날 어느 선비는 수수한 옷차림으로 남의 잔치에 갔더니 자리에 앉으라고 권하지도 않더라지 뭡니까.
그래서 재빨리 집으로 가서 비단 옷을 입고 갔더니 상석으로 안내하
고 좋은 술과 고기를 권하더래요. 그러자 그 선비는 주인이 권하는 술
을 옷에다 연거푸 부었다지 뭡니까? 주인이 괴상히 여기고 연유를 물
었더랍니다."

"진사 나으리. 어찌하여 약주를 드시지 않고 옷에다 부으십니까?"

"아까는 나에게 앉으라는 말도 하지 않다가 이제 내가 비단 옷으로
갈아 입고 오니 진수성찬으로 대접하는 연유가 무엇이오?"

"아까는 바빠서 그리 된 것이니 서운하게 여기지 마십시오. 그런데
옷에다 약주를 부으시는 연유는 알 수가 없습니다."

"아까는 내 옷을 보고 천대하고 지금은 내 옷을 보고 후대하니 술
도 내 옷이 마셔야 하는 것 아니겠소?"

"……."

사람은 늙을수록 옷을 잘 입어야 한다. 젊은이는 아무 옷이나 입어
도 크게 흉 되지 않지만 늙은이는 자칫하면 초라하게 보이고 뒤떨어
지게 보인다. 특히 자식들의 체면을 위해서라도 그렇단다. 부모는 못
난 자식을 데리고 다녀도 부끄러워하지 않지만 자식은 못난 부모를
싫어하고 창피하게 여긴다.

맹교수는 이야기를 듣고 있다가 컴퓨터를 켰다. 메일이 너무 많이
와서 열지 않고 버려 둔 것이 수두룩하다.

맨 위부터 살펴보니 '촌년 10만원' 이라는 제목이 보인다. 먼저 초
라한 할머니 사진이 나타난다. 왼팔로 목을 긁는 모습이다. 노인들은
시선을 모았다.

사연은 이러하였다.

여자 홀몸으로 힘든 농사일을 하며 판사 아들을 키워 낸 노모는 밥을 한 끼 굶어도 배가 부른 것 같고, 잠을 청하다가도 아들 생각에 가슴이 뿌듯하고, 오뉴월 폭염의 힘든 농삿일에도 흥겨운 콧노래가 나오고, 세상을 다 얻은 듯 남부러울 게 없었다.

노모는 한 해 동안 지은 농사걷이를 이고 지고 세상에서 제일 귀한 아들을 만나기 위해 서울 한복판의 아들 집에 도착했으나 며느리는 외출하고 손자만이 집을 지키고 있었다.

신기하기만한 며느리의 살림살이에 눈이 황홀하여 이리저리 구경하다가 뜻밖에도 책상에 펼쳐져 있는 '가계부'를 보게 되었다. 문득 들여다보니 각종 세금이며 부식비 의류비 등이 촘촘한 가운데 '촌년 10만원'이라는 항목이 나타났다. 그런데 1년 12달 빼놓지 않고 같은 날짜에 지출한 것을 보니 자기에게 용돈을 보낸 날짜라는 것을 알게 되었다.

노파는 멍하니 서 있다가 이고 지고 간 물건들을 주섬주섬 싸서 도망치듯 시골로 돌아갔다. 집으로 돌아와 분하기도 하고 억울하기도 하여 어쩔 줄을 모르고 있는데 아들의 전화가 왔다.

"어머니. 왜 안 주무시고 그냥 가셨어요?"

"아니. 촌년이 어디서 잔단 말이냐?"

"어머니. 무슨 말씀을……."

"무슨 말? 알고 싶으면 나한테 묻지 말고 네 방에 꽂혀 있는 가계부한테 물어봐라."

어머니는 노여운 목소리로 소리지르고 전화를 끊었다. 아들은 가계부를 들여다 보다가 어머니가 노여워한 까닭을 알게 되었다. 아내에 대한 분노가 치밀었지만 이웃이 부끄러워 큰소리를 지를 수도 없고, 폭력을 쓸 수도 없고, 이혼도 할 수가 없었다.

며칠을 두고 속앓이를 하던 끝에 처가를 다녀오기로 작정하고 아내와 함께 처가로 떠났다. 도착하자마자 아내를 들여 보내 놓고 판사는 들어가질 아니하였다. 장모가 맨발로 쫓아나와서 어서 들어오라고 손을 잡아당겼다.

"저는 촌년 아들입니다. 촌년 아들이 이런 부잣집에 어떻게 들어갑니까?"

판사는 뒤도 돌아보지 않고 집으로 돌아왔다. 그날 밤 '촌년' 의 집에는 사돈 내외와 며느리가 찾아와서 죽을 죄를 지었다고 용서를 빌었다.

그 후로 가계부에는 '촌년 10만원' 이라는 항목 대신에 '시어머니 용돈 50만원' 이라는 항목이 자리를 잡았다.

아들에게 후한 점수를 주고 싶다.

노인들은 속삭이듯 메일을 읽어가며 말이 없었다. 판사는 개천에서 용나는 격으로 미천한 신분에서 고귀한 신분으로 도약한 사람이다. 세상 사람들의 말대로라면 결혼할 때 열쇠를 세 개쯤 얻을 만한 처지다. 40여 년 전에도 사법시험만 합격하면 부잣집에서 청혼편지가 날아왔었다.

그러나 시어머니와 며느리 사이는 너무나 골이 깊다. 잘 난 자식은 '국가의 아들' 이요, 돈 잘 버는 아들은 사돈의 아들이요, 잘 난 며느리는 '가까이 하기엔 너무 먼 당신' 이란다.

서양의 문화인류학자는 한국의 가족제도를 이상형이라고 말하지만 삼대일가(三代一家)의 전통적 가족제도는 완전히 와해되고 말았다. 사회적 구조와 여건이 그렇고 의식구조와 가치관이 그렇다. 시대적 사회적 변천에 따라 가족의 형태도 달라질 수밖에 없다. 가족형태의 변화가 우려할 만한 것이 아니라 윤리의 와해가 우려할 만한 것이다.

'촌년 10만원' 이라는 이야기가 사실이라면 시어머니는 지금쯤 자식 자랑에 못지 않게 며느리 자랑에 열을 올릴런지도 모른다. 한 때 며느리가 잘못한 것은 묻어두고 감추어 두는 것이 상책이라는 것을 안다.

차마 남부끄러워서도 감출 수밖에 없는 것이 부모의 심정이다. 인물 좋고 대학 나오고 자식 잘 기르고 남편에게 절대복종하고 시어머니에게 용돈 푸짐하게 주는 며느리를 자랑하지 않고 견딜 시어머니는 없을 것이다.

노인들은 팔불출이가 되더라도 자랑거리가 많기를 바란다. 자랑거리가 많으면 자랑하지 않아도 남들이 부러워한다. 자랑거리가 없는 것은 그만큼 자기가 못난 것이라고 생각한다.

사돈의 팔촌이라도 끌어다 자랑거리를 삼고 싶은 것이 노인들의 심사이다.

16
아름다운 황혼

'인생 마지막 간이역' 이라는 신문기사의 커다란 제목이 보인다. 서울의 어느 노인전문요양센터를 소개하는 글이다.

296명 가운데 절반은 치매환자이고 치매환자의 3분의 1은 중풍을 겸하고 있다. 어떤 할머니는 친구에게 물건을 도둑맞았다고 찾아달란다. 방에다 변을 보고 나서 모른 척하기도 하고 항문에서 변을 꺼내서 벽에 바르기도 한다. 고장난 녹음기처럼 쉴 새 없이 '아파 죽겠어, 추워 죽겠어' 라고 소리친다.

어떤 할머니는 곡기를 끊고 악성종양은 젖무덤까지 퍼졌다. 악성종양은 차라리 축복이란다. 괴로운 목숨을 끊어주는 메스의 역할을 하기 때문이다.

오래 산 것도 죄란다. 질병과 외로움은 오래 산 죄값이란다.

제 아무리 똑똑하고 남에게 부러움과 존경을 받던 사람들도 질병에 걸리면 도리가 없단다. 당장은 건강하더라도 곧 환자가 될지도 모르는 마당에 이상히 여길 것도 없고 두려워 할 것도 없단다.

기쁨과 즐거움은 순간적으로 사라지고, 힘들고 화나고 슬프고 아픈 일은 꼬리를 물고 이어진다.

　인생은 확실히 고해(苦海)란다. 바다는 항상 물결을 일으킨다. 심하면 몇 만 톤급이나 되는 철갑선도 삼켜 버린다. 사람의 일생은 무섭고 두렵고 쓰디 쓴 바다와 같다고 선인들은 말한다. 그러나 오욕의 충족으로 순간순간 고통을 잊어버릴 뿐이다.

　노인들은 마지막 고해를 넘기는 파도타기에 서 있다. 마지막 물결을 타고 넘어 피안의 세계로 사라진다.

　맹교수는 삼사 일만에 사랑방으로 나갔다. 회장 부회장 총무 외에도 오선생 민선생 박선생 황선생 김선생이 나와서 컴퓨터 모니터를 들여다보며 중국음악을 듣기도 하고 장기를 두기도 하였다.

　중국음악은 황선생이 좋아하는데 주로 '톈미미'(甛蜜蜜), '예라이샹'(夜來香), '웨량따이뱌오워더신'(月亮代表我的心)을 감상하며 따라 부르는 것이었다.

　맹교수는 할머니들에게 쫓아가서 인사를 나누고 악수도 하였다. 보고 있던 할머니가 한 마디 하였다.

　"악수는 애인하고만 해야지 어째서 다른 사람들하고도 다 해요?"

　"애인이 누군데요?"

　"여기 있잖아요?"

　"하나 가지고 되나요? 열은 돼야지."

　"그러면 도둑놈 돼요."

　"남자는 다 도둑놈이라면서요?"

　"호호호. 정말로 도둑놈이래요. 교수님이 침을 다 발라 놓았다고 불평이 많아요."

　"하하하하……."

　"호호호호……."

그 동안 딸네 집에 가서 한 달이나 쉬고 왔다는 박여사가 보였다. 맹교수는 특별히 손을 잡고 손가락 끝을 만져 드리고 팔과 어깨와 등도 만져 드렸다. 가벼운 마사지를 해 드린 것이다. 등뼈는 활처럼 굽어 있었고 살도 많이 빠진 것처럼 느껴졌다.

박여사는 가장 유식하고 얌전하고 말이 적었다.

맹교수가 이 할머니 저 할머니와 악수도 하고 떠들다가도 박여사가 어떻게 볼지 몰라 조심할 때가 많았다. 요조숙녀의 말없는 눈초리를 의식하는 것이었다.

60대만 하더라도 함부로 악수하지 못 할 형편인데 이제 70, 80이 넘었다는 이유로 내외법을 무시하고 함부로 행동하는 것이 망녕된 짓으로 생각되기도 하였다.

율곡선생은 '남녀유례'(男女有禮)라는 말을 쓰셨는데 아무리 세월이 흐르고 세상이 달라지고 늙었더라도 남녀간의 예법은 지켜야 할 것 같았다.

맹교수는 다시 할아버지들이 모인 사랑방으로 돌아와 신문기사에서 본 노인 전문요양센터 이야기를 꺼내었다.

"노인요양원은 여기저기 많이 있더군요."

"그런데 앞으로 값싼 요양원이 더 많이 필요합니다."

"지금 요양원에 들어가려면 얼마나 필요한지 모르겠어요."

"그야 요양원마다 다 다르지만 적어도 3억원쯤은 필요하다는 말을 들었어요. 너무 비싸서 아무나 들어가기 어렵답니다."

"그런데 모두 자식들이 없는 노인들이 들어가나요?"

"자식들이 있어도 함께 살 형편이 못 되는 노인들도 들어가지요."

"대개 할머니들이 많더군요."

"할머니들이 많은 것은 할머니들 수명이 길기 때문이지요. 남자보다 여자가 오륙년 이상 길 것입니다."

"그래요. 두 분이 해로하다가 남자가 먼저 가면 여자가 홀로 지내기가 어려워서 요양원으로 가는 것이지요."

"그래도 여자는 홀로 살 수 있지만 남자는 홀로 살기가 어렵다는 말이 있어요."

"그런데 '3번아, 잘 있거라. 6번은 간다'는 말이 있더군요."

"그게 무슨 말인가요?"

"모르세요? 인터넷에 떠도는 이야기랍니다."

"나는 금시초문이네요. 3번은 누구고 6번은 누구라는 겁니까?"

"이야기를 해 볼까요? 들으실래요?"

"이야기를 하려면 이 쪽에도 들리게 해요. 남자들끼리만 하지 말고."

할머니들이 이야기를 듣고 싶단다. 황선생은 할머니방 쪽으로 의자를 옮겨 놓고 이야기를 꺼냈다.

"별것 아닌데요. 그럼 이야기하지요. 시골에서 노인부부가 근근히 벌어서 자식을 대학까지 공부시켰더니 아주 좋은 회사에 취직이 되어 서울에서 부잣집 대학출신 규수에게 장가를 들고 25평짜리 아파트에서 잘 살고 있더래요. 그런데 아들과 며느리가 고향에만 내려오면 논밭을 정리해서 모두 서울로 가자고 하더래요. 그래도 못 들은 척하다가 할망구가 고혈압으로 돌아가셔서 할아버지가 혼자 남아 있던 차에 아들 내외가 하도 지성으로 서울로 가자고 보채는 바람에 전답을 정리해서 아파트를 40평으로 늘려서 합쳤답니다. 시골에서 일생을 살다가 서울로 가서 보니 구경할 곳도 많고 신기한 것도 많아서 그럭저럭 몇 달을 지냈는데 차츰차츰 서울이 싫어지더라지 뭡니까. 우선 친구가 없어서 말벗을 만나기가 어렵더래요. 자식은 늘 바쁘다고 밤 12시가 돼야 들어오고 며느리하고는 아예 말벗이 되질 않고 손녀 하나 있는 것이 숙제한다 학원 간다 공부에 바빠서 말 한 마디 걸기도 힘들고. 경로당엘 찾아갔더니 시골뜨기라고 깔보는 것 같고 혼자서 공원을 가도 말벗 만나기가 힘들더래요."

"그러면 도로 고향으로 가지?"

"고향으로 가고 싶은 생각은 굴뚝 같지만 논밭이고 집이고 다 처분해버렸으니 당장 가서 먹고 잠잘 곳이 있어야지요? 그래서 후회가 막심하더래요. 도리 없이 참고 지내다 보니 점점 기운이 없고 감기만 걸리고 밥맛도 없고, 쓸 데 없이 거리에 나갔다가 나쁜 공기만 쐬이고 들어오면 오히려 몸에 해롭기만 하더랍니다. 그래서 홀아비 신세 타령이 절로 나지만 그것도 속으로 삭이기만 했다는 겁니다. 자식은 아침도 안 먹고 일찍 출근하고 손녀는 혼자 먼저 식사하고 학교에 갔다가 집에 와서는 학원에 가느라고 또 혼자 식사하고 며느리는 언제 식사하는지 알 수도 없고 날마다 할아버지 방으로 밥상을 차려다 주는데 혼자 먹는 밥이 맛도 없고 속에서 당기지를 않더래요."

308

"시골서 할망구나 다시 얻어서 살지 서울엔 왜 와?"

"할망구를 다시 얻으려면 한 밑천 떼어주어야 한대요."

"아. 떼어주지 뭘? 그게 무어가 어려워?"

"말이 쉽지 어떻게 재산을 줘? 아까워서."

"그래. 아까워서 못 주지. 그리고 자식들이 모두 반대해서 다시 얻지도 못한대요."

"그래서 자식한테 와서 가만히 보니까 며느리가 제일 세고 다음이 손녀이고 셋째가 아들이고 넷째가 강아지고 다섯째가 파출부고 여섯째가 자기더라는 거요. 홀아비 영감은 아예 열외로 취급되는 것 같더래요. 그래서 이웃집 할아버지한테 농담삼아서 비슷한 이야기를 한 번 했더니 자기도 똑 같다고 하더라지 뭡니까?"

"그래서 3번은 아들이고 자기는 6번이라는 거군요."

"그렇지요. 그래서 할아버지가 집을 나가면서 '3번아, 잘 있거라. 6

번은 간다' 고 책상 위에 써 놓았다는 겁니다."

"그렇군요. 그래서 할어버지는 어디로 갔나요? 고향으로 갔나요?"

"고향 이장님한테 전화해 보아도 안 왔다고 하더래요."

"요양원에?"

"요양원엔 돈이 있어야지?"

"그럼……"

"알 수 없지요."

"그런데 그 이야기가 어디서 나왔다고요?"

"인터넷이래요."

"그 놈의 인터넷이라는 것이 괴물이라더군요. 맨 거짓말 투성이래요. 그런 얘기 믿을 것이 못 돼요. 맨 일거리 없는 미친놈들이 꾸며 놓은 이야기들이야."

"그렇지요. 누가 뭐 보길 했나? 거짓말일지도 모르지요. 시골서 혼자 사는 것보다야 서울에 올라와서 자식 며느리 손자녀들하고 사는 것이 백 번 낫지 무슨 소리야?"

"사람마다 모두 형편이 다르니까 서울이 좋은 사람도 있고 나쁜 사람도 있겠지요. 제일 중요한 것은 취미 생활일 겁니다. 늙어서도 주민자치센터에 가서 한글도 배우고 일본어나 중국어나 영어도 배우고 그림도 그리고 글씨도 배우고 요가도 배우고 노래도 배우고 일기도 써보고 소설도 읽고 이따금 친구들과 대포도 마시고 산보도 다니고 구경도 다니고 하면 되는데 돈이 아까워서 그런 것을 못하니까 문제지요."

"돈을 두고도 쓸 줄 모르는 노인들이 정말 많아요. 어려서부터 너무 가난하게 살아서 그런 것 같아요."

사랑방에서는 중구난방으로 이야기가 오갔다. '노인들이 바보들'

이라고 말하는가 하면 자식들이 나쁘고 며느리가 나쁘다고도 하였다. 어떤 노인은 아무 말도 하지 않고 듣기만 한다. 그러면서 자기의 처지를 생각하고 이웃 늙은이들을 생각하기도 한다.

결론은 자신이 잘 알아서 해야 한다는 것이었다. 노인들은 누구나 천대 받기를 싫어한다. 천대를 받지 않으려면 천대를 받지 않도록 스스로 현명하게 처신하는 수밖에 없다는 결론이었다. 1번이니 3번이니 6번이니 하는 것도 쓸 데 없는 소리란다.

할아버지가 집에서 아무 것도 할 일이 없다는 것은 그만큼 자유로운 것인데 그것을 소외된 것이라고 생각하는 것이 잘못이란 것이었다. 모두 자기학대요 자격지심이란다. 노인들이 자기 할 일은 찾지 않고 남이 알아주지 않는다고 서운한 감정만 가지면 우울증에 걸린단다. 죽고 싶단다.

맹교수는 문득 칠판을 바라보았다. '행복' 이라는 단어가 비스듬히 누워 있고 4분음표와 딸린 4분음표가 그려져 있다. 음악선생님이 다녀간 모양이다.

맹교수는 입을 열었다.

"음악선생님하고 노래 잘 부르셨나요?"

"예, 많이 불렀어요."

"새로 배우지는 않고요?"

"새로 배우지는 않고 아는 노래를 많이 불렀어요. 그런데 교수님은 음악선생님에게 관심이 많은가 봐요. 반했어요?"

"그럼요. 음악선생님 멋있잖아요. 좀 자주 왔으면 좋겠어요. 그런데 이건 무엇인가요?"

"아, '행복' 이잖아요. '행복' 도 몰라요?"

"왜 '행복' 이라고 써 놓았는지 몰라서요."

"음악선생님이 사람은 행복하게 살아야 한대요. 노래를 부르면 행복해진대요. 그래서 노래를 많이 부르래요."

"행복이 무엇인데요?"

"행복? 행복이 그렇고 그런 거지 뭐. 노래를 부르면 마음이 즐겁기도 하고 편안하기도 하고 기분이 좋잖아요. 그것이 행복이지 뭐."

옆에서 잠자코 듣고 있던 공선생이 끼어들기 시작하였다.

"참 말씀 잘 하시네요. 그것이 바로 행복이지요. 노래 부를 때나 그림을 그릴 때나 책을 읽을 때나 꽃을 바라볼 때나 저절로 느껴지는 만족한 상태가 다 행복이지요. 그래서 행복은 사람마다 각각 다르다고 할 수 있어요. 어떤 사람은 노래할 때 행복하고 어떤 사람은 고스톱할 때 행복할 수도 있어요. 산 속에서 도자기를 굽는 사람은 달 뜨는 밤에 가마 속에서 활활 타는 불을 보면서 최고의 행복을 느끼고, 어떤 사람은 십자가나 부처님을 바라보며 행복을 느끼고, 어떤 신사는 거리에서 휴지를 주우면서 행복을 느끼고, 어떤 할머니는 어린 손자 기저귀를 빨며 행복을 느낄 수 있거든요."

"공선생님은 언제 행복을 느끼셔요?"

"책을 읽을 때 행복하지요. 그렇지만 행복을 느낄 때보다 아무 것도 느끼지 않을 때 정말 행복한 거지요. 그때가 무심무아의 경지이고 니르바나의 경지랍니다."

"아이고 무슨 말인지 알 수가 없네요. 그것이 철학이라는 건가요?"

"사람들은 옛날부터 행복을 추구했답니다. 그래서 '행복추구권'이라는 말도 있고 '행복론'이라는 말도 있거든요. 그러나 행복은 사람마다 다 다르기 때문에 복잡한 구조를 이룬다고 할 수 있지요. 그런데 사람이 행복해질 수 없는 질병이 있답니다. 그것이 바로 우울증이라는 것인데 '마음의 감기'라고 부르기도 한답니다. 감기는 누구나 걸릴 수 있는 것처럼 우울증도 누구나 걸릴 수 있는데 스스로 정신과에 찾아가서 치료를 받아야 합니다. 감기를 버려두면 큰 병이 되는 것처럼 우울증도 버려두면 큰 병이 됩니다. 맹교수님은 우울증도 아닌데 걸핏하면 정신과에 가서 치료를 받는 것 같습니다. 교수님은 늘 책도 읽고 글도 쓰고 강의도 하고 여기저기 사회활동도 많이 하시니까 절대로 우울증에 걸릴 수가 없을 것 같은데도 정신과에 자주 간답니다. 다리와 허리와 머리가 가렵기도 하고 가슴이 답답하기도 하고 짜증이 나기도 하고 모든 것이 귀찮고 아무런 의욕도 없을 때가 많대요. 그래서 불안장애니 공황장애니 우울증이니 하는 진단을 받고 치료도 한답니다. 그런데 할머니들 지금 고스톱하고 싶지요? 고스톱하고 싶을 때는 고스톱하는 것이 행복이니까 가서 고스톱하세요."

"그런데 오복이라는 게 있다는데 그것이 무엇인가요? 치아가 오복에 들어간다는 말도 있던데요. 그런가요?"

"글쎄요. 나는 그런 것은 모르겠고요. 《통속편》이라는 책에는 장수하고(壽), 재산 많고(富), 벼슬 높고(貴), 편안하고(康寧), 자손 많은 것(子孫衆多)이라고 합니다. 그리고 중국의 《서경》이라는 책 '홍범편'에는 장수하는 것, 재산 많은 것, 편안한 것, 덕을 좋아하고 베푸는 것(攸好德), 아름답고 편안하게 죽는 것(考終命)들이라고 합니다."

"모두 어려운 것들이네요. 죽을 때는 정말 잠을 자듯이 편안하게 죽어야 하는데 고생고생하다가 죽으면 얼마나 힘들겠어요."

"불교에는 '좌탈입망'(坐脫立亡)이라는 말이 있습니다. 사람이 누워서 끙끙 앓으며 괴로워하다가 죽는 것이 아니라 앉은 자세나 서 있는 자세로 고통없이 편안하게 죽는 것이랍니다. 석가모니나 훌륭한 스님들은 모두 그렇게 편안히 돌아가셨답니다."

이렇게 하여 행복론은 절정에 이르렀다. 사람이 편안히 죽는 것이 결코 쉬운 일이 아님을 알 것 같았다. 욕심이 많으면 많을수록 더욱 죽기가 싫고 억울할 것 같았다.

행복하게 살고 행복하게 죽는 것이 문제라면 과연 어떻게 하면 될까. 자기 욕심을 버리고 남에게 너그럽게 대하고 남을 돕고 남을 행복하게 하면 저절로 자기도 행복하게 된다는 공리주의적 행복론이 그럴 듯하게 보였다. 맹교수는 홀로 사색에 잠기는 듯하였다.

'이렇게 늙어가게 하소서'

눈이 침침하여 잘 안 보이고 귀가 멀어 소리가 잘 들리지 않고 말을 더듬고 걸음걸이가 거북해도 나를 추하게 늙어가지 않게 하시고 늙어가는 사실을 두렵지 않게 하소서. 나를 알아주지 않는다고 불평하고 누군가를 용서하지 못하고 미워하며 욕심을 버리지 못하며 자신을 학대하고 주변 사람들을 힘들게 하는 늙은이가 되지 않게 하소서. 늘 호기심으로 눈을 반짝이고 열정을 가지고 끊임없이 탐구하며 남을 도울 수 있게 하소서. 많은 사람들에게 사랑과 존경을 받는 행동을 하게 하소서.

맹교수에게 친구가 전자우편으로 보내 온 '노인의 기도문'이다. 추한 모습을 보이지 말자. 늙음을 두려워하지 말자. 남이 알아주지 않는다고 불평하지 말자. 남을 용서하고 남을 돕자. 욕심을 버리자. 자신을 학대하지 말자. 남을 힘들게 하지 말자. 끊임없이 탐구하자. 사랑과 존경을 받도록 행동하자는 것이 노인의 바람직한 모습이란다.

노인들이 할 수 있는 일은 집을 지키고 손자녀를 돌보는 일 외에도 여러 가지가 있다. 어린이들 한문지도, 글짓기지도, 양로원 고아원 방문 위로, 쓰레기 줍기, 책 모으기, 예술활동, 회고록 쓰기, 수필이나 소설 쓰기 등이 있다.

노인들은 이런 일들을 통하여 인생관과 세계관과 우주관에 접근할 수 있다.

독일의 철학자요 문학가 괴테는 '풍요로운 황혼'을 위하여 말하였다.

첫째, 건강을 유지해야 하고,

둘째, 돈이 있어야 하고,

셋째, 일해야 하고,

넷째, 친구를 사귀어야 하고,

다섯째, 꿈을 가져야 한다.

건강하지 않으면 거의 모든 것이 좌절된다.

노년기는 돈을 쓰는 시기이다. 필요할 때 쓸 수 있는 돈이 없으면 건강을 잃은 것처럼 좌절이 오기 쉽다.

일해야 한다. 일 속에 건강도 있고 보람도 있다.

친구는 유형적 무형적 고락을 나누는 상대이다. 친구가 없으면 너무나 외롭다.

노년의 꿈은 청소년의 꿈과 다르다. 내세에 대한 꿈이고 내세는 피안의 세계이다. 종교적으로는 절대자에게 대한 접근이요 우주에 대한 사색이다.

맹교수는 해마다 겨울만 되면 가려움증으로 고생하였다. 앞정강이와 허리띠를 매는 자리가 자주 가렵고 더러는 등이나 어깨나 팔도 가려울 때가 많았다. 피부과에 다니며 주사도 맞고 내복약과 연고로 치료를 받지만 완치가 어려워 로션이나 오일도 바르고 얼음이나 찬물로 찜질도 하지만 고통이 심하였다.

공선생의 권고대로 채소를 많이 섭취하고 과일도 먹지만 가슴기는 실내의 위생에 해로울 것 같아 한 번도 사용하지 않았다. 가려움증이 심할 때는 정말 미칠 지경이었다. 맹교수는 병고야말로 인간의 커다란 불행이라는 것을 실감하였다. 말라리아 이질 발진티프스 각막염 대퇴부부상 신경쇠약 비출혈 만성피로 두통 치질 호흡기질환 불면증 공황장애…….

그런데 요즘은 설상가상으로 감기를 앓았다. 기침이 나기 시작한 것은 벌써 한 달이나 되었고 내과에서 이비인후과를 거쳐 다시 내과에서 처방한 대로 복약을 했지만 기침을 할 때마다 가슴이 아프고 목이 아프고 머리가 무겁다. 잠깐씩은 기분이 나아졌다가도 다시 고통을 느낀다.

아무리 생각해도 심상치 않은 것 같아 일원동 S병원 가정의학과로 달려갔다. 날씨는 몹시 추웠지만 콜택시는 지체없이 달려 왔다. 사전 예약이 없었기 때문에 세 시간을 기다려야 했다.

본관 지하식당으로 가 갈비탕을 주문하였다. 서서히 식사하며 시간을 허비하였다.

바로 앞자리 대각선으로 단정한 숙녀가 와서 앉는다. 식사가 나오기까지 숙녀는 서류들을 점검하는 것 같다. 건강센터에서 진료를 받은 서류들이 한 뭉치나 된다. 건강하게 보이는 그는 어디가 어때서 건강센터를 찾았는지 궁금하였다. 단순한 건강검진으로 그치는 것 같기도 하지만 확실히 알 수 없는 일이었다.

맹교수는 말을 걸고 싶은 것을 억누르고 자리에서 일어서고 말았다. 유교수는 맹교수를 보고 말을 꺼냈다.

"가장 추운 날 오셨네요."

"예. 날씨가 추워졌습니다."

유교수는 맹교수가 사전에 작성하여 제출한 차트를 보고 나서 맹교수의 가슴에 청진기를 대었다. 괜찮은 것 같긴 하지만 엑스레이나 한 번 찍어보자고 한다. 수납창구를 들러 영상의학과에 가서 엑스레이 검진을 받았다. 유교수는 자료를 보고 나서 감기는 치료된 것이라고 하였다. 식사나 잘하고 귤을 많이 들라고 하였다.

맹교수는 늘 피로를 느낀다. '만성피로 클리닉' 이라는 표지판이 보인다. '만성피로증후군' 의 증상은 이렇단다.

쉽게 피곤하고 몸이 나른하다.
두통 근육통 관절통이 자주 있다.
손발이 저리다.
아침에 몸이 무겁고 일어나기가 힘들다.
설사나 변비가 자주 있다.
헛배가 부르고 복부비만증이 있다.
기억력과 집중력이 떨어지고 의욕상실이 온다.
숙면을 취하지 못한다.

맹교수가 느끼는 피로감은 만성피로증후군의 증상에 가깝다. 이웃에 사는 의사가 말한 것도 같은 내용이었다. 아름다운 황혼을 위해서는 첫째가 건강인데 건강에 자신이 없다. 작년엔 뜻하지 않은 흉곽수술을 받았다. 불안장애 공황장애 불면증 두통 우울증 요통 전립선비대증 등이 소강상태를 유지하기는 하지만 감기가 장기간 계속 되는 것이 불길하게 느껴진다.

요즘은 감기를 치료하기 위하여 한의원을 다니고 있다. 만성기관지염을 치료하는데 침을 맞는 것이다. 양손의 손목과 약지 사이에 각각 네 개의 침을 꽂고 양 발에도 비슷한 위치에 각각 네 개의 침을 꽂는다. 그리고 일본의 츠무라 한방약제조주식회사에서 특허 낸 것으로 보이는 과립 한약을 끼마다 먹는다.

이제 연말에는 S의료원 암센터에 가서 다시 소변과 혈액을 검사하고 CT검사를 받아야 한다. 결과는 2009년 1월 초에 확인한다.

새해에는 무엇을 할 것인가? 건강이 회복되었으니 고전강독 강의를 담당하라는 권고를 받았지만 아직은 아닌 것 같다고 대답하였다. 건강문제로 강의를 내놓은 지 벌써 만 2년이 지났다. 강의를 다시 맡을 수는 있지만 어쩐지 탐욕에 가까운 것 같다. 만일 건강에 다시 문제가 일어나면 차라리 안 맡는 것만 못한 결과가 되니까. 그리고 붙잡을 때 물러나는 것이 현명하다는 격언도 있지 않은가.

만일 건강이 허락된다면 무엇을 할 것인가? 금년처럼 고전강독과 독서토론회에 회원으로만 참여하고 묵은 원고를 정리하여 책을 만들고 틈나는 대로 에세이와 소설을 쓸까? 그리고 금연운동을 펼쳐볼까? 금연운동은 어떤 방법으로 추진해야 하나? 어깨 띠를 두르고 다닐까?

아름다운 황혼을 위하여 가장 긴요한 것은 남에게 봉사하는 일인 것 같았다. 무엇으로 봉사하나? 가장 손 쉬운 봉사는 좋은 글을 써서 세상에 내어놓는 일인 것 같다. 좋은 글이란 어떤 글인가? 독자에게 도움을 주는 글이다.

맹교수는 수필문학상을 받던 날 수상소감을 말하는 자리에서 중국의 루쉰(魯迅)을 떠들었다.

루쉰은 본디 생물교사였고 의학을 공부하던 사람이었지만 문학에 뜻을 두고 문학을 강의하기도 하고 단편소설과 잡문을 썼다. 의사가 인민의 질병을 치료하는 것보다는 문인이 좋은 글을 통하여 중국인의 머리를 깨우쳐주는 것이 더욱 중요하다고 믿었던 것이다.

맹교수는 루쉰(魯迅)의 작가정신을 본받아 글을 쓰고 싶었다.

공선생의 끈질긴 제안으로 '사랑방 목요강좌'가 시작되었다. 할머니들은 자율에 맡기고 남자들만이라도 매주 목요일만은 한 가지 주제를 가지고 약 90분간 발표와 토론을 진행하자는 것이었다. 주제는 발표자가 임의로 결정하고 45분 발표에 45분 토론으로 하였다.

첫 번은 맹교수가 맡았다. 주제는 '불교와 유학의 만남'이었다. 맹교수는 중국의 불교와 유학에 관하여 언급하고 한국의 종교는 최치원선생이 말한 '도불원인 인무이국'(道不遠人 人無異國) '동인지자 위석 위유 필야'(東人之子 爲釋 爲儒 必也)라는 말로 결론하였다. 진리는 모든 사람에게서 멀리 있는 것이 아니므로 한국 사람들은 불교의 진리와 유학의 진리를 가릴 것 없이 받아들일 수 있다는 주장이었다. 한국에서 전개되고 있는 종교의 다원화 현상은 결코 일시적인 현상이 아니고 뿌리 깊은 역사적 현상이라는 것이었다. 종교는 국민의 도덕성에 영향을 미친다.

교육부장관을 역임한 어떤 교육학자는, 도덕의 내용은 정직하기, 약속지키기, 책임 이행하기, 남에 대하여 배려하기라고 역설한다. 그러면서 한국 학생들은 커닝을 잘하고 믿을 수 없는 서류를 잘 만들고 학벌을 사칭하는 사람들이 많다고 미국 교수가 지적하였다고 말한다. 도덕적으로 문제가 있다는 것이다. 미국 교수나 한국의 교육학자나 맹교수나 모두 의견이 일치하는 것이었다.

프랑스 파리의 에펠탑은 18만개의 강철빔을 15센티미터 길이의 연결고리(못) 250만 개가 지탱하고 있는데 아무리 강철 빔이 견고해도 연결고리가 약하면 절대로 탑이 지탱할 수 없다는 것이다.

타이타닉스가 빙산에 부딪쳐 침몰한 후에 원인을 조사하였더니 튼튼한 강판을 연결하는 연결고리 가운데서 일부가 불량품이었다는 사실이 드러났다고 한다.

여기서 연결고리는 바로 사람의 도덕심에 비유된다는 것이다. 사람이 아무리 지적 육체적 능력을 가지고 있어도 도덕심이 약하면 사람의 구실을 제대로 할 수 없다는 것이 교육학자의 주장이다. 맞는 말이다. 국가나 사회의 유지와 발전도 마찬가지이다.

정치적 기능, 경제적 기능, 유형유지 기능이 아무리 원만하여도 연대의식이 원만하지 않으면 문화지체현상이 일어난다고 한다. 여기서 연대의식은 곧 윤리요 도덕이다.

맹교수는, 한국인은 윤리의식이 약한 것이 커다란 병폐라고 생각하였다. 그러면 어떻게 한국인의 윤리의식을 강화할 수 있을까. 일반적인 이론과 구체적 실천방안이 있을 것이라고 믿었다. 그것을 찾아 체계화하고 실천에 옮기는 것이 맹교수의 아름다운 황혼이 될 수 있을 것 같았다. 조금이라도 건강하기 위하여, 조금이라도 더 많은 돈을 벌기 위하여 노심초사하는 것은 아름다운 황혼이 아니라 초라하고 처량하고 불미한 황혼이라고 생각하였다.

'사랑방 목요강좌'는 김교장과 공선생으로 이어졌다. 그들은 주로 불교의 사상사에 관련되는 우주관과 인생관과 윤리관을 중심으로 발표하였다.

맹교수는 '한글'의 우수성, 한국의 전통과 자랑, 효사상, 국가의 발전과 윤리에 관한 내용으로 진행하였다. 강의가 끝나면 음료수를 나누어 마시며 담소하였다.

맹교수는 자주 전자우편을 들여다 보았다.

내게 이런 삶을 살게 하여 주소서

연약할 때 자기를 알고 힘을 기를 줄 아는 여유와
두려울 때 자신을 잃지 않는 대담성과
정직한 패배에 부끄러워하지 않고 승리에 겸손하고
온유한 마음을 갖게하여 주소서

사리를 판단할 때 고집으로 인하여 판단을 흐리지 않게 하고
생각하고 이해하여 사심 없이 판단하며
또한 평탄하고 안일한 길만이 삶의 전부라고 생각지 말게 하고
고난에 직면할 때 분투 노력할 줄 알며 패자를 관용할 줄 알도록 가
르쳐 주소서

마음을 항상 깨끗이 하고 목표는 높이 설정하되
남을 정복하려고 하기 전에 먼저 자신을 다스릴 줄 알며
장래를 바라봄과 동시에 지난 날을 잊지 않게 하소서

이에 더하여 삶을 엄숙하게 살아가며 유머를 알고 삶을 즐길 줄 알
게 하소서

자기 자신에 지나치게 집착하지 말게 하시고
겸허한 마음을 갖게 하여 참된 위대성은 소박함에 있음도 알게 하
시고
참된 지혜는 열린 마음에 있으며 참된 힘은 온유함에 있음을 명심
하게 하소서

그리하여 내 인생 헛되이 살지 않았노라고 말할 수 있게 하소서
〈좋은 글에서〉

맹교수는 차거운 머리와 뜨거운 가슴으로 바라볼 수 있는 석양의
낙조처럼 아름다운 빛을 쏘아보고 싶었다.

필자 후기

　정년으로 은퇴한 지 벌써 10년이라는 세월이 흘렀다. 재직 시절에 출판하려던 전공분야의 책들은 출판하지 못한 채 그 동안 몇 편의 논문을 쓰고, 대학에 출강하고, 문화원과 문화원부설향토문화연구소의 연구사업에 참여하고, 문화학교와 문화의 집에서 강의하고, 학회와 문인단체에 참여하고, 잡문(수필)을 쓰고, 문인들과 교유하고 강의를 들으러 다니면서 세월을 보냈다.

　나의 글은 모두 나의 인생관이나 가치관을 반영하는 것이었고 자아성찰과 자아노출의 한 형식이었다. 나는 수필로 문단에 등단하여 6권의 수필집을 간행하였지만 수필보다는 더 자유로운 형식으로 글을 쓰고 싶었다. 그것이 바로 소설이라는 형식을 활용하는 것이었다.

　소설은 자유자재로 시간과 공간과 주인공과 주제를 설정하고 자유롭게 표현할 수 있는 융통성이 있는 것으로 보이기 때문이었다. 그래서 조국 광복 이후 60여 년에 이르는 사회상을 반영하는 장편소설을 비롯하여 몇 편의 단편소설을 쓰고 그 중의 한 편으로는 문단에 등단하기도 하였다. 사실대로 말하면 내가 쓰는 소설은 소설이 아니라 수필의 한 변형이다.

이 작품 《맹교수의 사랑방 이야기》는 필자가 노인회원으로 가입하고 '사랑방'에 드나들면서 보고 듣고 생각한 것을 소재로 노인들의 삶을 소개하는 16편의 수필이라고 볼 수 있다.

특별한 주인공이나 사건도 없이 그저 담담하게 쓴 것이어서 소설 이론에서 말하는 플롯에도 구애되지 않고 깊은 감동이나 흥미도 고려되지 않은 소박한 만필이나 낙서에 지나지 않는다. 그럼에도 불구하고 출판하기를 권고하는 친지들의 충고와 격려로 용기를 내어 출판사에 원고를 넘기기로 하였다.

'글이란 진리의 그릇'이라는 말도 있는데 이 작품 속에도 과연 진리가 담겨져 있는지, 만일 담겨져 있다면 그 진리는 무엇인지를 알아차리고 가늠하는 것은 독자의 몫이라고 믿는다. '사랑방'을 사랑하는 노인회원 여러분과 기꺼이 출판을 맡아주신 한누리미디어 김재엽 사장님에게 감사하며 붓을 놓는다.

2009. 5. 1

가정의 달을 맞이하며 **지대용**

맹교수의 사랑방 이야기

·

지은이 / 지대용
발행인 / 김재엽
펴낸곳 / **한누리미디어**
디자인 / 지선숙

121-840, 서울시 마포구 서교동 395-13 서원빌딩 2층
전화 / (02)379-4514, 379-4519
Fax / (02)379-4516
E-mail/hannury2003@hanmail.net

·

신고번호 / 제300-2006-61호
등록일 / 1993. 11. 4

·

초판발행일 / 2009년 7월 30일

·

·

값 12,000원

·

※이 책은 성남시문화예술 발전기금의 지원을 받아 제작되었습니다.

ISBN 978-89-7969-348-5 03810